10
18

12, AVENUE D'ITALIE. PARIS XIIIe

Sur l'auteur

Karel Schoeman est un auteur sud-africain, né en 1939 à Trompsburg (État libre d'Orange). Marginal entêté mais solidaire du combat des Noirs de son pays, Karel Schoeman a reçu en 1999, des mains du président Mandela, la plus haute distinction sud-africaine : *The Order of Merit.* Considéré comme l'un des plus grands écrivains du continent africain, il a publié plusieurs ouvrages dont *En étrange pays*, *La Saison des adieux* et *Retour au pays bien-aimé* (Phébus, 2006).

KAREL SCHOEMAN

LA SAISON DES ADIEUX

Traduit de l'afrikaans
par Pierre-Marie FINKELSTEIN

10
18

« Domaine étranger »

dirigé par Jean-Claude Zylberstein

PHÉBUS

Titre original :
Afskeid en Vertrek

ISBN 978-2-264-04679-6

Nos peuples encore s'entre-déchiraient tandis
Que nous lisions et relisions les cahiers tout usés
Cherchant les mots à coups de dictionnaire et que
Plus d'une fois nous raturions nos textes pour ensuite
Sous les ratures remettre à jour les tournures premières.
Peu à peu
Tandis que dans nos capitales les murs des maisons
s'effondraient
Les murailles des langues s'écroulèrent. De concert
Sous la dictée des personnages et des actions représentés
Nous commençâmes à lire un nouveau texte.

BERTOLT BRECHT
« Lettre au comédien Charles Laughton
sur sa collaboration à *La Vie de Galilée*[1]. »

1. *Œuvres*, t. VI, Poèmes, traduction J.-P. Barbe, Paris, L'Arche, 1967. *(Toutes les notes sont du traducteur.)*

I

C'était le premier hiver de la guerre. La nuit tombait déjà, il n'y avait plus personne dans les rues et seules les fenêtres des maisons et des immeubles trouaient par endroits le crépuscule. Le brouillard enveloppait les montagnes, de fines perles de brume pendaient aux réverbères et les branches des arbres brillaient d'humidité. Dans le parc, un à un, les arbres émergeaient du brouillard puis y retombaient. Quelque part, au-delà des troncs luisants, au coin d'une rue voisine, de l'autre côté des jardins abandonnés, quelqu'un appela, mais aucun mouvement ne vint troubler les arbres immobiles : peut-être n'était-ce que le cri d'une mouette, invisible dans la brume au-dessus des branches entrelacées. Le brouillard, toutefois, étouffait tous les autres bruits. Au milieu du parc, l'on n'entendait plus rien et l'on ne voyait plus ni les fenêtres éclairées des maisons environnantes ni la chaleur froide des réverbères. Il fallait se déplacer au jugé dans l'obscurité et se mouvoir d'un arbre à l'autre au fur et à mesure qu'ils surgissaient de la pénombre, à travers l'herbe haute que personne ne tondait plus et les feuilles mouillées que personne ne balayait plus depuis longtemps, jusqu'à ce qu'il devînt à peu près impossible de distinguer les contours de leurs formes sombres dans le crépuscule de plus en plus dense.

Que savions-nous de la guerre ? C'était un mot dans un livre ou un journal, une image fixée sur de vieilles photographies ; c'était un reportage aux plans qui tressautaient, tourné caméra au poing sous le feu de l'ennemi, dans un pays lointain que nous devions aller chercher dans l'atlas. Nous apprîmes lentement, avançant à tâtons, hésitants, allant de découverte en découverte, tout d'abord avec un étonnement et une incrédulité croissants ; peu à peu cependant l'acceptation et la résignation l'emportèrent. Après quelque temps, la plupart des gens jugèrent plus prudent de s'abstenir de sortir le soir et d'éviter le parc ; souvent, on n'allumait plus les réverbères que par intermittence et, parfois, avec la violence d'explosions aussi soudaines qu'irrégulières, c'était une sage précaution d'aveugler les fenêtres. Mais il nous fallut du temps pour acquérir tout ce savoir, et beaucoup continuèrent à vivre comme avant, bien que la guerre eût déjà commencé.

— Alors, comme ça tu es là ? dit Sonia. Je me demandais si tu viendrais.

— Pourquoi ? Je suis donc si peu sérieux ?

— Tu es imprévisible, disons... rectifia-t-elle en souriant.

Elle tendit le bras, faisant mine de vouloir l'enlacer, cependant que tintaient son bracelet en or et toutes ses breloques ; ils se saluèrent chastement, joue contre joue. Il montra du doigt la salle bondée :

— Si je n'étais pas venu, vous ne vous en seriez même pas aperçus.

— Oh, la pièce a l'air très pleine parce que tout le monde est à l'intérieur, mais on n'est pas si nombreux que ça, et puis il n'y a là que des gens que tu connais. Impossible d'ouvrir les baies vitrées, avec ce temps, autrement on aurait pu aller sur la terrasse, ou encore dans le jardin.

— La prochaine fois que je publierai un livre, j'essaierai de mieux choisir ma saison, fit-il remarquer.

Mais la surprise qu'avait provoquée son apparition et la bonne nouvelle de sa présence s'atténuaient déjà pour Sonia ; si sa main – et le bracelet en or par la même occasion – était encore posée sur le bras d'Adriaan, son attention commençait à vagabonder.

— Viens, allons te chercher à boire. George, Adriaan est là ! cria-t-elle en direction de son mari, qui ne l'entendit pas.

Au même instant, cependant, quelqu'un d'autre faisait son entrée, ce qui lui fournit la diversion suffisante, et elle oublia Adriaan pour se précipiter d'un pas léger vers le nouveau venu, flottant dans une ample robe longue bleu marine. C'était un violoniste roumain de sa connaissance, tout à fait étranger au petit monde de ses invités de la soirée, et que, de toute évidence, un ami traînait là : Sonia l'accueillit en affichant une joie mêlée de soulagement ; il s'inclina pour baiser la main qu'elle lui tendait, les breloques du bracelet en or cliquetant de plus belle.

De derrière la grande table où trônaient les boissons et les verres, George lui fit signe de s'approcher avec cette gentillesse qui rendait toujours perplexe son destinataire, incapable de dire ce qu'elle comportait de sincère, fût-ce à l'état de trace.

— Que dirais-tu d'un verre de vin ? demanda-t-il. À moins que tu n'aies envie de champagne ? Si j'ai bien compris, c'est la fête ce soir.

Une fois les coupes remplies, ils n'eurent plus rien à se dire ; tandis qu'ils se tenaient de part et d'autre de la table, en silence, Adriaan parcourut la pièce du regard, histoire de trouver un visage familier.

— Mais pourquoi donc as-tu cet air de bête traquée ? demanda Carla en faisant irruption derrière lui dans un caftan violet, un petit bol d'olives à la main. Il n'y a ici que des gens que tu connais.

— C'est exactement ce que vient de me dire Sonia, mais je ne vois pas en quoi cela devrait me mettre à l'aise.

— Nous savons tous pourquoi nous sommes réunis ici ce soir, et nous savons tous également que nous n'avons pas le droit d'en parler. Alors, détends-toi un peu.

— Est-ce que beaucoup de gens sont déjà partis ? demanda Adriaan.

— Certains ont déjà donné le signal du départ. Sonia et George ont un dîner à je ne sais plus quelle ambassade, comme d'habitude, et Sonia nous a bien fait comprendre que la soirée ne devait pas s'éterniser. Je dois dire que tu arrives un peu tard. Après tout, c'est quand même en ton honneur, cette petite fête.

— Je suis venu à pied, expliqua-t-il.

Elle avait suffisamment pratiqué le bonhomme et ses bizarreries de comportement pour ne pas se montrer autrement étonnée.

— Tu crois que c'est vrai ce qu'on raconte, qu'ils vont rationner l'essence ? demanda-t-elle en fronçant les sourcils, la tête manifestement ailleurs.

— Pourquoi me demandes-tu cela à moi ? Je suis bien la dernière personne à interroger là-dessus…

— Tout le monde a l'air d'y croire, dit-elle, poursuivant le cours de ses pensées. Ça va me compliquer singulièrement la vie.

Heleen l'aperçut soudain et se dirigea vers lui, une drôle d'étole dorée de tissu chatoyant jetée sur les épaules.

— Adriaan, mon chéri, toutes mes félicitations, c'est absolument merveilleux, j'ai littéralement vécu chaque mot…

Elle voulut serrer ses deux mains dans les siennes pour lui montrer toute la sincérité de son enthousiasme, mais en fut empêchée par le verre et la cigarette qu'elle tenait, et par son étole froissée qui glissait de ses épaules. Son visage était rouge et gonflé, et il était clair qu'elle avait trop bu : mais déjà Basie surgissait derrière elle, hochant la tête, souriant, tous les sens en éveil.

— Adriaan chéri, c'est tout simplement le livre le plus merveilleux que j'aie lu depuis des années, je ne sais pas comment tu t'arranges… On m'a demandé d'en faire une critique pour la radio, mais vraiment ce n'est pas un livre sur lequel j'ai envie de parler, c'est un livre dont je voudrais lire des extraits, qu'on entende le texte, que ces poèmes parlent par eux-mêmes !… – son élocution se fit plus difficile ; elle tendit son verre à son mari avec impatience : – Basie, mon chou, sois gentil, va me chercher à boire.

Basie lui prit le verre des mains tout en demeurant à côté d'elle, hochant la tête, souriant, sur le qui-vive. Elle promena à la ronde un regard distrait, ayant perdu le fil de ses pensées, et se souvint tout à coup d'Adriaan.

— Tu veux bien, Adriaan ? Tu veux bien venir lire tes poèmes à la radio, tu veux bien faire ça pour moi ? Ils te dédommageront peut-être, je poserai la question…

Elle fit un geste vague avec sa cigarette et saupoudra de cendres son étole dorée toute froissée ainsi que le costume de Basie ; elle vacilla sur ses talons trop hauts. Basie lui glissa une main sous le coude pour la soutenir.

Adriaan murmura quelques paroles creuses et apaisantes et sourit à Basie, qui essayait d'éloigner sa femme, puis se fraya un chemin hors de la pièce où de petits groupes bavardaient, coincés entre œuvres d'art, ronds de lumière et zones d'ombre. La maison avait été conçue et meublée non pour des êtres humains, mais pour servir de décor à des expositions de tableaux, de sculptures sur leurs socles, ou encore de tables garnies d'objets d'art, de lourds bijoux en argent ou en pierres semi-précieuses importés de Pologne, d'Inde, du Pérou... De même, les projecteurs et les lampes avaient été pensés pour éclairer des toiles et des œuvres d'art, et non pour le confort des visiteurs. Dans les rares espaces demeurés vides, les invités de Sonia et de George se mouvaient du mieux qu'ils pouvaient ; Sonia et George eux-mêmes tâchaient probablement d'y vivre dans le peu de temps qu'ils passaient là entre deux réceptions, aussi bien celles qu'ils donnaient que celles où ils se rendaient.

— Peux-tu me dire qui est ce séduisant jeune homme qui est arrivé avec Marisa ? demanda Carla, qui l'avait rejoint inopinément.

Il regarda dans la direction qu'elle lui indiquait.

— C'est Gérard, un sculpteur qui a exposé à la galerie et qu'elle a pris sous son aile parce qu'elle parle français.

— Et qu'en pense Bernard ? fit-elle d'un air absent.

— Je ne vois pas pourquoi il devrait en penser quoi que ce soit, cela fait partie du travail de Marisa. Il est venu, ce soir ?

— Pas que je sache. C'est pour ça que je me posais des questions, quand j'ai vu Marisa en si galante compagnie – l'air songeur, elle regarda Marisa et le Français qui bavardaient avec d'autres invités, assis sur le grand divan en cuir devant la fenêtre. – Tu crois que ça va toujours entre eux ? Entre Bernard et Marisa, je veux dire.

Si n'importe qui d'autre l'avait interrogé là-dessus, il se serait drapé dans un silence offusqué. Mais Carla voulait savoir parce que c'était important pour elle et non par penchant pour les ragots.

— Pour autant que je sache, dit-il, ça ne va sûrement ni mieux ni plus mal que chez la plupart des gens mariés. Pourquoi poses-tu cette question ?

Elle haussa les épaules.

— Parfois, je me demande. J'aime beaucoup Bernard, je ne voudrais pas qu'il souffre.

Elle s'en tint là.

— Tu sais qu'Anita a divorcé ? s'enquit-elle à brûle-pourpoint.

— Je ne savais pas que c'était déjà fait, mais quelqu'un m'en a vaguement parlé.

— Ça s'est fait pas plus tard que cette semaine ; j'ai entendu dire que le divorce entrait en vigueur, comment dit-on déjà ? il y a un mot pour ça, à compter d'aujourd'hui. Ça m'étonne qu'elle soit là ce soir.

— Et pourquoi pas ? Personne n'est mort, après tout.

— Ça y ressemble beaucoup. Cela faisait si longtemps qu'ils étaient mariés, ce n'est pas comme si tout à coup un problème insurmontable s'était dressé entre eux, enfin, pas que l'on sache en tout cas.

— Pas plus que chez la plupart des gens mariés.

— Je te trouve trop philosophe, toi, ce soir, laissa-t-elle tomber avec impatience.

— Seulement en ce qui concerne le mariage ; c'est un sujet qui ne cesse de me remplir d'étonnement ; plus j'avance en âge, moins j'y comprends quelque chose. Je crois que je vais aller bavarder un peu avec Anita.

— Eh bien, moi, je vais aller perfectionner un tantinet mon français…

Un sourire éclaira son visage sombre et sérieux et, son petit bol d'olives toujours à la main, elle se dirigea vers le divan où Marisa et le Français étaient assis en compagnie des autres invités, sa petite silhouette gracile bien droite dans le caftan dont elle s'était à l'évidence ceinte à la hâte au tout dernier moment.

Anita se tenait à l'écart dans un coin de la pièce, dans la position où l'avait laissée la dernière personne avec laquelle elle avait parlé, droite comme un i, souriante ; on eût dit qu'elle n'avait pas conscience de sa solitude.

— Il y a longtemps que je ne t'ai vue, dit Adriaan en prenant place à côté d'elle.

Elle se tourna vers lui, sans cesser de sourire, mais sans le moindre geste de bienvenue à son égard.

— Oh, à vrai dire, pendant tout un temps, je ne suis pas beaucoup sortie de chez moi.

— Alors je suppose que je dois me sentir flatté que tu sois là ce soir.

— Sonia a beaucoup insisté au téléphone. De mon côté, j'ai pensé que j'aimerais bien revoir quelques têtes connues.

— Tu es venue avec qui ?

— Je suis venue seule.

Elle se détourna de nouveau et parcourut la pièce du regard, comme si elle cherchait quelqu'un parmi tous ces gens qui bavardaient en évoluant au milieu des sculptures et des zones d'ombre et de lumière. De l'autre côté de la pièce leur parvenait, reconnaissable entre mille, le rire de Sonia, mais ils ne pouvaient voir ni où elle était, ni à qui elle parlait.

— Tout à coup, j'ai décidé de prendre la voiture et de faire un tour par ici : c'est aussi simple que ça.

— Ça me fait très plaisir, dit-il.

Elle ne manifesta aucune réaction, comme si elle n'était au courant ni de la raison de cette réception ni du rapport qu'il y avait entre lui et la soirée.

— Vous… fit-il, s'interrompant juste à temps. Il faudrait qu'on déjeune ensemble un de ces jours. Ça fait longtemps qu'on n'a pas eu l'occasion de bavarder.

Elle se tourna rapidement vers lui.

— Je ne suis pas d'une compagnie très agréable pour le moment, dit-elle en manière d'excuse – puis, sans lui laisser le temps de répondre : – Cela faisait déjà pas mal de temps que nous étions séparés, que nous avions décidé… que nous avions décidé de divorcer ; je n'ai pas encore réussi à me faire à l'idée, tu comprends ? Je ne savais pas que ce serait si dur.

Elle parlait vite, comme si elle voulait tout déballer d'un seul coup avant de se raviser, ne lui laissant pas même le temps d'ouvrir la bouche.

— C'est comme si quelqu'un était mort, dit-elle ; sauf que, quand quelqu'un meurt, on sait que c'est fini pour toujours. J'ai encore peur de tomber sur lui ; j'ai eu peur en entrant ce soir dans cette pièce de le voir tout à coup surgir devant moi.

Il avait longtemps travaillé avec Anita ; il la connaissait bien, et à une époque ils se voyaient beaucoup avec Martin, mais peu à peu ils avaient perdu le contact. Un verre à la main, il regarda cette femme d'âge mûr, tendue, absente, maquillée n'importe comment, assise près de lui dans cette pièce au milieu de tous ces gens qui se promenaient leur verre à la main et riaient tout en bavardant. S'il s'était agi d'un décès, pensait-il, il y aurait eu des mots consacrés, des phrases toutes faites, et leur intimité même aurait pu lui apporter une certaine consolation ; mais que pouvait-il bien lui dire dans ces circonstances ?

— Je suis désolé, articula-t-il enfin. C'est difficile, je sais que c'est difficile. Il faut être patient et laisser faire le temps, la vie continue, tu t'en remettras.

— Tu crois qu'on peut s'en remettre un jour ? demanda-t-elle.

Rien, pensa-t-il : il n'y avait pas de mots pour la perte. On est assis l'un en face de l'autre dans un coin, à une fête, on bavarde un peu, mais on n'a absolument aucun moyen d'atteindre l'autre.

— Et moi qui gâche tout, ta soirée, ton livre !... lança Anita avec une vivacité déterminée, comme si elle venait de comprendre à l'instant où elle se trouvait et à qui elle était en train de parler.

— Ce n'est pas « ma » soirée, c'est juste une excuse que Sonia a trouvée pour réunir tous ces gens. Quant à ce livre, je ne sais même pas s'il est encore à moi. C'est fini, il ne m'appartient plus maintenant.

— Marisa est particulièrement en beauté ce soir, remarqua-t-elle avec la même détermination dans la voix.

— Marisa est toujours très en beauté. Sais-tu si Bernard est là ?

— Je ne l'ai pas vu ; elle est arrivée avec le Français. Bernard a sans doute dû rester tard au journal.

L'espace d'un instant, elle observa Marisa de l'autre côté de la pièce qui riait, insouciante, ses cheveux dorés pris dans le faisceau lumineux du projecteur, puis elle se tourna de nouveau vers lui.

— Je sais bien qu'il n'y avait pas d'autre solution, c'était la seule chose à faire, je le sais et je l'accepte. Et pourtant ça fait tellement mal, maintenant que tout cela est fini, que je ne sais vraiment pas comment je vais pouvoir continuer.

Une ombre s'interposa entre eux ; quelqu'un les avait rejoints et attendait là, ne cherchant visiblement pas à savoir s'il gênait ou non. L'esprit encore tout plein de la laborieuse confession que venait de lui faire Anita, Adriaan leva lentement les yeux et ne découvrit qu'avec un enthousiasme tempéré qu'il s'agissait de Dewald, qui se penchait vers lui avec cette détermination oppressante bien dans le ton des universitaires s'apprêtant à parler littérature.

— Adriaan, mon vieux, nous sommes sur le départ. Je voulais juste te féliciter en vitesse. Je n'ai pas encore eu le temps de lire ton bouquin, on est en pleine période d'examens, mais je l'ai feuilleté rapidement lorsque j'ai reçu le service de presse, et selon moi c'est sans aucun doute ton œuvre la plus importante à ce jour.

Adriaan s'était levé pour le saluer, et l'autre l'avait acculé dans un coin de la pièce, où il ne voulait plus lui lâcher la main tandis que sa femme, quelques pas en arrière, l'attendait en souriant de cet air vaguement bienveillant qu'elle avait adopté au cours des ans et sous lequel elle masquait son indifférence pour tout ce qui touchait aux belles-lettres.

— Rudi m'a demandé un article, et j'ai bien l'intention de l'écrire pendant les vacances d'hiver ; je suis impatient de m'y mettre, tu peux me croire !

Sa femme se rapprochait lentement mais sûrement de la porte, toujours le sourire aux lèvres, sans que son regard en fût affecté le moins du monde ; Dewald, quant à lui, à son habitude, avait du mal à se détacher d'un écrivain.

— Certains de mes collègues, à la fac, ont eu l'occasion d'étudier ton livre d'un peu plus près, et je peux déjà te dire qu'il a fait un tabac. Mais on reparlera plus longuement de tout cela un de ces jours !

Avec un geste brusque de la main, il disparut sur les talons de sa femme. Anita, entre-temps, s'était éclipsée en douce, si bien qu'Adriaan, se retrouvant soudain seul, vida son verre et regagna la grande table pour se resservir. Il comprit qu'il était arrivé trop tard et que les invités étaient sur le départ : Sonia, lasse d'aller et venir de l'un à l'autre, avait tiré à l'écart le Roumain et son compagnon afin de converser en français ; quant à George, délaissant son poste de barman, il avait disparu. Trois ou quatre bouteilles de champagne étaient ouvertes, toutes entamées ; la généreuse hospitalité de la maison, comme toujours, s'étalait avec ostentation.

— Juste un mot encore, cela me revient – c'était Dewald qui revenait après une fausse sortie : – Est-ce que tu as eu le temps de réfléchir à cette idée de revue dont je t'avais parlé ?

Il examina les bouteilles de champagne afin d'en choisir une dont le contenu n'était pas encore éventé, tout en essayant de trouver une réponse qui fût à la fois bienveillante et évasive.

— Je persiste à penser, comme je te l'ai déjà dit, que ce n'est pas le bon moment pour se lancer dans cette voie, tenta-t-il, espérant s'en être bien tiré.

— Tu ne vas pas te laisser abattre par la conjoncture ! La situation va changer !

— Oui, en mal, à tous les coups !

— Ce n'est pas ce qui empêche les gens d'écrire de la poésie ! D'ailleurs, toi aussi tu en écris, de la poésie.

— C'est possible, mais je ne me sens pas d'humeur à aller en parler dans des revues littéraires.

— Écoute, il ne s'agit pas simplement de gloser sur la poésie en général, le but est aussi de donner une occasion à de jeunes poètes de se voir publier. Ce pays est bourré de jeunes qui veulent faire entendre leur voix.

— Ce n'est rien de le dire ! Des jeunes qui veulent faire entendre leur voix, le pays en regorge. S'agissant des jeunes poètes, dans la plupart des cas, ce ne serait peut-être pas plus mal de ne pas trop les encourager.

Dewald rit de bon cœur, sans s'apercevoir qu'il ne suscitait pas le moindre mouvement d'intérêt chez son interlocuteur, trop certain, selon son habitude, de détenir la vérité.

— Mais enfin, Adriaan, on peut avoir tout de suite l'argent nécessaire pour démarrer ! C'est une chance à saisir, qui ne se représentera peut-être pas !... Ça ne te demandera aucun travail : – ce qu'on veut c'est juste ta signature, la fac se chargera de toute la partie rédactionnelle.

Sa femme avait beau ne pas être revenue avec lui, il savait manifestement qu'elle l'attendait et il était sur des charbons ardents, parlant sans cesser de reculer en direction de la porte.

— Tout ce que tu as à faire, c'est d'aller trouver Dekker et lui en toucher un mot.

— Ce n'est pas si simple que ça.

— Je t'emmènerai le voir une de ces fins de semaine. Il nous faut son nom à lui aussi, après tout, c'est notre plus grand poète, on a besoin de lui. Il le fera, si tu le lui demandes. Il est de plus en plus irascible avec l'âge, mais il a beaucoup d'estime pour ce que tu fais, c'est quelque chose que j'ai souvent entendu dire. Comme nous tous d'ailleurs, se dépêcha-t-il d'ajouter avant de se retourner et de quitter la pièce en trombe avec un vague geste d'adieu.

— Plus Dewald vieillit, plus il me tape sur les nerfs, dit Carla qui venait de réapparaître à ses côtés, de la manière imprévisible qui était la sienne. Ou bien serait-ce que ma tolérance s'amenuise avec les années ?

— Je ne sais ce qui m'épuise le plus chez lui : son enthousiasme, sa persévérance, ou bien son inébranlable confiance en lui.

— *Le Triomphe de l'amour*... lança Carla.

Ayant toujours en tête Dewald et la poésie, Adriaan ne comprit pas immédiatement qu'elle parlait de la tapisserie qui pendait au mur derrière la grande table ; le voyant immobile, son verre à la main, elle avait pensé qu'il était en train de la contempler.

— ... Ils l'ont rapportée de France l'année dernière.

— Comment ont-ils réussi à la faire entrer ?

— Quand on a assez d'argent pour s'offrir ce genre de chose, ça ne doit pas être bien compliqué de régler les détails.

Il ne l'avait jamais vue auparavant, ni même de la soirée, bien qu'elle recouvrît presque tout le mur : les motifs abstraits brillaient d'un éclat amorti, offrant différentes nuances de doré sous les lampes artistiquement disposées pour éclairer l'œuvre à son avantage, et flottaient au-dessus de la table garnie de ses bouteilles et de ses verres, au-dessus de la salle remplie de ses sculptures, de ses pièces de musée et de ses petits groupes faisant la causette.

— Adriaan, fit Carla tout à coup, j'espère que tu ne m'en voudras pas, mais je vais y aller ; j'ai du travail qui m'attend.

— Tu as entrepris quelque chose de nouveau ?

— Oh, juste quelques toiles qui traînent et dont je voudrais me débarrasser.

— Il faudra que je passe voir ça.

— C'est qu'il n'y a pas grand-chose à voir… Mais viens me rendre visite, ça me fera plaisir.

— D'accord, je viendrai ; très bientôt, même.

Elle garda le silence un moment, l'air pensif.

— J'ai entendu dire que Stephan était parti au Canada… dit-elle.

— En effet, Stephan est parti.

Elle fronça les sourcils, son visage s'assombrit.

— Il faudrait qu'on retourne à Brandvlei ensemble, un de ces jours.

— Tu y vas toujours ?

— De temps à autre, en fin de semaine.

— Ce n'est pas dangereux ?

— Si, probablement, c'est pour ça que j'y vais tant que c'est encore possible. Un de ces jours, on ne pourra plus y aller du tout.

— Entendu, je viendrai.

Tandis qu'il lui faisait face, il se souvint que quelqu'un lui avait dit qu'elle et Anton s'étaient séparés récemment ; jamais toutefois Carla n'aborderait spontanément ce genre de sujet et elle ferait tout ce qui était en son pouvoir pour éviter la moindre allusion, fût-elle voilée, à la question. Il fallait, si on voulait en tirer des conclusions, se contenter de petits détails : des modifications dans son travail ou dans son style de vie, le fait qu'elle se fût remise à peindre ou qu'elle retournât à Brandvlei.

Au moment de prendre congé, Carla marqua encore une hésitation :

— Je sais bien que nous ne sommes pas censés savoir que toute cette soirée a été organisée en ton honneur, et que de toute façon tu n'aimes pas que l'on te parle de ton travail, mais nous nous connaissons depuis suffisamment longtemps, assez pour que je ne puisse pas partir d'ici ce soir sans te remercier de ton nouveau livre.

Il regarda le petit visage sérieux et ridé, la mèche de cheveux teints qui retombait sur le front.

— Il y a quand même un certain nombre de gens qui ont le droit de parler de mon œuvre, dit-il.

— Je voulais juste le mentionner en passant ; pour ce qui est d'en parler, j'en serais incapable, et ce serait bien présomptueux de ma part d'essayer. Je voulais juste te dire merci – elle eut un sourire fugace. – Ne te retourne pas tout de suite, mais j'ai bien l'impression que Dewald est de retour parmi nous, le prévint-elle avant de disparaître.

C'était bien lui en effet qui lui faisait face, avec ses lunettes étincelantes et son visage rayonnant.

— Au fait, j'ai complètement oublié de t'en parler tout à l'heure : nous attendons une visite – un Allemand qui s'est mis à l'afrikaans et qui a choisi de se spécialiser dans cette matière pour son plaisir ; il parle assez bien, d'après ce que j'ai entendu dire, et c'est la première fois qu'il vient en Afrique du Sud. Un garçon très capable, semble-t-il, extrêmement intelligent.

— J'ai du mal à croire qu'un garçon réellement intelligent choisisse de se spécialiser en afrikaans et de venir en Afrique du Sud par les temps qui courent.

Dewald se contenta de rire comme à son habitude, une longue expérience lui ayant appris que c'était encore la réaction la moins compromettante.

— Nous allons plus ou moins lui servir de guide pendant son séjour au Cap, et naturellement il aimerait beaucoup te rencontrer : il a mentionné tout particulièrement ton nom. Est-ce que je peux te passer un coup de fil quand il sera là, histoire que nous déjeunions quelque part ensemble ?...

— Non, dit Adriaan calmement, en se dirigeant vers la grande table. Les admirateurs fervents de la littérature afrikaner ne m'intéressent pas, même s'ils viennent de l'étranger.

Dewald n'avait pas assez de finesse pour se laisser désarçonner par un ton bourru ni même par une franche impolitesse, même si, à force, on finissait parfois par le décourager en adoptant avec insistance cette attitude.

— Annemarie m'attend, le moment ne s'y prête guère, mais je te ferai signe dès qu'il sera là, et on organisera quelque chose.

Puis il disparut de nouveau, sans attendre la réaction de son interlocuteur.

Adriaan se retrouva seul près de la grande table et leva les yeux vers la tapisserie dont l'éclairage indirect accentuait l'amorti des tons dorés. À l'évidence, il était arrivé si tard qu'il avait manqué beaucoup de monde – à moins, tout simplement, qu'il n'y eût eu des défections en masse : qui donc s'intéressait à la littérature afrikaans, et qui se souciait de sortir une fois la nuit tombée ? Même parmi les rares personnes encore présentes, il y en avait pas mal qu'il ne connaissait pas et qui apparemment ne savaient pas non plus qui il était. Quelques initiés vinrent le féliciter avant de partir, et certains, plus initiés encore, allèrent jusqu'à feindre d'ignorer la raison pour laquelle ils devaient le féliciter et se contentèrent de le saluer au passage. Un verre à la main, sinuant tant bien que mal entre les petits groupes épars, les sculptures et les vitrines, il s'éloigna de la grande pièce qui se vidait peu à peu et s'arrêta sur le seuil de celle qu'on appelait « bureau », même si elle était exempte de tout livre et que, s'agissant d'étudier, George n'en eût probablement jamais ressenti le goût. Il crut tout d'abord qu'il n'y avait personne, mais il comprit que George s'était isolé des invités de sa femme pour se réfugier là avec quelques amis à lui ; il ne voyait que leurs têtes, car ils étaient assis avec leurs boissons sur le grand canapé dans le demi-jour, tournant le dos à la porte.

— Israël, au jour d'aujourd'hui, c'est plutôt risqué, dit George en anglais. Personnellement, je miserais sur l'Australie.

— Tous les jeunes quittent le pays, répondit dans la même langue sa voisine. C'est une véritable tragédie : l'Afrique du Sud est en train de perdre toute sa jeune génération.

Il demeura un instant sur le seuil : il y avait là, avec sa femme, un homme d'affaires juif que connaissait George ; le couple avait grandi à la campagne et parlait couramment afrikaans, aussi l'inscrivait-on généralement sur la liste hétéroclite de personnes que Sonia invitait lorsqu'elle organisait des réceptions où l'afrikaans était la langue dominante, et Adriaan les connaissait vaguement tous les deux. Absorbés par le ton grave de leur conversation, ils ne remarquèrent pas sa présence : le divan craqua, des glaçons tintèrent dans un verre, la femme poussa un soupir. Sonia, elle aussi, avait abandonné ce qui restait de ses invités à leur sort et ne se préoccupait plus de savoir si la soirée avait été une réussite ou un échec : de temps à autre, elle faisait encore une rapide apparition auprès de gens sur le départ, se livrait à de brèves effusions dans un frou-frou de broderies, puis elle revenait vers les deux hommes en compagnie desquels elle s'entretenait en français, tenant à la main une coupe de champagne à laquelle elle ne touchait pas. Les réceptions de Sonia consistaient généralement en un rassemblement assez éclectique de gens, présentant des combinaisons parfois osées, mais elles étaient généralement intéressantes et stimulantes ; ce soir-là, toutefois, la collection d'invités qu'elle avait réunie était plus bigarrée qu'éclectique ; son instinct infaillible eut tôt fait de le lui faire comprendre, et elle avait dès lors décidé d'arrêter les frais. Elle était d'une famille aisée de fabricants de tapis originaires de la partie francophone de la Belgique ; elle avait épousé un riche entrepreneur avec qui elle n'avait pas eu d'enfant et elle s'ennuyait, frustrée de devoir rester en Afrique du Sud, où son mari avait ses affaires. Quelques années auparavant, elle s'était soudain mise à cultiver un intérêt pour l'Afrique, et c'était ce qui l'avait motivée à apprendre l'afrikaans. Personne n'avait pris cet engouement très au sérieux, et elle avait choisi cette langue tout simplement parce qu'elle lui était plus accessible que les autres, idéologiquement plus acceptables, qui se parlaient sur le continent noir, mais elle s'était montrée suffisamment tenace pour parvenir à la parler couramment, bien qu'avec un fort accent moitié wallon, moitié flamand, et elle avait beaucoup lu, ne fût-ce que superficiellement. Avec le temps, elle s'était lassée des limites étroites qu'offraient cette langue, sa littérature et sa culture, mais elle n'avait pas rompu le contact, à titre de curiosité, avec le petit cercle qu'elle avait réuni autour d'elle d'écrivains et d'artistes qui la parlaient. Avec certains d'entre eux, comme Carla, elle avait d'ailleurs noué une amitié durable – du moins dans la mesure où sa nature frivole et instable se prêtait à l'amitié ; et, dans des occasions comme cette soirée, qu'elle avait organisée spontanément pour fêter la parution de son nouveau livre, il arrivait même à Adriaan de penser, non sans quelque étonnement, qu'il était peut-être pour elle autre chose qu'un poète jouissant d'une certaine renommée et qui pouvait se targuer d'un certain nombre de prix littéraires.

Du seuil de la porte, il la regarda qui s'entretenait avec les deux hommes, gravement, à voix basse, comme s'ils avaient oublié les gens autour d'eux. Elle a l'air fatiguée, pensa-t-il ; mais tout en l'observant dans ce rare moment de détente et en étudiant la ligne de ses épaules et de son cou, il comprit que l'ombre qui planait au-dessus d'elle était plus grande que celle de la simple lassitude. Elle vieillit, songea-t-il, et elle commence à perdre courage. Ce fut à ce moment qu'elle leva les yeux, encore sous le coup d'une remarque que venait de livrer l'un de ses interlocuteurs ; elle aperçut Adriaan dans l'embrasure de la porte du bureau mais ne manifesta rien. Elle avait pris une pose moins étudiée que d'habitude et, à l'endroit où elle était assise, la lumière d'un projecteur tombait impitoyablement sur elle, creusant d'ombres accusées son visage vif et anguleux ; elle ne s'attendait pas à être dévisagée : désarmée, ses pensées suivant encore leur cours, elle le regarda brièvement à l'autre bout de la pièce puis, levant la main, elle la porta furtivement à son cou, mue par un sentiment, inhabituel chez elle, d'insécurité, avant de diriger de nouveau son regard vers l'homme assis à côté d'elle, lequel, sans se laisser troubler, poursuivait avec un imperturbable sérieux. Ce bref instant de contact était inattendu et étrangement bouleversant, sans qu'il pût s'en donner la raison. Combien de fois, depuis qu'il connaissait Sonia, pensa-t-il, s'étaient-ils regardés aussi franchement dans les yeux ?

Les seuls invités à rester, hormis ceux qui bavardaient avec George et Sonia, étaient le petit groupe près de la fenêtre gravitant autour de Marisa ; juste comme il se dirigeait vers celle-ci, le couple qui lui parlait ainsi qu'à Gérard se leva pour partir.

— Je me demandais si tu viendrais ce soir, dit Marisa en guise de salutation.

— Pourquoi doutez-vous tous de moi à ce point ?

— Parce qu'on te connaît, depuis le temps. Et puis d'ailleurs, à l'époque que nous vivons, qui a encore envie d'aller à des soirées ? Tu connais Gérard ?

— J'ai vu l'exposition, mais je n'étais pas au vernissage.

— Tu parles français, n'est-ce pas ? Gérard, je te présente Adriaan, l'invité d'honneur de cette petite fête, bien que ce soit officiellement un secret.

— C'est très sud-africain, expliqua-t-il à Gérard, manifestement perplexe. Peu importe ce que l'on fait, du moment que l'on n'en parle à personne.

Il se rendit compte par la suite qu'il avait un peu forcé sur le champagne, et que son niveau de français ne lui permettait pas d'entrer dans de telles subtilités ; il appela Marisa à l'aide.

— Adriaan n'aime pas que l'on parle de son œuvre, expliqua-t-elle à son tour, avant d'ajouter, pour qu'il comprît tout à fait : Adriaan est l'un des plus grands poètes de langue afrikaans.

Si encore elle avait dit « l'un des plus grands poètes bretons » ou « l'un des plus grands poètes provençaux », peut-être cela lui aurait-il évoqué quelque chose, mais, étant donné les circonstances, il était difficile à Gérard de mettre un contenu derrière cette formule.

— Félicitations, fit-il, poli mais sans manifester d'intérêt particulier, visiblement contrarié de voir s'envoler ses chances de tête-à-tête avec Marisa.

— Nous nous faisions la réflexion que c'était la dernière réception de Gérard avant son départ, poursuivit en français cette dernière, sur le ton dont on constate un fait qui ne vous affecte pas outre mesure. Il repart demain.

— On ne peut pas dire que le temps vous ait gâté pendant votre visite chez nous, fit remarquer Adriaan.

Gérard eut un bref haussement d'épaules.

— Oh, on m'avait prévenu que c'était l'hiver en Afrique du Sud. Néanmoins, j'ai beaucoup apprécié mon séjour.

Il laissa planer son regard un instant sur Marisa, assise à côté de lui sur le divan, mais elle fit mine de ne pas s'en apercevoir.

— Et puis, n'oublions pas qu'en Europe c'est l'été maintenant. À mon retour, j'irai à Nice : ma sœur et son mari possèdent un yacht et j'ai envie d'aller faire un peu de voile avec eux en Méditerranée. Je disais justement à Marisa qu'elle devrait se joindre à nous une fois en Europe.

Par-delà Adriaan, auquel il parlait en apparence, c'était naturellement Marisa qu'il visait. Aussi, ce fut elle qui répondit :

— Si tes projets d'exposition à Bruxelles se concrétisent, je viendrai – elle sourit. – Mais Nice, c'est trop loin, ça ne cadre pas avec mon programme.

Ils demeurèrent un moment silencieux.

— Et vous êtes satisfait de la manière dont le public a accueilli votre exposition ? dit Adriaan, s'efforçant de ranimer la conversation.

Gérard reçut la question avec détachement.

— J'ai bien vendu, plus que je ne pensais. En fait, je ne m'attendais pas à vendre quoi que ce soit, étant donné les circonstances.

— L'art est toujours un bon investissement, à défaut d'autre chose, dit Marisa.

— Quand on veut vraiment investir, on achète de l'or ou des diamants. On ne s'enfuit pas en emportant une sculpture sous son bras.

— Mais qui parle de s'enfuir ? Tu serais étonné de savoir le nombre de gens qui n'ont pas encore conscience des « circonstances », pour reprendre ton expression, ou qui sont loin d'avoir mesuré la gravité de la situation.

— Quand j'étais à Johannesburg… commença Gérard.

Mais au même moment Sonia et ses deux compagnons se levèrent, et elle lui fit signe de venir leur dire au revoir, provoquant un grand concert de breloques avec son bras mi-levé, mi-tendu, en un geste ambigu qui pouvait aussi bien passer pour une injonction que pour une invitation à se rapprocher d'elle. Le moment de désarroi était passé et Sonia, qui avait retrouvé tous ses moyens, maîtrisait parfaitement la situation.

— C'est vrai, tu sais, dit Marisa d'un air songeur tandis que Gérard était absorbé par le petit groupe. Ce soir, Dewald a dit que c'était le recueil de poèmes le plus important de ces vingt dernières années ; et même si Dewald n'est pas très intelligent, avec le temps, il a fini par développer une sorte de sixième sens en ce domaine.

Elle revenait sur ce qu'elle avait appris à Gérard concernant l'œuvre poétique d'Adriaan.

— Bien sûr, l'opinion de Dewald n'engage que lui. En tout état de cause, il a vraisemblablement voulu dire que c'était le recueil de poèmes le plus important *en afrikaans*, ce qui relativise singulièrement la portée de son propos.

— Bernard pense que c'est l'un des livres les plus importants jamais publiés en afrikaans, toutes catégories confondues, dit-elle en souriant. Mais c'est peut-être là aussi une opinion toute relative, selon toi ?

Marisa faisait partie des rares personnes à pouvoir lui parler de son œuvre.

— Sur le plan du jugement littéraire, oui ; mais sur le plan personnel, non, je suis content qu'il ait aimé le livre. À propos, où est-il ce soir ?

— Son père ne va pas très bien : il a eu une attaque, et il a été transféré à l'infirmerie, alors Bernard a pensé qu'il devait y faire un saut après le travail. Il a le sentiment de l'avoir négligé, un sentiment que sa sœur fait tout pour entretenir – elle eut un geste dédaigneux qui montrait le peu d'intérêt qu'elle éprouvait pour sa belle-famille. – Regarde qui je vois venir, ajouta-t-elle, étonnée et légèrement amusée.

En haut de la volée de marches qui conduisait du vestibule au salon, Nico, retardataire, s'immobilisait en s'assurant instinctivement que tout le monde avait bien remarqué sa présence, et traînait dans le rond de lumière d'un projecteur afin d'attirer l'attention de Sonia.

— Nico perd tout contrôle de lui-même lorsqu'il débarque dans une fête tellement tard qu'il ne reste plus personne pour s'apercevoir de sa présence, fit observer Adriaan.

— Je ne crois pas que cela le dérange beaucoup, du moment qu'on voit qu'il est là. Étrange, n'est-ce pas, comme la solitude s'aggrave en vieillissant. Ce n'est pas quelque chose à quoi l'on s'habitue.

— Je le croyais parti ; ça fait très longtemps que je ne l'ai pas vu.

— Il a passé quelque temps à Johannesburg, je crois qu'il a eu un rôle dans je ne sais plus quel feuilleton télévisé, mais je ne regarde jamais la télévision.

— Ça risque d'être gênant, s'il vient parler avec nous. Tu comptes rester encore longtemps ?

— Bernard avait l'intention de passer en sortant de la maison de retraite ; je crois qu'on va devoir l'attendre encore un moment.

— Alors il faudra qu'il fasse vite, sinon, de tous les gens que Sonia a invités, il n'y aura bientôt plus que toi et Gérard.

— Oh, tu peux compter sur Sonia pour nous faire savoir quand elle voudra se débarrasser de nous, elle est tout à fait impitoyable là-dessus. Mais ce n'est pas encore pour tout de suite ; pour le moment, elle est bien trop occupée par Gérard.

Très sûre d'elle sur son divan, elle ne manifestait pas le moindre signe de hâte, bien que les interlocuteurs de Sonia fussent en train de prendre congé et qu'il ne restât plus que Gérard et Nico. Sonia préférait les hommes aux femmes, et traitait automatiquement toutes les femmes avec une hostilité non déclarée ; mais en face de Marisa elle avait appris, avec les années, jusqu'où elle pouvait aller trop loin ; elle avait en outre une certaine estime pour la beauté et la finesse de Marisa, sa capacité à parler de manière intelligente d'art, de littérature et de musique dans trois ou quatre langues différentes, et ce don qu'elle avait d'impressionner les visiteurs lors d'une réception ou d'un dîner, qu'ils fussent peintres, musiciens ou ambassadeurs. Entendons que Sonia avait sans doute découvert puis apprécié le côté européen de Marisa, et qu'elle avait commencé à la considérer comme une alliée sur un continent où elle se sentait de moins en moins chez elle. La robe bleu paon et la chevelure blonde de Marisa se détachaient sur le tissu blanc du divan, son bras était étendu le long du dossier ; souriante et absente, elle attendait la problématique arrivée de Bernard. Nico baisa avec passion et dans les règles de l'art la main de Sonia, laquelle se prêta au jeu de cette attitude théâtrale avec la coquetterie d'une femme qui, malgré tout, était en train de vieillir. Dans le soudain silence qui s'était fait dans la vaste pièce où il ne restait plus grand monde, seul résonnait le cliquetis des breloques.

Adriaan s'écarta de Sonia et Nico, quitta la pièce vide et gagna la vitre à travers laquelle il scruta la nuit, tentant d'apercevoir quelque chose du parc désormais noyé de ténèbres avec ses sculptures et ses arbustes, de deviner les jardins sombres où se nichaient les maisons voisines et l'endroit où les lumières de la ville dévalaient le versant de la montagne jusqu'à la mer qui scintillait au loin.

— Moi aussi, c'est ma dernière fête ce soir, tu sais, fit remarquer soudain Marisa. En Afrique du Sud, en tout cas.

— Je suis sûr que quelqu'un organisera une fête d'adieux avant ton départ.

— J'espère bien que non. Cette fois, je veux partir aussi discrètement que possible.

— Et pourquoi donc ?

Elle ne répondit pas tout de suite.

— Je n'ai plus envie d'aller à des fêtes, dit-elle finalement.

— Pourtant, ce soir, tu es venue.

— Sonia voulait absolument que j'amène Gérard... commença-t-elle, puis elle s'interrompit. Bon, à vrai dire ce n'est pas tout à fait ça : Gérard aurait très bien pu venir avec quelqu'un d'autre. En fait, c'est pour toi que je suis venue, Adriaan. C'est si difficile de te dire quelque chose – si difficile de savoir ce qu'il faut te dire, ce que l'on a le droit de te dire… Alors on fait un geste, comme on peut, en espérant qu'il sera compris.

Gérard les avait rejoints et attendait.

— Je crois qu'il va falloir y aller. Sonia a quelque chose à l'ambassade des États-Unis, ce soir.

— Oui, il va falloir qu'on y aille, fit lentement en écho Marisa, qui se leva.

— Est-ce qu'on se reverra, demanda Adriaan, ou bien est-ce que tu vas quitter le pays sans crier gare ?

— Non, quand même pas sans crier gare. On pourrait peut-être dîner ensemble un de ces soirs avant mon départ ? Je ne sais pas, j'ai encore tellement de choses à faire, que ce soit à la maison ou à la galerie. Je t'appelle, d'accord ?

La fête était finie ; George et le couple de quinquagénaires avec qui il bavardait dans son bureau firent leur apparition, clignant des yeux comme s'ils revenaient d'un long voyage et n'étaient pas habitués à la lumière. Gérard avait rejoint Sonia, et le peu de gens qui restaient s'étaient regroupés à proximité des quelques marches qui menaient au vestibule. Adriaan, cependant, ne s'était pas levé, et Marisa était restée près de lui, ce qui leur permettait de partager une certaine intimité dans un coin de la grande pièce baignée d'ombre où tout le monde les avait oubliés.

— Il y a longtemps qu'on ne t'avait pas vu, dit-elle. Je me suis occupée de Gérard toute la semaine dernière, et avant cela il y a eu l'exposition de Paul, et puis toutes les démarches que j'ai dû effectuer pour ce départ à l'étranger. Comment vas-tu, Adriaan ?

Comme toujours, il ne savait que répondre à cette question, même à elle.

— Ça va, dit-il après un moment d'hésitation. Je viens de publier un nouveau recueil de poèmes – ça devient une habitude chez moi. Je survis.

— Stephan te manque ?

— Oui, dit-il. Stephan me manque toujours.

La pièce se reflétait dans la baie vitrée, avec ses halos blafards, ses sculptures et ses tableaux dispersés dans la pénombre, ses silhouettes visibles uniquement à la faveur d'un déplacement ; le scintillement du bracelet de Sonia et l'éclat de la chevelure de Marisa éclairée par la lampe lançaient de brefs éclairs qui se mêlaient à la clarté lointaine des lumières de la ville.

— Il faudra qu'on déjeune ensemble avant que je parte, répéta Marisa, mais cette fois d'un ton plus décidé. J'en parlerai à Bernard. Je t'appelle.

Nico vint vers eux, son costume sombre se détachant à peine sur les ombres de la pièce. Marisa, souriante, évita adroitement la main qu'il lui tendait, jeta un dernier coup d'œil à Adriaan pour lui dire au revoir avant de rejoindre le groupe où Gérard l'attendait avec une impatience non dissimulée.

— Vite, dis-moi quel est ce superbe jeune homme aux poignets si fins sur lequel Sonia a jeté son dévolu ce soir, demanda Nico à Adriaan sans même prendre le temps de le saluer.

— C'est un sculpteur français qui a exposé ici et que Marisa a pris sous son aile.

Il vit passer un éclair dans les yeux de Nico, un mélange de désir et d'hésitation.

— Il peut venir se réfugier sous mon aile à moi quand il veut. Il s'en va ?

— Tout le monde s'en va. Tu es encore plus en retard que d'habitude, ce soir.

— Je sais ça, ces derniers temps j'arrive de plus en plus souvent en retard aux réceptions. Mais je ne suis rentré au Cap que ce matin, j'ai passé toute la journée à rattraper mon sommeil en retard.

— Et ça en valait la peine, au moins ?

— Oh, il y avait un steward marrant dans l'avion. Pas mon genre, malheureusement, mais ça fait passer le temps.

Il étendit la main, examina ses ongles, balaya d'une chiquenaude une poussière sur sa veste noire, et jeta instinctivement un regard sur l'image sans éclat qui se reflétait derrière eux dans la vitre baignée d'obscurité. Peu à peu, il oublia la parodie de personnage de théâtre qu'il donnait habituellement à voir au monde extérieur et se posa délicatement sur le divan à côté d'Adriaan.

— Je crois qu'on va bientôt devoir y aller. Je viens d'apercevoir cette lueur implacable dans les yeux de Sonia qui signifie qu'elle en a assez, mais raconte-moi vite les dernières nouvelles pendant que je vide mon verre.

— Il n'y a rien de neuf, que je sache, tout au moins. Je veux dire rien qui soit parvenu jusqu'à moi.

— On s'inquiète parfois pour toi, tu sais ça ? Je ne crois pas que tu ailles jamais où que ce soit, si ce n'est dans cette bibliothèque sinistre où tu travailles.

— C'est un musée, pas une bibliothèque, corrigea-t-il comme par réflexe.

— Quelle différence ? – il parcourut du regard le groupe de l'autre côté de la pièce, où Marisa et Gérard prenaient congé de leurs hôtes, et se dépêcha de finir son verre. – J'ai entendu dire que Stephan était à l'étranger, dit-il avec une nonchalance toute calculée.

— Effectivement.

Nico le jaugea du regard par-dessus le bord de son verre, et décida qu'il serait dangereux de s'aventurer plus avant sur ce thème.

— On dirait que tout le monde part à l'étranger, ces temps-ci. Même Marisa, à ce que j'ai entendu dire, pas plus tard qu'aujourd'hui.

— Elle va dans sa famille aux Pays-Bas. Ça fait longtemps qu'elle n'y est pas retournée.

— Et Bernard ?

— Bernard reste ici, comme d'habitude. Il dit qu'il ne voudrait manquer pour rien au monde ce qui se passe en ce moment en Afrique du Sud.

— J'ai toujours dit que Marisa était plus intelligente que Bernard.

— Mais elle va revenir.

— Pour quoi faire ?

Il laissa échapper un sourire.

— Parce quc son travail est ici, je suppose. Et Bernard aussi.

— Ni l'un ni l'autre ne me paraissent des arguments bien convaincants. À propos, où donc est passé le beau Bernard ce soir ?

— Tiens, quand on parle du loup… dit Adriaan.

Bernard venait en effet de faire son entrée, affichant l'air pressé, qu'il avait toujours, de celui qui craint de manquer quelque chose, et, comme toujours, il avait naturellement beaucoup attendu ce moment-là ; aussi, il se réjouissait d'être enfin là et se figurait que toutes les personnes présentes partageaient son plaisir. C'était le Bernard pareil à lui-même depuis qu'Adriaan le connaissait et qui l'irritait légèrement, lorsqu'il se trouvait à l'improviste en face de lui, par sa franchise, son innocence et sa vulnérabilité ; cette fois, passé la première réaction, seule demeura l'émotion. Il se leva pour aller le saluer et il perçut dans le regard de Marisa, quand elle se tourna vers lui, le même mélange fugitif d'impatience, de tolérance et d'affection. Depuis tant d'années qu'ils se connaissaient, il lui était déjà arrivé à plusieurs reprises de penser, comme ce soir, que Marisa et lui avaient bien plus de choses en commun qu'ils n'avaient jamais osé se l'avouer ouvertement.

— Tu diras ce que tu voudras, fit observer Nico d'un ton léger, mais il est quand même mignon.

Bernard était irrémédiablement en retard, et toute la bienveillance de Sonia n'y pouvait rien changer : le petit groupe n'avait d'autre choix que de rester planté là, quelque peu mal à l'aise, à écouter Bernard se confondre en excuses, ce qui suscitait chez Sonia un sourire de plus en plus figé. La pensée de leur prochain rendez-vous manifestement primait tout, et derrière le sourire l'irritation commençait à devenir perceptible.

— Il faut qu'on y aille, dit Marisa rapidement, ignorant le désir qu'à l'évidence Bernard caressait de rester boire un verre et de bavarder avec la poignée d'invités encore présents.

Entre-temps, Nico avait lui aussi fini son verre et s'était approché de Sonia pour lui dire au revoir.

— Pourquoi n'irions-nous pas tous ensemble chez nous ? suggéra Bernard, qui, après un coup d'œil à Marisa et à Gérard, laissa sa phrase en suspens.

— C'est qu'avec Gérard nous avions pensé dîner quelque part, pour sa dernière soirée au Cap, dit Marisa, mais nous n'avons encore rien décidé.

Elle se tourna vers l'intéressé, qu'ennuyait ferme leur conversation en afrikaans, afin de lui expliquer la situation ; s'ensuivit une discussion animée au cours de laquelle ils passèrent en revue toutes sortes de possibilités, et que Bernard ne pouvait pas suivre.

— Quoi qu'il en soit, je dois repasser au journal, dit ce dernier. Je suis parti à toute allure cet après-midi et il y a encore un certain nombre de choses que je dois terminer. Profitez-en pour vous mettre d'accord, et puis je vous rejoindrai au restaurant.

Lorsque Marisa eut traduit la proposition à Gérard, le mouvement à peine perceptible de ses lèvres montra à l'évidence qu'il n'avait pas compté avec la présence de Bernard à son dîner d'adieux, mais il réprima sa réaction presque aussi vite qu'elle s'était manifestée ; à l'ombre d'une sculpture, Adriaan observait le petit groupe, et il avait pris son tour pour dire au revoir à Sonia.

— Mais nous pouvons très bien attendre que tu aies fini, dit Gérard en anglais sur un ton de politesse rigide, et avec un accent, une intonation si prononcés qu'on eût pu croire qu'il parlait en français. Nous partirons tous ensemble.

Il avait effectivement des poignets très délicats, se dit Adriaan avec amusement, déliés et bronzés ; l'un d'eux était orné d'une fine montre en or qui avait dû coûter une fortune. Sur ce type de détails, on ne pouvait prendre en défaut le sens de l'observation et la sûreté de jugement de Nico.

Ils firent leurs adieux ; George les accompagna jusqu'à la porte, toujours aussi aimable, toujours aussi bienveillant, toujours aussi réservé. Sonia s'éloigna avec un soulagement visible, ayant vite tourné la page du succès modéré de sa soirée, quoi qu'il en fût derrière elle, et ne pensant déjà plus qu'à la réception de l'ambassade, au point que, lorsqu'elle aperçut Adriaan dans l'ombre de la statue, ce fut tout juste si elle le reconnut.

— Sonia… dit-il, la prenant une fois encore au dépourvu.

Elle allait tâtonner pour trouver le mot, le geste justes, n'étant nullement préparée aux nouvelles exigences auxquelles elle allait devoir faire face. Elle le reconnut néanmoins et s'adapta à la situation, leva la main dans sa direction, un sourire aux lèvres, le mot approprié lui revenant sur le bout de la langue.

— Adriaan, je suis tellement heureuse que tu sois venu… et tellement soulagée. Je me demandais si tu viendrais… Je doutais de parvenir à te convaincre.

— Je ne sais pas si cela aurait été bien grave de ne pas venir.

— Bien sûr que cela aurait été grave, pour moi, en tout cas ! elle lui saisit la main et la pétrit entre les siennes pour donner plus de force à ses paroles. – C'est tellement dommage que nous soyons attendus ce soir, mais ce sont des gens qu'on connaît depuis si longtemps, ce sont des amis intimes, on ne peut pas les laisser tomber comme ça, sans quoi j'aurais tant apprécié de bavarder tranquillement un moment !...

Les autres avaient déjà atteint la porte, que George tenait ouverte ; il les suivit, Sonia à ses côtés, la main posée sur son bras, parlant abondamment sans guère penser à ce qu'elle disait, précipitant le départ du dernier invité avec tout le tact dont elle savait faire preuve.

— Je n'ai pu que le feuilleter jusqu'ici et, d'ailleurs, qu'est-ce que j'y comprendrais ? Mais tout de même, certaines choses m'ont frappée, même en le feuilletant rapidement : les images que tu utilises, les images de la carrière de pierre...

— Oh, ça, c'est quelque chose que j'ai emprunté à Van Wyk Louw[1], dit-il d'un ton désinvolte, car il ne voyait pas d'autre manière de procéder pour entamer avec Sonia une discussion sur son œuvre.

Elle réagit toutefois avec une violence à laquelle il était loin de s'attendre.

— Ce sont exactement les images qui conviennent à ce pays, à cette langue. C'est comme ça qu'il faut s'y prendre si l'on veut vraiment parler de l'Afrique.

Il se dit soudain qu'il avait peut-être sous-estimé Sonia. Certes, elle pouvait être superficielle, mais elle

1. Poète, dramaturge et essayiste (1906-1970) ; l'un des fondateurs de la revue *Standpunte* ; il enseigna la littérature afrikaner à l'université d'Amsterdam, puis de Johannesburg.

ne manquait ni d'intelligence, ni d'intuition, ni de sensibilité.

— Comment es-tu arrivé jusqu'ici ? lui demanda Nico. Ou plutôt non, ne me dis rien, je suis assez déprimé comme ça ce soir. Je te ramène ?

— Comment refuser une offre aussi irrésistible ?

— On pourrait peut-être aller manger un bout. À moins que tu n'aies autre chose de prévu ?

La pression sur son bras s'était faite plus insistante, et il était incapable de prêter attention aux propos de Nico.

— Cette image de carrière, continua Sonia, m'a frappée parce qu'elle revient plusieurs fois dans le livre. Est-ce que ?... Non, c'est idiot de poser la question aussi directement. Je me demandais si peut-être, parmi les choses que tu avais à l'esprit en écrivant, tu avais pensé aussi à Mauthausen.

Nico avait emboîté le pas aux autres, qui continuaient à s'apostropher d'une voiture à l'autre avant de démarrer. Oui, pensa-t-il, il est vraiment facile de se tromper sur Sonia ; facile, et dangereux. Après tout, elle était issue d'une famille juive, elle avait vécu toute son enfance en Europe, elle était encore enfant pendant l'Occupation, et qui sait quels souvenirs elle portait en elle ? Elle n'en avait cependant jamais rien laissé paraître ; quant à lui poser la question, c'était impossible.

— Je suis tombé par hasard sur une pile de revues datant de l'après-guerre, dit-il lentement, l'époque de la Libération, des découvertes et des révélations, et l'image de Mauthausen est restée plus particulièrement gravée dans ma mémoire. L'image de la pierre arrachée à la terre, des pierres que l'on porte de l'obscurité à la lumière. Et puis il y a les poèmes de Kampanellis, bien que je ne les aie lus qu'en traduction.

Elle acquiesça : elle savait ce qu'était Mauthausen, elle savait qui était Kampanellis ; elle en savait sans doute davantage qu'elle n'en avait l'air. Elle s'était arrêtée dans l'ombre de l'embrasure de la porte, comme si elle avait du mal à choisir entre la fraîcheur du soir et la lumière des lampadaires qui illuminaient l'intérieur de la maison. George avait déjà disparu. Elle ne dit rien, mais leva la main en signe d'adieu, ce qui eut pour effet de faire briller et tinter son bracelet ; Adriaan se pencha pour l'embrasser et entendit en se retournant le bruit de la porte qui claquait derrière lui. L'ambassadeur attendait.

— Tu viens ? l'appela Nico.

— Adriaan !... cria Bernard derrière lui alors qu'il se dirigeait déjà vers la voiture de Nico, Marisa ayant emmené Gérard dans sa voiture. Je voulais juste te féliciter pour ton nouveau livre, dit-il. Il est bien ; je dis cela sincèrement. Certainement ce que tu as écrit de mieux jusqu'ici.

Carla, Marisa et Bernard, se dit-il, voilà sans doute les trois seules personnes qui parlaient normalement avec lui de son travail ou qui étaient autorisées à le faire ; leurs paroles étaient sincères, et c'était justement cette sincérité qu'il appréciait en eux, et non un quelconque jugement littéraire. Même avec Bernard, cependant, il ne savait comment réagir ; peut-être même moins avec lui qu'avec quiconque, car Bernard était trop proche de lui et le connaissait trop bien pour laisser beaucoup de place aux mots.

— Je n'ai pu bavarder que quelques minutes avec Marisa, ce soir, dit-il évasivement, sans réagir aux félicitations. Je suis désolé que nous nous soyons manqués.

— Le travail me prend de plus en plus de mon temps ces derniers jours, sans parler de mon père. Ça fait trop de choses à la fois.

— Pourtant, il n'y a jamais eu aussi peu à lire dans les journaux.

Bernard se contenta de rire.

— Et moi qui croyais que les cyniques, c'était nous, les journalistes. Il faudra qu'on organise quelque chose pour se voir.

— Marisa m'a dit qu'elle m'appellerait avant son départ pour qu'on mette une rencontre au point.

— Oui, ce serait bien. Viens donc dîner à la maison.

Ils s'étreignirent légèrement l'épaule, dans un geste mi-timide, mi-intime qui était devenu au fil des ans l'expression de leur amitié, puis Bernard se dirigea vers sa voiture.

— Pourquoi ne l'as-tu pas invité ? demanda Nico une fois installé au volant.

— Il va dîner avec Marisa et le Français.

— Je n'ai pas l'impression que ce sera une soirée particulièrement réussie pour aucun des trois. En ce qui me concerne, il aurait bien mieux fait de venir avec nous.

L'attirance qu'il éprouvait pour Bernard était tout à fait sincère ; il en était conscient, même si son appréciation demeurait purement abstraite et, en sa présence, il se comportait toujours avec une certaine ambiguïté. Bernard, pour sa part, donnait l'impression de goûter la compagnie de Nico et de trouver ce dernier amusant, bien qu'il ne sût pas toujours comment réagir face à ce jeu extrêmement subtil : il était parfois difficile de déterminer avec précision le degré d'ignorance ou d'innocence de Bernard.

Adriaan, assis sur le siège avant à côté de Nico, vit les phares de la voiture de Bernard trouer la nuit de l'allée et s'éloigner, les laissant seuls.

— Tu as faim ? demanda Nico.

— Pas vraiment, non.

— Moi non plus. Je viens de manger – il n'y a que quelques heures que je suis levé, pas plus. On se balade un peu avec la voiture ?

— Ça veut dire quoi au juste ?

— Qu'est-ce que tu crois ? Je n'ai pas une minute à perdre, moi. La réception chez Sonia n'était qu'un échauffement.

— Ton exil à Johannesburg était-il donc si calme que ça ?

— Calme n'est pas le mot que j'emploierais, mais d'un autre côté, je ne peux pas dire non plus que ça ait été particulièrement satisfaisant.

— Tu crois toujours que ça existe, la satisfaction ?

— Parfois, oui. Je crois que cela peut se trouver.

Il conduisait vite et avec dextérité une voiture de sport haut de gamme le long des rues désertes, passant devant de grandes maisons dissimulées derrière des arbres, roulant en direction des lumières du centre.

— À Johannesburg, je suis tombé sur un jeune Indien, pas du tout mon type, beaucoup trop jeune, mais très mignon, qui s'est jeté à mon cou et qui me prenait pour le grand amour de sa vie, au point que j'y ai presque cru moi-même ; mais au bout de quelques jours je me suis aperçu que ce n'était pas ce que je cherchais, je me suis libéré de son emprise et j'ai poursuivi ma route. Parfois pourtant, je repense à lui, ou en tout cas aux moments que nous avons passés ensemble, et j'ai le sentiment qu'il me manque – enfin bon, pas vraiment lui en tant que personne, mais cette spontanéité, cet abandon, cette confiance, bref toutes ces merveilles qui vous glissent entre les doigts dès que l'on essaie de les approcher, de les saisir. Et dans ces moments-là je me sens vieux, mélancolique, et j'ai envie d'un verre.

— Qu'est-ce que tu cherches, exactement ? Est-ce que tu le sais, seulement ?

— Qu'est-ce que nous cherchons tous ? Tu crois que quelqu'un a la réponse ? La spontanéité, l'abandon, la confiance, je suppose – l'amour, la tendresse ; qui sait ? Peut-être un peu de compagnie, tout simplement. Mais dès que l'une de ces choses montre le bout de son nez, on sait que ce n'est pas non plus exactement ce que l'on imaginait, et on revient à la case départ.

En société, Nico était superficiel, amusant et pratiquait une autodérision quelque peu amère ; il était rarement possible d'avoir avec lui une conversation sérieuse, tant il demeurait prudemment sur le ton de la plaisanterie ; parfois, cependant, cette légèreté incorrigible disparaissait et l'on se trouvait soudain plongé dans d'insondables abîmes. Adriaan observa à la dérobée cet homme maigre, sans charme particulier, plus très jeune, aux yeux toujours sur le qui-vive. Il avait été élevé par une mère divorcée qui l'avait mis dans une série de pensionnats à travers tout le pays, petit garçon maigre, sans charme particulier, tributaire du bon vouloir d'une femme aigrie et pas très équilibrée, se nourrissant des illusions des histoires d'amour et des films dont elle se nourrissait elle-même – c'était là tout ce qu'il avait révélé de lui peu à peu, par bribes. Dans les milieux du théâtre, il avait acquis une certaine renommée au fil des ans, encore que ce qu'on pouvait attendre de lui jeune ne se fût jamais pleinement réalisé, et c'est grâce à des prestations moins nobles mais mieux payées pour la télévision qu'il avait, depuis peu de temps, accédé à une certaine notoriété. Il lui était désormais impossible de cacher aussi bien son âge que le fait qu'il buvait : il avait tout un cercle de connaissances, mais aucun ami ; accumulait d'innombrables rencontres sans lendemain, mais n'avait pas de relation suivie, se laissant ballotter par la vie d'un contrat à l'autre, d'une fête à l'autre, d'une aventure à l'autre. Adriaan se demanda si ces moments souterrains d'introspection ne surgissaient pas uniquement en sa compagnie, et s'il devait l'interpréter comme la preuve d'une certaine affection, ou bien comme le fait que Nico lui accordait assez de confiance pour s'ouvrir brièvement à lui. Ces instants étaient le produit de l'errance et de la solitude croissantes de ces dernières années, mais ils étaient demeurés des moments isolés, dispersés ; depuis le temps qu'ils se connaissaient, il n'y avait jamais eu, en dépit d'une apparente franchise de la part de Nico, de véritable confiance entre eux.

L'accès de mauvaise humeur passa à vrai dire aussi vite qu'il était venu.

— Allons à Sea Point voir ce qu'on y trouve, qu'en dis-tu ?

— Tout ce que tu risques de trouver à Sea Point en ce moment, ce sont des soldats ou des flics.

— Génial ! Je raffole des uniformes.

— Ce n'est pas dit qu'eux raffolent de toi. Un de ces jours, il va t'arriver des bricoles.

— Ça fait des années que je me dis ça, mais parfois on se moque du prix à payer, non ? On espère seulement qu'on est tombé sur quelque chose ou quelqu'un qui en vaut la peine.

Encore faut-il avoir de la chance, ajouta-t-il pour lui-même. Et savoir reconnaître cette chance au moment où elle se présente. Ses pensées, toutefois, étaient ailleurs lorsqu'il s'arrêta au barrage routier où des hommes munis de torches leur firent signe de se ranger. Ils examinèrent les plaques d'immatriculation du véhicule et le faisceau lumineux d'une lampe balaya un instant l'intérieur de la voiture, mais on ne leur posa aucune question et quelques instants plus tard on leur fit signe qu'ils pouvaient repartir. Ils reprirent la conversation à l'endroit où ils l'avaient laissée.

La pluie avait cessé, mais les trottoirs étaient encore luisants des averses tombées pendant la journée et les arbres, le long des rues, se balançaient dans le vent. À Sea Point, le front de mer était désert, les enseignes multicolores étaient éteintes. Des journaux déchirés volaient au vent, les vastes pelouses étaient jonchées de détritus, des sacs en plastique et des tasses en carton s'empilaient dans les parterres de fleurs.

— Il semblerait que nous soyons les seuls ce soir à rechercher l'aventure, fit observer Nico comme il se rangeait le long du trottoir.

— Parle pour toi. Si je me trouve ici, c'est que tu as proposé de me ramener, et pas pour une autre raison.

— Écoute, tu peux bien me tenir un peu compagnie, on verra après ! dit Nico, qui avait déjà la tête ailleurs en coupant le contact. Et si jamais on trouve quelque chose, je te promets de te ramener chez toi avant de me laisser entraîner dans quelque folle aventure.

Le seul signe de vie qu'ils virent, fut un piéton solitaire qui promenait son chien en luttant contre le vent, et dont la silhouette se détachait sur les grilles, la mer et le ciel gris ; autrement, ils ne virent plus personne, même dans le halo distant des réverbères ; Nico, cependant, demeurait dans l'expectative, légèrement tendu.

— Tu me trouves méprisable, c'est ça ? demanda-t-il soudain.

Le ton se voulait badin, moqueur même, mais la question ne l'était pas.

— Non, dit Adriaan. Pourquoi devrais-je te trouver méprisable ?

— Parce que je n'ai rien de mieux à faire de ma vie que de chercher l'aventure.

— Et qu'est-ce qui te fait penser que je te juge pour ça, ou même que je veuille te juger ?

— Ton silence désapprobateur et ton manque manifeste d'intérêt pour cette équipée.

Adriaan voulut répondre, mais Nico ne lui en laissa pas le temps ; l'air songeur, il poursuivit son idée tandis que ses yeux parcouraient fébrilement la jetée et la rue désertes qui s'étendaient devant eux.

— Putain, Adriaan, il y a des moments où je te déteste, tu sais, avec ta maison, ton musée, ta petite vie tranquille, ton invulnérabilité et ton autosatisfaction.

Le ton de sa voix demeura calme et les mots auraient pu être prononcés avec une intention moqueuse, mais Adriaan connaissait assez les sautes d'humeur de Nico pour savoir qu'il était probablement très sérieux.

— Pour ce qui est de l'invulnérabilité, c'est raté, dit-il enfin, cela, je peux te l'assurer, et j'ai payé cher pour le savoir, peu importe que tu me croies ou non. Quant à l'autosatisfaction, ce n'est pas vrai non plus, malheureusement. Si tu as cette impression, c'est parce que tu m'observes de l'extérieur et que tu ne cherches pas à creuser.

— Alors je te déteste tout simplement parce que tu as réussi à avoir cet air invulnérable et content de toi, que tu le sois pour de bon ou pas, parce que tout ce qui t'arrive, tu t'arranges pour l'enfermer à l'intérieur de toi au lieu d'en faire profiter les autres. Je te déteste parce que tout est trop bien rangé dans ta petite vie. Quoi qu'il t'advienne, tu t'arranges toujours pour en faire quelque chose, et avant même que ce soit fini, te voilà en train d'écrire un poème avec des larmes qui dégoulinent sur le papier.

L'image fit rire Adriaan.

— Ça ne se passe pas de manière aussi froide, dit-il, avant de se reprendre : Enfin, pas tout à fait. Du moins, pas toujours, précisa-t-il tout en scrutant de l'intérieur de la voiture les ténèbres au-delà des grilles et en écoutant le grondement sourd de la mer, invisible de l'autre côté de la promenade.

Lorsqu'il se retourna, il eut la surprise de constater que Nico ne l'écoutait plus : son attention était repartie ailleurs tandis qu'il se penchait légèrement sur le volant.

— Regarde, dit-il doucement. Est-ce que je ne t'avais pas dit qu'il allait se passer quelque chose ?

Du lointain et flou halo du réverbère et de l'ombre des buissons quelqu'un venait dans leur direction, un jeune homme tout de blanc vêtu avec un chandail jeté négligemment sur les épaules, les manches nouées autour du cou, indifférent à la fraîcheur de la soirée. Il vint directement vers eux, sa silhouette se détachant sur le flou des réverbères, resplendissant sur la pelouse déserte, et ils l'observèrent, protégés par l'obscurité de la voiture. Nico ne bougea pas, ses deux mains légèrement posées sur le volant, attendant que l'homme parvînt à leur hauteur, et Adriaan remarqua encore une fois cette lueur fugitive dans son regard, ce mélange d'hésitation et d'incertitude, le plaisir prenant peu à peu le dessus. De son siège, à côté de Nico, il entendait le mugissement sourd des vagues dans la nuit ; la réception qu'il appréhendait tant et à laquelle il avait assisté de si mauvaise grâce était terminée ; il se faisait tard, et il était fatigué. Il avait envie d'être seul désormais, pensa-t-il en lui-même ; il avait envie d'être totalement seul, pas dans une voiture étrangère le long d'une promenade déserte.

Le jeune homme était tout proche d'eux : ne se doutant ni de l'attention qu'ils lui portaient ni même de leur présence, il traversa juste devant la voiture sans ralentir son allure, courut dans la rue déserte et s'engouffra dans le hall de l'un des grands immeubles sur le trottoir d'en face.

Le désir s'éteignit dans les yeux de Nico.

— Il est mignon, remarqua-t-il. Et si jeune encore, si délicieusement jeune, resplendissant de jeunesse et de vie. Ah ! décidément, il n'y a rien de plus beau que la jeunesse, pas vrai ?

— Qu'est-ce que tu trouves à échanger avec ce genre de personnes ? demanda Adriaan.

— Qui te parle de conversation ? – il rit doucement et sortit une cigarette. – Ça ne te dérange pas si je fume ?

— Si, ça me dérange, dit Adriaan. Ramène-moi plutôt chez moi, après tu pourras fumer tant que tu voudras.

— Non, faisons encore un petit tour, dit Nico en rangeant ses cigarettes, les yeux papillotant de plus belle le long de la promenade.

De l'autre côté de la rue les immeubles semblaient comme morts, les entrées désertes visibles à travers les portes vitrées fermées à clef.

— Qu'est-ce que tu veux faire chez toi à cette heure-ci, tu peux me dire ?

— Ce que je fais dans ces cas-là. Lire, écouter des disques, manger un morceau.

— Comment peux-tu vivre comme ça, entre ta maison et ton musée ? Moi, je ne pourrais pas.

— C'est une habitude qui se prend avec le temps ; un peu comme on apprend un rôle au théâtre, je suppose.

— Une habitude qui se prend, répéta Nico d'un air rêveur ; et un beau jour, on découvre qu'elle ne veut plus vous lâcher.

— Qu'est-ce qu'il y a de mal à cela ? On s'habitue à tout.

Nico, qui avait cessé d'attendre, s'énervait déjà et montrait des signes d'ennui.

— On m'a dit que Stephan était parti, fit-il.

— Tu me l'as déjà dit tout à l'heure.

— Oui, mais tu ne m'as rien annoncé de plus – son silence était provisoire, plein d'attente. – Parti pour de bon ?

— Il est parti à l'étranger, je crois qu'il a trouvé du boulot. On ne le reverra sans doute pas de sitôt.

Nico digéra l'information.

— Je pensais que ça marchait bien entre vous, dit-il au bout d'un moment – mais l'apparente légèreté de son ton, une fois encore, était trompeuse. – Encore une chose pour laquelle je te détestais, tu sais, le fait que tu aies trouvé ce que moi je cherche encore.

— Tu vois, ça te montre simplement que tu t'étais trompé.

Il avait répondu d'un ton plus sec qu'il n'aurait voulu et Nico fit rapidement marche arrière.

— Bon, ça va, on n'est pas obligés d'en parler.

— Tout s'est passé si vite, tenta-t-il d'expliquer. Tout cela est encore si nouveau… – et, se souvenant que Nico n'était pas méchant : – Il faut que je m'habitue… ajouta-t-il.

Des lumières de phares balayèrent l'intérieur de la voiture et se reflétèrent dans le rétroviseur ; une voiture de police les dépassa lentement, et les occupants les observèrent au passage par la vitre. Puis le véhicule s'éloigna et remonta la rue déserte.

— On y va, dit Nico en démarrant, plein d'une détermination soudaine. On va aller faire un tour en ville. Je ne suis pas d'humeur à traîner par ici ce soir, et ce n'est pas le verre que j'ai bu chez Sonia qui m'a remonté le moral.

Ils dévalèrent la rue en trombe, dépassèrent la voiture de police qui se déplaçait lentement en longeant le trottoir, comme si ses occupants cherchaient quelque chose.

— En fait, je pense toujours à mon petit Indien : c'est ça qui me rend d'humeur maussade ce soir.

— Dans ce cas, retourne à Johannesburg !

— Non, on ne revient jamais en arrière, tout le monde sait cela, même moi. Et puis, en définitive, ce n'est pas tant à lui que je pense qu'à cet engagement, au fait d'être avec quelqu'un ; et cela, ça ne se retrouve pas.

Son esprit était stimulé, derechef, par les possibilités qu'offrait le centre-ville, et la soirée se coulait dans le style classique, qui débute par une course-poursuite effrénée de point chaud à la mode en point chaud à la mode, se continue par un ennui et une frustration qui vont croissant, pour se terminer en un abandon de la quête, par la force des choses, une fois l'échec avéré.

— Tu ne veux pas me déposer chez moi d'abord ? demanda Adriaan.

— Plus tard, plus tard ; d'abord on va faire un tour avec la voiture. Ensuite tu auras toute la soirée pour lire tes bouquins et écouter tes disques.

Le centre se révéla toutefois tout aussi désert que les faubourgs, et de nombreuses vitrines de magasins étaient plongées dans le noir.

— Beaucoup de choses ont changé depuis la dernière fois que je suis venu ici, dit Nico en parcourant du regard les rues désertes, les bâtiments vides et les sacs poubelles au bord des trottoirs. On dirait que cette ville est en train de mourir.

— Tu t'attendais à quoi, étant donné les circonstances ?

— L'Allemagne aussi a eu des problèmes après la Première Guerre mondiale, rétorqua Nico d'un ton tranchant, mais Berlin n'a jamais eu cette allure-là.

Il se reprit à ralentir, cherchant le long des rues un piéton isolé ou une silhouette porteuse d'espoir dans la pénombre d'une entrée d'immeuble : son attention était tout entière centrée sur sa quête, sur sa chasse, son désir de trouver une proie éventuelle qui s'enfuirait devant lui d'une rue déserte à l'autre au fur et à mesure qu'il roulait, lui échappant à chaque zone d'ombre.

— Il y a peut-être quelque chose à la gare, dit-il. J'ai entendu dire que c'est là que ça bouge, en ce moment.

— Ça me semble peu probable. Je préférerais rentrer.

Nico l'entendit à peine.

— Non, attends encore un peu, on regarde juste s'il y a quelque chose.

Arrivé devant la gare, il coupa le moteur puis, sans rien dire, descendit de voiture et se dirigea à pied vers l'entrée du bâtiment. Ça peut durer longtemps, pensa Adriaan, qui était resté dans la voiture ; il y avait effectivement gros à parier que la situation se prolongerait indéfiniment, que l'énervement de Nico monterait à mesure qu'il passerait à toute vitesse d'un lieu de rendez-vous à un autre jusqu'à l'aube et que, plus les heures passeraient, plus ses attentes prendraient un tour exagéré et irréaliste. Ce n'était pas la première fois qu'il l'accompagnait dans ces expéditions fiévreuses. Mais d'un autre côté, quelle raison aurait pu l'inciter à rentrer chez lui ? Il sortit de la voiture, car Nico l'attendait quelques centaines de mètres plus loin. Il se dit qu'il aurait mieux fait d'aller dîner avec Bernard ; ils auraient dû abandonner Marisa et Gérard à leur sort, et Nico au sien. Dans la lumière bleutée du demi-jour, les rues désertes, la fraîcheur de l'air, le halo flou des réverbères et le grondement d'un véhicule passant au loin lui rappelèrent soudain quelque chose. Il n'aurait pas pu situer avec précision la nature de ces souvenirs, tellement cette illumination avait été inattendue, soudaine ; tout ce qu'il savait, c'est qu'il aurait préféré éviter ce moment si cela avait été en son pouvoir. Hébété et perplexe, il demeura immobile.

— Alors, tu viens ou tu restes ? lui cria Nico avant de s'éloigner.

La ville avait changé ces derniers temps, comme Nico l'avait remarqué, et bien que les véritables modifications eussent été progressives, elles avaient pris une telle ampleur que tous les aspects de la vie en avaient été affectés et que les repères familiers s'en trouvaient bouleversés. Pour prendre un exemple, au fur et à mesure que le centre-ville se vidait de ses habitants, il avait été peu à peu envahi par des légions de vagabonds et de sans-abri aux effectifs sans cesse croissants qui avaient cherché refuge dans certains endroits comme la gare, où ils passaient la nuit sur un banc, voire à même le sol, en plein courant d'air, étendus, dormant recroquevillés dans la lumière blafarde, ou encore serrés en grappes. Le processus de transformation n'était cependant pas tout à fait achevé et les implications n'en étaient pas encore claires pour tout le monde, de sorte que par certains côtés la vie demeurait provisoirement inchangée, alors même que l'environnement était en pleine mutation : ainsi de cette musique de ballet que diffusaient encore les haut-parleurs du hall de la gare. Les déshérités se mouvaient dans la lumière blafarde au rythme de ces mélodies irréelles, et les pigeons qui nichaient dans les renfoncements du bâtiment ne cessaient d'aller et venir dans un tourbillon de plumes, tout excités par la lumière et la musique.

Il s'arrêta devant l'entrée de la gare et tenta de trouver Nico qui avait disparu dans la foule ; un jeune homme maigre aux yeux brillants vint vers lui en titubant et murmura une phrase dans laquelle il était question d'une cigarette. Il secoua la tête et se remit en route, mais demeura à la lisière de ce rassemblement de spectres, conscient de la puanteur des corps, des taches et des ronds poisseux sur le sol, des traces de sang encore fraîches à ses pieds ; dans la pénombre il reconnut Nico qui le fuyait de sa démarche étrange et sautillante. Il comprit que Nico, mû par l'éventualité de trouver, quelque part parmi ces épaves, une étincelle de reconnaissance dans les yeux d'un étranger ou quelque corps à vendre, l'avait de nouveau totalement oublié. Il avait disparu à l'autre bout du hall.

Que faisait-il en ces lieux ? se demanda Adriaan tout en l'attendant. S'il cherchait quelque chose, de quoi s'agissait-il, et quelles étaient ses chances de succès ? Nico pouvait se contenter d'un instant de plaisir physique ; l'excitation de la quête et la longue poursuite lui suffisaient, à tel point que le succès même de l'opération, qui le faisait courir de manière aussi compulsive, pouvait se révéler décevant une fois le résultat atteint. Pour Adriaan, toutefois, l'époque de ces aventures et de ces illusions était révolue depuis longtemps ; il ne voyait devant lui qu'un espace rempli des épaves de la ville, parmi lesquelles se trouvaient sans doute des corps à vendre, des pigeons qui battaient l'air de leurs ailes et quelques notes de musique.

Il savait que, s'il disparaissait, il y avait peu de chances que Nico se demande où il était passé : il n'était pour Nico qu'un compagnon provisoire, un rempart temporaire contre la solitude, quelqu'un à qui se confier dans un moment d'abattement ; une fois la solitude et l'abattement passés, il n'avait plus besoin de lui, et en l'absence d'Adriaan il disposait de remplaçants qui faisaient tout aussi bien l'affaire. Il décida de rentrer à pied et de laisser Nico à ses errances, quitta la grande salle d'attente avec pson assemblage hétéroclite et regagna les rues désertes du centre. Il avait l'habitude de déambuler, notamment pour rentrer chez lui, et il ne lui vint même pas à l'idée d'attendre un hypothétique autobus ni de tenter de héler un taxi. Ces trajets qu'il parcourait les yeux fermés, seul, le long des rues désertes, dans un silence que ne venait troubler nulle parole, souvent même nulle pensée, faisaient partie de son mode de vie et il en appréciait le côté solitaire. Ce silence donnait naissance à des rythmes qui seraient plus tard comblés par des mots, de manière tout aussi imperceptible qu'inexplicable ; le silence de ces longues promenades lui procurait une sensation d'engourdissement qui était pour lui une manière de consolation, et qu'il éprouvait avec gratitude.

Le long des rues, les sacs poubelles s'entassaient, dans l'attente d'être un jour ramassés ; certains s'étaient renversés et déchirés, répandant leur contenu, vieux chiffons, épluchures, papiers froissés, boîtes de conserve et gobelets en carton qui virevoltaient sous l'effet du vent. Des gens sortaient peu à peu de l'ombre en silence, fouillaient les ordures et ce faisant répandaient les détritus sur le trottoir, tandis qu'à l'ombre des entrées d'immeuble d'autres étaient accroupis ou bien dormaient en s'abritant derrière des journaux ou des cartons, immobiles comme des statues. De nuit, la ville prenait progressivement l'allure d'un monde étrange et nouveau dans lequel le laisser-aller et le déclin étaient de plus en plus perceptibles. Les éclats d'une vitre brisée scintillaient sur le trottoir à la lueur d'un réverbère et le sol était maculé de taches sombres qui pouvaient être du sang. Dans la lumière d'une vitrine, un homme était étendu sur le dos, la bouche ouverte, les bras maladroitement repliés, inconscient, ivre ou mort, les traits du visage impassibles ; la scène, cela dit, était devenue trop habituelle pour attirer l'attention ou susciter une quelconque inquiétude.

Il n'y avait pour ainsi dire pas de circulation, et les gens qui n'habitaient pas en ville étaient partis depuis longtemps ; plus personne ne traînait ici après le coucher du soleil. Ce n'est qu'en s'arrêtant pour traverser au feu situé en haut de la rue qu'il entendit s'ébranler de lourds véhicules et que trois camions militaires passèrent en trombe devant lui le long de la route par où l'on sortait de la ville. Dans la pénombre, il distingua vaguement les traits des hommes que l'on emmenait et, presque cachés par les casques d'acier, les yeux qui se posèrent un instant sur lui ; puis tout disparut et la lueur des feux arrière s'évanouit au loin dans un virage. Personne sauf lui ne les avait vus passer ; cette scène, elle aussi, faisait désormais partie de la réalité quotidienne et ne suscitait plus ni étonnement ni curiosité. Personne ne saurait jamais où l'on emmenait ces hommes : la nuit les avait engloutis, on eût dit qu'ils n'avaient jamais existé.

Il gravit les rues étroites, calmes, de plus en plus escarpées, qui menaient aux contreforts de la montagne, dans les quartiers anciens de la ville qui ignoraient jusqu'aux bruits de la vie quotidienne des porches et des ruelles, passa devant des immeubles et des maisons dissimulées derrière des murs et des jardins. Le bitume mouillé brillait dans la lumière des réverbères, mais il n'y avait pas de circulation, et seules de rares fenêtres étaient encore faiblement éclairées. Personne ne le vit passer : comme s'il était invisible, il déambula le long des rues désertes, passa devant les fenêtres illuminées dans le silence de la nuit hivernale, regarda, écouta et observa, enregistrant tout automatiquement, sans chercher à comprendre le sens ni le but de ces observations. Rien n'était perdu, rien n'était en vain – en tout cas, c'était ce que la vie lui avait appris jusqu'ici.

Il se demanda si Nico déambulait toujours parmi la foule à la gare ou bien s'il était déjà en route pour sa destination suivante ; peut-être même avait-il, contre toute attente, trouvé un compagnon pour la nuit ? Il revit la promenade déserte, balayée par le vent, Anita abandonnée à son sort dans un coin de la pièce, Sonia prisonnière pour un instant de la lumière d'un projecteur, souriant tandis que l'un de ses invités s'inclinait pour lui faire le baisemain, et le visage sombre et sérieux de Carla ; il revit *Le Triomphe de l'amour* flottant au-dessus des têtes, des sculptures, de la table, dans la lumière qui venait d'en haut. La vie continue, se dit-il en écoutant le bruit régulier de ses pas qui résonnait dans la rue déserte, longeant des fenêtres illuminées derrière lesquelles s'assemblaient des gens repliés sur leur propre existence. La vie continue, se dit-il, plongé dans ses pensées tout en contemplant les fenêtres éclairées, on accepte le vide, on apprend autant que faire se peut à vivre au jour le jour. Un jour, tôt ou tard, l'engourdissement se dissiperait et les sensations reviendraient, tout d'abord prudemment, avec des picotements dans les extrémités, de sorte qu'au début ce ne seraient que de simples perceptions sensorielles, pas encore de véritables douleurs. Plus tard il faudrait se remettre à penser, plus tard il serait possible de se ressouvenir, de briser cette rigidité, et au fur et à mesure que la perte, le manque et d'autres sentiments familiers feraient leur réapparition, l'on réapprendrait à s'en accommoder. Pour le moment, il n'y avait que le vide dans lequel les mots mêmes n'existaient plus, quelque chose qu'il fallait traverser à l'aveuglette et endurer avec reconnaissance.

Dans la rue la plus haute, juste en bas de chez lui, il s'arrêta un instant et se retourna pour regarder la ville qui s'étendait à ses pieds avec ses lumières. Cette image nocturne était encore intacte, les rues laissées à l'abandon, les vagabonds, les paniers à salade et les camions militaires silencieusement niés par l'enchevêtrement des lumières qui s'étendaient au loin dans le brouillard et l'obscurité. La ville était immobile sous le ciel d'hiver, et le seul bruit perceptible était celui de l'eau qui descendait de la montagne et dévalait les rues, un bruissement et un gargouillement ininterrompus dont on ne prenait connaissance que lorsque, comme Adriaan, l'on s'immobilisait, seul, pour l'écouter dans le silence de la nuit.

L'homme gisait sur le dos, immobile sur le trottoir, le visage rigide, les mâchoires ensanglantées et crispées. L'homme gisait face contre terre, dans la position qu'il avait lorsqu'il était tombé, bras tendu, jambes repliées sous lui, sur l'asphalte maculé de taches sombres. Les gens restaient là où ils tombaient, dans la position qu'ils avaient en courant ou en se retournant pour fuir, bras et jambes figés dans des postures grotesques ; leurs chaussures, leurs chapeaux et les vêtements qu'ils avaient laissés tomber dans leur fuite étaient éparpillés autour d'eux dans la poussière.

L'image vacilla, des lignes tremblotèrent sur l'écran, puis les lignes redevinrent nettes. Toute compassion avait disparu : personne ne venait plus enlever les cadavres ni rassembler les restes épars de leur fuite ; au loin, de l'autre côté des barbelés, au-delà des arbres, des véhicules passaient et la vie suivait son cours, indifférente. Seule la caméra s'intéressait encore à eux, balayant la scène avec une impartialité totale qui accordait autant d'importance à la femme qu'à l'enfant, au vieillard qu'au jeune garçon. Tous gisaient dans la position qu'ils avaient en tombant, et seuls les hommes derrière les caméras évoluaient parmi eux, marchant avec circonspection sur la main tendue ou sur le chapeau tombé tandis qu'ils cherchaient le meilleur angle pour la prise de vues. La dernière prise achevée, ils partiraient eux aussi, vers leur mission suivante.

Balayant l'immense terrain jonché d'êtres humains, la caméra traversa en oblique la route où les voitures, de l'autre côté de la clôture de fils de fer barbelés, passaient à vive allure, puis elle monta vers le ciel vide et l'image disparut ; l'écran s'obscurcit, demeura vide. Il ne s'était rien passé.

À cette époque, plus personne ne posait de questions : on avait fini par s'abstenir d'en poser, les réponses se faisant de plus en plus rares, et par les garder informulées… Peut-être même tombèrent-elles simplement dans l'oubli. Les noms des morts n'étaient plus prononcés, car nous avions appris qu'il était préférable d'oublier ; nous étions parfois étonnés de voir à quel point nous apprenions vite, et avec quelle facilité. Nous avons appris à nous taire, à oublier ; nous avons continué à vivre : c'était un peu difficile au début, mais les choses étaient devenues plus faciles, à mesure que nous constations que l'on pouvait aussi vivre comme cela, que l'on pouvait vivre aussi bien comme cela qu'autrement. Il nous est arrivé, cet hiver-là, de frissonner à la tombée de la nuit, de sursauter au bruit du vent contre la porte ou bien lorsqu'une branche heurtait la vitre, puis la peur s'en allait et nous continuions comme si de rien n'était. Après tout, il ne nous était rien arrivé, à nous.

II

Au musée, personne d'autre que lui ne s'intéressait au legs, et la livraison de ce fatras hétéroclite de caisses, de malles et de cartons n'éveilla pas d'intérêt particulier chez ses collègues. Au fil des ans, chacun s'était construit son petit monde, s'y était enfermé, et personne ne voyait d'un bon œil l'arrivée de nouvelles tâches ou de nouvelles obligations en mesure de perturber l'inertie routinière mais rassurante d'une vie de gratte-papier. Ce fut donc lui qui se plongea dans cette nouvelle acquisition, privilège que personne ne songea à lui disputer.

En réalité, en déballant les caisses dans l'entrepôt, il s'aperçut que leur contenu ne présentait pas grand intérêt pour le musée non plus, et qu'il aurait le plus grand mal à insérer ces objets dans les collections existantes. Selon le règlement, il se devait d'informer le directeur de l'arrivée de l'envoi ; ce dernier demanderait un rapport et, tôt ou tard, après avoir fait traîner les choses en longueur, déciderait probablement de tout expédier au rebut. En tout cas, ces objets emballés à la va-vite par les déménageurs avaient éveillé chez lui un intérêt considérable, et il les examinait systématiquement un par un, animé par une curiosité croissante pour les vies humaines dont ils étaient les ultimes témoignages.

En fouillant dans un carton défoncé rempli de photos, de souvenirs et de lettres qui s'était ouvert et dont le contenu s'était répandu sur le sol, il tomba par hasard sur un article paru dans un journal du Cap peu après la fin de la Seconde Guerre mondiale ; la journaliste y faisait un compte rendu émouvant de l'entretien qu'elle avait eu avec un aristocrate de Prusse-Orientale et sa femme qui avaient choisi Le Cap comme lieu d'exil et qui venaient d'arriver avec les maigres biens que les paysans travaillant sur leurs propriétés avaient réussi, en les chargeant sur des carrioles, à sauver de l'avance des armées ennemies. Derrière le grain de la photo du journal, à des années de distance, l'homme au long visage anguleux et aux yeux vifs et la femme au petit chapeau coquettement posé de travers sur le front le regardaient, mais ne révélaient rien de plus. Il était donc contraint de se tourner vers les objets qu'ils avaient laissés, débris et déchets de toute une vie qui avaient atterri bien des années plus tard, faute de mieux, dans un musée du fin fond de l'Afrique, longtemps après que ce qui avait de la valeur eut disparu ou été dispersé. Était-ce là ce qu'avaient chargé sur des charrettes des paysans dans la boue du printemps de Pologne et de Prusse-Orientale, alors qu'au loin la guerre faisait rage, cette robe du soir d'un autre âge, ces bibelots hideux, ces peintures délavées, ces biographies et ces romans d'avant-guerre, ces albums de photos, ces lettres écrites dans une demi-douzaine de langues ? Ces gens étaient parvenus à se faufiler avec leurs biens entre les armées en bataille, à travers les frontières mouvantes, dans un monde en voie d'engloutissement ; il leur avait fallu jongler avec les nationalités, les loyautés, les langues, les passeports et les visas, les titres et les comptes en banque, intriguer, trafiquer, mentir, jouer la comédie, s'adapter, et finalement survivre, à l'abri dans un pays étranger où ils avaient passé quarante ans de leur vie sans probablement jamais oublier ne fût-ce qu'un instant leur condition d'étrangers. Et les paysans, se demandait-il parfois avec un peu d'amertume, avaient-ils réussi à sauver quelque chose de ce qu'ils possédaient, et jusqu'où leur fuite les avait-elle entraînés ?

Personne ne lui demanda de comptes sur ses activités, personne même ne lui réclama son rapport mensuel ; quand il le jugeait bon, il pouvait se retirer dans l'entrepôt sans que quiconque le cherchât ou voulût savoir ce qu'il était en train de faire. Sur les grandes tables, sous la lumière impitoyable des ampoules nues, il vida les malles et étala les vêtements usés comme s'il s'agissait des restes de quelque grande catastrophe, stockés là avec des tas de cheveux humains, de prothèses et de dents dont il restait à extraire l'or, puis il se mit à fouiller les cartons remplis de livres et de documents, de lettres sans enveloppes, de photos et de babioles qui recouvraient le tout comme de fines couches de sable, *Quo vadis ?* en polonais et Paul de Kock en français, des en-têtes de lettres d'hôtels de Nice, Palerme et Saint-Pétersbourg, des cartes postales d'une douzaine de villes différentes, des photos signées au dos avec de gros stylos à plume épaisse faite pour les pleins et les déliés, Missy et Nicky et Sacha, autrefois immortalisés à Varsovie ou à Berlin et désormais morts depuis longtemps. Mais au bout d'un certain temps il fut pris d'un sentiment d'angoisse à la vue de cette masse de souvenirs, des tas de gravier et des éboulis de toutes ces années qui se dressaient devant lui comme une muraille morte ; il remit alors les papiers dans les cartons et ferma la porte de l'entrepôt derrière lui. Ce n'est que plusieurs jours, voire plusieurs semaines, plus tard que, retombant sous l'empire d'une curiosité – ou d'un ennui – ayant assez de force pour l'y ramener, il n'aurait qu'à ouvrir la porte de l'entrepôt et à allumer la lumière pour retrouver le tout tel qu'il l'avait laissé sur les tables, attendant qu'il reprît son travail dans la lumière impitoyable des ampoules électriques. Peu à peu, le legs devint un point d'ancrage dans son existence au musée, un but dans ses journées sans but, faites de routine et d'ennui, et il se penchait sur les cartons comme sur les pièces d'un puzzle impossible à terminer. Une petite boîte de dominos. Un étui à lunettes vide portant le nom d'un opticien de Dantzig. Un cadre à photos vide en argent terni. Des brosses à cheveux et à habits frappées des armes et du monogramme de leur propriétaire. Des cartes de visite. Un missel en polonais avec des images saintes entre les pages. Il poursuivit ses recherches et au bout d'un moment fut en mesure d'identifier des noms, les Micha et les Macha, les André et les Kitty répétés à l'infini ; il feuilleta les albums et remit peu à peu les visages qui revenaient continuellement, suivit le fil à travers le labyrinthe des ans et retrouva les mêmes traits, les mêmes yeux de l'enfance à la vieillesse en passant par l'âge adulte. Puis ils disparaissaient et n'étaient plus visibles sur les photos.

Il laissait le travail, y revenait. À quoi tout cela servait-il si ce n'était à satisfaire sa curiosité ? Qu'était-ce sinon un jeu qu'il s'était inventé pour son propre usage ? Il était incapable de donner une réponse à cette question mais poursuivit néanmoins sa quête. Il reconnaissait la maison, la grande bâtisse blanche à étage entre les bouleaux et les pins, la maison où les gens, l'été, légèrement vêtus, s'asseyaient sous la véranda, où ils montaient à cheval et où ils allaient chasser dans la forêt embrumée. Il y avait là des femmes qui portaient des robes longues et des chapeaux à large bord, des hommes portant des uniformes délavés de la Première Guerre mondiale et des femmes habillées en infirmières de la Croix-Rouge, des hommes en culotte de golf ou en vêtements de tennis, des femmes en souliers blancs, des femmes avec des fourrures sur les épaules, avant que tout cela fût abruptement englouti. La maison, cependant, était restée.

À travers le labyrinthe des livres et des documents, il rechercha une trace : en ces temps de vide et de désarroi – peut-être de nature passagère, mais bien réels tant qu'ils duraient – il accueillait avec reconnaissance tout ce qui pourrait donner ne fût-ce qu'une apparence de finalité à sa vie. La maison resurgit avec sa façade solennelle, immuable, parmi les arbres qui changeaient d'aspect avec les saisons, à l'arrière-plan de portraits de groupes qui grossissaient et diminuaient d'une année à l'autre au fur et à mesure que les membres de la famille et les amis qui y figuraient avançaient en âge, disparaissaient puis étaient remplacés : c'était un jeu que de les retrouver en passant d'une photo jaunissante à l'autre, mais comme dans tout jeu, après quelque temps, la futilité et la frustration ne tardaient pas à se manifester. Qu'était-il en train de faire ? se demanda-t-il tout à coup avec une violence soudaine, étonnante. Tout cela n'avait aucune importance, n'avait d'importance pour personne, et lorsqu'il aurait fini de tout passer au crible, le legs serait dispersé et finirait dans des ventes de charité ou chez des brocanteurs, à moins que le lot dans son ensemble n'échouât entre les mains du personnel de nettoyage. Que cherchait-il dans cette cave où un unique radiateur, et défectueux encore, était impuissant à chasser le froid et l'humidité ? Que faisait-il de sa vie dans ce bureau plein de ratés bricolant chacun dans son coin, dans une institution qui peinait à justifier son existence et qui surnageait comme elle pouvait au jour le jour, dans une incertitude croissante ?

Tout était calme dans l'entrepôt, et l'on ne pouvait que deviner, sans les entendre, les activités dans les autres parties du bâtiment : les employés qui mettaient de côté le fouillis qui s'entassait sur leur bureau, sortaient les manteaux et les écharpes, se préparaient à partir, les derniers visiteurs qui traînaient encore dans les salles d'exposition poussés vers la sortie par le clignotement des néons que l'on allumait et éteignait en alternance. Debout près de la table sur laquelle étaient étalés les vêtements, les livres et les photos, il pensa qu'il allait rentrer chez lui retrouver la lumière de sa lampe, la solitude, le silence. Il avait commencé à bâtir sa vie sur d'autres bases mais, à présent que ses espoirs avaient été déçus et que la confiance s'était émoussée, c'était tout ce qui lui restait, les grandes tables de l'entrepôt, le musée, la lampe sur son bureau, le silence.

Il entendit les pas du concierge dans le couloir, le claquement des fenêtres que l'on fermait brutalement, le bruit des interrupteurs. C'était l'heure de partir, de rentrer chez lui, de continuer à vivre et d'essayer de trouver pour lui-même un modèle ou un rythme, de trouver enfin les mots, de nouveau, et tôt ou tard, probablement, de se remettre à écrire, péniblement, mais avec un sentiment de libération pour lequel il rendrait grâce. Le temps apporterait une solution, comme il l'avait toujours fait jusqu'alors.

La pièce, confinée et sans fenêtre, dégageait une odeur de renfermé, de vieilles fourrures, de vieux vêtements et de vieux papiers ; l'odeur imprégnait jusqu'à ses vêtements, lui collait aux mains et l'accompagnait encore lorsqu'il arriva chez lui. Il était temps de larguer les amarres.

Le concierge ouvrit la porte de l'entrepôt et jeta un coup d'œil rapide à travers la pièce.

— Ma parole, je ne savais pas que vous étiez encore là, dit-il ; un peu plus, et je vous enfermais pour la nuit.

Riant tout seul de sa plaisanterie, il attendait, la main sur la poignée de la porte.

C'était un peu par hasard qu'il avait atterri au musée, parce qu'il avait eu la possibilité d'y obtenir un poste juste au bon moment et que cela lui procurait un revenu confortable, sans lui imposer de contraintes incompatibles avec sa vie privée ; il y était resté par habitude. L'établissement était un organisme libre fondé plusieurs années auparavant grâce à la libéralité d'un donateur, et dont l'objectif déclaré était de servir de centre d'exposition et de vitrine de la civilisation d'Europe occidentale ; désormais, du fait de la diminution constante des fonds et de la baisse du niveau, il vivotait tant bien que mal. Adriaan avait pour travail quelques petites tâches de routine, quitte à approfondir à sa guise tel ou tel aspect d'une question qui avait retenu son attention et qui l'intéressait, à recevoir de temps à autre un visiteur et à rédiger un court article pour quelque revue spécialisée ; il réussissait, tout comme ses collègues, à passer le temps sans effort ni stress visible. Sa vie était ailleurs, hors des murs de ce bâtiment légèrement décrépit.

Il avait appris peu à peu où étaient les limites et comment se mouvoir sans les franchir, ou bien en les franchissant de temps à autre sans se faire remarquer ; avec les années il s'était accordé de plus en plus de liberté sans pour autant attirer l'attention. Personne ne lui posait de questions sur ce qu'il faisait, personne ne contrôlait ses mouvements ni ne lui demandait où il allait : il pouvait s'isoler dans l'entrepôt avec un legs dont personne ne savait rien et dont personne ne voulait, ou sortir et s'absenter sans même devoir prendre la peine de trouver une excuse plausible. Il déambula dans la ville où l'éclat multicolore des imperméables et des parapluies éclairait pour quelques instants la fadeur des rues désertes, et vit, sur les murs couverts de slogans et d'affiches en lambeaux, la profusion de bouquets de fleurs – roses, œillets, jonquilles, iris et tulipes – d'un printemps qui tardait à venir. Au milieu de la confusion générale, il y avait encore des fleurs à vendre et des gens qui s'arrêtaient pour les acheter et en marchander le prix, comme si rien n'avait changé et que nul n'eût remarqué que la terre tremblait sous ses pieds ; peut-être même était-ce ce qui les conduisait à regarder et à acheter, cette assurance fournie par cette profusion de bouquets de fleurs sous la pluie. Les affiches finissaient par partir en lambeaux un jour ou l'autre, après tout, et lorsqu'un slogan nouveau faisait son apparition il était soit recouvert de peinture le lendemain matin, soit effacé par une pluie impartiale, tandis que les journaux que l'on vendait sur le trottoir confirmaient de manière rassurante l'absence de catastrophe : quant aux soldats en armes sur leurs chars postés au coin des rues, ils faisaient désormais tellement partie de la vie quotidienne qu'ils n'attiraient plus guère l'attention.

Rien n'avait changé, pensa-t-il, attendant à un carrefour que le feu passe au rouge ; dans la rue, des vendeuses tenaces lui proposaient des tulipes, des iris et des jonquilles ; il voyait au loin, au bout de la rue, entre les immeubles, la fine bruine qui resplendissait sur les contreforts de la montagne et la fraîcheur de l'herbe, luxuriante après la longue pluie, aux couleurs aussi tendres qu'un arc-en-ciel dans la lumière de l'après-midi finissant. Ce spectacle lui rappelait-il quelque souvenir dont la vue l'émouvait, ou bien y voyait-il la promesse de quelque chose à venir ? Il n'arrivait plus à faire la distinction ni à porter un jugement ; il se mouvait dans le vide parmi la foule en attendant que cela passe, tout en se demandant si cela passerait un jour.

Il marchait sans regarder où il allait, se faufila à travers la circulation imprévisible de la fin d'après-midi dans une ville où les feux de circulation étaient souvent en panne et où les agents de police se faisaient rares, et aperçut, mais trop tard, Dewald, radieux, qui l'attendait sur le trottoir d'en face, flottant littéralement dans un imperméable beaucoup trop grand pour lui.

— Ça alors, on peut dire que c'est mon jour de chance ! Je me demandais justement si je n'allais pas passer au musée, bien que je sache que tu n'aimes pas être dérangé quand tu travailles. Mais comme tu n'aimes pas non plus qu'on te dérange chez toi…

Emportés par l'enthousiasme de Dewald, ils remontèrent ensemble le courant de la foule.

— Tu as deux minutes pour bavarder ? On pourrait peut-être aller boire un café quelque part.

Il regarda sa montre d'un air légèrement étonné, comme s'il n'était pas tout à fait sûr d'avoir le temps ; il décida toutefois qu'il ne pouvait laisser passer cette chance inespérée et ce ne fut pas sans une certaine agitation qu'il entraîna Adriaan dans un café et qu'il se cala tant bien que mal derrière la table en face de lui, dans son imperméable semblable à une tente. Dans le coin opposé, Adriaan reconnut Bernard qui bavardait avec un collègue du journal, mais Dewald lui laissa à peine le temps de souffler, tout excité qu'il était par sa propre hâte, sa nervosité et l'urgence du sujet dont il voulait l'entretenir.

Se penchant par-dessus la table pour adopter le ton de la confidence, il glissa :

— Pour ne rien te cacher, je vais à un vernissage, à l'exposition de François…

Avec une impatience non dissimulée devant l'absence de réaction d'Adriaan, il fit une pause pour expliquer :

— François a fait une série de dessins inspirés du nouveau recueil d'Amanda, et elle lira quelques-uns de ses poèmes lors du vernissage – tu devrais y aller… Je pourrais vous présenter, François et toi ; ton nouveau livre…

Pendant un instant, son imagination survoltée se perdit dans un chemin de traverse, puis la vision de la serveuse le ramena provisoirement à la réalité.

— Tu prends un café ? Deux cafés, s'il vous plaît, commanda-t-il sans attendre la réponse d'Adriaan.

Puis il renversa le sucrier d'un large revers de manche et se mit à ramasser fébrilement le sucre répandu sur la table. Il s'était fait une place dans le monde littéraire non pas par son tact, son sens de la diplomatie, la pertinence de ses jugements ou même une intelligence particulière, mais grâce à son insensibilité complète à toute critique, à son zèle et à son obstination ; il était manifeste, cet après-midi-là, qu'il avait du mal à définir ses priorités, entre d'un côté un poète confirmé dont il venait solliciter une faveur et, de l'autre, ses obligations envers une jeune poétesse débutante qui devait encore faire ses preuves, mais qui avait les moyens de donner tout le retentissement possible à ses apparitions en public comme à ses plaquettes. Pour le moment, la balance semblait pencher en faveur d'Adriaan, mais il savait par expérience que l'arrivée du moindre impondérable pourrait remettre en cause ce fragile équilibre, aussi attendait-il avec flegme la suite des événements.

Très vite, presque imperceptiblement, les yeux de Dewald se portèrent vers sa montre ; oubliant François et le sucre renversé sur la table, il se mit à parler à toute allure, avec une ferveur et une chaleur qui n'étaient destinées qu'à masquer le fait qu'il souhaitait mettre un terme à la conversation le plus rapidement possible.

— Adriaan, je sais que tu es pressé, excuse-moi de t'avoir pour ainsi dire kidnappé en pleine rue, mais il faut à tout prix qu'on se voie et qu'on discute sérieusement de cette revue. C'est maintenant ou jamais, l'argent est là, et en plus on assiste en ce moment à un regain d'intérêt pour la poésie afrikaans – l'exposition de ce soir en est un bon exemple.

Il avait presque oublié sa tasse posée devant lui ; son visage rayonnait d'enthousiasme, ses yeux pétillaient derrière les verres de ses lunettes.

— Les jeunes sont tous derrière le projet, c'est juste que nos commanditaires nous demandent quelques signatures de poètes reconnus, sinon je ne serais pas venu vous embêter avec ça, Dekker et toi : je sais que ni lui ni toi n'aimez ce genre de choses.

Il se leva en hâte avant qu'Adriaan eût pu lui objecter quoi que ce fût ou eût le temps de montrer le moindre scepticisme, se cogna à la table et son geste fit se renverser du café dans les soucoupes.

— Adriaan, vieux, je t'appelle dans la semaine, on réunira tout le monde et on verra ce qu'on peut décider. Ça m'a vraiment fait plaisir de te voir. Porte-toi bien.

Il leva la main comme pour une bénédiction en guise de salut et disparut sans régler l'addition, tandis qu'Adriaan, seul à sa table, contemplait le café renversé. Il avait jugé l'homme un peu trop vite, car Dewald revint sur ses pas en toute hâte, paya les cafés et démarra en trombe pour retrouver François, Amanda et le vernissage. C'était là la dernière et la plus explicite reconnaissance de son statut actuel dans le monde littéraire, se dit-il avec une certaine surprise ; en effet, Dewald était réputé pour son peu d'empressement à délier les cordons de sa bourse, et évitait généralement toute dépense, si menue fût-elle.

Le café retrouva son calme après son départ, et c'est à peine s'il bourdonnait de la conversation menée à voix basse dans leur coin par Bernard et son compagnon. La rue transversale, grise et luisante de pluie, s'était elle aussi apaisée ; il n'était pas pressé, le jour tirait à sa fin, et il resta seul à sa table devant le café et le sucre renversés, observant la circulation. Si seulement il y avait des mots, pensa-t-il dans un moment soudain d'abattement, si seulement on pouvait trouver les mots pour remplir ce vide, si seulement la parole redevenait possible ! Mais il n'y avait rien, rien que le silence. Si seulement il était possible d'exprimer ce vide et ce silence par des mots ! pensa-t-il. Mais il n'y aurait personne pour écouter… Il savait par expérience que dans ce genre d'exposition les gens seraient pris dans un tourbillon de fumées de cigarettes et de voix, bavarderaient debout, un verre à la main, sans écouter ce que disaient les autres, leurs yeux parcourant la pièce par-dessus les épaules et les têtes de leurs interlocuteurs à la recherche d'un éditeur, d'un photographe de presse, d'un critique ou simplement de quelqu'un avec qui ils espéraient coucher. Dewald, son verre à la main, comme les autres, flotterait tel un bouchon emporté par la houle, rayonnerait de satisfaction en cochant mentalement les noms des écrivains et des poètes sur une liste invisible, tandis que dans un coin de la salle les flashes des appareils photos signaleraient la présence d'Amanda. Il n'y avait personne pour écouter, se dit-il, seul à sa table par cet après-midi pluvieux : même s'il était possible de vaincre le vide, même s'il réussissait à trouver des mots hésitants pour décrire et conjurer ce vide, même alors, il n'y aurait personne.

Les deux autres hommes se levèrent pour partir, et Bernard s'arrêta à sa table un instant tandis que son compagnon se dirigeait vers le comptoir pour régler les consommations.

— Tu es bien le premier qui arrive à se débarrasser de Dewald aussi rapidement, dit-il en souriant. Qu'est-ce que tu lui as dit ?

— Je n'ai pas eu besoin de lui dire quoi que ce soit. Amanda fait une lecture de ses poèmes ce soir, je ne faisais pas le poids.

— Je parierais que tu n'y vas pas.

— Pourquoi, tu y vas, toi ?

— J'ai reçu une invitation, mais je crois que je vais résister à la tentation. J'ai eu une journée épuisante – il hésita un moment. – Je peux te tenir compagnie, demanda-t-il timidement, ou bien préfères-tu rester seul ?

La question le toucha, car seul Bernard le connaissait assez pour savoir qu'il s'aventurait en terrain miné et à quel point il était difficile de faire la différence entre la solitude que l'on choisit et celle que l'on subit.

— Non, dit-il, je ne cherche pas particulièrement à rester seul. Je retarde juste le moment de rentrer chez moi.

L'autre homme, indécis, attendait près de la porte, mais Bernard lui fit signe qu'il restait et s'assit.

— Je suis sorti du bureau plus tôt que d'habitude parce que je voulais bavarder un peu avec Elsabé à propos de son nouveau roman, mais elle n'était pas encore assez avancée pour en parler. À vrai dire, elle ne l'a même pas encore commencé, et je doute qu'elle le commence un jour.

Même lorsqu'il n'était pas au bureau, Bernard avait du mal à se détacher du journal ; à la fin de l'après-midi ou le soir, il rentrait en faisant de longs détours, généralement à pied, visitant la ville et bavardant en cours de route, à la recherche de nouvelles fraîches. Marisa et lui vivaient chacun sa vie, mais il n'y avait pas de signe visible de tension entre eux.

— Et toi ? demanda-t-il.

— Est-ce qu'il faut que je te raconte tout sur mon œuvre, pour compenser les carences d'Elsabé ? La solidarité entre écrivains ne va pas jusque-là, contrairement à ce que tu sembles croire. Reste plutôt dans ton domaine, la politique.

Bernard rit.

— Depuis le temps, tu devrais savoir que je n'ai jamais réussi à étouffer mes ambitions littéraires, dit-il. Mes *prétentions* littéraires, devrais-je dire, ajouta-t-il mezza voce, comme pour se corriger. Et puis, tu es ma dernière chance de trouver un papier pour la page littéraire.

— Tu veux que je te raconte combien de vers j'ai écrits hier soir et le sentiment de satisfaction que j'en retire ?

— C'est à peu près ça. Mais avec des détails, s'il te plaît.

— Il y a certaines choses que tu devrais savoir, dit Adriaan d'un ton léger, mettant fin au caractère enjoué de la conversation.

— Tu travailles à quelque chose de nouveau ? demanda Bernard.

C'était une question directe, sans arrière-pensées. Adriaan secoua la tête.

— Pour le moment, je suis dans une de ces périodes de latence entre deux livres pendant lesquelles je ne réussis ni à écrire ni à croire que j'écrirai encore un jour. Aucun espoir.

Bernard le regarda, renonçant à tout désir de le faire parler ou à toute tentative pour le comprendre : « Tiens, il peut parler », se dit-il, étonné, éprouvant un soulagement progressif.

— D'un côté, j'ai peur que ça dure et, rien que d'y penser, j'en ai la chair de poule ; de l'autre, lorsque les mots se mettent à revenir, ce n'est pas beaucoup mieux.

— C'est vraiment une profession de solitaire, dit Bernard tout à coup.

— Si j'avais à choisir entre le silence et la création, je ne saurais pas quoi prendre : l'un ne vaut pas mieux que l'autre. Heureusement, on n'a pas le choix.

— Je t'envie, tu sais, dit Bernard ; en fin de compte, je t'envie, moi qui arrive si facilement à produire mes cinq cents ou mes deux mille mots pour l'édition du lendemain matin.

— Je ne crois pas que tu aies la moindre raison de m'envier. Après tout, un bon article a autant de valeur qu'un bon poème ou que tout autre produit de la créativité, et tu es un bon journaliste, il n'y a pas de doute là-dessus. Tu n'as pas attendu après moi pour le savoir.

— C'est trop facile, ça vient trop facilement. Tu ne vas pas me dire que c'est facile d'écrire un poème.

— Facile, non, dit-il enfin ; naturel, peut-être, pour moi en tout cas, mais facile, non. Mais pourquoi devrais-tu te méfier de quelque chose simplement parce que c'est facile ?

— Ce qu'on trouve trop facilement est trop proche de la surface, dit Bernard en souriant. Il faut descendre tout au fond de la mine si on veut trouver les pierres précieuses. Descendre tout au fond de la *carrière*, c'est bien ça ?

L'allusion ne lui échappa pas.

— Ah, quand même, tu l'as lu ? dit-il doucement.

— Ça t'étonne ? Et pourquoi ne l'aurais-je pas lu ? Tu nous en as envoyé un exemplaire.

— Je ne voulais pas t'obliger.

— Je ne l'ai pas lu parce que je me sentais obligé, je l'ai lu parce que j'en avais envie ; je l'aurais lu même si tu ne nous l'avais pas envoyé. Et je l'ai apprécié, même moi, qui arpente la surface à la recherche des cailloux qui brillent.

Par-dessus la table, Adriaan regarda Bernard, assis en face de lui, la tête tournée vers la fenêtre et la rue, souriant à demi tout en parlant comme s'il voulait relativiser le poids de ses paroles ou de ses sentiments, comme s'il craignait de s'approcher trop près, de s'aventurer trop loin. Bernard n'avait pas appris simplement à éviter les champs de mines, les barbelés et les barricades ; il connaissait aussi les endroits où la terre était sûre et par où il fallait passer. Il voulut dire quelque chose, répondre, mais au lieu de cela il se détourna et se mit lui aussi à regarder dehors par la vitre, dans la rue où un groupe de policiers, imperméables sur le bras, se dirigeait vers le Parlement. Un instant, l'attention de Bernard fut distraite et une lueur de curiosité scintilla comme par réflexe dans ses yeux, mais il comprit immédiatement que rien ne s'était passé et l'intérêt disparut aussitôt. Ce n'était rien d'autre qu'un groupe de policiers qui marchaient dans la rue : quoi de plus normal ?

— Dans les semaines qui viennent, pendant que Marisa sera en voyage, j'ai l'intention de travailler à mon roman, observa-t-il. Ce n'est pas que Marisa soit très exigeante, mais je veux essayer d'organiser ma vie pendant que je serai seul pour mieux me concentrer sur ce projet.

— Alors, tu es enfin prêt ?

— Enfin, comme tu dis. Je pense que j'ai fait toutes les recherches dont j'avais besoin ; maintenant, il faut que je me mette à écrire. Peut-être même pourrais-je prendre une semaine ou deux de congé, visiter les champs de bataille de la guerre des Boers – ce n'est pas quelque chose qui intéresserait Marisa, c'est pourquoi j'ai toujours différé. Magersfontein, Modderrivier, Paardeberg, cette région-là. Peut-être pourrions-nous y aller ensemble, toi et moi – mais les champs de bataille, ça ne t'intéresse pas beaucoup, j'imagine ?

— Ceux-là, non. Mais si tu y vas et que tu aies envie d'un peu de compagnie, je t'accompagne. Ça me plairait bien.

— Tu peux prendre des congés facilement ?

— Personne ne s'apercevra de mon absence, au musée.

Tout cela ne débouchera sur rien, pensa-t-il d'un air absent, tout en regardant la rue déserte où il avait vu passer les policiers.

Bernard, depuis l'époque où il était étudiant, était obsédé par l'idée d'écrire *le* grand roman afrikaans, un roman sur la guerre des Boers pour lequel il rassemblait de la documentation depuis ses années de faculté. Parfois, lorsqu'il était en veine de confidence, il lui arrivait d'en parler, mais il n'avait jamais commencé à écrire, et il ne commencerait probablement jamais ; Bernard n'était pas un écrivain, et le rêve resterait un rêve.

— Bah, je dois prendre des vacances un jour ou l'autre, dit-il pour changer de sujet avec le plus de délicatesse possible. Dewald veut que j'aille rendre visite à Dekker pour discuter de cette revue de poésie qu'il compte éditer.

— Oui, il m'en a parlé aussi – de nouveau, une lueur d'intérêt brilla dans ses yeux, le réflexe du journaliste. – Dekker va y collaborer ?

— Non, pas plus que moi d'ailleurs. Mais il est prêt à me recevoir si je le souhaite, et je ne veux pas laisser passer cette chance.

— Comment vas-tu aller là-bas ?

— Je trouverai bien un moyen, du moment que ce n'est pas avec Dewald.

Bernard rit.

— Je suppose que tout cela ne te prendra pas bien longtemps.

— Un après-midi ou une soirée, je suppose, le temps de bavarder un peu. Il a déjà un certain âge et j'ai entendu dire qu'il n'allait pas très bien, je ne veux pas le fatiguer.

— Je te conduirai, dit Bernard d'un air pensif ; nous pourrions y monter un week-end, c'est facile. Pour ce qui est des champs de bataille, on pourra en parler plus tard, c'est une expédition, et pour le moment j'ai trop de choses en cours, je préfère ne pas m'absenter longtemps du bureau.

— C'est drôle, dit Adriaan, moi, c'est précisément le fait d'avoir beaucoup de choses en route qui me donne envie de partir et de tout oublier.

Bernard se contenta de sourire, plein d'indulgence, comme toujours, pour son manque de compréhension.

— Nous vivons une époque de bouleversements très similaire à celle de la guerre des Boers, tu comprends ? Si l'on veut écrire sur l'une des deux périodes, il est utile de vivre l'autre. Bouleversements, violences, tensions ; promesses aussi…

Il se replongea soudain dans ses pensées, redevint lointain et inaccessible comme lorsqu'il parlait de son roman, et la conversation tourna court. Bernard n'était pas quelqu'un qui avait appris à remettre en question les valeurs avec lesquelles il avait grandi ; les années passant, sans compter les changements qu'avait connus le pays, avaient fait de ses convictions politiques et de son travail de journaliste des sujets de plus en plus tabous, non dans le sens d'un terrain miné plein de risques et de dangers, mais plutôt d'un no man's land boueux et marécageux où tout repère avait disparu et où le pied ne trouvait nul appui solide, un domaine de solitude au cœur même de leur relation.

— Je sais bien que tu ne t'intéresses pas vraiment à la politique, dit tout à coup Bernard, et c'est ton droit le plus strict. Mais est-ce qu'au moins tu admets le fait que le pouvoir actuel est de bonne foi ?

Adriaan se rendit compte que la question de Bernard était une tentative pour jeter un pont en direction du territoire interdit, un geste de rapprochement de sa part ; pour Bernard, tout cela était une affaire de croyance, de conviction, et c'est précisément la raison pour laquelle il avait toujours prudemment esquivé le sujet. À peine avait-on posé le pied quelque part qu'il s'enfonçait aussitôt et que l'eau montait, enserrant ses chevilles dans un étau de glace.

— Non, dit-il doucement ; c'est justement ce que je ne suis pas prêt à admettre.

Ils gardèrent le silence, l'un et l'autre bien conscients que tout avait été dit désormais, et que tout effort pour dévier la conversation serait dangereux.

— Je dois y aller, dit Bernard, sans bouger pour autant.

Au bout d'un moment, il se décida à se lever.

— Je crois que je vais aller faire un tour au récital de poésie d'Amanda… ou à l'exposition de François, ça dépend comment on voit les choses.

Arrivés sur le trottoir, ils hésitèrent encore un instant avant de se dire adieu.

— C'est bien cette semaine que tu viens dîner à la maison, n'est-ce pas ? demanda Bernard.

— Oui, c'est ce dont nous étions convenus avec Marisa.

— Je me réjouis de te revoir dans des circonstances plus paisibles. J'essaierai de rentrer tôt, pour une fois – je m'arrangerai avec Hedwig pour qu'elle passe voir mon père.

Il hésita, mais tout avait été dit ; il prit Adriaan par le bras, rapidement, timidement, dans ce geste d'adieu qui lui était familier ; son imperméable flottant autour de lui, il descendit en hâte la rue en direction de la galerie, à grandes enjambées, selon son habitude, comme s'il allait, plein d'espoirs et d'attentes, au-devant de quelque miracle insoupçonné.

La femme en robe rouge passa en courant devant le mur blanc ; son ombre, déformée par le soleil, se profilait en oblique derrière elle. Elle trébucha légèrement dans ses chaussures trop grandes pour elle, retrouva son équilibre et continua à courir sans se retourner. Elle finit pourtant par tomber, mais si loin que personne ne l'entendit crier ; elle tomba en silence, son ombre glissa puis disparut du mur blanc, le laissant vide, vierge de toute trace. Sur le bord du trottoir, on ne vit bientôt plus que la tache rouge de sa robe ; une fois qu'on l'eut emmenée, il ne resta plus d'elle qu'une chaussure qu'elle avait perdue en chancelant dans sa fuite, un objet neutre qui ne donnerait à ceux qui n'avaient pas assisté à la scène aucune indication sur ce qui s'était passé.

La femme tomba, tenant l'enfant à bout de bras, entraînée par le poids de son corps et par celui de l'enfant qu'elle portait ; lourdement, sans un bruit, elle s'abattit comme si sa chute était inéluctable et que personne – à supposer qu'il y eût quelqu'un pour la voir – n'eût été capable de la rattraper ou seulement de la soutenir. Elle tomba à genoux, s'affaissa, bras tendus, les paumes des mains et le front dans la poussière, en travers du corps de l'enfant.

Les gens tombaient des arbres, basculaient des branches où ils s'étaient abrités sans que nul soupçonnât leur présence parmi les feuilles, suspendus en l'air tels des fruits, d'abord avec un petit mouvement convulsif, puis se calmant peu à peu. L'homme tomba du ciel sans un bruit, de sorte que l'on ne sut jamais si le cri qui s'était échappé de sa bouche grande ouverte, tandis qu'il battait désespérément l'air des bras et des jambes, était dû à la terreur ou à l'émerveillement. L'homme tomba et flotta dans l'espace immense ; sa silhouette sombre se détachait sur le ciel et remplissait l'espace tout entier, sa chemise claquant au vent ; il hésita un instant comme s'il avait encore le choix, mais le poids de son corps et l'attraction terrestre prirent inexorablement le dessus, et il s'écrasa avec un bruit mat sur le pavé, les bras en croix.

Les gens gisaient à terre à l'endroit même où ils étaient tombés ; ici une femme protégeait le corps de son enfant, là un homme était étendu devant ceux qu'il avait, peut-être, tenté en vain de protéger : les corps gisaient éparpillés sur le sol, et personne ne s'en occupa jusqu'à ce que fût venu le moment de les enlever. On les emporta ; plus tard, lorsque la scène fut devenue banale, on les traîna par les bras et par les pieds, et ils laissaient derrière eux une trace dans la poussière, une traînée de sang sur le pavé ; il ne resta plus qu'une chaussure dans la poussière ou une tache de sang incrustée dans la pierre. Surgirent alors des hommes équipés de balais et de seaux, puis d'autres, avec des tuyaux d'arrosage ; ensuite, des camions ramassèrent les restes et les déchets – il existe sûrement, quelque part, des photos de ces corps enlevés par les bulldozers. Dans quelles fosses, dans quelles tranchées, dans quels charniers reposent-ils, au fond de quel puits de mine, dans quelle carrière, dans quelle forêt ? Avec le retour du printemps, les plantes refleuriront, les oiseaux se remettront à chanter dans les arbres, et aucun promeneur ne soupçonnera jamais quoi que ce soit sous la tourbe spongieuse. Où a-t-on caché les preuves silencieuses du massacre – les tas de chaussures dépareillées, les râteliers, les dents en or et les lunettes – pour éviter qu'elles ne permettent de remonter aux crimes passés ? Un jour, par hasard, un enfant jouant dans la forêt, des amants venus s'isoler entre les racines de jeunes arbres ou dans la terre meuble, tomberont peut-être sur quelque objet emblématique – une boucle de ceinture rouillée, un insigne, une pièce de monnaie – dont ils ne comprendront pas la signification. L'enfant, son attention bientôt appelée par autre chose, oubliera sa trouvaille et la laissera tomber pour poursuivre sa course entre les arbres élancés ; les amants s'enlaceront de plus belle, incapables d'imaginer que puissent exister d'autres mondes que le leur.

À cette époque, la vie commença à changer, et plus personne ne put rester à l'écart de ce changement, bien que rares eussent été ceux qui en saisirent l'ampleur et les implications, et que personne ne comprît où tout cela menait. Cet hiver-là marqua le début d'un lent processus que nul ne pouvait plus arrêter, un glissement progressif vers des ténèbres dont il était vain d'espérer que la terre resurgirait au printemps. Il y avait bien eu de petits signes avant-coureurs – des branches, des rameaux, une feuille voltigeant au hasard ; des variations de lumière à peine perceptibles donnaient quelques indications sur le processus en cours, de même que ces ombres qui tombaient chaque jour un peu plus en oblique dans la rue ou dans le jardin et s'étaient mises à grandir avant même que quiconque se rendît compte que le jour baissait. À force de s'accumuler, les petits changements de la vie de tous les jours devinrent si nombreux qu'il fallut bien se rendre à l'évidence : lorsqu'une vitrine était brisée, par exemple, au lieu de la remplacer immédiatement, on la colmatait simplement avec du papier ou du carton ; les pavés enlevés lors des travaux n'étaient pas remis en place, les néons des enseignes lumineuses qui tombaient en panne ressemblaient à des bouches édentées avec leurs lettres manquantes, les réverbères et les feux de circulation n'étaient plus réparés. À la fin le téléphone se tut. Personne n'était plus responsable de rien ni ne se souciait de quoi que ce fût.

Au début les gens se plaignaient, criaient au scandale, vitupéraient tant qu'ils pouvaient, car, n'étant pas habitués à ces désagréments, nous n'étions pas disposés à les supporter ; mais les plaintes n'eurent aucun effet. Nous finîmes par en prendre notre parti (car tout s'apprend, y compris ce que l'on tient pour impossible) et par accepter ces contrariétés comme inévitables ; et, plus ces incidents se multipliaient autour de nous, plus il était facile de s'incliner, car ils devenaient familiers, et nous nous habituâmes à ne pas en faire état.

Les ruptures d'approvisionnement étaient aussi soudaines qu'inexplicables, et nous étions harcelés par les rumeurs, de sorte que notre vie fut de plus en plus perturbée au quotidien ; des forces sur lesquelles nous n'avions aucune prise déformaient peu à peu des modèles que nous considérions il y avait peu encore comme immuables. L'on se demandera sans doute, non sans un léger étonnement, comment nous nous sommes adaptés à ces circonstances nouvelles, étranges. Pourtant, aussi bizarre que cela puisse paraître, nous avons réussi à nous en accommoder, tant il est vrai que tout s'apprend. Certaines marchandises disparurent des magasins, les pièces détachées devinrent introuvablcs, les trains cessaient de circuler sans avertissement, les vols étaient annulés au dernier moment. Dans les premiers temps de la guerre auxquels il me fut donné d'assister, des hordes de voyageurs indignés envahissaient les quais ou les salles d'attente, mais au fur et à mesure nous comprîmes que ni les plaintes, ni les protestations n'aboutissaient à rien, et nous nous adaptâmes en silence.

Nous apprîmes à ne pas poser de questions ; nous apprîmes à nous taire, à accepter. Nos vies, en cet hiver sombre, se recroquevillèrent de plus en plus, et peu à peu nous en vînmes à nous intéresser exclusivement à notre propre survie ; nous nous débattions au milieu d'une insécurité croissante, et le plus important était de se procurer la vitre, l'ampoule ou le pneu qui manquait, le plus important était de survivre, le plus important était de ne rien dire ; plus nous poursuivions avec acharnement cet objectif unique, plus il devenait le cœur même de toute notre existence, moins il y avait de place et de temps pour autre chose. Nous passions notre chemin sans voir l'homme couché sur le trottoir, nous enjambions la main tendue, notre regard se détournait de la femme au visage ensanglanté et nous ne levions même plus les yeux lorsqu'on abattait les gens qui tentaient de s'enfuir, éparpillés sur le sol comme des brins d'herbe, comme des épis de blé après la tempête ; lorsque les femmes couraient vers nous, le visage déformé par la douleur, portant leurs enfants morts dans leurs bras, nous étendions rapidement la main pour chasser l'image avant qu'elle nous atteignît, interdisant au tremblement bleuté et menaçant du petit écran l'entrée de nos salons. Nous ne posions aucune question, car nous savions que nous n'aurions ni réponse ni explication, et nous nous réfugiions avec gratitude dans le silence, reconnaissants de la sécurité qu'il nous procurait. Tout s'apprend, tout s'acquiert, cela comme le reste.

Une averse soudaine s'abattit sur la vitre ; une averse soudaine lessiva le carreau, puis le rinça, gommant et dissolvant le panorama grisâtre de la ville.

— Tu es arrivé juste à temps, dit Marisa ; tu n'as pas pris ton parapluie ? Nico est là, ajouta-t-elle, le précédant vers le salon.

Elle parlait d'une voix neutre, mais cette neutralité en disait long. Bien qu'elle connût Nico depuis son mariage – tous deux évoluaient dans les mêmes milieux artistiques –, elle ne l'avait jamais totalement accepté. Elle prenait toujours, lorsqu'elle s'adressait à lui, un ton amusé et quelque peu distant, si bien qu'il ne savait jamais à quoi s'en tenir et n'était jamais très à l'aise en sa compagnie ; il avait même tendance, involontairement, à se parodier lui-même encore davantage. Adriaan se disait parfois que seule l'étrange attirance qu'il éprouvait pour Bernard lui permettait de supporter cette politesse à la fois souriante et indifférente ; néanmoins, lorsqu'il examinait de plus près leur relation, il avait parfois l'impression qu'elle reposait sur une inimitié à peine voilée.

Assis dans le grand salon blanc dont les fenêtres donnaient en plein centre-ville, Nico, bras et jambes croisés, avait adopté une position particulièrement raide et empruntée qui trahissait son malaise ; il salua l'arrivée d'Adriaan en déversant sur lui un flot de paroles.

— Je vais refaire un peu de café, dit Marisa sans lui prêter la moindre attention.

Ils venaient juste d'en prendre un, et les tasses vides étaient encore sur la table.

— Pas pour moi, merci, je serais incapable d'avaler ne serait-ce qu'une goutte de plus, dit Nico avec un grand geste un peu théâtral dont il avait le secret. D'ailleurs, ajouta-t-il sans bouger d'un millimètre, il faut absolument que j'y aille.

— Eh bien, dans ce cas, je vais en faire pour Adriaan, poursuivit Marisa, se dirigeant déjà vers la cuisine. Je suis sûre qu'il a eu une journée épuisante au musée.

Marisa partie, le silence se fit un instant dans la pièce ; sur son divan, Nico se réfugia dans un mutisme évasif, sans quitter sa pose décorative.

— Que s'est-il passé à la gare ? demanda Adriaan au bout d'un moment.

Nico, avec une distraction étudiée, se tourna dans sa direction.

— À la gare ?

— Le soir de la fête chez Sonia, lorsque tu m'as proposé de me raccompagner. Ne me dis pas que tu as déjà tout oublié.

À l'évidence, Nico dut réfléchir un moment avant de pouvoir se rappeler cette soirée en particulier et la distinguer d'autres soirées semblables, d'autres expéditions, d'autres rencontres de hasard.

— Rien, dit-il. Je suis simplement rentré chez moi, c'est tout.

Il semblait avoir totalement oublié la soudaine disparition d'Adriaan – à moins, se dit ce dernier avec amusement, qu'il ne l'eût tout simplement pas remarquée.

— À vrai dire, je ne m'attendais pas à te trouver ici cet après-midi, reprit-il.

Il eut l'impression que Nico interprétait sa remarque comme une attaque implicite et qu'il réfléchissait soigneusement avant de répondre.

— J'étais juste venu dire au revoir à Marisa avant son départ.

— Ah bon ? Je ne savais pas que vous étiez si liés.

— Très liés, c'est beaucoup dire, dit Nico en se levant prestement. Et toi, tu es invité ?

— Oui, à un dîner d'adieux. Pourquoi ?

— J'ai reçu un carton d'invitation pour l'inauguration d'une nouvelle boîte, ce soir. En fait, j'étais sur le point de passer chez toi, je me disais que tu aurais peut-être envie de venir.

Adriaan connaissait Nico depuis suffisamment longtemps pour mettre en doute tant la sincérité de sa déclaration que l'honnêteté de ses intentions ; il était peut-être sincère, mais il était tout aussi capable d'improviser.

— Oh, tu sais, moi, les boîtes, ça me dit encore moins que les gares, répondit-il avec légèreté. Il y fait encore plus sombre et il y a encore plus de bruit.

— Ça se peut, dit Nico sans chercher à approfondir la question. Mais au moins, dans l'obscurité, tous les rêves sont permis.

La pluie avait cessé, mais soudain des gouttes d'eau perlèrent sur la vitre, et une nouvelle averse se mit à ruisseler avec violence contre la fenêtre, rendant le paysage gris et impossible à identifier. L'image de la ville disparut derrière une rafale de pluie battante, dans une lumière diffuse ; lentement, l'un après l'autre, des arbres, puis des toits et des immeubles entiers firent leur apparition, dégoulinant sous le déluge. Nico, debout, le dos à la fenêtre, était habillé à la dernière mode : il portait des vêtements de coton informes couleur vert olive et lilas et arborait une coiffure du dernier cri. Son habillement, comme d'ailleurs sa coiffure, semblait avoir été conçu pour quelqu'un de plus jeune, mais il était encore assez mince et assez souple pour donner le change et la peau, sur l'ossature de son visage, était encore bien tendue, sauf autour des yeux, où elle se plissait quelque peu. Dans la lumière argentée et fluide de cette fin d'après-midi, l'illusion de la jeunesse était presque parfaite, et seul son air tendu le trahissait.

— Sais-tu à quelle heure rentre Bernard ? demanda-t-il.

— Il a dit qu'il s'arrangerait pour être revenu en début d'après-midi. Tu voulais le voir ?

— Je voulais lui toucher un mot d'un nouveau projet concernant un petit théâtre.

— Encore ?

— Comment, encore ? Je ne lui en ai jamais parlé !

— Non, je veux dire, encore un nouveau projet ?

— Eh oui, encore un nouveau projet. Je me suis dit qu'un peu de publicité dans le journal ne ferait pas de mal.

— Mais pourquoi n'appelles-tu pas les responsables du supplément « Arts et spectacles » ?

— Parce que… rétorqua Nico avec une détermination glacée, qui laissa aussitôt entendre quelque inimitié ou quelque rancune personnelle. Et puis, au journal Bernard a beaucoup plus d'influence, pour peu qu'il s'en donne la peine.

Une odeur de café s'échappa de la cuisine ; Adriaan se leva et alla rejoindre Nico près de la fenêtre.

— Qu'est-ce que tu attends de Bernard, au juste ? demanda-t-il à voix basse afin de ne pas être entendu de Marisa. Qu'est-ce que tu cherches, qu'est-ce que tu veux prouver ?

— Mais rien du tout, répondit Nico sur le même ton, en le regardant d'un œil vide.

Sur son visage, dans la lumière éclatante, ses pattes-d'oie étaient clairement visibles, de même que son air toujours traqué, incertain, tendu.

— Qu'est-ce que ça peut te faire, d'abord ? demanda-t-il d'un ton cassant. Tu es jaloux ?

Lorsque Marisa revint dans la pièce, elle remarqua immédiatement, à leur attitude et à leur silence, qu'ils venaient de parler de choses personnelles ; elle se pencha et posa le plateau sur la petite table basse.

— Pas pour moi, merci, répéta Nico, toujours immobile, il faut que j'y aille.

— Bernard ne va pas tarder, dit Marisa, comme en réponse à une question non formulée. Il a pris la voiture pour aller au bureau ce matin, il ne sera pas gêné par la pluie.

— Je dois vraiment y aller, répéta Nico en se retournant pour regarder la pluie. J'ai un rendez-vous ce soir.

— Pour Bernard, appelle-le quand tu veux. Ça lui fera plaisir d'avoir un peu de distraction pendant mon absence.

— Parfois je me dis que le journal lui donne déjà toute la distraction dont il a besoin, et qu'il n'y a pas place pour grand-chose d'autre ; mais merci du conseil, j'essaierai.

Nico tourna le dos à la pièce tandis que Marisa versait le café dans les tasses ; entre eux deux, les mots étaient soudain devenus tranchants comme des lames de rasoir. La pluie cessa.

— En ville, dit Adriaan, on vend déjà des fleurs de printemps ; pourtant, on ne voit encore aucun signe annonciateur de la fin de l'hiver.

— Ce sont des fleurs qu'ils font venir par avion du Transvaal, entre deux vols militaires, dit Marisa. D'ailleurs, elles sont hors de prix cette année, je me demande bien qui peut encore en acheter, de nos jours.

— Tu viens ? demanda tout à coup Nico à Adriaan, comme s'il n'avait pas remarqué la présence de Marisa.

— Non, je reste dîner.

— Ah bon, j'aurais pu te déposer quelque part.

Ou bien il n'avait pas écouté la conversation, ou bien il se livrait à un quelconque petit jeu pour sa satisfaction personnelle.

— Marisa, mon ange, encore merci pour ce délicieux café !

Il étendit le bras et lui effleura les doigts comme s'il avait l'intention de lui faire un baisemain, sans pour autant s'approcher suffisamment.

— Ne te dérange pas, je connais le chemin. Salue Amsterdam de ma part !

Son moment d'introversion était passé : jacassant, tournant et virant en tous sens, véritable parodie de lui-même, il se dirigea vers la porte en tanguant, parlant sans interruption comme s'il craignait qu'on ne vînt à lui poser une question, à lui raconter quelque chose, ou que dans un moment de silence n'allât lui échapper quelque révélation inattendue, mais gênante. Il poussa un dernier cri, fit un geste de la main du seuil de la porte et prit encore une fois congé d'Adriaan ; Marisa referma derrière lui et revint, seule. Le départ de Nico était visiblement un soulagement, pour elle comme pour lui.

— Pauvre Nico, dit-elle d'un air pensif ; le ton de sa voix était exempt de toute malveillance.

— Pourquoi dis-tu cela ?

— Parce qu'il est si seul, si malheureux.

— Mais n'est-ce pas notre lot à tous ? demanda-t-il d'un ton désinvolte.

Marisa fronça légèrement les sourcils.

— Pour lui, c'est pire, il ne sait pas quoi faire pour s'en sortir.

— Tu t'inquiètes pour Nico ?

— Oh, m'inquiéter… En quoi mon inquiétude pourrait-elle l'aider ? C'est Bernard qu'il est venu voir, pas moi, ajouta-t-elle de manière équivoque, comme si cette information expliquait tout.

— Il voulait lui parler d'un projet de théâtre, je crois, commença Adriaan, mais elle eut un geste d'impatience, légèrement défensif, comme si elle voulait marquer ses distances tant vis-à-vis de Nico que de son projet.

— Bernard a dû rester quelque part à bavarder, à moins qu'il n'ait oublié qu'il avait pris la voiture – ça lui est déjà arrivé.

Elle le rejoignit devant la fenêtre, et ils contemplèrent l'image grise et flottante de la ville.

— C'est terrible, cet hiver, dit-elle à mi-voix, comme pour elle-même. On a l'impression que ça ne finira jamais.

— Allons, n'exagère pas, après tout, tu n'en as plus que pour quelques jours, de l'hiver.

— C'est vrai, voilà bien ce qui me donne encore un peu de courage, de savoir que je suis en route pour l'été. Il paraît qu'on va avoir un bel été en Europe, cette année.

— Ce n'est pas tellement dans tes habitudes, de partir en été, non ?

— En effet, mais jusqu'à présent je voyageais essentiellement pour mon travail, pour ma galerie, je partais pour trois ou quatre semaines et je devais caser la famille et les amis dans les trous de mon emploi du temps. C'est la première fois depuis des années que je rentre simplement pour les vacances, sans obligations d'aucune sorte.

— D'aucune sorte ? répéta-t-il ; elle se contenta de rire, sans répondre. Et tu pars pour une durée indéterminée, si j'ai bien compris ?

Elle resta un moment face à lui sans rien dire.

— C'est exact, dit-elle enfin. Pour une durée indéterminée.

— Tu crois que Luc va pouvoir se débrouiller, seul avec la galerie ?

— Il faudra bien ! De fait, il n'y a pas énormément de travail, les gens n'achètent pas d'œuvres d'art ; il n'y a plus d'avenir dans l'art.

Il voulut lui poser encore une question, mais déjà elle parlait d'autre chose ; se penchant légèrement en avant, elle regarda par la fenêtre.

— Tu vois ce vieux jardin, là, en bas ? En fait, c'est tout ce qui reste d'un ancien terrain situé sur le versant de la montagne et qui s'est retrouvé coincé entre deux immeubles, comme une tonnelle que la végétation aurait recouverte, avec quelques arbustes et un vieil arbre – personne ne sait même qu'il existe, sauf les gens dont le hasard a voulu qu'ils donnent de ce côté. De la rue, jamais on ne devinerait ce qu'il y a ici.

Il regarda dans la direction qu'elle lui indiquait et aperçut, à travers un enchevêtrement de branches gris argent, un terrain envahi de mauvaises herbes et un mur de jardin en ruine, à l'abri des regards derrière les garages et les cours intérieures pleines de cordes à linge et de poubelles, de sorte qu'on le voyait à peine, même de haut ; il avait beau connaître Bernard et

Marisa depuis longtemps, il ne l'avait jamais remarqué.

— Cet arbre est toujours le premier à fleurir de toute la ville, dit Marisa, du moins, c'est le premier que je vois ; pour moi, c'est toujours le signe annonciateur du printemps, il est déjà couvert de bourgeons alors que tout, partout, est encore nu et gris.

Comme elle se penchait en avant pour mieux voir, il contempla ses traits.

— Pour le moment, en tout cas, on ne voit pas la moindre trace de printemps.

— Oh, mais ça va très vite ! Et ça s'en va aussi vite que c'est venu. Les fleurs ne tiennent que quelques jours.

— Tu ne m'avais jamais montré ce jardin jusqu'ici.

— Ça doit être que tu n'es jamais venu à la bonne saison ; la période de floraison est très courte ; hors saison, il n'y a rien à voir.

Elle se tourna vers la table où elle avait posé le plateau et le café.

— Et puis d'ailleurs, je n'ai jamais éprouvé le besoin de le montrer à qui que ce soit. Depuis tant d'années que nous habitons ici, c'est pour moi quelque chose de spécial, ces fleurs entre les immeubles, comme si elles étaient là rien que pour moi.

Il fut sur le point de lui demander pour quelle raison elle les lui montrait précisément cet après-midi-là et vint s'asseoir près d'elle pour boire son café ; il brûlait d'envie de savoir si elle en avait déjà fait autant avec Bernard, mais il garda pour lui sa curiosité. Les questions que l'on a réellement besoin de poser – de manière clinique, sans la moindre émotion, simplement parce que l'on désire avoir un renseignement précis – sont en général celles qu'il vaut mieux, justement, ne pas poser ; souvent, les informations les plus importantes sont celles que l'on a le plus de mal à obtenir. Mieux vaut s'abstenir, pensa-t-il en lui-même, en dire le moins possible et regarder tout autour de soi, dans cette grande pièce blanche avec ses sculptures, ses masques en bois et ses tableaux. D'une manière ou d'une autre, pour peu que l'on s'arme de patience et que l'on se contente de regarder, d'écouter et d'attendre, on obtient la réponse à la plupart de ses questions.

Il avait du mal à s'imaginer, dans la pièce voisine, des valises à moitié faites et des tas de vêtements empilés sur le lit ; Marisa était aussi soignée, aussi élégante et aussi nonchalante que d'habitude et semblait parfaitement étrangère à la désorganisation imminente qu'allait sans nul doute occasionner son voyage, de même qu'elle arrivait, en règle générale, à conserver son calme dans toutes les situations de crise – organisation d'expositions, visites d'artistes, drames sentimentaux ou mariage bancal chez tel ou tel de ses amis. En toutes circonstances, elle demeurait – comme elle l'était là – parfaitement maîtresse d'elle-même ; la seule différence était la légère distraction qu'elle manifestait, comme si elle avait déjà fait ses adieux et qu'elle se fût détachée de tout, n'attendant plus que le signal du départ. Décidément, se dit Adriaan, on voyait suffisamment de choses, on en savait déjà trop sans poser la moindre question ; que faire, ensuite, de toutes ces informations ?

Il songea que Marisa était sur le départ, tandis que lui-même restait ; soudain, il s'aperçut – et cette évidence le troubla – qu'ils n'avaient plus rien à se dire. Elle avait pris une décision, avait choisi sa voie ; sa décision était irrévocable et il ne restait plus aucun sujet de conversation, aucun centre d'intérêt, susceptible d'être encore partagé. Étonné de cette révélation quelque peu inattendue dont il ne saisissait pas lui-même toute la portée, il leva les yeux et vit qu'au même instant elle tournait son regard vers lui ; il comprit que, pendant ces quelques minutes où ils étaient restés silencieux, elle était parvenue à la même conclusion que lui, qu'elle savait pertinemment ce qu'elle faisait et qu'elle en assumait toutes les conséquences, et aussi qu'elle savait qu'il savait. Il pensa non sans soulagement qu'il n'y avait désormais plus rien à ajouter ; il leur suffisait d'accepter tous deux cet état de fait et de maintenir le fil de la conversation jusqu'au retour de Bernard.

— Étant donné que c'est certainement la dernière fois avant longtemps que nous avons l'occasion d'être ensemble, dit Marisa, me permets-tu de t'embêter avec une question très banale : comment vas-tu ? Ce n'est pas par politesse, mais parce que j'aimerais vraiment avoir la réponse avant de partir.

Adriaan ne put s'empêcher de rire.

— Le problème, vois-tu, malheureusement, c'est que je ne sais jamais comment répondre, pas plus que je ne sais si l'autre attend vraiment une réponse. J'ai du mal à m'imaginer que tu souhaites que je m'étende sur le sujet – un sujet que personnellement je ne trouve pas palpitant, alors pour les autres… Mais en même temps, j'attache trop d'importance au sens des mots pour me débarrasser de cette question par un simple « ça va ».

— Autrement dit, ça ne va pas ?

— On peut voir les choses ainsi.

— Malgré l'accueil réservé à ton nouveau livre ?

— Oh, le livre, c'est du passé, c'est une page de tournée. Qui plus est, maintenant – c'était couru – je suis en période de latence, il n'y a pas grand-chose à en dire.

— Ça passera, dit-elle d'un air indifférent, constatant le fait sans essayer le moins du monde de le consoler ou de l'encourager. Et ton travail au musée ?

— Ne va pas me dire que cela t'intéresse !

— Tu travailles toujours sur le legs de ce vieux couple d'Allemands, n'est-ce pas ?

— Oui, ça m'occupe, disons. Notre avenir au musée est des plus incertains. Voilà des années que nous vivons avec cette épée de Damoclès, et il a fallu attendre aujourd'hui pour que les autorités se réveillent, semble-t-il, et s'aperçoivent que nous existons : elles ont mis en place une enquête et vont dépêcher un fonctionnaire de Pretoria qui aura à fouiner partout, le début de la fin, autrement dit. Il faut reconnaître que, dans la présente conjoncture, un musée consacré exclusivement à la culture européenne, ça ne signifie plus trop grand-chose.

— Il y a belle lurette que votre musée a perdu tout contact avec la réalité. En fin de compte, même s'ils le ferment, ce ne sera pas un drame.

— Ça me compliquerait singulièrement la vie, en tout cas. Et comme moi non plus je ne supporte pas d'avoir des contacts trop étroits avec la réalité, le statu quo me convenait plutôt pas mal, jusqu'ici.

— Oh ! toi, tu continueras à observer le monde et à vivre dans tes rêves, tes pensées et tes souvenirs, comme tu l'as toujours fait.

— Dans un premier temps, je vois surtout que je vais devoir me serrer la ceinture.

— Mais non, c'est juste un moment de déprime, ça va passer, répondit-elle avec impatience – puis, après quelques instants de silence : – Stephan te manque, voilà tout, dit-elle d'une voix plate et impersonnelle, sans le regarder.

Il hésita longtemps avant de répondre, comme s'il cherchait ses mots et qu'il les pesât un par un avant d'en faire une phrase.

— Le contraire serait étonnant, tu ne crois pas ? dit-il, s'efforçant d'adopter un ton tout aussi plat et impersonnel que celui de Marisa. C'est quand même tout un pan de mon existence qui s'écroule.

— Simple question de temps, c'est une période difficile de ta vie, un point c'est tout ; que tu aies ou non du travail ne change rien à l'affaire. Sans compter que, plus le temps passe, plus on se rend compte que les possibilités, les choix diminuent. Et il y a aussi les circonstances, la situation ici qui évolue chaque jour…

Elle s'assit sur le divan, droite, immobile, resplendissante dans son ample chemisier brodé et son pantalon blancs, sa chevelure dorée flottant sur ses épaules. Devant elle, sur la table basse, des iris blancs dans un vase de verre faisaient pendant au blanc et à l'or de sa silhouette ; il regarda Marisa, puis les fleurs, et les fleurs lui rappelaient Marisa, comme si elle était déjà partie et qu'il eût besoin de retrouver son image. Il se dit qu'à l'avenir, chaque fois qu'il verrait des iris, il penserait à elle.

— Moi non plus je n'ai plus beaucoup de courage, dit-elle tout à coup. J'ai peur. Ces dernières semaines… – cela fait combien de temps déjà que ça dure, que tout s'écroule sous nos yeux ?… non, voilà des mois que je me réveille la nuit sans pouvoir me rendormir. Bernard n'est pas au courant ; je lui ai bien dit une ou deux fois que je dormais mal mais, apparemment, pour lui ce n'est pas un sujet de conversation. De toute manière, il ne comprendrait pas. Donc, je me réveille, au bout d'un moment je me lève, je viens ici contempler la ville par la fenêtre, au-delà des lumières, et je vois tout cela devant moi, dans l'obscurité, comme un motif purement décoratif, sans profondeur ni substance. Alors j'ai peur, seule dans la nuit dans cette ville endormie, mes défenses sont au plus bas, parce que je me rends compte que plus rien n'a de sens, ni ce pays, ni la vie que nous menons ici, et qu'il n'y a rien d'autre que ces lumières qui scintillent dans l'obscurité.

Tout en parlant, elle avait détourné le visage, et sa voix était toujours aussi basse, toujours aussi imperturbable ; se retournant vers lui, elle le regarda comme si elle cherchait auprès de lui une réponse, comme si elle attendait quelque chose.

— Je crains que tout ce qui s'est passé ici ces derniers temps ne te laisse pas un très bon souvenir de l'Afrique du Sud, dit-il.

Elle haussa légèrement les épaules, comme pour se dégager.

— Le café va être froid, dit-elle. Je te ressers ? J'ai oublié de t'en proposer d'autre.

C'était une question de pure forme, et ils ne poussèrent pas plus avant sur ce sujet.

— J'ai beaucoup de très beaux souvenirs d'Afrique du Sud, reprit-elle. Les premières années de mon séjour ici, les premières années de notre mariage, l'époque où je passais mon temps à découvrir, à explorer, à apprendre, dans ce vaste pays plein de lumière… Une fois de retour aux Pays-Bas, quand je repenserai à l'Afrique du Sud, les premières images qui me viendront à l'esprit seront le soleil, la chaleur et la lumière, non l'hiver de mon départ.

— De toute façon, là où tu vas, c'est l'été.

— Bof, l'été, aux Pays-Bas, il est plutôt du genre blafard et discret…

— N'avais-tu pas l'intention d'aller en France ?

— Peut-être, je ne sais pas encore.

Manifestement, ses pensées étaient ailleurs ; elle répondait de manière évasive.

— Ici, plus rien n'est comme avant, dit-elle avec une urgence soudaine dans la voix. Tu t'en es rendu compte aussi ? Ne me dis surtout pas que je suis la seule à voir ces choses, juste parce que je suis étrangère. Quand je repense à mes premières années ici, je vois bien que tout cela a disparu pour toujours.

— Le temps nous rattrape, voilà tout. Au début, il s'insinuait entre nous et nos souvenirs, entre nous et notre passé ; maintenant, il s'insinue entre les gens, afin de nous diviser et de nous séparer les uns des autres.

— Non, ce n'est pas le temps, rétorqua-t-elle avec une violence inattendue ; il n'y a pas que le temps – c'est un processus normal qu'il faut savoir accepter, digérer, ce n'est pas de cela que je parle. C'est ce pays, oui, je dis bien ce pays, qui est en train de se mettre entre nous, c'est ce pays qui est la cause d'une division plus grave que le temps, plus grave même que la mort. Que sont devenus tous ces gens dont je me souviens lorsque je repense à ces premières années ? Hilda et Maurice sont partis, Kenneth est au Canada, Annette est à la campagne quelque part en Belgique ; Sue a été arrêtée, Simon aussi, quant à Bruce, il est toujours en prison… Tu n'as pas connu Bruce, n'est-ce pas ? Il est vrai que nous ne fréquentons pas les mêmes milieux, toi et moi. Je t'ai raconté que je lui ai rendu visite la dernière fois que je suis allée à Johannesburg ? D'une certaine manière, il me reste au moins un de mes vieux amis, toujours accessible, même s'il est enfermé à double tour, derrière des barreaux, derrière des vitres à l'épreuve des balles ; ce pays me l'a gardé. J'étais assise en face de lui, et malgré tous ces obstacles j'ai essayé de lui parler, de lui raconter quelque chose qui puisse encore l'émouvoir, mais je n'ai rien trouvé, il n'y avait plus rien. Alors j'ai pensé à tous les autres pour lesquels je ne pouvais rien faire, à tous ceux auxquels je ne peux même pas rendre visite, à tous ceux dont je ne sais même pas où ils sont détenus, et je me suis dit que ce n'étaient ni les barreaux, ni les vitres, ni les portes blindées qui étaient entre nous, mais le pays lui-même.

— Jusqu'ici, j'ai eu peut-être plus de chance que toi, fit-il lentement. Enfin, quand je dis plus de chance…

Disons que j'ai été davantage protégé, jusqu'à présent je n'ai pas encore été touché aussi directement que toi par ce qui se passe ici. Ces gens dont tu parles, je ne les connais pas personnellement, ce sont des gens dont je connais juste le nom ou que j'ai peut-être rencontrés une fois quelque part, des amis d'amis. Jusqu'ici, j'ai vécu tout cela comme à distance.

— Mais Annette, quand même, tu la connaissais, Annette ?

— Oui, c'est vrai, je la connaissais ; ils m'ont manqué quand ils sont partis, mais on s'habitue tôt ou tard à toutes les absences, n'est-ce pas ? Tu iras les voir, quand tu seras en Europe ?

— Je dois aller à Bruxelles, je passerai peut-être une fin de semaine chez eux.

— Rappelle-moi à leur bon souvenir, dit-il, butant sur le choix des mots. Mais comme tu dis, qu'est-ce que ça peut bien signifier, entre nous, un message comme celui-là ? Ils sont si loin…

— Bernard vit sur un nuage, fit remarquer Marisa d'un air songeur. Rien ne le touche, rien ne le menace ; ce n'est pas qu'il soit insensible, mais pour lui tout est aventure, et l'avenir est toujours plein de promesses.

Elle haussa encore une fois les épaules, d'un mouvement rapide qui semblait vouloir dire « bon débarras » :

— Peut-être est-ce là en fin de compte ce qui fait la différence entre nous ? Vous qui êtes nés ici, Bernard et toi, vous êtes plus profondément enracinés dans cette terre, et vous vous sentez moins menacés, moins déracinés que nous, qui sommes des étrangers. Pour vous, ce pays représente autre chose que pour nous, et ces mots, ces actes revêtent une autre signification que pour nous, qui ne comprendrons jamais vraiment.

— Peut-être avez-vous tout simplement mis moins de temps que nous à reconnaître que vous ne compreniez pas, tandis que nous, nous persistons dans notre erreur. Le problème, c'est peut-être que nous n'arrivons pas à nous faire à l'idée que nous sommes en train de devenir des étrangers dans un pays dont nous avons toujours pensé qu'il nous appartenait.

— Samedi dernier, je suis allée faire mes adieux à la famille de Bernard, dit Marisa d'un air pensif ; c'était la moindre des choses. Je ne pense pas que Hedwig en aurait fait un drame si je n'y étais pas allée, mais elle se serait certainement vexée, alors je suis passée les voir dans l'après-midi. Bernard devait m'accompagner, mais naturellement, au dernier moment il avait un rendez-vous pour le journal, et j'ai dû y aller seule. J'ai prévenu en arrivant que j'avais encore beaucoup de choses à faire avant mon départ, ce qui m'a permis d'échapper au dîner.

» Donc nous étions là, assis dans ce salon sinistre, Hedwig, Danie et moi, nous avons parlé de l'état de santé de son père qui se dégradait, de la promotion de Danie au bureau, de la chance qu'a Bernard d'avoir une aussi bonne situation, de la nouvelle voiture de Danie et de leur jardin, et puis ils ont voulu savoir pourquoi nous n'achetions pas une maison au lieu de nous installer une fois de plus dans un appartement. J'étais là sur mon siège, à essayer de ne pas regarder ma montre, dans cette pièce où toutes les chaises étaient tournées vers la télévision, avec au mur ces reproductions de tableaux achetées dans des magasins de meubles, dans cette maison où il n'y avait sans doute pour tous livres que ceux que Hedwig rapportait de son cercle de lecture. Ils ont parlé des émeutes, de la violence, des menaces qui pesaient sur le pays, de la déclaration apaisante prononcée par je ne sais plus quel ministre vu l'autre soir à la télévision, et de leur fils qui fait son service militaire je ne sais plus où. J'ai bu le thé imbuvable qu'avait préparé Hedwig, j'ai mangé un biscuit, j'ai pensé à Simon et à Sue, et je me suis aperçue que ces gens et moi parlions des langues diamétralement différentes, et qu'en fait j'étais beaucoup plus loin d'eux que de Bruce dans son parloir, même avec la vitre blindée entre nous. Alors j'ai invoqué ce qui m'est passé par la tête comme prétexte pour tirer ma révérence, tant pis si Hedwig s'est vexée, et je me suis enfuie de cette banlieue sinistre comme si je m'évadais d'une prison dont les portes se refermaient déjà sur moi – puis, après une interruption destinée à retrouver son souffle : – Pourquoi est-ce que je te raconte tout ça ? dit-elle en riant. C'est sans intérêt, même pour moi.

Le ton, neutre, faisait songer au récit de quelque événement observé à distance, rétrospectivement, et où elle-même ne fût pas en fait impliquée. Marisa ne manifestait que rarement ses sentiments ; elle montrait toujours le même détachement, que ce fût en face du pays qu'elle habitait ou des circonstances qu'elle traversait : jamais il n'avait décelé chez elle une once de négativité, même s'il lui était arrivé, une fois ou deux, d'avoir des doutes, et jamais jusque-là elle ne s'était encore exprimée comme elle venait de le faire sur sa belle-famille, encore moins pour formuler la moindre critique sur Bernard, directement ou indirectement. Légèrement étonné, en l'écoutant parler de ce ton insouciant, indifférent, il prit peu à peu conscience de toute l'émotion que dissimulait ce subterfuge et comprit qu'elle était en train de régler ses comptes ; après toutes ces années où elle avait vécu parmi eux comme une étrangère, silencieuse, bienveillante et polie, voilà qu'elle disait enfin ce qu'elle avait sur le cœur, maintenant que cela n'avait plus aucune importance.

— Depuis le temps que tu me connais, tu devrais savoir que pour moi, tout, absolument tout, est intéressant, dit-il lentement.

— Ah oui, c'est vrai, j'avais oublié à quel point tu étais curieux ! Autrement, j'aurais sans doute essayé de me maîtriser. Ton silence est tellement trompeur qu'on a tendance à oublier à quel point tu peux être dangereux.

— Même pour toi ? demanda-t-il.

— Pour tout le monde. Rien ne t'échappe, et ça, c'est toujours dangereux.

Légèrement amusée, comme toujours, elle le regarda de ses yeux gris et froids, avec une certaine affection cependant.

— Il n'y a personne à qui je puisse parler de ma visite à mes beaux-parents – d'ailleurs, à quoi bon le faire ? C'est comme ma visite à Bruce, il n'y a que toi à qui je puisse m'en ouvrir. Personne d'autre.

— Eh bien, vas-y, dit-il, parle, je t'écoute. Après tout, n'est-ce pas de cela que je vis ? Par procuration, en faisant mon miel de la vie et des expériences des autres ?

Marisa s'était retirée dans un coin du divan, bras croisés sur la poitrine, recroquevillée sur elle-même comme si elle ne l'avait pas entendu.

— En sortant de chez eux, dit-elle finalement, je suis partie voir le père de Bernard dans sa maison de retraite. Je voulais en finir le plus vite possible. Et puis j'ai toujours bien aimé le père de Bernard, même si nous n'avons jamais vraiment réussi à nous comprendre totalement : nous avons appris à accepter nos limites respectives, à bâtir une relation, et j'ai appris à l'apprécier. Je n'étais pas retournée le voir depuis sa dernière attaque ; je me suis retrouvée en face d'un vieil homme confus vêtu d'un pyjama froissé. Il m'a reconnue, mais il comprenait à peine ce que je lui disais – d'ailleurs, pourquoi se serait-il intéressé à cette femme étrange venue s'asseoir près de son lit pour lui raconter qu'elle partait en voyage ? Il y avait longtemps que ce genre de chose avait cessé d'avoir la moindre importance pour lui, et il avait besoin de toutes ses forces pour se concentrer sur ce qui était réellement important. Ce qui fait que je n'avais pas grand-chose de plus à lui dire qu'à Hedwig et Danie, et je me suis enfuie, comme je m'étais enfuie de chez eux.

Ils entendirent le bruit d'une clef dans la serrure de la porte d'entrée. Bernard était rentré.

— Je ne me sens nulle part chez moi dans ce pays, dit Marisa doucement, comme si elle n'avait rien entendu.

— Moi non plus, répondit Adriaan.

— Oui, mais vous, vous êtes décidés à vous accrocher, vous persistez à penser que vous pouvez tenir bon tandis que nous, nous tournons casaque et prenons la fuite. C'est toute la différence.

— Adriaan ! s'écria Bernard en entrant dans la pièce et en déboutonnant son manteau, pardonne-moi, veux-tu ? J'allais fermer le bureau, et tout à coup ce communiqué de presse est arrivé – j'ai dû remanier complètement tout l'éditorial…

— C'était important ? demanda Adriaan, voyant que Marisa ne réagissait pas.

Bernard, se penchant vers elle pour l'embrasser, ne l'entendit pas.

— Est-ce qu'il y a encore du café ? demanda-t-il.

— Il est froid, mais je vais en refaire.

— Non, ne te donne pas cette peine. Si nous prenions plutôt l'apéritif ? Adriaan, que dirais-tu d'un verre de vin ? Je vais nous chercher une bouteille – et, comme Marisa se levait pour débarrasser : – Pourquoi restez-vous dans le noir ? demanda-t-il.

Visiblement de bonne humeur, il alluma les lampes. Un flot de lumière baigna la pièce plongée dans le demi-jour : les sculptures se détachèrent sur les murs, les tableaux s'embrasèrent, et sur la table devant eux les iris blancs s'enflammèrent.

Adriaan se demandait parfois ce qui après toutes ces années unissait encore Bernard et Marisa, mis à part les liens formels du mariage et l'habitude ; pourtant, à sa connaissance, il n'avait jamais entendu quiconque émettre le moindre doute sur la réussite de leur couple. Pour un observateur extérieur, toutefois, c'était une énigme. Apparemment, à une certaine époque, bien avant qu'il fît leur connaissance, Bernard fréquentait davantage le milieu artistique ; n'était-ce pas en qualité de rédacteur artistique qu'il avait débuté pour le journal, même si son intérêt s'était déplacé peu à peu vers la politique ? Le roman qu'il s'était mis en tête d'écrire était une survivance de cette époque, et parmi les journalistes, les politiques et les universitaires qui faisaient partie de son cercle d'amis il y avait toujours eu des artistes, des comédiens et des écrivains. Si tant est qu'ils eussent partagé certaines choses au début de leur mariage, rapidement ils avaient évolué dans des directions opposées ; à moins, se disait parfois Adriaan, que Marisa, tout simplement, ne se fût rendu compte des limites du monde dans lequel elle était prête à vivre en Afrique du Sud et qu'elle n'eût éprouvé de plus en plus de réticences à les franchir, moins parce qu'elle désapprouvait ce qui se passait dans le pays que par manque d'intérêt. Ils recevaient assez régulièrement des visiteurs de l'étranger, et Bernard, toujours prêt à faire de nouvelles connaissances, avec son amour de la compagnie et de la convivialité, faisait tout aussi régulièrement une apparition aux vernissages et aux réceptions qu'organisait Marisa dans sa galerie, ou encore aux fêtes et aux dîners que donnaient des gens comme Sonia, qui étaient à vrai dire des amis à elle ; Marisa, quant à elle, ne tentait pas le moindre geste vers lui ; au contraire, elle évitait, dans la mesure du possible, le moindre contact avec le monde du journalisme et de la politique.

Quel terrain tout cela leur laissait-il en commun pour leur mariage ? Il avait eu, au cours de ces années, tout loisir de les observer, et cette question était toujours pour lui un mystère ; en fin de compte, il devait reconnaître qu'une relation comme la leur demeurait pour lui impénétrable, et donc au-delà de toute explication. Il pouvait, au mieux, les observer sans les comprendre lorsqu'ils étaient ensemble, les regarder se parler et s'écouter, les voir se soutenir réciproquement et faire face ensemble au monde extérieur ; décidément, il ne pouvait pas comprendre, et encore moins expliquer.

Marisa alluma les bougies sur la table et s'activa dans la cuisine aux derniers préparatifs pour le dîner ; Bernard avait mis une cassette et ouvert une bouteille de vin. De la cuisine, où il était allé chercher quelque chose, Adriaan entendit le son de leurs voix, des bribes de conversations légères, presque elliptiques, de gens qui se connaissent, qui se sont acceptés depuis longtemps et pour lesquels tant de choses sont devenues évidentes qu'ils se comprennent à demi-mot. En regardant par la fenêtre il vit que le jour tombait et que les grands tableaux, les têtes et les torses des statues se reflétaient dans la vitre ; lorsqu'il regarda par la fenêtre dans l'obscurité, il vit sa propre image qui flottait sur cette profondeur insondable, sans la moindre bitte d'amarrage ni la moindre bouée où se raccrocher. Puis Bernard revint de la cuisine, raconta une anecdote, tira les rideaux, chassa l'obscurité et les idoles flottantes et les ancra solidement dans la grande pièce blanche confortable, avec les bougies qui brûlaient sur la table.

Il se laissa peu à peu happer par le halo de lumière des bougies et le cercle que formait le groupe des invités, dans le rond de lumière tamisée sur la table. Ils mangèrent, bavardèrent, puis regagnèrent la partie salon de la pièce afin de boire leur café. Le crépitement sporadique de la pluie s'était calmé et aucun cri dans la rue, aucun hurlement de sirène ne vint troubler la soirée. Là, à la lueur des bougies et des lampes, rien ne semblait avoir changé ; tout en sirotant un verre de vin, ils parlèrent de l'Europe, du voyage de Marisa, de livres, de connaissances ou d'amis communs, et de souvenirs datant du début de leur rencontre. Il se sentait si parfaitement à l'aise avec l'un comme avec l'autre, que ce fût ensemble ou séparément, qu'il n'éprouvait en leur présence ni le besoin de garder une quelconque distance, ni de se protéger ; il pouvait tout simplement s'abandonner à la soirée, pour autant que l'on pût encore qualifier de « simple » quelque action, quelque geste que ce fût : se laisser aller à la compagnie, à la conversation, au repas, au vin, à la musique et au bonheur d'être ensemble, en oubliant pour un instant tout sentiment de menace ; se laisser aller, flotter sur le courant en toute sécurité, sachant que rien ne menaçait cette sécurité à court terme, ni le fouettement de la pluie sur les vitres, ni le son d'une voix, ni le claquement des portières des voitures dans la rue, ni même – fugitivement – l'insistance de ses souvenirs.

Ils parlèrent de peinture, de Freud – Bernard venait justement de finir un livre sur sa vie et il avait vu récemment un film sur lui à la télévision –, de Vienne et de Mahler, puis revinrent à la peinture. Marisa se pencha sur la petite table basse où les iris trônaient dans leur vase et se resservit un peu de café, riant d'une anecdote que quelqu'un venait de raconter ; Bernard se leva d'un bond pour mettre une nouvelle cassette à laquelle leur conversation lui avait fait penser ;

plus Adriaan parlait, plus il écoutait, plus il se rendait compte, avec une émotion soudaine, que ce dîner, bien qu'en apparence organisé à l'occasion du départ de Marisa, c'était en fait en son honneur qu'ils l'offraient. Ils avaient voulu s'associer pour un présent : cette hospitalité que, malgré tout, ils partageaient encore, elle et lui, et qu'il ne connaîtrait jamais que par leur intermédiaire, comme ce soir-là, et dans la mesure où leur générosité le lui permettait. Lui, Adriaan, ne ferait jamais l'expérience de toutes ces choses et il commençait à le comprendre, et il ne devait qu'à leur amour de s'en être approché d'aussi près. Touché par cette révélation soudaine, il se tut et perdit le fil de la conversation.

— Mais bien sûr que tu sais, dit Marisa. Vous étiez là tous les deux, ce soir-là.

— Effectivement, dit-il après un instant d'hésitation, un peu troublé, je me souviens.

— Ne me dis pas que tu n'es pas revenu nous voir depuis, dit Bernard. Ça fait vraiment aussi longtemps qu'on ne s'est pas vus ?

— Il y a eu ce dimanche où nous sommes allés au bord de la mer.

— Oui, c'est vrai, dit Bernard, je m'en souviens. C'était l'été dernier.

— De toute manière, ce soir-là, il y avait aussi trop de monde, dit Marisa, et certains avaient trop bu. Ce n'était pas particulièrement agréable – elle se leva. – Je sais – sans même que Bernard m'en fasse la réflexion – que j'ai déjà bu trop de café, dit-elle, mais je vais en refaire quand même ; Adriaan, tu en reprendras bien une dernière tasse avec moi, n'est-ce pas ?

Tandis qu'elle se dirigeait vers la cuisine, il se dit qu'il allait devoir partir. Il n'était pas loin de minuit.

— Ce fameux jour où nous sommes allés au bord de la mer, tu n'avais pas fini de relire les épreuves de ton livre, dit Bernard, et j'ai dû insister pour que tu viennes. Or maintenant, le livre est sorti – je ne m'étais pas rendu compte que cela faisait si longtemps. On ne voit pas le temps passer, on laisse filer toutes les occasions alors qu'on s'occupe de choses qui n'en valent pas réellement la peine. Lorsque Marisa sera de retour, nous devrons essayer de nous voir plus régulièrement. Il faudrait qu'on mange plus souvent ensemble, comme ce soir.

— Mais c'est toi qui n'as jamais le temps, dit Adriaan en souriant, ce n'est ni moi, ni Marisa.

Bernard, excité comme d'habitude par la compagnie et la conversation, s'était levé d'un bond sans écouter et s'était mis à faire les cent pas dans la pièce : il avait compris aussi que la soirée touchait à sa fin, et comme d'habitude il se sentait légèrement tendu, essayant de la prolonger et de repousser encore pour une durée indéterminée l'éclatement de leur petit groupe.

— Je sais ! s'écria-t-il. Que diriez-vous d'une bouteille de champagne ? Ou bien une demi-bouteille : une coupe chacun ? Marisa ?

À quoi bon résister ? se dit Adriaan ; avec Bernard, toutes les occasions étaient bonnes pour sabler le champagne, bien qu'il ne fût pas lui-même un fanatique de cette boisson, sans compter qu'elle atteignait des prix astronomiques et qu'elle était devenue autant dire introuvable ; Marisa se montrait toujours conciliante. Bernard était déjà parti chercher une nouvelle bouteille, et Adriaan se retrouva une fois de plus seul dans la grande pièce blanche. Il songea avec lassitude qu'il aurait dû partir une demi-heure plus tôt déjà, mais il était trop fatigué pour envisager de devoir rentrer seul à pied chez lui ; il resta assis sur le divan, écoutant la musique, regardant les tableaux sur les murs et les sculptures alignées en rang d'oignon sur le grand buffet. Il était provisoirement rassasié ; il n'avait plus aucun désir, et la réalité était vierge de tout doute, de toute question. Et si la vie était toujours comme cela, se demanda-t-il, est-ce qu'elle serait plus supportable ?

En face de lui il aperçut un grand tableau de Carla, que Bernard avait offert à Marisa quelques années auparavant pour lui faire une surprise, sachant qu'elle le convoitait bien qu'elle n'eût pas les moyens de se l'offrir – il n'avait jamais révélé à quiconque l'importance du sacrifice que cela avait représenté pour lui. La toile couvrait presque la moitié du mur ; c'était une peinture dans les tons or, argent et noir, datant de l'époque où Carla, délaissant les paysages, avait évolué peu à peu vers la peinture abstraite, et qui représentait des troncs d'arbres et des branches argentés tellement épurés, tellement stylisés, qu'ils en étaient méconnaissables, l'austérité de leurs lignes verticales et penchées n'étant compensée que par la beauté effrangée des feuilles qui les recouvraient en partie et par le motif complexe de lumière et d'ombre qui en retombait. Jamais le moindre souffle de vent ne passait entre ces feuilles ni ne les faisait frémir, jamais aucun automne ne les menaçait ; immobiles, aussi raides et inaltérables qu'une sculpture d'or en filigrane, elles parsemaient les branchages eux aussi immobiles et inaltérables, et toute la toile se transformait en un écheveau composé de lignes unies par cette tension qu'elles sécrétaient entre elles, entremêlées et nouées les unes aux autres comme les mailles d'un filet. Ce jeu, abstrait et décoratif, ne couvrait que le premier plan de la toile ; derrière, au deuxième plan, l'on distinguait un motif encore plus sombre, encore plus difficile à reconnaître, un deuxième jeu d'ombre et de lumière encore plus intriqué que le premier, dont seuls les contours étaient visibles et où nul ne parvenait à identifier ce qui était représenté. Quelles étaient ces formes figées, tapies dans l'ombre derrière les arbres eux aussi pétrifiés ? D'autres arbres, dans une obscurité encore plus grande, une autre forêt faite de branches et de troncs, une végétation impénétrable qui ne laissait pas passer la lumière ? Que cachait cette obscurité profonde, quels étaient les animaux, les êtres humains qui se fondaient avec les branches derrière lesquelles ils s'abritaient et se dissolvaient dans la densité de l'ombre ? Quelque chose attendait, avec une patience immobile, et la toile, immense et calme avec son parfait équilibre de teintes douces, de lignes et de formes, recelait bien davantage que ce que la trompeuse simplicité et la sévérité de l'œuvre semblaient indiquer à première vue.

Il se souvint que Carla avait dit : « C'est *Le Triomphe de l'amour.* » Il repensa à cette soirée chez Sonia où il l'avait vue pour la dernière fois et au mur devant eux, recouvert des ors flamboyants de la tapisserie. Il fallait l'appeler, retourner avec elle à Brandvlei : il avait besoin de la compagnie de Carla, de sa sympathie bienveillante, de son silence, de la grande maison vide imprégnée de lumière, de mer et de plage.

La cassette s'était arrêtée, et Bernard et Marisa ne revenaient toujours pas. Adriaan, seul dans la pièce où rien ne bougeait, se dirigea vers la fenêtre, tira les rideaux, contempla ces trouées dans le noir que faisaient les réverbères, les fenêtres éclairées et l'asphalte luisant d'humidité qui s'étendaient à l'infini et se perdaient en une série de points lumineux. Songeant qu'il aurait dû partir depuis longtemps déjà, il décida de prendre congé et de rentrer chez lui une fois qu'ils auraient porté le toast symbolique et bu une coupe de champagne en l'honneur du départ de Marisa, puis se retourna et se remit à parcourir du regard la pièce vide, où sur la table les bougies achevaient de se consumer. Du mur opposé, les statues, les têtes sculptées, les masques et les totems aux lignes sévères le fixaient, immobiles, le grand tableau de Carla planant au-dessus d'eux ; les arbres aux troncs gris d'argent projetaient des ombres impénétrables pour l'œil. Il n'était plus venu chez eux depuis ce dîner que Marisa avait donné en l'honneur d'un critique d'art flamand et de sa femme qui étaient de passage en Afrique du Sud ; le Flamand ne cessait de jeter des regards fugitifs, inquiets et légèrement apeurés sur la toile suspendue en face de lui, sans toutefois y faire la moindre allusion, bien que Carla fût présente. Il se souvint du visage étroit de l'homme, de son regard vif et fuyant, de la sérénité de Carla drapée dans des vêtements multicolores, et de Stephan, tous trois assis en rang d'oignons en face de lui, dans la lueur de la bougie.

— Pardon de t'avoir abandonné aussi abruptement, dit Bernard en apportant le champagne, un seau à glace et des flûtes. Marisa arrive tout de suite avec le café.

Pour lui, la soirée ne faisait que débuter et il était bien décidé, champagne et café aidant – il était sur le point de déboucher la bouteille –, à la faire durer indéfiniment, jusqu'à l'aube si possible ; en fait, elle était bel et bien terminée depuis longtemps déjà et il ne restait plus qu'à porter un dernier toast avant d'aller se coucher. Ils trinquèrent au voyage de Marisa, mais le champagne, resté trop longtemps au réfrigérateur, était trop froid. Ils vidèrent leurs verres sans dire un mot.

Qu'est-ce que ça pouvait bien lui faire, en fin de compte, se demanda Adriaan d'un air las en observant les bulles dans son verre, de savoir comment Bernard et Marisa s'y prenaient pour sauver leur mariage ? Qu'est-ce que ça pouvait bien lui faire de savoir ce qui se cachait derrière cette unité de façade et comment ils parvenaient à éviter les écueils et les bancs de sable afin d'atteindre la terre ferme ? Quelle était la part de réalité et de certitude au milieu des illusions, des apparences et des impostures inhérentes à tout mariage, à toute relation ? L'essentiel était qu'ils réussissent à sauvegarder les apparences et à poursuivre leur vie commune sans effort apparent.

Il les observa tous deux, chacun perdu dans ses pensées, regarda de nouveau le tableau de Carla que Bernard avait offert à Marisa et qui incarnait le don, le partage, le lien entre deux êtres ; il revit les ors de la tapisserie, les visages des convives, les regards furtifs du critique d'art, Carla dans sa robe multicolore, Stephan. Les flammes des bougies vacillèrent en dégageant une épaisse fumée puis s'éteignirent ; l'obscurité, la nuit prirent possession de la pièce.

— Donne-moi ton verre, que je te resserve, dit Bernard.

— Non, merci, je dois y aller, dit Adriaan en se levant.

Bernard était assis en face de lui, la bouteille à la main.

— Je te ramène, proposa-t-il.

— Non, je préfère marcher ; il fait meilleur dehors maintenant, la pluie a cessé.

Comme chaque fois qu'il leur rendait visite, la soirée s'achevait immanquablement par les mêmes petites disputes amicales ; en général, il arrivait à les convaincre de le laisser rentrer à pied. Enfin, pas toujours : les dernières fois qu'il était venu les voir, il était avec Stephan et ils étaient rentrés ensemble. La scène de ce soir renouait avec une tradition bien plus ancienne.

— Ce n'est pas très prudent de se promener seul en pleine nuit, dit Bernard.

— Pourtant, à en croire les journaux, le gouvernement a la situation en main et il n'y a aucun danger…

Cette fois, Bernard n'éclata pas de rire comme il en avait l'habitude.

— Oui, mais avec tous ces marginaux qui traînent dans les rues, c'est autre chose.

— Denise m'a dit qu'il arrive de plus en plus de sans-abri et de réfugiés, observa Marisa.

— Ce sont les laissés-pour-compte de la situation économique actuelle qui se réfugient en ville, c'est une évolution tout à fait classique. Dès que la situation se stabilisera et que l'économie redeviendra prospère, ils disparaîtront.

— D'après Denise, dit Marisa, il s'agit de réfugiés ; elle travaille avec eux dans je ne sais plus quelle clinique, dans un de ces camps de réfugiés.

De toute évidence, elle ne jugea pas utile de poursuivre sur ce sujet et se mit à ramasser les verres.

— Je vais rentrer à pied, dit Adriaan. Laissez-moi vivre dangereusement, c'est tout ce qui me reste comme émotion forte.

Il se dirigea vers le vestibule et Bernard lui emboîta le pas, prêt à lui opposer de nouveaux arguments, voire à entamer une nouvelle conversation, mais apparemment peu disposé – ce n'était pas nouveau – à voir la soirée s'achever. Arrivé à la porte, Adriaan se retourna ; pendant un instant tous trois se regardèrent en souriant. Ils n'avaient plus rien à se dire, sinon les remerciements d'usage, plus rien à faire que prendre congé de Marisa à la veille de son départ. Ce fut pourtant sans mot dire que cette dernière se pencha vers lui et l'embrassa sur les deux joues.

— Tu viendras me dire au revoir à l'aéroport, Adriaan, tu veux bien ?

Étonné, il acquiesça, sans pouvoir trouver la moindre raison à cette invitation pour le moins inattendue ; Marisa, qui voyageait régulièrement à l'étranger, ne l'avait pas habitué à ce genre de cérémonial.

— Comme ça, au moins, Bernard aura un peu de compagnie en rentrant de l'aéroport, ajouta-t-elle d'un ton léger, comme si elle avait soudain compris qu'elle se devait de lui fournir une explication.

Les rues étaient désertes et on ne voyait presque plus aucune lumière briller aux fenêtres. Il entendit crier quelque part, s'arrêta un instant pour écouter, mais l'appel ne se répéta pas. Cela aurait pu tout aussi bien être un cri de peur qu'un avertissement, une insulte ou un appel au secours ; à moins que ce ne fût tout simplement quelqu'un qui rentrait d'une soirée chez des amis : tout était possible depuis que la vie se déroulait sur ses deux versants contradictoires… Le calme revenu, il poursuivit sa route dans l'obscurité, sans plus rien entendre.

Cet hiver-là, le nombre des vagabonds dans la ville ne cessa d'augmenter – clochards, mendiants vivant sur les trottoirs, dormant dans les embrasures des portes et les entrées d'immeubles, fouillant dans les poubelles à la recherche de quelque nourriture ou de quelque objet qu'ils pourraient échanger. Les locataires et les propriétaires des immeubles où ils s'introduisaient de la sorte les ignorèrent tant qu'ils purent, et, lorsqu'ils se décidèrent enfin à prendre conscience du problème, le phénomène avait pris une telle ampleur qu'il fut impossible de faire quoi que ce soit pour y remédier.

En outre, les autorités s'étaient soigneusement tenues à l'écart, et la police elle-même – dans la mesure où elle était encore présente – ne montrait aucun empressement à intervenir.

Habitués à se battre pour survivre, ces gens eurent tôt fait de comprendre qu'ils étaient intouchables et d'apprendre à retourner la situation à leur avantage. Prenant de l'assurance, ils cessèrent de quémander des faveurs et se mirent à dicter leurs conditions et à imposer leurs propres règles. Ils forcèrent les portes des magasins, se postèrent d'autorité à proximité des caisses enregistreuses, formulèrent des menaces et des exigences, et s'invitèrent aux terrasses des restaurants et des cafés ; ils faisaient leurs besoins dans les cages d'escalier et les jardins et, la nuit venue, couchaient sur des lits de fortune faits de journaux et de cartons qu'ils étalaient dans les entrées d'immeuble. La violence se généralisa et bientôt il devint dangereux de s'aventurer dans les rues une fois la nuit tombée.

Au cours du premier hiver de la guerre, l'insécurité et les menaces devinrent monnaie courante tant dans le centre que dans les banlieues. L'homme étalé sur le trottoir n'était pas ivre – en y regardant d'un peu plus près, on ne tardait pas à découvrir une flaque de sang sous sa tête ; le crissement des éclats de verre sous les semelles témoignait des vitrines brisées et du pillage des boutiques que l'on avait ensuite incendiées. Soudain, les cris que l'on entendait naguère au loin dans quelque ruelle sombre se mirent à résonner dans les jardins, et les taches de sang souillaient désormais les allées qui menaient aux portes des maisons ; la violence éclatait entre le rayon des lessives et celui des confitures, au milieu des cris des femmes et des conserves qui roulaient sur le sol ; l'homme qui reculait en titubant vous frôlait au passage et laissait une tache sanglante sur vos vêtements, et vous vous aperceviez que la main qu'instinctivement vous aviez levée pour vous protéger était rouge de sang. Regardant fixement sans comprendre cette tache brillante, vous ne pouviez alors vous empêcher de penser en vous-même, de manière tout aussi instinctive, que ce n'était pas possible, que de telles choses ne pouvaient pas arriver.

Des hommes, certains en costume sombre, d'autres en uniforme, firent leur apparition sur les écrans de télévision dans les salons, se répandirent en déclarations, donnèrent des assurances, le regard fixé en permanence sur l'objectif de la caméra en gage de sincérité, mais cela ne changeait rien à la situation et la violence augmentait inéluctablement, au fur et à mesure que s'effondrait peu à peu tout ce que nous avions connu jusqu'alors et que se développaient une insécurité croissante et un sentiment indéfinissable fait de menace et de peur, caractéristiques de ce premier hiver de la guerre. Très vite, non seulement les rues du centre-ville et des banlieues reflétèrent la violence de la guerre, bien pire mais plus irréelle, dont nous avions été jusque-là protégés, mais elles en devinrent une sorte de parodie, comme si des ombres déformées se trouvaient tout à coup projetées sur nos vies par ces événements lointains en une suite arbitraire d'ombres et de lumières. Devant les caméras les hommes ne cessaient de débiter des propos lénifiants et nous répétaient qu'ils contrôlaient la situation ; les présentateurs du journal télévisé, dans la lumière crue des studios, nous abreuvaient de statistiques sur les mouvements de troupes et les victoires qu'elles remportaient, mais à cette époque nous avions déjà cessé d'y prêter attention. Tout ce à quoi nous voulions encore croire à tout prix, tout ce en quoi nous avions tenté de croire durant une vie entière, se désagrégeait sous nos yeux jour après jour, contredit par la réalité de notre existence quotidienne ; nous nous apercevions peu à peu que tous les faits étaient également trompeurs, que toutes les assurances étaient également sujettes à caution.

L'image de l'homme à l'écran et le faible bourdonnement qui l'accompagnait furent balayés et remplacés par d'autres images, d'autres bourdonnements : les promesses de la météo, les feuilletons télévisés, les émissions de variétés avec leurs danseurs au sourire éclatant, les publicités pour des produits devenus introuvables. Retranchés dans la sécurité toute provisoire de leurs maisons, isolés dans une ville menacée, les gens étaient comme hypnotisés par ces images et ces mots devenus interchangeables ; les cris, les hurlements, les bruits de verre brisé dans l'obscurité se mêlaient au flot des voix, des rires et des applaudissements sur commande, aux crissements de pneus sur la chaussée et aux coups de feu des émissions télévisées que tentaient de couvrir les déclarations sincères de ceux qui prétendaient qu'il n'y avait rien à craindre.

Le film tremblotait sur l'écran : des étoiles dansaient dans une confusion totale, des chiffres renversés annonçaient les images brouillées, saccadées, tournées caméra au poing, qui n'apportaient aucune information supplémentaire ; l'œil avait du mal à faire la mise au point et il fallait du temps avant d'arriver à distinguer les vagues lueurs de la pellicule de la forme et du mouvement de la réalité.

L'on reconnaissait peu à peu des paysages enneigés, des files de véhicules en mouvement qui figuraient la route, des véhicules militaires suivis de voitures particulières et de piétons. Informes dans leurs vêtements d'hiver, avançant péniblement sur les routes couvertes de neige, ployant sous le poids des bagages, les gens regardaient à peine la caméra ; lorsque l'un d'eux levait la tête au passage, son regard glissait de côté sans que l'on pût reconnaître de qui il s'agissait, comme s'il n'existait aucun témoin de leur fuite. Avec le dégel, les premiers bourgeons firent leur apparition ; dans les haies, les fleurs commençaient à éclore, les oiseaux chantaient, mais nous n'arrivions pas à y croire : comment associer ce monde en noir et blanc où tout se fondait dans la grisaille et le silence avec les sons et les couleurs de la réalité ? Ce monde n'existait pas, il était aussi irréel qu'un rêve peuplé d'un défilé de fantômes.

Dans la forêt tout autour de la maison les troncs étroits des bouleaux scintillaient dans une lumière incertaine, mais de cette image, seuls les habitants qui avaient dû tout laisser dans leur fuite se souvenaient encore, et se souviendraient toute leur vie. La caméra montra la pelouse, là où la neige avait commencé à fondre par plaques, la terrasse vide et les fenêtres sombres dont les vitres, lorsqu'on les filmait sous un certain angle, reflétaient la lumière extérieure. Rien ne bougeait, sauf la caméra qui progressait à travers les pièces désertes, observant et constatant sans poser la moindre question, sans tenter de donner de réponse ni de porter un jugement : voici, constatait simplement l'objectif, regardez, ne détournez pas les yeux. Aucune fuite n'était possible devant l'œil impitoyable de la caméra. Le verre capturait la lumière dans le clair-obscur des grandes pièces, et sur les tableaux, protégés par leurs cadres, des visages rieurs contemplaient le vide.

Que s'était-il passé ? Réfléchissez, et tentez, à partir de ces images tremblotantes, de reconstruire le cours des choses. Que va-t-il arriver ensuite ? Armez-vous de patience. La caméra ne juge pas, ne fait aucune promesse, elle se contente d'observer : voilà ce qui est arrivé, dit-elle de son ton inéluctable, implacable ; j'étais là, dit-elle, j'ai tout vu. Le témoignage de ces lumières tremblotantes et saccadées était aussi ténu qu'une toile d'araignée, aussi incassable que les mailles d'un filet, et leur récit muet était irréfutable.

III

Carla, lorsqu'elle allait à Brandvlei, avait pour habitude de se lever tôt et de prendre la route au point du jour afin de profiter le plus possible de la journée. La longue obscurité de l'hiver et le couvre-feu imposé aux automobilistes les obligèrent toutefois à partir plus tard que prévu et les embouteillages aux barrages tout au long du trajet les ralentirent encore.

Carla ne parlait jamais beaucoup en conduisant. Elle pensait à son travail, à la route, au paysage ou aux souvenirs que le voyage évoquait en elle, mais ce matin-là, les mains crispées sur le volant, elle était murée dans un silence tendu, attendant de progresser de quelques mètres dans la file. Des hommes en armes se penchaient par la portière pour regarder à l'intérieur du véhicule, exigeaient des documents d'identité et parcouraient des listes, des voix crachotaient dans des émetteurs-récepteurs. Adriaan, un peu mal à l'aise et remarquant que l'irritation de Carla allait croissant, se demanda si elle n'allait pas perdre patience : pour avoir été, plus d'une fois déjà, témoin de ses explosions soudaines, il savait qu'elle ne respectait pas particulièrement les uniformes ni l'autorité, même en des temps aussi troublés. Elle se maîtrisa et regarda droit devant elle, légèrement inclinée sur le volant auquel elle se cramponnait des deux mains. Soudain, de façon tout à fait inattendue, quelqu'un prit une décision et fit un signe mystérieux ; un jeune soldat à l'air grave, l'arme sous le bras, tout pénétré du sens de ses responsabilités, du geste leur enjoignit d'avancer.

Lorsqu'il l'avait appelée pour fixer un rendez-vous, Carla lui avait tout de suite proposé de l'accompagner à Brandvlei et il n'avait vu aucune raison de différer la visite : « Très bien, dans ce cas allons-y cette fin de semaine », avait-elle dit de son air décidé. Il n'avait aucun engagement, rien qui le retînt en ville pour le week-end ; en outre, cela faisait longtemps qu'il n'avait pas pris de vacances.

Il se rendit compte, tandis qu'ils roulaient en silence, que les choses avaient énormément changé au cours de ces derniers mois : les gens s'étaient déjà habitués à la déliquescence progressive du centre-ville, aux affiches sur les murs, aux banderoles dans les rues, aux slogans qui faisaient leur apparition pendant la nuit, à l'omniprésence de l'armée et aux éruptions de violence aussi soudaines qu'inexplicables, mais ce qu'il voyait là dépassait tout ce qu'il aurait pu imaginer. Partout, dans les faubourgs, dans les terrains vagues situés entre les usines et les entrepôts, sur les ronds-points et les bas-côtés des routes, des cabanes de squatters avaient fait leur apparition, assemblage hétéroclite de vieilles plaques de tôle et de planches de récupération, de feuilles de Polythène ou de sacs poubelles, comme si le vent les avait rassemblés là et plaqués contre les murs, les clôtures et les buissons. Les chevaux de frise censés bloquer les routes avaient été cisaillés depuis longtemps ou avaient disparu par pans entiers, et les anciennes autoroutes, à la sortie de la ville, étaient si bien envahies par un trafic incessant de cyclistes et de piétons ayant en vue des destinations incertaines, par des files de piétons cheminant sans but, comme à la dérive, la mine défaite, le visage tendu, chargés de baluchons, de paquets et de colis étranges impossibles à identifier, que les automobilistes ne pouvaient que rouler au pas. Lorsqu'ils se furent éloignés de la ville, il vit que tout avait changé depuis son dernier passage ; à la lisière des banlieues et des quartiers ouvriers, parmi les dunes et les arbustes, des constructions d'un genre nouveau avaient surgi en marge des zones urbaines, des villages de toile avaient été édifiés sur des terrains aplanis à la hâte par des bulldozers à une certaine distance de la route, le tout entouré d'une double clôture de barbelés nouvelle et gardé par des projecteurs et des miradors. Qui étaient les gens qui habitaient ces camps ? D'où venaient-ils ? Comment étaient-ils arrivés là ? De leur plein gré ? Forcés et contraints ? Cette surveillance avait-elle pour but de les empêcher de sortir ou d'assurer leur protection ? Personne n'ayant jamais obtenu de réponse à ces questions, on cessa de les poser, on fit même mine de ne plus s'étonner. Après tout, on n'apercevait ces colonies que de loin, de l'autre côté de la route, au-delà de la double rangée de barbelés, en passant, par la fenêtre d'une voiture, et l'on ne voyait rien d'autre que des alignements de tentes, un drapeau flottant en haut d'un mât, un véhicule militaire qui manœuvrait à l'entrée ou à la sortie d'un poste de garde sévèrement contrôlé ; il était déconseillé de s'arrêter ou même de ralentir, et l'on ne distinguait qu'occasionnellement les gens qui vivaient là – des femmes faisant la queue devant une tente munies de récipients et de bols, des enfants, des seaux à la main, attendant alignés devant un robinet. Carla regardait droit devant elle sans rien dire, mais son silence tendu, sa position courbée sur le volant montraient cependant que rien ne lui échappait : elle observait tout, enregistrait tout.

Laissant derrière eux la ville, les camps et les derniers piétons solitaires, Carla accéléra ; ils avaient désormais la route pour eux, la circulation automobile étant devenue si difficile que rares étaient ceux qui prenaient encore la route pour le plaisir : de temps à autre, un véhicule militaire les rattrapait et disparaissait au loin, des soldats les observaient d'un barrage sans pour autant les obliger à s'arrêter. Ils pénétrèrent soudain dans un monde au paysage ondoyant, où les jeunes pieds de maïs scintillaient sous l'éclat plombé d'un ciel couvert comme l'eau dans les champs. Dès qu'elle en eut la possibilité, Carla quitta la nationale et emprunta, comme elle en avait l'habitude, les petites routes boueuses et mal entretenues qui menaient aux fermes entre clôtures et champs, et où elle trouvait son chemin quasi les yeux fermés. Ils ne virent personne, aucun signe de vie, si ce n'est quelques rares fermes abandonnées ou isolées dans un cocon protecteur de fils de fer barbelés, de lumières et d'alarmes. Carla était toujours courbée sur son volant, mais la tension s'était relâchée et, penchée en avant, elle semblait désormais attendre quelque chose, comme si elle anticipait déjà leur arrivée et la fin du voyage. Ce moment approchait : le paysage, couvert d'une végétation clairsemée, devenait de plus en plus plat au fur et à mesure que l'on roulait vers l'océan ; les arbustes et les arbres rachitiques qui avaient réussi à survivre étaient tous de guingois, ébouriffés par le vent du large. La route, de plus en plus étroite et de moins en moins carrossable, était couverte d'un sable fin et blanc venu de la côte ; la voiture peinait dans les montées et l'on entendait dans le lointain le mugissement des vagues. Ils gravirent la dernière pente, prirent le dernier virage ; sur la colline qui dominait la plage, les deux maisons de Brandvlei surgirent devant eux.

En réalité, ce n'était pas une ferme, bien que Carla, dans ses descriptions, l'eût parfois présentée comme telle, peut-être pour obtenir les autorisations et le carburant nécessaires à ses visites malgré les restrictions en vigueur : c'était un terrain sur lequel, au début du XXe siècle, deux frères – dont Carla était une lointaine parente – avaient fait construire deux maisons où eux-mêmes, puis leurs descendants, venaient régulièrement passer les vacances. La plupart des membres de la famille étant entre-temps décédés, les survivants soit ne s'intéressaient plus aux maisons, soit les trouvaient trop isolées et trop peu sûres, du fait de la conjoncture instable ; bien que la propriété fût indivise entre tous les héritiers, Carla était la seule à y aller encore. Autrefois, il lui arrivait d'y passer trois ou quatre jours avec des amis, mais le plus souvent elle venait seule pour pouvoir travailler en toute tranquillité ; lorsqu'elle disparaissait sans crier gare pour une durée indéterminée, c'était généralement là qu'elle se retirait, sans téléphone, loin de tout voisinage, dans ce bout du monde auquel ne donnait accès qu'une route difficilement carrossable. La majeure partie de l'année, cependant, les maisons de Brandvlei étaient inhabitées.

Il avait accompagné Carla assez souvent pour se souvenir du rituel, et, tandis qu'elle s'occupait de la voiture, il passait d'une pièce à l'autre de la maison plongée dans la pénombre pour ouvrir les volets protégeant les baies vitrées. L'architecture de la maison était simple : toutes les pièces se suivaient en enfilade et étaient reliées les unes aux autres par des portes de communication ; chacune possédait une baie vitrée donnant sur la véranda. Une fois les volets ouverts, il contempla la pelouse qui s'étendait jusqu'à la mer et la plage de sable blanc avec ses dunes inclinées sur l'un de leurs versants. L'autre maison, légèrement décalée, était bâtie sur la colline ; du grenier, où Carla s'était aménagé un atelier auquel menait un petit escalier extérieur, on voyait la mer par de grandes baies vitrées orientées au sud. C'était là qu'elle travaillait et dormait lorsqu'elle venait, se faisant du café avec une espèce de machine préhistorique ; personne ne la dérangeait, car les gens qu'elle amenait là étaient des amis qui la connaissaient suffisamment pour respecter son intimité et ne lui demandaient ni de mettre les petits plats dans les grands, ni de passer son temps à leur faire la conversation. Pendant la plus grande partie du séjour, ils étaient livrés à eux-mêmes dans la maison réservée aux invités, avec sa longue rangée de chambres inhabitées.

La maison était avant tout une maison de vacances : on y associait des souvenirs heureux n'ayant aucun rapport avec les soucis de la vie quotidienne – la tristesse, la solitude ou la mort. Pendant quelques jours, voire quelques semaines, elle se remplissait d'une animation soudaine, de voix, de bruits de pas, de rires et de cris d'enfants, puis on refaisait les lits, on emballait les casseroles et les poêles dans du papier journal, on tirait les rideaux, on fermait les volets et la porte, et les voix s'éteignaient peu à peu dans le lointain. Le vide alors emplissait les pièces l'une après l'autre et reprenait possession de la maison. Les lits défaits, la table de cuisine récurée, aussi blanche que le sable du bord de mer, les planchers frottés, les ustensiles de cuisine dépareillés sur les étagères, les livres laissés au hasard sur les rayons – tout perdait alors sa raison d'être et attendait, immobile, la longue hibernation. Par-delà les rideaux aux couleurs mangées, les volets et les baies vitrées, la lumière du jour se levait, grandissait et s'étiolait à l'horizon, le soleil faisait une tentative d'incursion sur les planchers bien récurés, traversait les pièces vides et repartait en glissant sur le bord de la fenêtre. Au-dehors la mer murmurait, parfois tout doucement, parfois plus fort, encerclant la maison immobile. Un plancher craquait, faisant songer à des pas ou à quelque animal courant dans le grenier, puis le silence revenait. La maison attendait, vivant de ses souvenirs, méditant sur les gens qui y avaient séjourné et sur les voix qui résonnaient de part et d'autre de la grande table, dans les chambres à la lueur des lampes ou encore sur l'immense pelouse qui descendait vers la mer. Un coquillage ramassé sur la plage trônait sur le buffet et, lorsqu'on regardait à l'intérieur, on voyait scintiller la nacre ; sur l'étagère, blanchi par le vent, le soleil et la pluie, reposait le crâne de quelque oiseau marin qu'un enfant avait un jour apporté là. La maison attendait pour reprendre vie de réentendre les voix retentir, la clef tourner dans la serrure, de revoir les volets des chambres, grands ouverts, laisser entrer la lumière.

Les premières fois, il avait été invité pour la fin de semaine en même temps qu'un petit groupe d'amis de Carla ; par la suite il était quelquefois revenu seul avec elle, et, les années suivantes, beaucoup plus souvent qu'il ne l'aurait pensé de prime abord. Lors de son dernier séjour, toutefois, il se trouvait en tête à tête avec Stephan : Carla, de manière tout à fait inattendue, lui avait spontanément proposé de leur prêter la maison et, conscient que c'était là la plus grande marque d'affection et de confiance dont elle fût capable, il avait apprécié l'offre à sa juste valeur. Avec le recul, néanmoins, il lui fallait reconnaître que cette visite n'avait pas été des plus heureuses.

C'était étrange d'être de nouveau là, seul. Carla disparaissait pendant la plus grande partie de la journée ; elle travaillait dans son atelier ou parcourait la campagne. Il ne souffrait pas de la solitude, c'était le rythme de vie de Brandvlei. Il lisait, se promenait, ou bien s'asseyait et regardait droit devant lui comme s'il attendait quelque chose, la tête vide de tout souvenir, de toute pensée. Des voix lui parvenaient, aussitôt emportées par le vent, et le sable ne conservait pas la trace de ses pas : de la véranda, il contemplait la vaste pelouse qui descendait jusqu'au bord de la mer. Ça ne fait rien, se disait-il avec lassitude, seul dans le calme de la maison vide, ça ne fait rien. Un jour, tout repartirait.

À la tombée du jour, au moment où s'installait l'obscurité, Carla faisait son apparition. Il avait déjà allumé les lampes à paraffine qu'il avait sorties sur la terrasse et, baignés par la nuit et le bruissement lointain, persistant de la mer, ils préparaient ensemble le dîner, après quoi, sans se presser, ils dégustaient un verre de vin tout en bavardant sous le halo de lumière de la lampe qui faisait ressortir la robe du vin dans les verres, mettait en valeur les pommes dans le compotier, soulignait le bleu des motifs de la vaisselle. Tout cela lui était devenu tellement familier avec les années qu'il avait du mal à croire à la réalité de ces barrages routiers, de ces contrôles, de ces véhicules blindés et de ces sirènes hurlantes vers lesquels il leur faudrait retourner. Et si, à leur retour, ils allaient découvrir que les derniers mois n'avaient été qu'un mauvais rêve dont ils étaient définitivement débarrassés ? Dans ce silence paisible où ils s'étaient assoupis tous les deux, le pays paraissait transformé, comme s'ils venaient de retrouver une réalité perdue.

Un bruit les fit sursauter, comme si quelque chose s'était fracassé avec violence contre la fenêtre dans le noir. « Un oiseau, sans doute », dit Carla, qui se leva et prit une lampe au passage. Sur la véranda, ils ne remarquèrent rien d'anormal, et on ne voyait aucune marque sur les vitres ; Carla leva la lampe, la lumière balaya le carrelage et s'évanouit dans l'obscurité de la pelouse, puis le vent qui s'était engouffré dans le verre de lampe fit vaciller la flamme, qui finit par s'éteindre.

Adriaan, s'écartant de Carla, s'avança sur la pelouse et, sans rien y voir, se fraya tant bien que mal un chemin entre les buissons et les arbustes, se guidant sur le bruissement de la mer à sa droite. En quelques pas il avait perdu de vue les fenêtres faiblement éclairées ; bientôt il n'eut plus devant lui que les ténèbres, que ne perçait plus aucune lumière, ni celle de la maison isolée ni celles de la ville lointaine qui se profilait contre les nuages. Il était seul.

Le brouillard s'installa au cours de la nuit et, le matin, de la maison, il était impossible de distinguer quoi que ce fût sauf la brume environnante que la lumière du jour éclairait peu à peu. Ils étaient tombés d'accord pour partir de bonne heure, et Carla, pour une fois, s'était levée tôt ; elle était silencieuse, à la limite du brusque, selon son habitude à cette heure matinale. Elle avait revêtu une veste en peau de mouton qui la faisait paraître petite et frêle, et rentré le bas de son pantalon dans ses bottes de caoutchouc. Ils se préparèrent quelque chose à manger dans la cuisine, sans parler ni même échanger un regard, puis Carla se posta devant la fenêtre de la salle à manger, d'où, le dos tourné à son compagnon, sa tasse de café tenue à deux mains, elle se mit à contempler le paysage.

— Et si on allait faire un tour ? demanda-t-elle soudain sans se retourner, mais en posant seulement sa tasse sur le bord de la fenêtre.

Ils longèrent la plage noyée de brouillard, jusqu'à l'endroit où elle obliquait vers la baie et où l'on pouvait, par temps clair, distinguer le phare sur la lointaine presqu'île qui se trouvait en face d'eux. Mais ce jour-là on ne voyait rien, si ce n'est quelques rochers surgis du brouillard, les seules formes qu'on pût distinguer dans cette masse informe, comme si à cet endroit la terre se désagrégeait dans l'abîme et s'émiettait dans la mer qui, de l'autre côté, continuait à gronder de manière sourde et cachée.

Ils observèrent le silence un instant ; on eût dit que Carla entendait on ne savait quoi par-delà ce grondement ou allait soudain voir autre chose que le spectacle du dernier récif émergeant de la brume.

— C'est la dernière fois que je viens, dit-elle avec une certaine véhémence, comme s'il lui en coûtait de lui faire cet aveu, même à lui. Je ne reviendrai plus jamais, c'est la dernière fois. C'est trop dangereux ; je ne sais même pas si je serais venue cette fois-ci sans toi, tu étais le seul avec qui j'en avais envie. Bientôt ce sera totalement impossible : ils ne délivreront plus de laissez-passer, la route sera fermée et toute cette plage sera zone interdite. C'est vraiment la toute dernière fois : je suis venue faire mes adieux, prendre quelques affaires que je ne veux pas laisser là et détruire les tableaux que je ne veux pas garder. J'ai passé la nuit à faire le tri et à déchirer ; je n'ai pas fermé l'œil, ce qui explique sans doute que je sois un peu abrutie. Je venais juste d'arriver lorsque tu m'as vue dans la cuisine – puis, après avoir marqué une pause : – Allons-y maintenant, dit-elle d'un ton décidé.

Elle lui tournait encore le dos, si bien qu'il avait dû s'approcher et, en penchant un peu la tête, tendre l'oreille à ses propos à cause de ce vacarme. Lentement, presque distraitement, elle s'écarta et descendit la pente douce de la plage où la marée avait laissé des flaques d'eau et rejeté divers objets ; à l'endroit où la lame déferlait, Carla s'agenouilla soudain sur le sable mouillé en lisière de la grève. Elle continuait de lui parler, à moins que ce ne fût à elle-même, d'une voix à peine audible, dans le silence entre deux vagues qui venaient mourir sur le rivage avant de refluer et de disparaître dans le brouillard ; il s'approcha et s'accroupit à son côté.

— Nous avions l'habitude de venir ici en vacances lorsque nous étions enfants, à toutes les vacances scolaires, deux ou trois fois par an. La famille était réunie, oncles, tantes, enfants au grand complet, parents par alliance, amis… Tu sais déjà tout cela, je t'ai montré mes vieilles photos. On mettait des matelas par terre, on dormait sur la véranda, on plantait des tentes sur la pelouse – dans les deux maisons c'était un boucan terrible, il y avait du monde partout, sur la pelouse comme dans les dunes, et le soir on voyait briller des lampes et des bougies dans toutes les pièces. C'est du moins le souvenir que j'en garde, il est possible que ma mémoire me joue des tours, après tout je n'étais qu'une enfant, et la mémoire, c'est tellement capricieux, n'est-ce pas ? Mais il ne reste rien ni personne pour vérifier l'exactitude de mes souvenirs ; en tout cas, telle est l'image que je conserve de mes années d'enfance à Brandvlei.

Elle a besoin de se confier, pensa-t-il, accroupi près d'elle sur le sable humide, observant son profil qui se détachait sur le brouillard ; cette constatation l'étonna : Carla, le plus souvent, parlait peu. Une remarque grinçante, souvent teintée d'ironie, mais généralement acerbe et percutante, telle était sa manière habituelle de s'exprimer dans son cercle d'amis ; quant à ce qu'il en était de ses relations avec les hommes plus jeunes qu'elle, qui évoluaient de manière indistincte mais constante à l'arrière-plan de sa vie, il ne pouvait que faire des suppositions, car c'était quelque chose dont elle ne s'ouvrait jamais, au point de ne rien en laisser entrevoir. Ce qu'elle exprimait là était de toute évidence quelque chose qu'elle avait mûrement réfléchi des semaines, voire des mois durant, et qu'elle ne pouvait plus garder pour elle ; elle hésitait, cherchait ses mots, prononçait des phrases sans suite, visiblement mal à l'aise dans un mode d'expression, le langage, qui n'était pas le sien, et qu'elle n'utilisait que parce qu'elle y était contrainte et forcée.

— Rien n'est plus comme avant, bien sûr, tout a changé : des gens sont morts, mon père et ma mère, mes oncles qui me paraissaient des géants – crises cardiaques, cancer, il y en a un qui s'est tiré une balle dans la tête, un autre qui s'est jeté sous un train avec sa voiture. La stabilité n'est pas précisément notre fort dans la famille. Mais cette maison était toujours là, nous pouvions y venir quand nous voulions, et cela a toujours été très important pour nous. J'ai fait ma vie et j'ai amené ici des gens que j'ai choisis, pour partager cet endroit avec eux – je suis venue ici avec Anton, Éric et toute la bande ; à une époque, j'y ai même vécu avec Philip. Plus tard, quand cette période de ma vie s'est terminée elle aussi, j'y suis venue seule. C'est ici que j'ai appris à être seule, et toujours j'ai eu le sentiment que je rentrais chez moi, que j'étais ici chez moi. Mais les choses ont changé, comme j'ai dit ; ce n'est pas seulement le fait que je vieillisse, ou que je me sois détachée de cet endroit avec le temps ; quelque chose d'extérieur à moi s'est produit, qui m'a éloignée de cet endroit. Je ne parle pas de toutes ces histoires horribles qu'on raconte ces derniers temps, les fermes qui se vident, les patrouilles, les laissez-passer, il y a autre chose.

Dans un accès de rage, elle abattit ses deux poings sur ses genoux et s'agenouilla sur le sable.

— Je m'explique mal, reprit-elle. Il y avait quelque chose de précieux, de précieux depuis toujours, c'est qu'ici je pouvais trouver à quoi me raccrocher, de quoi m'aider à reprendre le dessus, et voilà que tout à coup il n'y a plus rien, plus aucun repère, rien. Là où il exis-

tait un pays, là où des gens ont vécu, ont été heureux ou du moins ont tenté de l'être, il n'y a plus désormais que des camps fortifiés et des barbelés – et, se remettant à frapper avec colère ses poings sur ses genoux :
– Ce sont des choses que je vois, que je sens, mais que je n'arrive pas à expliquer avec des mots, or c'est des mots que j'ai besoin maintenant ; la nuit, lorsque je n'arrive pas à dormir, ce sont des mots que je cherche, pas des esquisses sur une toile. Dans ces moments-là, je t'envie, j'aimerais bien être comme toi, trouver les mots pour pouvoir dire avec aisance tout ce que je ressens, je voudrais que ce soit facile, que ça vienne sans effort.

— Facile, dit-il lentement, ça ne l'est pas. Rien n'est facile, jamais. Rien ne vient sans effort.

Carla se tut. Elle resta un moment à regarder droit devant elle, l'humidité du brouillard perlant sur sa chevelure et sur le col échancré de son chandail.

— La dernière fois que je suis venue ici, j'étais seule, poursuivit-elle plus calmement, presque sur le ton de la conversation, comme si tout à coup lui revenait en mémoire quelque anecdote qu'elle voulait lui raconter. Tout le monde me disait que c'était dangereux, mais, comme il n'y avait jamais eu aucun danger jusque-là, pourquoi aurais-je eu peur ? Et puis surtout, je voulais être seule. Un matin, sur la véranda, j'ai vu un oiseau mort devant la porte, les ailes déployées, le ventre déchiqueté – un animal avait dû le traîner là et l'abandonner pendant la nuit, je n'ai pas cherché à creuser… Pour moi, c'était comme si j'étais venue là à la recherche d'un signe, comme si j'avais attendu, et que ce signe soit arrivé sous la forme de cet oiseau mort, avec le sang et les plumes sur le carrelage de la véranda, même si je n'en comprenais pas le sens immédiatement. C'est alors que j'ai su qu'il était temps de partir d'ici.

Ils restèrent un moment silencieux, mais il était clair que la conversation était arrivée à son terme ; Carla avait recouvré calme et apaisement.

— Rentrons, dit-elle, rentrons à la maison.

Elle resta encore quelques instants agenouillée sur le sable sans bouger, puis se releva avec difficulté, le visage toujours tourné vers la mer, comme pour faire ses adieux à quelque chose d'invisible, et l'on eût dit qu'elle se faisait violence pour le rejoindre et poursuivre avec lui la promenade au bord de la mer.

— Merci de m'avoir écoutée, Adriaan, dit-elle très vite, presque timidement.

Sans réfléchir, il passa son bras autour de ses épaules ; elle jeta ses deux bras autour de lui et l'enlaça : sans un mot, ils restèrent accrochés l'un à l'autre dans le brouillard comme s'ils allaient couler à pic, puis poursuivirent leur chemin en silence, escortés sur leur flanc gauche par le grondement de la mer.

— Peut-être n'y a-t-il pas de mots, tout simplement, dit-il au bout d'un moment. Peut-être avons-nous tort de vouloir toujours chercher des mots. Peut-être n'y a-t-il rien d'autre que cet oiseau mort sur le carrelage, et que cela veut tout dire.

Sans relever, Carla continua de marcher à son côté, les mains enfoncées dans les poches de sa veste. Puis, quittant le rivage, elle bifurqua et, à l'aveuglette, au jugé, comme le brouillard y obligeait, elle se lança à l'assaut des dunes afin de retrouver la clôture, la barrière et le sentier qui menait à la maison. Non, pensa-t-il tandis qu'il s'efforçait de la suivre dans le sable, ce n'est jamais facile de plonger dans les profondeurs glacées, dans l'obscurité d'un monde où tous les repères familiers ont disparu et où même les lois de la pesanteur n'ont plus cours. C'est comme les pêcheurs d'éponges, pensa-t-il aussitôt, comme les pêcheurs de perles… Il rejeta ces images aussi vite qu'elles avaient surgi en lui. On voit les forêts de bambous marins se balancer dans le courant, mais une fois sous l'eau il n'y a plus le moindre mouvement. Non, se dit-il avec un sentiment soudain de frustration, ce n'est pas ça non plus ; ces images ne donnent rien. Peut-être bien qu'il n'y a pas de mots, après tout.

Il ne s'était pas rendu compte que Carla s'était arrêtée et s'était retournée pour l'attendre ; il était tellement absorbé par ses pensées qu'il faillit la heurter. Un éclair brilla, qui fit une tentative pour percer la couche de brume, et sur la pelouse devant la maison les contours des objets prenaient forme petit à petit. On parvenait même, pour peu que l'on sût où la chercher dans le brouillard, à distinguer vaguement la grande maison basse.

— La dernière semaine que j'ai passée ici, seule, j'ai beaucoup marché, dit Carla, les mains toujours dans les poches. Le long de la plage, comme aujourd'hui, ou bien à travers le veld, parfois pendant des heures d'affilée, parce que je n'arrivais pas à travailler et que je ne tenais pas en place. Et puis un jour, dans le veld, je suis tombée sur un homme blessé. Je ne l'ai pas remarqué tout de suite : il était couché dans la végétation, et vêtu de kaki comme un militaire. Il a fallu que je trébuche sur son bras pour le voir ; un peu plus, je lui écrasais la main.

Elle s'était calmée : ils étaient tous deux immobiles dans le brouillard et la lumière laiteuse du matin, non loin de la maison, et la mer grondait derrière eux.

— J'ai eu peur, bien sûr, continua-t-elle, et puis j'ai compris qu'il n'y avait aucune raison : il ne pouvait rien me faire et, de mon côté, je ne pouvais pas grand-chose pour lui, il était trop mal en point. Il m'a regardée au moment où je me suis approchée de lui, mais c'est tout juste s'il m'a vue, il ne me connaissait pas, et, lorsque je me suis agenouillée près de lui, il était déjà mort. J'ai juste eu le temps de voir la vie s'enfuir de ses yeux, de son visage, puis plus rien, rien que ses yeux vides et les os de son visage qui saillaient sous la peau. J'ai rarement vu la mort d'aussi près : c'était si rapide, si inéluctable ! Comme si mourir n'était pas plus difficile que cela.

Elle s'interrompit de nouveau et se releva, semblant avoir oublié sa présence.

— Et ensuite, qu'est-ce que tu as fait ? finit-il par demander quand il eut l'impression qu'elle n'avait pas l'intention de poursuivre.

— Moi ? répondit-elle, l'air absent, eh bien, je lui ai pris la main sans trop savoir ce que je faisais, mais elle était déjà toute froide : il devait être là depuis longtemps, plusieurs jours peut-être. Il était encore jeune, autant que je pouvais dire, un garçon plutôt maigre avec un uniforme kaki et des bottes éculées ; il avait posé son arme près de lui et il y avait des taches de sang sur ses vêtements à l'endroit où il était blessé. Je suis restée assise à son côté un bon moment, sans penser à rien ni lui lâcher la main de tout ce temps-là. Je sentais l'odeur de la terre, des arbustes et des herbes, le parfum de l'anis sauvage – je m'en souviens très nettement. Ensuite j'ai écouté le vent et les cris des oiseaux, et j'ai mesuré à quel point j'étais fatiguée, j'ai senti toute cette fatigue que j'avais accumulée au cours des derniers mois, la rupture avec Anton, le travail qui n'avançait pas, et ces menaces, cette violence dans laquelle nous vivons tous, c'était trop tout à coup, c'était si bon d'être assise là et de se vider l'esprit.

Lentement, comme si elle pensait à autre chose, elle reprit machinalement la direction de la maison ; soudain elle se retourna et le regarda pour la première fois depuis le début de leur promenade.

— Qu'aurais-tu fait à ma place, toi, Adriaan ? demanda-t-elle du ton dont on sollicite un conseil.

— À vrai dire, je n'en sais rien, avoua-t-il au bout d'un moment.

— Et que penses-tu que j'aurais dû faire ?

— Le signaler, je suppose.

— Oui, j'y ai bien songé ; j'aurais pu aller au village, et alors j'aurais croisé une patrouille, ou bien j'aurais fait une déclaration à la police, à l'armée, pourquoi pas – après tout ce sont les militaires qui ont le pouvoir de nos jours, non ? Mais je ne voulais pas. À quoi cela m'eût-il avancée : il était mort, il n'y avait plus rien à faire, et puis qu'est-ce qu'ils seraient venus chercher par ici ? Quand je pense à tous ces gens débarquant à Brandvlei avec leurs véhicules blindés, leurs hélicoptères et leurs chiens…

— Et en fin de compte ?…

Elle haussa les épaules.

— Au bout d'un moment, je me suis levée et j'ai continué mon chemin. Le soir, juste à la tombée de la nuit, une fois bien sûre que personne ne pouvait me voir même s'il y avait eu quelqu'un pour me suivre ou m'espionner, j'ai attrapé une pelle et j'ai creusé une tombe, juste assez profonde pour les recouvrir, lui et son fusil – heureusement, il avait plu, et la terre était meuble. J'ai enlevé les arbustes et les mottes d'herbe et je les ai piétinés dans la terre de façon à rendre l'endroit méconnaissable au cas où quelqu'un serait venu à sa recherche. Je ne sais pas pourquoi j'ai fait cela, je n'essaie pas d'expliquer quoi que ce soit, je raconte simplement ce qui s'est passé, et je sais que j'ai eu raison de faire ça. Je n'avais plus peur, je n'étais plus énervée, parce que je savais qu'il n'y avait plus rien à craindre.

Elle avait accéléré sur la fin de son récit, le débitant d'une voix impatiente, comme si les faits étaient dénués d'importance et qu'elle n'entrât dans ces détails que pour se hâter de clore.

— Je ne sais même pas pourquoi je te raconte tout ça. Sans doute pour pouvoir le partager avec quelqu'un, et parce que ce quelqu'un c'est toi, que c'est toi qui m'as accompagnée pour faire mes adieux à Brandvlei.

Elle prit à grands pas, d'un air décidé, la route de la maison.

Elle s'était repliée de plus belle sur elle-même et ne parlait plus. Il lava la vaisselle du petit déjeuner, fit le ménage dans la maison comme il en avait l'habitude avant de partir lorsqu'il était invité quelque part, prépara ses bagages et porta la valise jusqu'à la voiture. Carla descendit ses cartons à dessin et son matériel de peinture par l'escalier extérieur de son atelier et se contenta de refuser d'un signe de tête lorsqu'il lui proposa son aide. Retournant à la maison, il ferma les volets et verrouilla les baies vitrées et les portes de communication qui permettaient de passer d'une pièce à la pièce voisine. L'une après l'autre, chaque chambre replongea dans l'obscurité, puis le silence reprit possession de la bâtisse, avec ses miroirs vides, ses lits défaits et le crâne blanchi de l'oiseau sur l'étagère, l'os blanc, pur et chantant. En fait, sa dernière visite ne remontait pas à si longtemps, pensa-t-il tandis qu'il se déplaçait dans la maison : à vrai dire, il s'était écoulé si peu de temps depuis le jour où il avait fermé ces portes pour la dernière fois qu'il lui semblait que les deux visites se confondaient en une seule ; si peu de temps, et pourtant si longtemps à la fois, comme si des vies entières s'étaient écoulées entre les deux. Ce devait être après sa dernière visite avec Stephan que Carla était venue seule, pendant les premières semaines ou les premiers mois de la guerre, dans cette période intermédiaire entre le changement et l'adaptation au cours de laquelle leur monde avait été complètement chamboulé et où tout cependant était resté pareil, au point qu'il avait désormais du mal à opérer la distinction entre les deux visites tandis qu'il repassait de pièce en pièce pour fermer les portes.

Il sortit sur la véranda et attendit Carla. Le brouillard se levait, peu à peu la lumière du jour, éclatante, argentée, perçait, mais l'horizon demeurait invisible et la mer était encore couverte d'un voile de brume. Sur le carrelage, quelques plumes légèrement tachées de sang tournoyaient de-ci de-là et se regroupaient dans un coin.

Carla pénétra dans la maison et revint avec une dernière cargaison d'objets qu'elle jeta à l'arrière de la voiture.

— Je suis prête, dit-elle. On peut y aller.

— Tu ne fermes pas à clef ?

— Inutile, répondit-elle.

Ils étaient devant la maison, à côté de la voiture. Le brouillard se dissipait peu à peu, et sur la colline d'en face la maison à deux étages émergeait progressivement de la brume. Ils restèrent quelques instants immobiles ; tout était immobile autour d'eux, et l'on n'entendait pas le moindre bruit, si ce n'est le grondement des vagues.

— Tu ne veux pas que je ferme la porte, au moins ? demanda-t-il, voyant que Carla l'avait laissée ouverte en sortant.

Mais il comprit avant d'avoir été au bout que sa question était superflue : de la tête elle lui avait déjà fait comprendre que non.

— Non, répéta-t-elle en montant dans la voiture, pas la peine. Ça ne sert plus à rien, reprit-elle plus doucement tandis qu'il prenait place près d'elle, comme si elle sentait qu'elle avait peut-être réagi de manière trop brusque.

Elle démarra. Ils suivirent en silence la route en lacet qui surplombait les dunes, encore plus lentement qu'à l'aller à cause du brouillard et de la charge de la voiture. Il aurait voulu voir une dernière fois la maison, mais Carla regardait droit devant elle, inclinée sur le volant, et il n'osa pas se retourner. Ce n'est que lorsque la voiture s'engagea dans un virage qu'il tenta de jeter furtivement un regard en arrière par-dessus l'épaule de Carla en direction des deux maisons, mais déjà elles avaient disparu de l'autre côté des dunes ou parmi la végétation qui ondulait au gré du vent.

À mesure qu'ils s'éloignaient de la campagne, le paysage s'émiettait ; les barrages, les barbelés, le nombre croissant de véhicules militaires annonçaient peu à peu que l'on approchait de la ville. Adriaan se souvint que, la dernière fois qu'il avait pris cette route, c'était après son séjour à Brandvlei avec Stephan. Tournant légèrement la tête pour regarder le convoi qui les rattrapait avant de les dépasser en trombe, lui revint l'impression hallucinante de voir, une fraction de seconde, se déployer devant lui un espace infini, des univers entiers entre le moment où il fermait une porte et où il en fermait une autre. La distance entre le souvenir et la réalité était tout à fait mesurable : quelques semaines, quelques mois… le souvenir même en était encore très net, mais ce dernier voyage lui semblait tellement lointain que le point de départ en était déjà devenu invisible. Le processus de transformation avait débuté à peu près là ; la plupart des gens s'en étaient plus ou moins aperçus, mais rares étaient ceux qui acceptaient de le reconnaître ouvertement : en apparence, rien n'avait changé, tout était comme avant. Les fermes, les villages, les routes de campagne étaient intacts, et l'on répétait aveuglément les gestes familiers de la vie quotidienne, dans la certitude que cette répétition même suffirait à conjurer le désastre imminent.

Il se souvint qu'avec Stephan aussi le trajet du retour s'était passé en silence ; Stephan avait dû ralentir pour laisser passer une file de camions militaires roulant à vive allure, et il avait aperçu les visages des soldats poindre au-dessus des capots et les dévisager ; c'était le premier convoi qu'ils voyaient, le premier signe concret du changement. Ils n'attachèrent toutefois aucune importance au phénomène, absorbés qu'ils étaient par leurs propres problèmes, et il avait rapidement oublié la scène : en silence, il contemplait les ondulations du paysage, l'eau qui scintillait entre les roseaux et l'horizon infini de la mer, qu'ils avaient retrouvé une fois qu'ils eurent franchi le col. Ils surent à ce moment qu'ils s'étaient tout dit, et en cet instant décisif pour eux deux, encore que ni l'un ni l'autre ne le vécût comme tel, ils comprirent qu'ils devaient tenter de tirer chacun pour son compte les leçons de ce nouveau savoir. Une fraction de seconde, se reprit-il à penser tandis que le véhicule, sur la route, disparaissait peu à peu de leur champ de vision ; entre la prise de conscience et la mise en mots, entre le moment où ils s'étaient tendu la main et celui où ils s'étaient touchés, entre le moment où il avait fermé les portes de la maison une première fois et l'instant où il avait refait ce même geste à plusieurs mois d'intervalle, entre le moment où il avait tourné la poignée et celui où le pêne avait pénétré dans la gâche, entre le moment où tout arrivait à sa fin et celui où tout recommençait.

La plage, immense, scintillait dans la lumière, la marée se retirait, les vagues refluaient du rivage, les enfants filaient comme des flèches sur le sable blanc en plein soleil, si loin que leurs cris se perdaient dans le grondement des flots ; le cri des mouettes s'abîmait dans le vent. Le bleu de la mer et du ciel brillait comme une pierre précieuse, scintillant dans la lumière avec une telle intensité qu'il était impossible de croire que l'éclat, un jour, puisse en être terni, que cette journée passerait, que les enfants seraient arrêtés dans leur course ou les mouettes dans leur vol. La journée s'étirait dans cette luminosité, dans cette couleur, se lovait dans le bruit de la mer et du vent et gisait, immobile, inaccessible dans son silence.

Marchant seul le long du sable blanc, à la limite entre la plage et l'eau, là où la marée se précipitait pour emplir d'eau mes empreintes et les effacer aussitôt, seul dans l'exubérance et la clarté de cette journée, enveloppé dans le lourd voile bleuté de la chaleur, isolé dans le grondement sourd des vagues comme au creux d'un coquillage, je finis par atteindre les rochers ; je me hissai sur l'un d'eux, au-dessus de l'eau, regardai la plage blanche par laquelle j'étais arrivé, les silhouettes si lointaines qu'elles en étaient presque invisibles dans la brume tremblante.

IV

Malgré toutes ses bonnes résolutions, Marisa n'avait pas réussi à quitter le pays sans attirer l'attention, et ses amis prirent prétexte de l'imminence de son départ pour mettre sur pied une série de repas, dont certains au restaurant, de cocktails et d'autres festivités dans lesquelles ils se jetaient comme s'ils prenaient congé d'elle pour toujours et non pour quelques semaines seulement. Qui fait encore des fêtes, de nos jours ? demanda Sonia à Adriaan pour la forme, un jour que le hasard les fit se croiser en ville. Il n'y avait plus guère que les ambassades qui organisaient des réceptions – sans oublier George et elle, laissa-t-elle entendre implicitement. Comme ils bavardaient sur le trottoir, au milieu des mendiants et des sans-abri, et qu'elle exprimait son agacement face à la réalité qui les entourait, il se demanda ce qu'elle était venue faire dans le centre.

Il ne restait à vrai dire que peu de gens qui avaient encore les moyens, ou l'envie, d'organiser des fêtes, car ceux qui avaient pu sortir leur argent du pays, qui avaient trouvé du travail ailleurs ou qui étaient en possession d'un passeport étranger avaient depuis longtemps plié bagage ; dans les banlieues verdoyantes les grandes maisons étaient vides, les jardins étaient laissés à l'abandon et les feuilles d'automne s'amoncelaient dans les piscines. Recevoir n'intéressait plus personne, expliqua Sonia ; les gens n'étaient plus d'humeur à sortir, tout le monde avait peur. Que faisait la police ? À quoi servaient ces militaires que l'on voyait désormais partout ? Elle fit un geste vague, élégant, et se pencha très vite vers lui comme pour lui donner un baiser d'adieu, mais elle ne fit que l'effleurer. Heureusement, le départ de Marisa avait un peu réveillé les esprits, et il y aurait du monde au dîner d'adieux que les Grodek donnaient ce soir-là en son honneur. Elle lui demanda sans trop y croire s'il y serait, sans attendre la réponse. Et puis tu sais, Gretl et Georg sont des gens tellement, mais tellement intéressants… Elle s'éloigna et continua son chemin au milieu des mendiants, des sacs poubelles et des patrouilles de soldats, tranchant de façon saisissante sur le paysage avec son petit tailleur et ses bijoux qui avaient dû coûter une fortune.

Adriaan, tout en suivant Sonia du regard, se dit non seulement qu'il n'irait pas chez les Grodek mais encore qu'il avait peu de chances d'y être invité un jour, pas plus que chez tous ces nantis que connaissaient Sonia et Marisa : au mieux, il les verrait en photo tous ensemble à la rubrique mondaine du journal local, vêtus de robes du soir ou de tenues de ville d'une simplicité étudiée, un verre à la main, arborant des sourires éclatants à l'intention des photographes. C'était un tout petit groupe, qui s'amenuisait de jour en jour et restait là principalement pour deux raisons : soit ils n'avaient pas jusqu'à présent réussi à quitter le pays, soit ils n'avaient pas encore trouvé la force de franchir cette étape jugée traumatisante ; leur gaieté de façade cachait un désespoir croissant et une tension de plus en plus perceptible derrière l'apparente insouciance de leur existence. Estimant que le pays n'avait pas tenu ses promesses à leur égard, et indignés de voir ce qu'ils considéraient comme une trahison imméritée, ils se cramponnaient les uns aux autres avec l'énergie du désespoir, et s'agrippaient aux derniers privilèges que l'argent était encore en mesure de leur procurer. Pour eux, Marisa avait sans doute valeur de symbole : elle leur rappelait qu'il était toujours possible – fût-ce en théorie – de partir vers le vaste monde, là où le pouvoir de l'argent était intact et où les privilèges n'étaient pas menacés ; ils se rassemblèrent donc autour d'elle la veille de son départ, essayant brièvement, l'ivresse des festivités aidant, d'oublier pour quelque temps le manque d'attrait de la réalité. Pendant toutes ces années, ils s'étaient tenus à l'écart de ce pays où ils vivaient depuis si longtemps et de ses habitants ; même ceux d'entre eux qui étaient nés là affichaient le détachement le plus complet, n'y voyant au mieux qu'une toile de fond agréable : s'il lui arrivait par hasard de se trouver tout à coup nez à nez avec l'un ou l'autre des membres de ce petit club chez Sonia, celui-ci, homme ou femme, prenait un air légèrement étonné, voire perplexe, et ne montrait aucune disposition particulière pour l'étrange phénomène – en dernière analyse, que savaient ces gens de l'afrikaans, et quelle raison auraient-ils eue de s'intéresser à un poète qui écrivait dans cette langue ? Mais Adriaan n'avait jamais pris ce type de réaction comme une attaque personnelle, car ils réagissaient de la même manière vis-à-vis de tout ce qui concernait le pays ou la plus grande partie de sa population : avec un détachement et un manque d'intérêt notoires et, à l'occasion, quand la réalité se faisait par trop envahissante, par un vague sentiment d'insécurité qui était dû à leur ignorance et à leur incompréhension : ils se barricadaient alors derrière une perpétuelle gaieté, emmurés entre leurs festivités, leur argent et leur confort, ils s'enfermaient chez eux à l'abri des hauts murs qui entouraient leurs maisons. Cependant, depuis que la première brèche avait été ouverte, il leur était devenu impossible de conserver leurs illusions ou de nier la sombre réalité qui s'insinuait silencieusement dans leur rêve. Au début, ils avaient bien essayé, par tous les moyens que leur argent et leur influence mettaient à leur disposition – clôtures de sécurité, systèmes d'alarme, vigiles –, de sauvegarder l'intégrité physique de leurs privilèges, mais progressivement ils avaient dû abandonner leurs forteresses des beaux quartiers. Dans les jardins des maisons inhabitées, les détachements avant-coureurs de l'armée des indigents avaient fait leur apparition et s'étaient postés dans les buissons ; très vite cependant ils s'étaient enhardis, allant jusqu'à prendre possession des bâtiments extérieurs et à cambrioler les maisons. Encouragés par le succès de ces premières tentatives et par l'absence de résistance efficace, ils ne prirent plus la peine d'opérer un distinguo entre les maisons inhabitées et les autres, et le jour qui se levait montrait l'inanité des vigiles et des clôtures : les pelouses impeccables avaient été souillées, l'eau claire des piscines troublée, tandis que les voix des intrus retentissaient bruyamment là où l'on n'entendait il y avait peu encore que le chant des oiseaux dans les arbres. Les pelouses douces comme le velours s'étaient peu à peu couvertes de cabanes faites de vieilles boîtes de conserve et de planches, de maigres feux de camp emplissaient l'air de l'hiver de leur fumée maussade, tandis que les habitants, dans leurs grandes maisons, contemplaient le spectacle, incrédules et sans comprendre, à travers les baies vitrées. À la fin, résidences officielles et ambassades se révélèrent les derniers refuges d'une protection efficace : c'étaient des soldats en armes qui y montaient la garde.

Peu après leur arrivée à l'aéroport, on leur annonça que l'avion avait du retard ; Marisa, au lieu d'enregistrer ses bagages, leur tint compagnie dans la salle d'attente. Les retards, modifications et annulations de vols étaient devenus monnaie courante, et qu'on ne prît la peine d'accompagner cette sorte d'annonces de quelque explication ni de quelque excuse que ce fût n'étonnait plus personne. Les passagers et ceux qui étaient venus leur dire au revoir, certains assis, d'autres debout, étaient pour la plupart apathiques, s'entassaient dans la salle d'attente d'une propreté douteuse et de plus en plus bondée au fur et à mesure que les retards s'accumulaient, et bavardaient entre eux à voix basse ou lisaient des journaux chiffonnés. Parmi eux, essentiellement des hommes d'affaires parlant des langues étrangères ou aisément reconnaissables comme étrangers à leur accent ou leur mallette. Personne ne prêtait attention aux gardes armés qui patrouillaient en permanence dans le hall, pas plus qu'à ceux qui montaient la garde à l'extérieur sur le macadam. Cela aussi, désormais, faisait partie de la routine.

Assis dans le hall des départs, tous trois éprouvèrent le léger désagrément de constater qu'ils ne s'étaient pas préparés à cette éventualité et qu'ils étaient déjà sur le point de se séparer lorsque leurs adieux avaient été inopinément différés. Avec impatience, Bernard ne cessait de scruter les visages de la foule, pivotant constamment sur lui-même, à croire qu'il avait reconnu une voix ou qu'il s'était entendu héler. Pareille concentration humaine ne laissait pas d'être une aubaine pour le journaliste en lui, et il ne tenait pas en place, conscient comme malgré lui qu'il était assis à côté d'une véritable mine d'informations potentielle.

— Tiens, mais c'est Malcolm ! dit-il avec un soulagement manifeste. Je vais lui demander s'il saurait par hasard ce qui se passe avec ce vol.

Tout en parlant, il s'était levé et se dirigeait déjà vers l'homme en question, laissant Marisa et Adriaan en tête à tête.

On n'avait pas balayé le hall depuis longtemps : cendriers et poubelles débordaient, et le sol était jonché de mégots, de journaux et de gobelets en carton ; les vitres des baies par où l'on voyait les soldats en armes aller et venir étaient couvertes de crasse. Où qu'on portât les yeux, c'était un témoignage du laisser-aller, de l'indifférence et du délabrement généralisé dans lequel s'installait le pays, et seuls les passagers en instance de départ rappelaient l'existence de normes d'un monde presque oublié, tel ce petit groupe d'hommes d'affaires qui parlaient allemand tout près d'eux, avec leurs costumes de marque, leurs valises en cuir et leurs ongles manucurés, ou encore Marisa elle-même, habillée certes simplement mais toujours élégante dans son imperméable blanc et son pantalon. Il se fit la réflexion que c'était une tenue bien peu pratique pour voyager, y compris en première, et qui jurait avec cet aéroport négligé ; il était probable malgré tout qu'elle s'était habillée en fonction de son arrivée aux Pays-Bas et de la saison qu'elle y trouverait plutôt que du pays qu'elle quittait.

— Tu as déjà des projets ? demanda-t-il – et, comme Marisa, s'arrachant à ses pensées, le regardait d'un air perplexe : – Une fois que tu seras arrivée aux Pays-Bas, je veux dire, précisa-t-il.

— Non, fit-elle en secouant lentement la tête. Je veux simplement aller voir ma famille et quelques vieux amis. Je n'ai aucun projet, pour la première fois je suis totalement libre. C'est un peu comme si je recommençais tout à partir de zéro.

Il regarda les mains de l'homme d'affaires assis à côté de lui, les dossiers et les documents bien rangés dans sa mallette, la montre en or qui brillait sous le poignet de chemise immaculé. Pendant un court instant ils aperçurent au loin Bernard, tout sourire, pris dans une discussion animée avec un groupe d'hommes en costumes sombres, comme s'il avait complètement oublié le départ imminent de Marisa, mais cela faisait partie de cette vie étrange qu'ils menaient tous les deux. L'avait-elle remarqué ? Son absence lui pesait-elle ? Elle n'en laissa rien paraître.

— Mes parents ont une petite maison à Vlieland, dans les îles de la Frise, repartit-elle soudain. J'y partirai dès que je pourrai, seule, sans dire à personne où je vais, sans personne pour m'embêter, sans télévision ni radio, ni même un journal.

Elle renversa la tête en arrière, parlant d'une voix lasse comme si elle tentait de ranimer la conversation pour meubler leur attente. Une voix féminine indistincte crachota dans les haut-parleurs une annonce de routine, et Marisa se tut jusqu'à la fin du message. Une certaine agitation parcourut la foule, puis, quand les gens comprirent que l'annonce ne les concernait pas, le tumulte se calma. Seuls les soldats en patrouille semblèrent s'animer ; tout à coup, après avoir échangé quelques mots, ils se mirent à courir en tous sens.

— Je resterai là-bas le temps qu'il faudra pour reprendre haleine, poursuivit Marisa. Dans la journée je me promènerai sur la plage, le soir je resterai assise, seule dans l'obscurité, à écouter le vent et les vagues. Quant à l'Afrique, je ne veux plus jamais en entendre parler, ni même entendre prononcer les mots « Afrique du Sud ».

La voix neutre, impersonnelle, refit crachoter les haut-parleurs ; elle s'interrompit, et la foule se remit en branle. Le premier des avions en retard était annoncé ; tout le monde se leva, et, ramassant manteaux et bagages, se dirigea vers les comptoirs d'enregistrement. Ce n'était pas le vol de Marisa.

— C'est vraiment à ce point ? demanda-t-il lorsque le bruit, dans leur environnement immédiat, se fut suffisamment calmé pour qu'ils pussent reprendre leur conversation.

— C'est venu progressivement, dit-elle après un instant de réflexion. La situation a empiré peu à peu, jusqu'à devenir insupportable, en tout cas pour moi.

Bernard les rejoignit, la mine réjouie, jouant des coudes pour remonter la foule qui se dirigeait vers les portes d'embarquement.

— La délégation britannique est là, dit-il. Je suis tombé par hasard sur Denison, de l'ambassade, et il m'a présenté. Ils n'ont pas du tout l'air pessimistes en ce qui concerne l'avenir.

— Est-ce qu'ils ont donné des explications, pour le retard ? demanda Marisa.

— Apparemment il y a un certain nombre d'avions militaires qui doivent atterrir, et ils ont la priorité : il semble que ce soit une question de sécurité.

— Je ne savais pas que c'était un aéroport pour la flotte de guerre.

— Ils atterrissent sur tous sans exception. Ils sont prioritaires tant que dure cette situation.

Bernard gesticulait devant eux, trop agité pour se rasseoir, continuant de parcourir la foule du regard comme s'il cherchait quelqu'un.

— Tu as réussi à savoir quand part le vol pour Johannesburg ? demanda Marisa.

— Ça ne devrait plus être très long, ça commence à bouger. Je vais me renseigner.

Il disparut de nouveau ; quelques secondes plus tard Marisa se leva avec une soudaine détermination, attrapa son sac de voyage et le jeta sur son épaule.

— Rentrez, dit-elle, ça ne sert à rien qu'on attende ici tous les trois.

Adriaan se leva à son tour.

— Tu es sûre ? demanda-t-il. Si le retard se prolonge, si tu rates ta correspondance…

— Si je rate ma correspondance, je connais assez de monde à Johannesburg chez qui je pourrai passer la nuit, ce n'est pas un problème. À partir de maintenant, je me débrouille toute seule ! Au revoir, Adriaan.

Ils se penchèrent en même temps l'un vers l'autre, et elle l'embrassa sur les deux joues ; il sentit l'arôme discret de son parfum français, sa chevelure brillante contre sa joue et le tissu rêche de son imperméable sous ses mains et, tandis qu'il la serrait dans ses bras, aperçut brièvement par-dessus son épaule la baie vitrée sale, les hommes en uniforme qui faisaient les cent pas et la longue plage blanche de la mer du Nord où elle se promènerait bientôt seule entre les dunes et la mer.

— Tu reviendras ? demanda-t-il rapidement.

Les mains de l'un encore posées sur les épaules de l'autre en signe d'adieu, ils se regardèrent en silence, puis elle se retourna.

— Je pars pour une période indéterminée, dit-elle d'un air évasif. Rien n'est encore sûr.

Sa légère hésitation constituait en tout cas une réponse, et il lui fallut un moment pour se remettre de ses émotions.

— Et Bernard ?

— Bernard ?

— Est-ce qu'il est au courant ?

— Il sait que je pars pour quelque temps et il me laisse faire. Nous nous sommes toujours accordé l'un à l'autre une liberté totale. Nous nous sommes toujours fait confiance. Nous n'avons rien prévu quant à mon retour, et il ne m'a imposé aucune obligation.

Elle se baissa pour rajuster la bandoulière de son sac sur son épaule, leva la tête.

— Je te le confie, dit-elle. Occupe-toi de lui, aide-le.

— Tu crois que Bernard a besoin d'aide ?

— Oui. D'ailleurs, tu le sais aussi bien que moi, tu sais à quel point il est vulnérable. Il se réjouit d'avance à l'idée de tous ces projets avec toi : il a parlé de t'emmener voir je ne sais plus quel écrivain – et, avec un léger sourire, gentil mais mystérieux : – Et puis, fit-elle, il veut se mettre à son livre, enfin ! Ta compagnie, ton amitié ont beaucoup d'importance pour lui, plus peut-être que tu ne penses. Ton aide lui sera très précieuse.

— Ton avion est le prochain à partir, dit Bernard. Tu arriveras à temps pour ta correspondance à Johannesburg.

— Je viens justement de dire à Adriaan que vous feriez mieux de repartir, répondit Marisa. Je ne veux pas vous faire attendre ici plus longtemps. Je lui ai déjà dit au revoir.

Une main encore posée sur l'épaule d'Adriaan, elle étendit l'autre en direction de Bernard : ils demeurèrent ainsi un instant, silencieux, unis par ce geste. Bernard la regardait sans rien dire ; l'expression de son visage reflétait un mélange d'amour, d'étonnement, de tristesse et de résignation. Il sait, pensa Adriaan en détournant le regard pour leur permettre de se dire au revoir, il sait sans même qu'elle ait besoin de dire quoi que ce soit ; il va lui falloir du temps avant de comprendre et de se rendre compte qu'en fait il savait. Pour des gens qui ont vécu si longtemps côte à côte, pour des gens qui s'aiment et se connaissent, les mots ont une signification particulière et la langue est un instrument avec des codes bien spécifiques ; plus le temps passe, moins les mots sont nécessaires, un geste, un silence, une absence en disent bien plus long : on laisse les mots de côté, on prend de la distance par rapport à la langue, et alors c'est comme un monde de silence partagé qui se déploie, inaccessible à tous ceux qui en sont encore à construire des justifications et des explications. Debout devant la vitre poussiéreuse, il observa les hommes en armes ; le son de leurs pas et de leurs voix était inaudible. Il était séparé d'eux par des baies vitrées, de simples panneaux de verre qui rendaient les sons inaudibles ; il y avait entre eux des abîmes, des océans qui s'étendaient à perte de vue, des espaces obscurs et infinis. Finalement, il n'y eut plus que le silence.

— On y va ? demanda Bernard derrière lui.

Adriaan se retourna. Au milieu de tous ces gens vêtus de gris comme en hiver, dans cette salle d'attente mal entretenue, ils virent Marisa qui se dirigeait vers les comptoirs d'enregistrement, mince et droite dans son manteau blanc, son sac en bandoulière et son billet d'avion à la main, comme on s'apprête à quitter la chambre d'hôtel où l'on vient de passer la nuit, sans un regard en arrière pour le lit froissé, les serviettes jetées en tas dans un coin et les pages de journaux sur le sol.

Une pluie fine s'était mise à tomber, juste assez pour embuer le pare-brise ; Bernard fit fonctionner les essuie-glaces.

— Tu ne vas quand même pas retourner au musée ?

— Non, j'ai prévenu avant de partir. Et puis la semaine est terminée.

— J'ai encore deux ou trois choses à régler au bureau avant la fin de la semaine, dit Bernard, presque sur un ton d'excuse. Et là, il faut que je passe à la maison de retraite, c'est mon tour d'aller voir mon père.

— Ça ne te dérange pas de me déposer chez moi ?

— Tu ne m'en veux pas ?

— Mais non, voyons, pourquoi donc ?

— J'ai promis à Neels d'aller les voir, ils ont insisté pour que je passe cette première fin de semaine avec eux. En outre, Neels et moi travaillons à un article, ça nous permettra de le finir.

Il lui racontait tout cela comme s'il cherchait soit à se disculper de le laisser en plan, soit à se défendre par avance contre d'éventuels reproches.

— D'ailleurs, moi aussi j'ai des choses à finir à la maison, dit Adriaan, des choses que j'ai trop longtemps remises à plus tard.

Le va-et-vient des essuie-glaces balayait le pare-brise en cadence, mais l'image de la route luisante, rectiligne et déserte qui défilait devant eux recommençait de se troubler à mesure que la pluie augmentait en intensité et qu'ils approchaient de la ville. Il n'y avait quasiment pas de circulation, et la plupart des piétons s'étaient mis à l'abri ; ils passèrent devant les postes de garde chargés de surveiller les ponts et les échangeurs, mais les soldats eux-mêmes demeurèrent invisibles, et ils ne virent que les barbelés de chaque côté de la route, auxquels étaient accrochés quelques papiers gras apportés là par le vent.

— Je profite toujours de ces temps morts pour m'occuper de toutes les choses que je n'ai cessé de reporter à plus tard et qui ne peuvent plus attendre, dit-il à voix basse, comme pour lui-même. Les temps morts, les jours morts, comme maintenant.

Bernard, absorbé dans ses pensées, ne répondit pas ; il conduisait lentement sur la route déserte, l'esprit ailleurs, comme s'il était en train de digérer quelque chose, comme s'il était lui aussi en train de différer une tâche, ou peut-être d'attendre, un peu hésitant, qu'un événement survînt. Ils roulèrent ainsi en silence, bercés par le bruit des balais sur le pare-brise et le crissement des pneus sur l'asphalte mouillé. Les fenêtres des bâtiments devant lesquels ils passaient étaient sombres et vides, les pancartes des agences immobilières et les affiches des partis politiques avec leurs devises et leurs portraits étaient toutes gondolées, trouées et déchirées, tandis que les banderoles sur les routes pendaient mollement, sans vie, détrempées par la pluie qui tombait sans discontinuer ; c'est à peine si l'on parvenait encore, au passage, à déchiffrer les mots « À LOUER », « NATION » et « AVENIR ». Il distingua le mot « ENSEMBLE » sur une affiche en lambeaux dont ne subsistaient plus que quelques fragments. La pluie délavait les couleurs des slogans et des mots d'ordre gribouillés et raturés sur les murs, et la ville, grise, abandonnée, disparaissait peu à peu dans le brouillard et la pluie.

Bernard s'arrêta devant la maison, coupa le contact mais ne fit aucun geste pour descendre de la voiture.

— Je t'appelle à mon retour, dit-il. On pourrait dîner ensemble, un de ces soirs.

— Avec plaisir !

— Tu as une préférence ?

— J'ai juste un rendez-vous avec Dewald la semaine prochaine pour parler de sa revue.

— Ah bon ?

— Je n'arrivais pas à m'en débarrasser, alors j'ai fini par dire oui. Ça ne m'engage à rien.

Bernard ne chercha pas à approfondir, visiblement peu intéressé par les projets de Dewald.

— Tu entres un moment ? demanda Adriaan.

Bernard d'un signe de tête déclina l'invitation.

— Non, merci, il faut que je travaille. Et puis, je dois encore passer voir mon père, je ne peux pas y aller trop tard. Ses journées sont plus courtes que les nôtres.

Mais même après avoir défait sa ceinture de sécurité, Adriaan demeura sur son siège, comme s'il réfléchissait ou attendait quelque chose. La pluie redoubla de violence : elle crépitait sur le toit de la voiture et ruisselait sur le pare-brise avant de dégouliner sur la chaussée, et Adriaan hésita à se lancer à l'assaut d'une telle tempête. Pendant quelques instants ils restèrent assis là, confinés dans l'habitacle, comme si c'était leur seule réalité dans un monde noyé par les eaux et baigné d'une lumière blanchâtre.

— Est-ce que ta visite à Dekker dépend de ton entretien avec Dewald ? demanda Bernard.

— Absolument pas.

— Et quand voudrais-tu y aller ?

— Je lui ai écrit pour lui demander quand ça l'arrangeait lui, et il m'a répondu que cela n'avait pas d'importance, il ne sort jamais de chez lui. C'est à moi de décider.

— Et si on y allait la semaine prochaine ?

— Bonne idée.

Tout en contemplant la violence de la tempête qui faisait rage au-dehors, il se demanda s'il ne ferait pas mieux d'attendre de voir l'orage se calmer un peu ; il avait conscience que leur conversation prenait une tournure gauche, hésitante. Il avait l'impression que quelque chose était arrivé à son terme et qu'il leur faudrait tout reprendre de zéro, qu'ils allaient devoir recommencer à chercher leurs mots, une confirmation, un signe de reconnaissance. Quelle était la cause de ce brusque retournement de situation ? se demanda-t-il avec étonnement, incapable de trouver une explication. Il hésitait à sortir de la voiture, craignant d'être trempé jusqu'aux os avant même d'avoir atteint la porte d'entrée de l'immeuble. Il se demanda si l'avion de Marisa avait fini par décoller, ou bien s'il avait de nouveau été retardé par cette brusque tempête.

— Merci de m'avoir ramené, dit-il. Appelle-moi la semaine prochaine.

La réponse de Bernard se perdit dans le vacarme de la pluie. Ouvrant la portière de la voiture, il se jeta sous l'orage.

Il habitait une petite rue en cul-de-sac bordée de maisons modestes, sans jardin, et de voitures en stationnement. Il y avait peu encore, elle était plantée d'arbres, mais des ouvriers, y faisant soudain irruption, venaient juste, armés de tronçonneuses, de scier méthodiquement toutes les branches, comme s'ils avaient reçu des ordres ; malgré l'émoi des riverains, personne n'avait osé mettre en question l'autorité ni tenté d'empêcher les travaux. On avait enlevé le bois coupé, et seuls étaient restés les troncs dénudés ; le bruit strident des engins électriques, qui avaient sévi une journée entière, avait disparu, mais le bruissement des ramures ainsi que le chant des oiseaux avaient déserté la rue, et ce fut avec un soupir de soulagement qu'Adriaan, en arrivant, ferma la porte derrière lui sur ce spectacle de désolation et tenta d'en effacer jusqu'au souvenir.

Avec les années, la maison avait été si souvent modifiée, et de manière si radicale, qu'il eût été presque impossible de lui restituer son apparence première ou de la reconstruire selon son plan d'origine ; au cours de ce processus, ses occupants successifs l'avaient pour ainsi dire complètement coupée de la rue pour l'orienter tout entière sur la partie arrière, laquelle était à l'origine un petit jardin entouré d'un mur que l'on avait progressivement transformé en cour intérieure fermée. Les bruits de la ville en contrebas ne montaient pas jusqu'à ce quartier situé sur les hauteurs, et il était rare qu'un cri ou un rire, fragments inexpliqués témoignant de vies mystérieuses qui se déroulaient ailleurs, perçât de l'un des jardins environnants ou de l'une des maisons voisines, protégées par des murs et des arbres ; en revanche, tard le soir, ou la nuit, quand il restait éveillé pour travailler ou pour lire, ou encore lorsque, ne parvenant pas à trouver le sommeil, il se relevait et allumait la lampe, le silence était total et enveloppait en strates successives la pièce, la maison et la rue, tandis que la ville invisible avait complètement cessé d'exister. Avec les années, il avait toutefois appris à apprécier le mode de vie un peu étrange et retiré auquel invitait la maison, et à en tirer le meilleur parti ; dès son arrivée, il s'était laissé absorber par ce silence familier, accueillant, tout aussi tangible que l'espace physique des pièces avec leurs plafonds trop bas, leurs étagères ployant sous les livres, leurs gravures et leurs confortables fauteuils, et qui faisait tout autant partie de la vie qu'il menait que la porte qui fermait mal ou le plancher qui craquait.

Il ouvrit les rideaux et contempla, à travers la grande baie vitrée, la grisaille de ce matin d'hiver et les gouttes d'eau qui tombaient des branches dans la cour intérieure. Son dernier recueil de poèmes venait de paraître, l'agitation provoquée par une nouvelle publication était quelque peu retombée ; de temps à autre une critique tardive atterrissait sur son bureau : pour lui, l'affaire était terminée, classée, comme s'il avait fermé pour toujours la porte d'une pièce condamnée. Marisa doit être arrivée, pensa-t-il en préparant le café : il imaginait un été radieux dans la ville qui s'éveillait mollement à l'aube de ce samedi matin ; si son vol n'avait pas eu de retard, elle devait même être arrivée depuis plusieurs heures déjà – il avait de plus en plus de mal à se représenter ses faits et gestes. Il la revit s'éloignant dans son imperméable blanc, sans un regard pour lui ; il la vit qui marchait le long de la plage rectiligne et interminable. Se pouvait-il qu'elle lui manquât déjà, ou bien l'enviait-il pour la manière dont elle avait su se libérer ? Il passa la fin de semaine à s'occuper de choses et d'autres dans la maison, plongé dans ses pensées : la texture du manteau de Marisa sous ses doigts lorsqu'ils s'étaient dit au revoir, son parfum, sa silhouette élancée, droite, qui fendait la foule dans le hall de l'aéroport…

Parmi les tâches qu'il n'avait cessé de reporter aux calendes grecques, il se proposait de réunir, en vue d'un autodafé, tous les carnets et esquisses préparatoires à son dernier recueil témoignant des différents stades de l'évolution des poèmes, étape finale qu'il jugeait nécessaire au processus de création et qui devait effacer toute trace d'hésitation et d'incertitude pour ne laisser place qu'à l'aboutissement de la parole imprimée, comme si le tout s'était fait le plus naturellement du monde et sans le moindre effort. Autant il était incapable d'expliquer la raison qui l'obligeait à détruire ces notes et brouillons, autant, l'ayant toujours fait, il savait que c'était pour lui la composante de plein statut d'un processus aveugle et presque instinctif, tout aussi solitaire et déplaisant que la création elle-même, et tout aussi inévitable.

Lorsqu'il se fut acquitté de cette besogne, qu'il eut apuré ses tiroirs et ses dossiers, une lassitude extrême s'empara de lui. La tension qui l'avait porté pendant les longs mois passés à observer et à prendre des notes, qui avait accompagné l'acte mécanique de relecture et de publication, avait soudain pris fin avec cette dernière phase, et désormais il n'y avait plus rien ; tous ces efforts, toutes ces luttes, toutes ces sautes d'enthousiasme se trouvaient réduits à quelque chose qu'il pouvait assumer, avec quoi il pouvait composer, un modeste volume qui se montrerait quelque temps sur les rayons des librairies et des bibliothèques universitaires, surnagerait dans la masse des ouvrages au programme des universités, et serait peu à peu noyé sous le flot des critiques, des conférences, des thèses et des analyses ; la signification qu'il avait donnée aux mots au moment où il les avait trouvés et couchés sur le papier serait transformée en un modèle purement formel, et le fiasco que représentait sa tentative pour communiquer, affirmation, question ou cri, se ramènerait à l'émission de simples sons de plus en plus inaudibles dans le vacarme de voix de plus en plus fortes, de plus en plus impérieuses. Que resterait-il alors de tout cela ? s'interrogea-t-il avec dégoût. Des mots peut-être, qui survivaient, dérivaient et languissaient, plongeant et surgissant tour à tour avec éclat, conservant et perpétuant inexplicablement, d'une certaine manière, leur clarté, comme l'amour parfois demeure et survit à la répulsion, au dégoût de la passion et du désir fanés.

Le vide fut l'élément dominant de cette longue fin de semaine, dans la maison muette dont toutes les fenêtres donnaient sur la cour intérieure, avec ses tas de feuilles mouillées et ses branches dégoulinant de pluie. Une fois ses manuscrits détruits, il considéra sa vie et s'étonna de constater qu'il n'en restait rien. Il avait cessé d'écouter la radio et de regarder la télévision, et, quant aux journaux, il se contentait dans le meilleur des cas de les feuilleter ; les mots qu'il voyait et entendait étaient devenus lisses, brillants, interchangeables, et il avait cessé d'y prêter attention. Il ferma successivement tous les volets, les portes et les fenêtres et n'eut bientôt plus pour unique horizon que le jardin dénudé et le carrelage qui brillait sous la pluie ; aucun bruit ne venait plus troubler le silence, si ce n'est la pluie tombant des gouttières et des branches.

Sans but précis, presque mécaniquement, il fouilla les tiroirs du bureau, les placards et les étagères, choisissant, triant, classant et détruisant, car il voulait profiter de ce temps de silence et d'attente pour faire table rase et se débarrasser de toutes les saletés qu'il avait accumulées au cours des derniers mois, ces lettres auxquelles il avait déjà répondu et celles auxquelles il ne répondrait pas, les livres qu'il n'avait pas lus et qu'il ne lirait jamais, les notes dont il avait oublié depuis longtemps déjà la signification. Il inspecta des tiroirs auxquels il n'avait pas touché depuis des mois, alla regarder dans des armoires restées fermées depuis l'été précédent ; il ouvrit la porte de la chambre de Stephan ; la pièce était froide et sentait le renfermé, faute d'être utilisée. Dans l'angle d'une armoire vide il trouva une veste oubliée, dans un tiroir il tomba sur une photo et quelques pièces de monnaie, et, occupant l'une des étagères supérieures, sur un livre de poche à la reliure cassée. La pièce abandonnée, blanche et vide, semblait attendre quelque chose elle aussi ; les fenêtres en étaient si hautes qu'elles ne donnaient sur rien et ne servaient qu'à laisser entrer la lumière coupante de l'hiver. Il demeura un moment immobile, tenant à la main la veste qu'il avait trouvée dans l'armoire, puis il la roula en boule et la fourra dans le sac où il avait rassemblé les affaires qu'il se préparait à jeter ; le moment est venu de faire table rase, songea-t-il en fermant les attaches du sac poubelle. Quelqu'un, récemment, avait mentionné au passage que Stephan était à Vancouver, à moins que ce ne fût à Montréal. Non, il est aux États-Unis, avait affirmé un autre. Peut-être de toutes ces rumeurs aucune n'était-elle vraie. Dans la pièce blanche et vide, il déchira la photo oubliée et bientôt il ne resta plus, de ces couleurs qui montraient naguère la mer et le ciel, que des fragments ; il tira la porte derrière lui, livrant de plus belle la chambre au froid et à l'humidité de l'hiver.

Voyant le jour tomber, il alluma, se prépara à dîner et mangea en solitaire, fit la vaisselle et passa de pièce en pièce entre les halos de clarté des lampes et les zones d'ombre, comme s'il cherchait quelque chose ou attendait quelqu'un : ça viendra, ça viendra, se dit-il ; il le savait, le croyait, l'espérait, mais le moment n'était pas encore venu, pas encore, et il se sentait tendu, agité. Autour de lui le silence se fit de plus en plus dense, aussi immobile que les ombres dans les coins des pièces à travers lesquelles il déambulait. Avec le départ de Stephan, la vie était bien évidemment devenue plus calme, et c'était délibérément qu'il s'était réfugié dans la préparation et la révision de son recueil de poèmes ; il s'était impliqué à un point tel dans cette démarche qu'il avait atteint sans s'en rendre compte un point au-delà duquel son isolement devenait pratiquement irréversible. Il ne restait plus que l'attente.

Stephan était loin, il n'avait aucun rendez-vous ce soir-là et le téléphone ne sonnait pas. Bernard était parti, et Marisa, dans un autre pays, marchait dans des rues qu'il n'arrivait pas à se représenter. Dans la maison vide, il s'assit sous le halo de la lampe avec un livre ; lorsque le bruit de la pluie eut cessé, il n'y eut plus d'autre son que le bruissement des pages qu'il tournait. Quelque part, de l'autre côté de ces murs, de l'autre côté de ce jardin sombre, la ville continuait à vivre, mais rien n'en témoignait. Des fenêtres éclairées indiquaient que quelque part des gens étaient réunis, parlaient, riaient. Une personne se tourna vers une autre, main tendue, mais la distance étouffait leurs propos, et les rendait inaudibles à l'observateur ou au passant ; sans le son, ces gestes d'intimité ou de rapprochement demeuraient un rituel incompréhensible au profane. Où était le guide censé révéler au voyageur la signification de ce regard, de ce mouvement, où était le manuel de conversation qui noterait et expliquerait ces expressions inaudibles, et lui donnerait des indications sur la prononciation et l'intonation ? La langue restait une langue étrangère, le pays un pays inconnu.

Minuit était passé depuis longtemps déjà, et il était seul dans une ville dont les derniers signes de vie perceptibles avaient disparu. La vie, telle qu'elle continuait désormais, se déroulait loin des regards, derrière l'écran du double voile de l'obscurité et du silence, dans des endroits mal éclairés où la violence se déchaînait soudain et où les criminels disparaissaient sans laisser de traces, dans des pièces sans fenêtre et dans des chambres situées au bout de couloirs interminables, où des soldats en armes montaient la garde devant la porte. Personne, parcourant les rues de la ville en rentrant chez lui tard le soir ou regardant du haut d'une fenêtre, ne devinerait que là, dans l'obscurité immobile et silencieuse, des gens étaient encore éveillés, personne ne soupçonnerait la nature de ces paroles et de ces actes sous les couches de béton protectrices ou derrière les portes d'acier, dans ces pièces sans fenêtre où la lumière était allumée en permanence. Qui d'autre que l'homme qui tombait de plein fouet sur le carrelage, le visage dans le noir, voyait l'ampoule nue ? Qui d'autre que la femme étendue, immobile sur le sol, entendait les voix et les pas ? Ils hurlaient dans le noir, mais leurs cris étaient étouffés par la distance, assourdis par les murs et les portes, leurs voix ne portaient pas ; ils tombaient les uns après les autres, seuls, les bras tendus pour se protéger du vide, et il fallait vraiment un hasard, ou une négligence, une porte restée ouverte, pour que l'on entendît brièvement un cri ou pour que l'image fugitive de la silhouette immobile vînt se plaquer sur la rétine ; mais le tout était si rapide que l'observateur de passage, incapable d'interpréter quoi que ce fût, pouvait encore se convaincre avec gratitude de n'avoir rien vu, rien entendu. La porte claquait ; d'abord on classait le dossier, puis on effaçait et on oubliait le nom et le numéro, et enfin c'était le dossier lui-même que l'on retirait des archives et que l'on détruisait. Rien n'était arrivé, rien n'avait jamais existé, on roulait les vêtements en boule et on les brûlait, on jetait un seau d'eau sur le carrelage et on lavait les dernières traces d'excréments et de sang. Au plafond, l'ampoule nue brillait sans clignoter – signe qu'aucun délestage n'était à signaler –, semblable à un œil radieux qui illumine tout ce qu'il voit.

Il n'y avait pas la moindre voix, pas le moindre mouvement, rien qu'une confusion éphémère du tympan ou de la rétine, une erreur monumentale commise par une imagination débridée ou une tension trop vive qui transformaient le bruissement du silence et les ombres de la nuit en autant de chimères, qu'il fallait ensuite corriger en faisant appel à la raison. Il laissa tomber son livre sur ses genoux et se renversa en arrière, les yeux clos. Il était l'heure d'aller au lit, il y avait longtemps déjà qu'il aurait dû aller se coucher, il était beaucoup trop tard pour rester assis tout seul dans cette chambre solitaire au cœur de la ville silencieuse. Son imagination transforma en menaces le silence ambiant et le bouillonnement du sang dans ses oreilles, et l'ombre déformée sur le mur en mauvais présage. Il n'y avait pourtant rien, rien que lui, assis là, tout seul, lisant à cette heure tardive de la nuit ; rien ne s'était passé. La lumière crue de l'ampoule était muette.

Il savait toutefois que, même s'il allait se coucher, il serait incapable de trouver le sommeil ; passant en revue d'un air las les différentes possibilités qui s'offraient à lui, il s'aperçut que c'était la compagnie de Bernard qu'il désirait le plus dans la solitude de la nuit. Peut-être pouvait-il lui téléphoner, voire passer chez lui ? Sa femme était en voyage, et il ne se formaliserait sûrement pas de le voir débarquer à l'improviste, à minuit passé ; il se souvint tout à coup cependant que Bernard était parti pour la fin de semaine. Il était seul. Au bout du compte, il enfila une veste et, pour la première fois, sortit dans la fraîcheur de la nuit purifiée par la pluie. Il savait qu'il n'était guère prudent de s'aventurer seul dans les rues après la tombée du jour, encore moins à deux ou à trois heures du matin, mais il n'avait pas peur, et, tout en marchant lentement le long des rues désertes, il trouva une sorte d'apaisement dans le rythme de ses pas. Autrefois il aimait se promener ainsi sans but, seul dans le noir, comme s'il espérait tomber, en cours de route, sur quelque chose ou quelqu'un ; il reconnut le mélange familier d'impatience et d'agitation et se réjouit de retrouver ce sentiment. Après tout, qu'avait-il à craindre ?

Au loin, des phares illuminèrent l'asphalte mouillé ; un véhicule surgit au coin de la rue et le jaune d'un fourgon cellulaire étincela dans l'obscurité. Le réverbère sous lequel il s'était arrêté était en panne, comme une bonne partie des éclairages urbains et des feux de circulation ; instinctivement, il se plaqua contre le mur, à l'ombre des arbres. Le véhicule passa devant lui sans un bruit ; le crissement des pneus sur l'asphalte était le seul son perceptible dans le silence et les stores derrière le grillage étaient baissés, de sorte qu'il était impossible de savoir si quelqu'un était enfermé à l'arrière du fourgon ; quant au chauffeur, il était invisible, à l'exception de l'insigne de sa casquette qui renvoyait parfois un reflet dans l'obscurité. De toute évidence, le véhicule se dirigeait vers un but précis, il n'était pas en patrouille ; il n'avait personne à ses trousses, nul ne le vit dans l'obscurité au bord de la route. Le fourgon cellulaire disparut au bout de la rue.

Il demeura un moment immobile dans l'ombre du mur avant de poursuivre sa promenade. Pourquoi cette peur instinctive ? se demanda-t-il tout en ralentissant l'allure. Une promenade solitaire à cette heure était certes inhabituelle, mais pas illégale, du moins pas encore, et si jamais on l'interpellait il pourrait décliner son identité, répondre aux questions, donner des explications et même, si nécessaire, citer des personnes capables de témoigner qu'il écrivait des poèmes et que, dès lors, forcément, il était un peu bizarre. Que s'était-il passé dans ce pays, pensa-t-il soudain, pour qu'il ne fût plus possible de distinguer entre la faute et l'innocence, la protection et la menace, le persécuteur, le persécuté et le badaud de passage ? D'où venaient cette culpabilité, ces peurs, des sentiments qui s'étaient enracinés jusque dans la moindre fissure des rues de la ville et qui proliféraient comme de la mauvaise herbe dans les jardins bien soignés des banlieues résidentielles ?

Il poursuivit sa route à l'aveuglette dans l'obscurité, longea des rues de plus en plus escarpées en direction du haut de la ville, là où il avait vu disparaître la voiture de police, sans réfléchir à ce qu'il faisait, étourdi par le manque de sommeil et trop tendu pour s'endormir rapidement. Un feu tricolore balaya de rouge la chaussée mouillée et la recouvrit avant de s'égoutter dans les caniveaux et de se fondre dans l'obscurité : la ville était silencieuse, les rues désertes, et les rares feux de circulation qui fonctionnaient encore envoyaient des signaux inutiles. Il se rendit compte, à regarder la lumière rouge s'évanouir en dansant devant lui dans l'obscurité, que ce n'était ni d'agitation, ni de manque de sommeil qu'il souffrait, mais de nostalgie : la nostalgie de ce corps qui l'avait abandonné et qui lui était devenu indispensable, de la texture d'une autre peau, du parfum qui imprégnait un vêtement, du parfum d'un autre corps, de la chaleur d'un autre être humain, de tout cet enchevêtrement de qualités et de caractéristiques qui lui étaient devenues si familières qu'il était capable de les reconnaître les yeux fermés, nostalgie de l'intimité et des silences, nostalgie de la passion, du désir et du dégoût qui s'ensuit inévitablement et qui est lié à l'amour au point d'en être indissociable. Tout ce que l'on tente d'oublier, tout ce que l'on cherche à nier finit un jour par vous rattraper dans la rue déserte que l'on prend pour s'enfuir, et l'on ne peut alors que continuer à tâtons, en sachant que l'intensité de la nostalgie et de la perte, elle aussi, finira par passer. Un jour, il en était convaincu, il se remettrait à écrire ; un jour, il pourrait repartir de zéro.

Il décida de rentrer chez lui, de se recoucher et de tenter de retrouver le sommeil. Tôt ou tard, il serait en mesure d'accepter ce qui était arrivé, ces événements n'auraient plus d'importance et il en sortirait plus fort. On n'a pas le choix ; quand bien même l'aurait-on que l'on ferait inévitablement le mauvais, et que l'on choisirait aveuglément l'odeur et la chaleur d'un corps trompeur. On devrait plutôt remercier le ciel de ne pas avoir le choix ; lui en être reconnaissant, accepter et attendre la libération à venir.

Lentement il redescendit la montagne pour rentrer chez lui. Soudain, dans le silence, il entendit un léger murmure dans les arbres des jardins de part et d'autre de la rue et, avant qu'il eût eu le temps de prendre conscience de ce qui arrivait, la pluie se remettait à tomber. Il n'avait ni manteau, ni parapluie, et n'avait d'autre choix que de poursuivre son chemin tandis qu'autour de lui le murmure de la pluie s'intensifiait. Dans la ville endormie, les rues mortes s'étaient soudain animées d'une vie secrète tandis que la pluie fouaillait les arbres, les pavés et l'asphalte, clapotait dans les caniveaux, bouillonnait dans les égouts, où les flots souterrains dévalaient la montagne et se jetaient dans la mer. Les rues désertes brillaient dans la lumière des rares réverbères, les toits étincelaient, les jardins scintillaient, et la nuit était lourde de l'exubérance, du murmure et du gargouillis de la pluie. Sur le sol, peu à peu inondé par la lueur rouge des feux, la pluie coulait sans cesse, et dans les caniveaux les reflets disparaissaient aussi vite qu'ils étaient venus.

Une mouette, se laissant dériver au gré du vent, flottait au loin ; ses ailes déployées fendirent l'air sans bruit, telle la lame d'une faux, dépassèrent le soleil et glissèrent au-dessus de la plage avant d'être emportées par le vent et entraînées vers le large. La plage était vide, comme vierge ; les enfants avaient disparu loin des regards, derrière les courbes des dunes, et dans le lointain les promeneurs n'étaient plus visibles, comme s'ils avaient été absorbés par la brume trompeuse de la chaleur et de la lumière. Au bout de la plage, le sable blanc était cerné par les rochers et la clarté du jour se fondait dans l'ombre de la falaise qui se dressait à la verticale, verrouillant le soleil. Il faisait sombre et froid, le vent soufflait avec force, le grondement sourd des vagues résonnait contre les rochers ; le sentier, dont on devinait, au début, le tracé sur les rochers luisants et glissants à cause des algues, était devenu impraticable, et débouchait pour finir sur la falaise et la mer.

Arrivé à la falaise, je fis demi-tour et revins vers la plage immense, longeai le sable blanc juste à la limite entre la plage et l'eau, seul dans la profusion et la luminosité du jour, enveloppé dans la brume épaisse de la chaleur, isolé dans le grondement des vagues. Assis sur un rocher qui s'avançait dans la mer, j'attendis.

C'est alors que tu es venu à ma rencontre en marchant le long de la plage, sur le sable luisant où la marée effaçait tes empreintes sur ton passage, le long du bord de mer, cheveux flottant au vent, et, lorsque tu es arrivé à ma hauteur et que tu m'as adressé la parole, je n'ai vu que les mouvements de tes lèvres, car le vent emportait tes paroles. Enfin, tu es venu.

V

En raison d'une cérémonie officielle quelconque, les rues du centre avaient été fermées à la circulation pour laisser le champ libre au cortège. Si la nouvelle avait été annoncée, l'information lui avait échappé, et ce n'est que lorsqu'il sortit du musée pour sa pause déjeuner qu'il prit la mesure de la pagaille. Des drapeaux pendaient aux mâts des immeubles et çà et là, sporadiquement, l'ancien drapeau sud-africain orange, blanc, bleu éclairait la grisaille ambiante – on avait, pour l'occasion, balayé les rues, ramassé les sacs poubelles et recouvert d'une couche de peinture les slogans les plus visibles sur les murs. La cérémonie, quelle qu'en fût la nature, ne dégageait pas une atmosphère de fête, écrasée qu'elle était par la présence de soldats en armes postés le long des trottoirs à raison d'un tous les quatre-vingts centimètres, d'hommes équipés d'émetteurs-récepteurs, de véhicules militaires postés stratégiquement aux carrefours, ainsi que par le bourdonnement d'un hélicoptère qui survolait le centre-ville en rase-mottes. Les badauds, peu nombreux, s'étaient regroupés aux coins des rues ; ils n'avaient pas l'air de bien savoir ce qui allait se passer, et leur présence semblait due davantage à la curiosité qu'à un véritable intérêt. Le nombre des spectateurs était inférieur à celui des policiers, inférieur aussi à celui des membres du cortège officiel qui se mettait lentement en branle.

N'ayant pas prévu ce charivari, il dut faire un détour pour se rendre à l'hôtel et s'aperçut qu'il allait être en retard à son rendez-vous, alors qu'il avait l'intention d'arriver le premier ; il se fraya difficilement un chemin à travers les postes de contrôle, les barrières et les gardes surveillant le bon déroulement de la manifestation, sans prêter la moindre attention au cortège lui-même qui, à quelque distance de là, traversait la ville en suivant un trajet parallèle au sien. Il entrevit l'éclat des limousines noires et les cavaliers portant des bannières au bout des rues transversales qu'il devait traverser, entre les véhicules blindés, les barricades et les cordons de policiers qui surveillaient l'itinéraire, par-dessus les casques et les canons des mitraillettes, tout un monde qui défilait au loin au rythme des sabots des chevaux et du vrombissement sourd des motocyclettes.

En arrivant devant les portes à tambour de l'hôtel, il trouva l'attroupement habituel : vigiles désabusés, mendiants – des enfants pour la plupart, qu'un portier en habit, haut-de-forme et gants blancs dispersait de temps à autre –, une poignée d'hommes d'affaires étrangers, mallette à la main, et quelques rares touristes imperturbables qui, tout en attendant qu'on vînt les chercher, observaient la couleur locale derrière leurs lunettes de soleil – gueux, hommes en armes, calicots et affiches en lambeaux du centre-ville, blindé au coin de la rue. La navette de l'hôtel arriva enfin : le portier, main gantée de blanc, leur ouvrit la porte et ils s'engouffrèrent dans le véhicule qui démarra aussitôt.

Une fois franchis les tambours que gardaient les vigiles et passés les contrôles de sécurité, l'apparence de tranquillité des lieux se voyait renforcée par les sols de marbre, les miroirs, les palmiers en pot, la musique enregistrée, l'air conditionné et les bruits étouffés propres aux grands hôtels. Dewald avait obtenu une coquette somme pour le financement de son projet de revue littéraire, et l'argent lui était monté à la tête : aussi avait-il choisi pour leur rendez-vous l'hôtel le plus cher et le plus luxueux du centre ; son humeur susceptible avait été favorablement impressionnée par les miroirs, le marbre et les palmiers en pot.

Adriaan, se tenant un peu à l'écart du brouhaha du hall, chercha du regard les gens avec lesquels il avait rendez-vous ; toutefois, la première personne qu'il reconnut fut non pas Dewald, son sourire éclatant et ses lunettes étincelantes, mais Anita, vautrée sur un canapé et vêtue d'une robe verte peu seyante. Il se rendit compte, tandis qu'elle lui faisait un signe de la main, que non seulement il ne l'avait pas revue depuis la soirée chez Sonia, mais qu'en dépit de sa promesse il ne l'avait pas jointe ; il se sentait à la fois coupable de l'avoir négligée et irrité de voir sa solitude et ses tentatives maladroites pour donner le change. Telle une naufragée dégoulinant d'humidité, empêtrée dans les algues, elle émergea de la surface de l'eau pour échanger quelques paroles courtoises avec lui dans le hall de l'hôtel, affichant une souffrance d'une telle intensité que l'on aurait pu en croire entièrement imbibés ses cheveux et ses vêtements. Au cours des semaines qui venaient de s'écouler, diverses connaissances communes qu'il avait rencontrées avaient mentionné son nom en passant, et leurs propos étaient invariablement précédés de la formule « *Oh, cette pauvre Anita !* ». Il semblait qu'elle avait du mal à accepter son divorce, disaient les uns ; qui aurait cru qu'elle fût tellement attachée à Martin ? se demandaient les autres avec un léger étonnement ; tous évitaient instinctivement d'être mis face à sa douleur, un tel fardeau pour elle qu'il en devenait gênant – tous, excepté Carla, la seule qui eût pris la peine de lui rendre visite, de la sortir et de supporter sa solitude, son courage admirable et sa tristesse impossible à exprimer.

— J'ai pensé à toi… commença-t-il.

Mais par bonheur elle n'écouta pas ses excuses improvisées.

— J'attends Christo : on avait rendez-vous ici à une heure, il m'a dit qu'il aurait peut-être des traductions à me faire faire…

Sa voix faiblit ; elle parcourut le hall des yeux, l'air désemparé, puis le regarda comme si elle espérait un conseil ou une aide, mais sans véritablement y croire.

— Moi, c'est avec Dewald que j'ai rendez-vous. On doit se retrouver ici pour une réunion. Tu ne l'aurais pas vu, par hasard ?

Elle se contenta de lui adresser de la tête un signe négatif : elle se souciait de Dewald comme d'une guigne, et il sentit la même vague d'irritabilité et de culpabilité que précédemment s'emparer de lui ; pris d'une impulsion soudaine, il s'assit à côté d'elle un instant pour bavarder et soulager sa conscience. Il aurait pu attaquer poliment par le classique « Comment vas-tu ? », mais les mots moururent sur ses lèvres devant la détresse et le sourire tellement courageux d'Anita.

— Que fais-tu en ce moment ? demanda-t-il avec circonspection.

— Oh, pas grand-chose, des petits boulots, répondit-elle de manière évasive.

Carla avait mentionné dans la conversation qu'elle avait eu quelques piges par-ci par-là, mais qu'elle fixait d'un air désespéré la page blanche sur sa machine à écrire ; non qu'elle eût jamais été une journaliste très douée, mais ses derniers articles étaient franchement inutilisables.

— Je vis un peu au ralenti ces temps-ci. En fait, c'est mieux ainsi, ajouta-t-elle avec une assurance soudaine, comme si elle craignait qu'il ne doutât de sa conviction. C'est mieux que d'être tout le temps à s'occuper de quelqu'un ou de quelque chose, tu ne crois pas ?

Du coin de l'œil, il aperçut Dewald qui venait de faire son apparition sur les quelques marches menant au salon et parcourait la pièce du regard avec insistance ; à sa grande surprise, il se rendit compte que pour la première fois de sa vie il était content de le voir. Les gens commençaient à éviter Anita ; il émanait d'elle un abattement, une douleur comparable à cette odeur de renfermé caractéristique des longues maladies et de la vieillesse qui les effrayait et les faisait fuir, tout comme ils évitaient la maladie, la vieillesse et la mort.

— Dewald me cherche, dit-il prudemment, comme un visiteur s'apprêtant à fuir la chambre d'un malade ou d'une personne âgée.

Elle tourna la tête vers lui sans entendre ce qu'il disait et le regarda partir sans comprendre.

— Je dois y aller…

Il avait usé du même ton mesuré, que rendaient légèrement agacé non seulement Anita, avec son air de porter toute la misère du monde, mais encore son incapacité à faire un geste envers elle, qu'aggravait le sentiment d'être submergé par une compassion qu'il n'arrivait pas à mettre en mots. Est-il possible qu'elle aille mal à ce point ? se demanda-t-il, l'observant dans son fauteuil. La douleur et la perte pouvaient-elles véritablement prendre un tour si tragique ? Se pouvait-il que l'amour fût aussi tranchant que la lame d'un couteau ? De toute évidence, la réponse était oui. Dès lors, mieux valait ne rien dire et laisser tomber avec soulagement les tentatives maladroites pour se réfugier dans des banalités et des formules de circonstance.

— Il faut que j'y aille, répéta-t-il. Dewald m'attend, et les autres aussi. J'espère que nous nous reverrons. J'espère que nous nous reverrons bientôt, ajouta-t-il.

Elle ne comprit pas la moitié de ce qu'il disait.

— Oui, dit-elle, d'ailleurs Christo ne va sûrement pas tarder.

Elle se leva en même temps que lui, l'air absent.

— Toi aussi, tu as toujours quelque chose sur le feu, n'est-ce pas, Adriaan ? Tu fais toujours des choses si intéressantes, si stimulantes, tu es toujours en contact avec des gens passionnants. Parfois, je t'envie vraiment, tu sais ?

Elle avait prononcé ces mots avec une candeur, avec une sincérité telles qu'il ne sut trop comment réagir. Il pensa à toutes ces années au cours desquelles elle avait dû horripiler ce pauvre Martin ; la rupture entre eux devait être consommée. Oui, se dit-il en contemplant le marbre sale, avec les mendiants et les vigiles de l'autre côté de la vitre, bien sûr que ça peut être grave ; instinctivement, il se pencha vers elle pour la serrer dans ses bras, mais sentit ce faisant la moiteur de ses vêtements humides rendus gluants par les algues et le varech, et l'odeur, reconnaissable entre toutes, du vieillissement, de la peur et de la douleur. Surprise par ce geste inhabituel – il n'était pas dans leurs habitudes de s'étreindre, ni même de s'embrasser –, Anita réagit avec maladresse et trop tard, ne sachant manifestement pas que dire. Empêtré dans ses propres sentiments, et gêné par son incapacité à les exprimer, il la salua rapidement et l'abandonna sur le canapé au coin du hall dans sa pitoyable robe verte. Mais que pouvait-elle bien lui envier ? Il y réfléchit, étonné, tout en s'éloignant. Son rendez-vous avec Dewald et les poètes de l'après-midi, sa brève apparition chez Sonia la dernière fois qu'ils s'étaient vus ? C'était peu probable. Sa maison repliée sur sa cour intérieure, ses insomnies, ses promenades solitaires, la vie qu'il menait ? Il fit les cent pas sur le marbre du hall, sur le trottoir luisant jonché de feuilles éparses collées au sol par la violence du dernier orage, puis sur la plage où le sable blanc, immaculé, crissait sous ses pas, scintillant dans la lumière ; derrière lui, la marée remplissait d'eau et effaçait ses empreintes au fur et à mesure, les vagues venaient mourir sur le marbre brillant et l'écume se brisait contre les marches où Dewald l'attendait avec impatience.

— Quelle intolérable expectative ! s'écria-t-il avec exubérance. On en était à se demander si tu n'avais pas changé d'avis, on s'inquiétait ! On n'attend plus que toi pour commencer. Par ici, vieux, tout le monde est là...

Il continua à discourir avec excitation, précédant Adriaan à travers les salons bondés et bruyants jusqu'à la petite table basse où les autres invités étaient déjà installés, très pénétrés de leur statut privilégié de poètes, mais assez mal assis sur les chaises d'hôtel trop raides ; chacun était légèrement hésitant quant à l'attitude à adopter face à la menace potentielle que représentait l'existence, et plus particulièrement la présence des autres. Les banalités de circonstance qu'ils échangeaient ne masquaient que superficiellement l'abîme de méfiance, de jalousie et d'insécurité qui les séparait ; ils étaient tous assis là, autour de cette table basse en marbre, comme s'ils attendaient quelque chose ou espéraient être immortalisés par quelque photographe – si nécessaire en compagnie des autres plutôt que pas du tout : Amanda, Gerhard, Jakobus et Mara, le petit cercle des poètes du cru, élevé par Dewald à la dignité de comité de rédaction de sa nouvelle revue, se refermait avec l'arrivée d'Adriaan.

Amanda, très droite au bord de sa chaise, jambes croisées, lui sourit avec coquetterie pour lui souhaiter la bienvenue ; Gerhard le salua avec nonchalance d'un geste de la main, comme s'il voulait laisser croire qu'ils étaient de vieux amis ; Jakobus, derrière les bouteilles et les verres qui encombraient la table, se souleva légèrement de son siège pour lui donner une vigoureuse poignée de main ; seule Mara, vautrée sur sa chaise, un verre à la main, tourna à peine la tête dans sa direction, sans chercher à cacher son ennui. Le cercle se refermait, et il était trop tard pour s'en échapper. Pourquoi être venu à ce rendez-vous ? se demandait-il en parcourant rapidement l'assistance du regard, tandis que Dewald tentait d'organiser une deuxième tournée générale ; comment avait-il pu se laisser ainsi prendre au piège, comme si l'expérience ne lui avait pas appris que ce genre d'entreprise ne pouvait générer qu'angoisse et aliénation ?

Mal à l'aise, tous se taisaient ; Dewald étant parti à la recherche d'une serveuse, il n'y avait plus personne pour prendre en charge la conversation.

— Dommage que tu ne sois pas venu à mon vernissage, dit Amanda à Adriaan avec bienveillance.

Comme en chacune des rares occasions où ils se rencontraient, le frappèrent la franchise et l'assurance avec lesquelles elle parvenait à détourner à son profit la conversation.

— Je sors peu ces temps-ci, dit-il, sur la défensive. Mais Bernard m'en a parlé.

— C'était sublime !… Et ce n'est pas moi qui le dis. Gerhard, toi qui étais là, n'est-ce pas que c'était sublime ?

Sans attendre la réponse d'Adriaan, et sans laisser à Gerhard le temps d'ouvrir la bouche, elle continua ses bavardages avec une coquetterie imperturbable.

— Il faut venir, c'est pour cela que j'organise ces vernissages, parce que j'ai quelque chose à dire à mes amis…

C'était avec la même ténacité et grâce à quelques recueils de poèmes bâclés sur la condition de la femme qu'elle était parvenue, au cours des deux années précédentes, à percer dans les milieux littéraires et à s'y faire sa place au soleil : elle avait – pour des raisons diverses – une foule d'admirateurs parmi les étudiantes et les critiques littéraires masculins, et était très en vogue dans les clubs de lecteurs ; elle participait d'ailleurs avec beaucoup de bonne volonté et d'enthousiasme à des lectures et des débats sur son œuvre, et possédait une confiance en elle, sereine et inébranlable, qui soit balayait de sa route tous les obstacles, soit l'empêchait carrément de les voir. Elle avait, depuis le début de sa carrière poétique, effectué en direction d'Adriaan plusieurs tentatives d'approche, plus résolues les unes que les autres, et, bien que l'expérience lui eût peu à peu appris qu'il était préférable de garder ses distances, elle n'avait pas abandonné. De son côté, il avait découvert qu'il était préférable, dans la mesure du possible, de l'ignorer, d'éviter d'avoir affaire à elle et de se tenir à l'écart de ses projets ; aussi, ne prêtant aucune attention à ses propos, se concentrait-il sur la foule du hall et l'agitation où elle baignait.

Le grand salon était plein à craquer, même si on n'y voyait pour l'essentiel que des hommes d'affaires de passage, des journalistes étrangers et des employés des diverses compagnies aériennes, à côté de rares touristes. Même là, dans ce monde privilégié que ces portes à tambour rendaient pareil à une forteresse, le chaos où plongeait peu à peu le pays avait fini par l'emporter : sur les tables basses en marbre s'accumulaient verres et bouteilles vides, tasses sales, cendriers pleins ; par terre, où gisaient des serviettes en papier froissées, les miettes jonchaient la moquette ; enfin, l'unique serveuse disponible ne réagissait pas aux efforts désespérés de Dewald pour attirer son attention. Les miroirs de bronze qui garnissaient les murs de la grande pièce reflétaient à l'infini les tables non débarrassées, les clients empêtrés dans la gestuelle de leurs conversations, et le petit groupe de poètes qui, avec méfiance, se tenait à l'écart autour de Dewald, lequel ne cessait de faire des signes de la main : Adriaan, qui les observait dans le miroir, vit le rayonnement serein du sourire d'Amanda, et Gerhard qui lâchait quelque bon mot ; elle éclata de rire et, une seconde plus tard, Dewald l'imitait et s'esclaffait à sa suite. Son instinct de conservation, qui était infaillible et ne s'embarrassait d'aucune considération de politesse ni de prudence, lui souffla qu'il avait commis une erreur en venant, et qu'il était temps pour lui de partir ; en dépit du peu de temps qu'il avait passé avec les autres, il en était déjà à chercher une excuse pour se faufiler vers la sortie.

Il s'aperçut que Gerhard était déjà lancé et que, ne l'ayant pas écouté depuis le début, il ne pouvait pas rattraper en route le fil du récit. Gerhard, tout aussi impitoyable dans son genre qu'Amanda, s'était arrangé pour briser le monologue de cette dernière et manifestement racontait quelque anecdote ayant trait à l'absence d'Adriaan lors de la lecture qu'elle avait faite, mais il avait du mal à suivre sa voix basse, soigneusement modulée dans le vacarme ambiant. Un essai infructueux le convainquit qu'il perdait son temps : comme presque toujours, conférences ou simples anecdotes, c'était à l'image de la vacuité de sa poésie, barytonnant avec soin, donnant la précellence à la forme sur le contenu, privilégiant les effets de manches. Gerhard n'avait jamais eu grand-chose à raconter, pour ne pas dire – comme il le soupçonnait parfois à part lui – rien du tout : tout son art consistait à paraître, et sa vraie création était ce personnage que lui, obscur professeur de littérature dans une université, avait pour ainsi dire tiré du néant, ce jeune citadin nonchalant et sophistiqué dans son costume sport à la dernière mode, avec sa voix de velours, son regard de velours, ses traits réguliers et ses dents blanches, sans parler des relations faciles, abondamment médiatisées, et en fin de compte peu convaincantes, qu'il entretenait avec un nombre de femmes impressionnant. Ce n'était qu'en regardant suffisamment longtemps, avec prudence, que l'on découvrirait l'étincelle d'insécurité qui se nichait dans ce regard de velours et le manque abyssal de profondeur ou même d'obscurité dans cette prétendue profondeur d'esprit, plus longtemps que cela n'en valait la peine en réalité. L'hypothèse selon laquelle Gerhard était en réalité très différent de l'image qu'il prenait tant de peine à donner de lui demeurait dès lors une pure hypothèse, moyennant quoi on l'autorisait à continuer de projeter cette image de jeune homme élégant doté d'un charme quasi professionnel et d'une certaine intelligence, qui lui permettait d'entretenir une conversation creuse, portant de préférence sur lui-même.

Le rire strident d'Amanda retentit de nouveau ; l'anecdote que racontait Gerhard venait d'atteindre son acmé et Dewald, fidèle à ses habitudes, s'esclaffa bruyamment une seconde plus tard.

— Bien, dit-il automatiquement tout en parcourant très vite le petit groupe du regard, scrutant les visages de ses invités comme s'il attendait d'eux une quelconque assurance, un réconfort qui allât bien au-delà de leur simple présence. Je crois que nous allons devoir nous armer de patience avant de pouvoir passer la commande, déclara-t-il, visiblement énervé. Peut-être pourrions-nous tout doucement entamer notre débat, un petit entretien exploratoire, histoire de mieux connaître les points de vue les uns des autres…

— Voilà la serveuse, l'interrompit Jakobus en pointant le doigt dans sa direction.

La jeune femme s'avançait en effet, mais, lorsque Dewald se retourna pour l'appeler, elle avait déjà disparu, se faufilant calmement entre les clients en grappes autour des tables.

— Nous n'avons qu'à bavarder un peu pendant que nous attendons… reprit Dewald.

Jakobus, toutefois, refusa de se laisser distraire : indigné, il fixait la direction dans laquelle la jeune femme avait disparu, et avec elle la perspective d'un dernier whisky aux frais de la princesse.

— Honnêtement, je ne vous cacherai pas que je suis très ému de me trouver ici, dit Dewald avec chaleur

– et, accélérant le débit, afin de créer, et maintenir, l'ambiance voulue : – Nous voici réunis, poursuivit-il, en compagnie de quatre, que dis-je, de cinq de nos plus importants poètes, l'avant-garde de la nouvelle génération, notre première vraie génération de poètes depuis les années soixante…

Amanda, d'un air absent, lissa le bord de sa robe sur ses genoux.

— Deux Prix Hertzog[1], si je ne m'abuse. Et combien de – trois, quatre… euh… – il se mordit la langue, sachant que le fait de mentionner les récompenses littéraires pouvait facilement provoquer des jalousies et des ressentiments. – Je me demande, et à vrai dire je ne suis pas loin de répondre que non, si l'Afrique du Sud a connu une assemblée aussi prestigieuse depuis la dernière réunion de la Guilde des écrivains, ce qui ne nous rajeunit pas.

— Je n'ai pu y assister, malheureusement, fit observer Gerhard. À l'époque, je corrigeais les épreuves d'*Épines de plume*.

— Ah, toi aussi, tu as eu des problèmes avec les épreuves ? demanda Amanda.

Le sujet ne l'intéressait manifestement pas plus que ça ; elle n'avait pas encore débuté dans sa carrière de poète à l'époque où avait eu lieu cette manifestation.

— Moi, lorsque j'ai terminé un poème, je n'y touche plus. J'ai le sentiment qu'il est comme il doit être, qu'il est tel qu'il m'a été donné, et que je dois le laisser vivre sa vie.

Dewald attendit sagement de reprendre la parole, enregistra automatiquement l'information dans sa prodigieuse mémoire, afin de pouvoir l'exploiter un jour lors d'une conférence ou pour un manuel.

1. Cette vénérable et importante distinction afrikaner a récompensé, outre notre auteur, André Brink, Etienne Leroux et Ernst Van Heerden entre autres ; en 1984, Breyten Breytenbach refusa le prix.

— Mara, tu es certainement la seule parmi nous à être allée à cette réunion, dit Gerhard. C'est bien toi qui avais déposé cette motion qui a fait tant de bruit, n'est-ce pas ?

Dewald hésita, visiblement déchiré entre le désir d'épiloguer sur le drame de la dernière réunion de la Guilde des écrivains et l'obligation de traiter du sujet pour lequel ils s'étaient réunis. Le souvenir des sommes d'argent qui étaient en jeu dans ce nouveau projet fit pencher la balance.

— Je viens de me rendre compte tout à coup que fonder cette revue nous permettrait, dans une certaine mesure, de créer une entreprise qui comblerait le vide laissé par la disparition de la Guilde, commença-t-il. Nous pourrions notamment…

— Et si on se plaignait au directeur ? demanda Jakobus en bougonnant. C'est quand même incroyable qu'on doive attendre aussi longtemps. Ces gens là-bas, dont elle vient de prendre la commande, ils sont arrivés après nous !

— Allons, Jakobus, calme-toi : dès qu'elle arrive, on te commande un double whisky, tu te sentiras mieux, tu verras, dit Amanda.

— Certainement, certainement, c'est une ex-cel-lente idée, dit Dewald sans écouter ce qu'elle disait, agacé par cette nouvelle interruption. Pourtant, grâce à la grande générosité de nos amis de la Société de dynamite, il me semble que nous pourrions mettre sur pied un forum de ce genre et le faire subventionner pendant un an ou deux, jusqu'à ce qu'il soit financièrement rentable.

— Il me semble que cette petite revue pourrait être des plus explosives, intervint Gerhard avec une légèreté calculée, provoquant une nouvelle crise d'hilarité automatique chez Amanda.

Un sourire fugace passa sur le visage de Dewald ; il dépendait trop des écrivains et des poètes pour se permettre de les contrarier.

— Compte tenu de l'importance de leurs bénéfices ces dernières années, les membres du conseil d'administration ont décidé de promouvoir une œuvre présentant un intérêt culturel durable : grâce à certaines de mes relations, j'ai pu leur soumettre très rapidement cette idée que j'avais dans la tête depuis pas mal de temps.

Il faisait des efforts évidents pour communiquer son enthousiasme, mais il était clair qu'il ne parvenait pas à capter l'attention du petit groupe face à l'irritation et à l'impatience, certes muettes mais néanmoins évidentes, de Jakobus. C'était vers lui que se tournaient tous les regards ; il était assis sur le bord de sa chaise, les deux mains agrippées à la petite table et le cou tourné en direction de l'endroit où la serveuse avait disparu.

— Ça fait combien de temps qu'on est là ? demanda-t-il pour la forme, lorsqu'il s'aperçut qu'il focalisait l'attention. Mais qu'est-ce que c'est que ce service à la noix ? Et moi qui pensais qu'on était dans un grand hôtel !

— Tiens, Jakobus, prends mon verre et calme-toi, dit Mara qui jusque-là n'avait pas ouvert la bouche.

Elle déposa avec impatience sur la table le verre qu'elle n'avait pas lâché depuis le début de la rencontre. Étonné par le caractère abrupt de la proposition, il considéra le breuvage avec méfiance, mais apparemment elle n'y avait pas encore touché ; visiblement soulagé, il se renversa sur son siège et se cacha derrière son verre. C'était un homme d'âge moyen. Enseignant dans un lycée de province, il avait tout à coup publié des poèmes inspirés par la nature et la religion qui avaient pris les critiques par surprise, et, comme la publication de ce recueil coïncidait avec une période de calme plat dans la littérature afrikaner, il avait engrangé tous les éloges et récolté un certain nombre de prix mineurs. Encouragé par cette gloire soudaine, Jakobus, mû par une impulsion subite, s'était libéré de la campagne, du lycée, de son épouse et de ses filles déjà mariées et mères de famille, pour s'installer en ville et se consacrer exclusivement à l'écriture ; bien que les quelques volumes qui suivirent fussent beaucoup plus modestes tant par leur forme que par leur contenu, il avait réussi à faire son trou, s'était mis au whisky et fréquentait les milieux artistiques. Logeant dans un hôtel ou une pension un peu en dehors du centre, sans source de revenus apparente, il était devenu un familier de toutes les réunions semi-littéraires et paralittéraires, où il attirait inévitablement l'attention avec les costumes et les cravates démodés qu'il avait rapportés de sa campagne : bien que ne sachant absolument pas s'habiller, il n'était pas homme à se laisser abattre par les échecs ou par le découragement et se jetait avec avidité dans ce qu'il prenait de toute évidence pour la vraie vie.

— Espérons que notre petite rencontre de cet après-midi aura des répercussions… explosives, comme le dit si bien Gerhard, poursuivit Dewald avec un petit rire approbateur, soulagé de voir que Jakobus s'était enfin calmé. D'ailleurs, avec un comité de rédaction de cette qualité, je ne vois pas comment il pourrait en être autrement – je ne crois pas qu'un groupe aussi dynamique que celui-ci se soit mobilisé en faveur de la littérature depuis la grande époque de *Standpunte*[1].

La succession des miroirs vint toutefois leur rappeler qu'ils n'étaient pas seuls au monde au moment même où il prononçait ces mots : aux tables voisines, on continuait à bavarder en anglais, en allemand ou en japonais, sans prêter la moindre attention à ce petit groupe qui parlait à voix basse dans une langue étrange, et dont la serveuse semblait nier jusqu'à l'existence. Imperturbable, Dewald poursuivit son discours.

1. « Points de vue », revue littéraire sud-africaine fondée en 1945, publiée jusqu'à la fin des années quatre-vingt.

— Les principaux représentants de la génération actuelle de poètes, comme je l'ai déjà dit, sans compter Adriaan, le représentant le plus respecté de la génération précédente…

En entendant son nom, Adriaan tressaillit mais ne saisit pas immédiatement le sens des paroles de Dewald, et il lui fallut quelques instants avant de se rendre compte qu'il parlait de lui. Il était assis légèrement en retrait et avait repoussé sa chaise un peu à l'extérieur du cercle. Il leva les yeux, observa l'assemblée et sut que le sentiment d'aliénation que cette petite réunion avait suscité en lui n'avait rien d'imaginaire : il était bien en dehors du groupe réuni autour de la table, et la différence d'âge était irrémédiable. L'espoir qu'il avait suscité dans sa jeunesse avait tenu ses promesses depuis longtemps déjà et son avenir radieux était derrière lui ; tout ce qu'on attendait de lui désormais était de livrer à date fixe un petit volume. Il comprit, à sa grande honte, que pour eux il ne comptait pas, et qu'il ne servait à rien de planifier son évasion avec autant de soin, car personne ne chercherait à le retenir s'il lui prenait l'envie de quitter la salle. Dewald l'avait invité pour la forme, mais les autres ne faisaient que tolérer sa présence : seul Jakobus comprendrait peut-être sa réaction, mais il ne saurait sans doute pas comment l'exprimer. Le regard absent d'Amanda glissa sur lui et balaya au passage les petites tables encombrées de vaisselle sale, les gens qui bavardaient et les miettes écrasées sur le tapis.

— De plus, ajouta Dewald, il me semble important, ne serait-ce qu'à titre symbolique, d'avoir dans la rédaction quelqu'un de la vieille génération ; or, parmi la poignée de poètes de cette époque qui sont encore en vie, Dekker est sans conteste le plus important.

— Et Uys, alors ? demanda soudain Jakobus.

Son irruption dans la discussion était si inattendue que tout le monde sursauta.

— Uys ? Je pensais qu'il était hors circuit depuis longtemps, dit Gerhard.

— Mais jamais de la vie, répliqua Amanda. Tenez, pas plus tard que dimanche dernier, nous étions chez Koos, à Onrus[1], et nous en avons profité pour lui rendre visite.

— Je parlais de Dekker, précisa Gerhard.

— C'est vrai qu'Uys n'a plus rien sorti depuis pas mal de temps, dit Dewald, qui de toute évidence avait déjà arrêté son choix et manifestait des signes d'impatience.

— Dekker non plus, on ne peut pas dire qu'il publie à tour de bras, observa Gerhard. Voilà des années qu'on n'a rien vu de lui, sauf si on compte les réimpressions.

— Uys est un brave type, je suis sûr qu'il donnera un coup de main si on le lui demande, expliqua Jakobus, que son deuxième whisky avait mis de bonne humeur.

— Et Élisabeth ? dit Amanda pour la forme.

— Selon moi, intervint Dewald d'un ton décidé, il vaudrait mieux quelqu'un qui habite en Afrique du Sud, ce serait plus pratique.

Mais personne ne faisait attention à lui.

— Élisabeth ? Elle écrit toujours ? demanda Gerhard. Je veux dire, vous croyez qu'elle va encore publier quelque chose ? Quelqu'un a des nouvelles ?

— Justement, Uys m'a posé la question l'autre jour, intervint Amanda. À propos, Dewald, il m'a chargé de te faire ses amitiés, je lui ai dit que tu étais venu à ma soirée. Je l'avais invité, lui aussi, mais naturellement je ne m'attendais pas à le voir faire tout ce trajet pour venir en ville.

1. Petite ville de la province du Cap, près de Hermanus, où vivent de nombreux artistes et écrivains.

Ce dimanche littéraire à Onrus était manifestement pour elle un atout, qu'elle comptait bien exploiter au maximum ; avec une détermination inébranlable, elle leur raconta par le menu ce que Uys avait dit de sa prestation et les paroles élogieuses qu'il avait eues à propos de son dernier recueil. Il ne restait plus à Dewald, quelque peu désemparé, qu'à attendre l'occasion de reprendre là où il avait été interrompu.

— Je pense que nous devrions demander à Jan de faire partie du comité de rédaction, déclara Jakobus en lui coupant la parole. Lui aussi c'est un chic type, toujours prêt à donner un coup de main.

— C'est vrai, dit Dewald, trop heureux de retrouver voix au chapitre, mais il me semble que nous devrions donner la priorité aux poètes.

— Je suis certain, ajouta Jakobus, que Jan est tout à fait capable d'écrire de la poésie.

Mais la voix d'Amanda couvrit la sienne.

— Nous sommes passés chez eux aussi boire quelque chose, s'écria-t-elle, mais l'idée de lui parler de la revue ne m'est même pas venue à l'esprit.

— Selon moi… commença Gerhard de sa voix basse et caressante.

Il hésita un instant. L'amorce de phrase, suivie de la légère hésitation, eut l'effet escompté. Tous les regards se tournèrent vers lui, attendant ce qu'il allait dire.

— Selon moi, reprit-il, satisfait de l'effet produit… Dewald, ne va surtout pas croire que je sois en désaccord avec toi, c'est un merveilleux projet… selon moi, l'important, pour une revue de poésie, c'est de donner la parole en premier lieu à la jeune génération, et cela sans le moindre contrôle de l'extérieur, fût-ce de la part d'autres poètes, et sans les placer sous la « tutelle » de représentants de la vieille génération dont, inévitablement, la tradition d'écriture est différente et qui défendent d'autres points de vue.

Les syllabes, douces et mélodieuses, se détachaient de ses lèvres tandis que tous l'écoutaient : Dewald souriait, tête légèrement penchée, moins en signe d'acquiescement que pour marquer son impatience de reprendre la parole, bien qu'il fût conscient de la nécessité de ne pas froisser Gerhard ; Amanda, droite sur sa chaise, son regard brillant rivé sur Gerhard, le rouge aux joues, avait visiblement l'esprit ailleurs ; Jakobus, son verre à la main, affichait un petit air pensif ; Mara, plus absorbée que jamais dans ses pensées, était affalée sur sa chaise, jambes étendues. De l'endroit où il avait reculé son siège, légèrement à l'écart du groupe, Adriaan voyait quelque chose qui échappait aux autres participants : Gerhard, tout en discourant, avait fait glisser sa chaussure et caressait en cadence le cou-de-pied d'Amanda sous la table au rythme des inflexions de sa voix mélodieuse, ce qui expliquait pourquoi elle se tenait sur le bord de sa chaise, de plus en plus imbue d'elle-même, et pourquoi le rouge lui montait aux joues. Adriaan était le seul, avec Mara, à voir ce petit jeu, mais cette dernière, assise à côté de lui, ne laissait rien paraître ni de ce qu'elle voyait, ni de ce qu'elle en pensait.

— Ces dernières années, la littérature de langue afrikaans a subi une métamorphose tout à fait particulière, poursuivit Gerhard de sa voix suave dans le brouhaha ambiant du salon de l'hôtel. Nous avons assisté à l'émergence d'une nouvelle génération de poètes qui, dans leurs œuvres, souhaitent donner corps à la réalité nouvelle dont ils sont partie prenante. Ils ne sont plus enfermés dans les limites d'un pays, d'un paysage, d'une nationalité, d'un nationalisme ; même la langue dans laquelle ils écrivent n'est rien d'autre qu'un outil totalement arbitraire, qui ne perd pas pour autant son caractère purement fonctionnel. Si vous me permettez, ajouta-t-il en baissant la voix pour donner à ses propos une dimension encore plus intime, si vous me permettez, je dirai que par le passé nos poètes n'ont cessé de prendre position, d'assener des affirmations du genre : « Je suis afrikaner, je suis sud-africain, j'écris en afrikaans. » Notre génération, au contraire… je ne sais pas si tu seras d'accord avec moi sur ce point, Dewald, ajouta-t-il avec tact, prenant note de l'impatience réprimée qui bouillait chez ce dernier… notre génération, disais-je, au contraire, s'est libérée de tout cela, et a bâti une œuvre qui n'est pas la poésie d'un pays, d'une langue ou d'une culture en particulier mais la poésie de l'être humain en général, une poésie qui exprime toutes les nuances et toute la diversité de la condition humaine, je dirais même de la condition essentielle de l'être humain vivant parmi d'autres êtres humains.

Les mots s'envolent littéralement de ses lèvres, se dit Adriaan tout en écoutant la mélodie qui coulait avec aisance de l'exposé de Gerhard ; ses paroles semblaient emportées par le vent ou écrites à la surface de l'eau, ou gravées dans le sable en attendant d'être effacées par la marée montante. Il se demanda ce qu'il faisait là, et songea qu'il n'avait pas davantage sa place dans cette assemblée qu'Uys ou Dekker, qui ne publiaient plus, ou qu'Élisabeth, qui vivait à l'étranger. La création est une habitude convulsive dont on ne se défait jamais, une dernière contraction spasmodique de l'imagination, comme la respiration superficielle des vieillards, le battement presque imperceptible d'un cœur dans la nuit. Il attendrait tout simplement que Gerhard eût terminé son monologue, puis il prendrait congé ; encore que, s'il se levait et s'en allait, personne probablement ne dût s'en aviser.

Il se demanda ce que Mara pensait de tout cela ; elle était assise, immobile, vêtue d'un pantalon noir, d'un chandail noir à col roulé et d'une veste de cuir noir, ses cheveux noirs coupés court. Il ne savait rien d'elle, sinon qu'elle vivait avec une amie et qu'elle travaillait – il ne savait pas trop en qualité de quoi – pour une compagnie cinématographique ; pour le reste, ce n'était pas quelqu'un qui se livrait beaucoup, que ce fût sur le plan professionnel ou sur le plan personnel : elle avait invariablement cet air pas lavé et débraillé, comme ce jour-là, écrivant des poèmes qui traitaient pour l'essentiel de la nature et des animaux ainsi que des fonctions et des tendances animales de l'être humain. De manière générale, elle s'efforçait – peut-être en faisait-elle un peu trop – de donner une impression de robustesse, de solidité. Une fois pourtant, à l'occasion d'une réunion chez des amis, elle était arrivée en compagnie de Jakobus et il s'était étonné de la complicité joyeuse, taquine même, qui existait entre ces deux êtres apparemment si différents, de l'attitude quasi protectrice de Mara envers Jakobus et des minauderies de ce dernier. Il comprit ce jour-là que Mara était plus complexe qu'il ne l'avait supposé de prime abord ; plus tard il découvrit dans son œuvre des éléments qui le stupéfièrent littéralement, une authenticité, une acuité et une originalité dont ne pouvait se targuer aucun des trois autres poètes que Dewald avait réunis là, des images bouleversantes sur la perte, la désolation et la violence. Cet après-midi-là, elle semblait avoir pris le temps de se détendre, comme si elle bandait ses forces avant de repartir à l'assaut et de bondir sur sa proie ; l'air absent, elle était assise près de lui dans ses vêtements noirs négligés, et paraissait regarder sans rien voir, écouter sans rien entendre, dans un vide qui le désarmait totalement au fur et à mesure qu'il en prenait conscience. Derrière son apparente rudesse, pensa-t-il, derrière la bravade et le bruit, se cachait peut-être un être calme et secret, alerte, tous les sens en éveil, hésitant. Existait-il des mots pour parvenir jusqu'à elle, quelque filet brillant que l'on aurait pu tendre, quelque corde dorée faite de bienveillance et de tendresse ? Et si oui, quel animal frétillant, terrifié, finirait-on par trouver au fond de ce piège, de cette souricière, de cette nasse ?

La voix de Gerhard descendit à des profondeurs presque inaudibles d'intimité : de l'autre côté de la table, en face de lui, Amanda était rayonnante, les yeux baissés. Les paroles de Gerhard se perdaient dans le brouhaha babélien de leur entourage, dans le cliquetis des tasses et le tintement des verres sur les petits guéridons de marbre. La grande salle, remplie de mouvements et de bruits sans importance, était devenue aussi irréelle qu'un aquarium, avec ses tables qui attendaient d'être débarrassées, ses chaises et ses clients dans la lumière terne qui se reflétaient à l'infini dans les miroirs placés au-dessus du tapis vert. L'on apercevait au loin le reflet de la lumière sur le marbre dépoli du hall et, de l'autre côté de la baie vitrée, la lumière du jour ; le mouvement de la vie dans la rue, dans la ville, ressemblait à des ombres à peine visibles à travers la surface ondoyante de l'eau, et les voitures, les touristes, les mendiants et les vigiles en armes n'étaient plus que des silhouettes dont les contours se détachaient sur la lumière. Balayant du regard la salle plongée dans le demi-jour, les balancements des corps et les murmures où les sons se confondaient, il vit dans le lointain la lumière du jour et les formes silencieuses des ombres devant la baie vitrée. Les portes à tambour, avec leurs vigiles qui ne les quittaient pas des yeux, tournaient sur elles-mêmes comme des toupies, des ombres entraient et sortaient, se reflétaient faiblement sur le marbre avant de disparaître derrière des colonnes ou des miroirs ; soudain, les passants se figèrent, se coagulèrent en une tache sombre autour des portes tournantes et se répandirent sur le marbre en une série de mouvements saccadés qui se dessinaient sur les vitres.

Pressentant que quelque chose venait d'arriver, il se pencha en avant, essayant de deviner ce qui était en train de se passer à quelques mètres de là. Était-ce une de ces soudaines explosions de violence, si fréquentes désormais que les gens avaient appris à faire automatiquement un bond de côté et à poursuivre leur chemin en détournant le regard, sans même s'interrompre dans leur conversation ni dévier le fil de leur pensée ? Des hommes en armes encerclaient en toute hâte, sans un mot, une personne isolée, un petit groupe ; il y avait un bref moment de bousculade et d'agitation, un peu comme dans le foyer de l'hôtel, et l'on entendait peut-être un cri ou un hurlement si l'on était suffisamment près, puis plus rien. Les gardes s'étaient sans doute précipités sur quelque intrus pour l'éloigner (il n'était plus nécessaire de donner des raisons ou des explications) : sans un bruit, les mains brandissaient des matraques, se levaient, et sans bruit elles s'abattaient sur les chairs, sur les os ; les membres du petit groupe se balançaient en cadence en un lointain ballet sous-marin et se détachaient contre la vitre, unis dans un même mouvement ; puis l'on apercevait une masse lourde et récalcitrante traînée sur le sol (on avait perdu l'habitude de poser des questions) et les badauds, qui s'étaient dispersés dès les premiers signes de violence, réapparaissaient tout aussi rapidement, retournaient vaquer à leurs occupations, évoluaient de nouveau sur le marbre étincelant et s'engouffraient dans les portes à tambour comme si de rien n'était.

Quelle était la cause de ce tumulte ? s'interrogea-t-il, peu habitué encore au phénomène, bien qu'il eût déjà souvent assisté – de loin – à de telles scènes. Parmi ses compagnons, personne n'avait rien remarqué ; ils gesticulaient et bavardaient dans le salon sans se rendre compte de quoi que ce fût : confortablement installés, ils continuaient à écouter le discours enflammé de Gerhard. Mais que faisait-il là ? se demanda-t-il avec impatience, légèrement énervé. D'un geste impatient, il repoussa sa chaise et se leva sans réfléchir ; c'est seulement lorsque les autres levèrent le regard vers lui qu'il comprit qu'il était passé à l'acte, interrompant l'exposé de Gerhard sur l'actualité de la poésie au beau milieu d'une phrase.

— Je dois y aller, dit-il maladroitement, conscient de n'avoir aucune excuse valable mais persuadé de n'avoir nul besoin d'en chercher une.

— Mais on n'a encore parlé de rien, objecta Dewald, désagréablement surpris.

— De quoi donc devait-on parler ? demanda-t-il d'un air distrait, comme s'il avait oublié l'objet de leur réunion.

— Mais de ta participation à notre nouvelle revue !

— Non, dit-il tout aussi maladroitement, au fond, je ne pense pas que ma place soit dans un comité de rédaction.

— Ce serait juste à titre honorifique, lui assura Dewald : histoire d'avoir ton nom sur la liste. À moins que tu ne préfères que l'on mette « bienfaiteur »... J'avais aussi pensé à « sous le patronage de », bredouilla-t-il, plutôt terrifié à l'idée de voir sa réunion s'écrouler comme un château de cartes. Et puis, comme je te l'ai dit, j'espérais que tu irais trouver Dekker en notre nom à tous pour lui demander son soutien.

— Oui, oui, c'est arrangé, nous sommes déjà tombés d'accord sur une date. Bernard va m'y conduire.

— Mais enfin, si Adriaan n'a pas envie de s'associer à cette entreprise... commença Gerhard de sa voix de velours.

— Non, il faut absolument qu'Adriaan parle à Dekker, c'est notre dernier espoir, dit Dewald, jetant par-dessus bord toute tentative de tact ou de diplomatie à l'idée que Gerhard reprenne le flambeau de l'opération. Ils se connaissent depuis toujours, et Dekker a parlé en termes élogieux de *La Carrière*, il a dit que c'était l'un des meilleurs...

Dans son affolement, il faillit dévoiler des informations confidentielles, obtenues par des moyens qu'il était sans doute le seul à connaître – ce n'était certainement pas à lui que Dekker était allé faire des confidences. Gerhard fit marche arrière, et pendant un instant Adriaan vit briller un éclair de mépris et de jalousie dans ses yeux de velours. Ses derniers poèmes étaient-ils d'une telle qualité, et Gerhard se sentait-il menacé à ce point ? se demanda-t-il avec étonnement en leur tournant le dos. Il convenait sans doute de répondre par l'affirmative aux deux questions, mais le fait de le savoir ne l'aidait en rien à atténuer l'hostilité de ce regard.

— Si Bernard et toi montez jusque-là, je veux bien faire partie du voyage, s'écria Jakobus. J'ai toujours eu envie d'aller dire bonjour à cette vieille branche pour lui témoigner mon admiration. À l'université déjà, c'était mon héros !

Même Dewald ne prit pas la suggestion au sérieux.

— Mais enfin, tu peux bien rester encore un quart d'heure ? implora-t-il. Il y a encore certaines choses concernant ta visite à Dekker que j'aimerais discuter avec toi, certaines idées dont tu pourrais lui faire part.

Adriaan tourna les talons sans l'écouter.

— Et puis, je me disais que nous pourrions peut-être déboucher une bouteille de champagne pour fêter notre rencontre de cet après-midi, cria-t-il, abattant sa dernière carte. Reste, ne serait-ce que pour trinquer avec nous.

Adriaan savait par expérience que lorsque Dewald prononçait le mot « champagne » il pensait « mousseux » – et encore, du demi-sec. Il fit un geste d'adieu distrait en direction de l'assistance qui le regarda s'éloigner, sans plus se préoccuper de ce que disait Dewald. Il entendit encore sa voix qui lui criait « Je t'appellerai ! » Ayant rompu les amarres, rompu avec ces gens, ces miroirs, ces voix et cette grande pièce plongée dans la pénombre, il fit irruption dans la clarté du hall avec son marbre étincelant : tel un nageur soulevé par la force de l'eau, il remonta vers la lumière du jour, atteignit l'entrée, la porte à tambour, les vigiles, à bout de souffle, les yeux aveuglés par la lumière. Il était libre.

Il demeura un instant près du tambour, cherchant sur le pavé une trace de l'incident dont il venait d'être témoin. Dans le hall, entre les pieds des passants, il vit une tache de sang séché sur le marbre luisant. Il ne put l'observer qu'une seconde ; un homme le bouscula et le poussa sur le côté. Ses hésitations attirèrent l'attention d'un vigile qui l'avait repéré. Il sortit de l'hôtel et, en regardant derrière lui, vit dans les vitrines de la façade le reflet de la rue qui lui dissimulait l'intérieur du hall. Peut-être, après tout, n'était-ce pas une tache de sang ? Peut-être que rien ne s'était passé ? Et, de toute façon, où donc chercher des preuves et des témoins ? Ces gens qui s'étaient trouvés là par hasard, ce ballet d'ombres contre la vitre n'étaient pas nécessairement des signes avant-coureurs de catastrophe ; la catastrophe, elle était dans l'esprit et dans le cœur de l'observateur. Il ne s'était rien passé.

La navette de l'hôtel venait de décharger un groupe d'hommes d'affaires japonais ; on appela les bagagistes, et les vigiles chargés de la sécurité vinrent se poster près de l'entrée du bâtiment. Il avait téléphoné au musée pour dire qu'il ne retournerait pas au bureau après déjeuner, mais, maintenant qu'il s'était libéré de ses obligations plus tôt que prévu, il s'aperçut que le centre-ville n'offrait pas vraiment grand-chose comme distractions. Autrefois, il allait dans des librairies, des galeries d'art et des cafés, il flânait dans les centres commerciaux et les grands magasins, mais le choix s'était considérablement restreint. Au cours des deux dernières années, le centre avait dégénéré en une collection de boutiques vendant des plats à emporter ou des fournitures de bureau, de commerces aux vitrines bardées de grilles dont les portes, verrouillées à double tour, ne s'ouvraient que si l'on montrait patte blanche, et d'immeubles de bureaux dont les entrées étaient gardées par des vigiles armés. L'augmentation toujours plus rapide de l'insécurité, la violence qui avait précédé la guerre puis la guerre elle-même – dont la violence, même si elle était en partie réprimée, était bien plus grande encore –, avec ses mesures d'exception et ses états d'urgence, avaient porté atteinte de manière durable à la sûreté des structures existantes et en avaient mis à nu la fragilité. Certains commerces avaient déménagé, d'autres avaient peu à peu périclité et n'avaient pas été remplacés. Les magasins et les bureaux désaffectés restaient vides, et parfois c'était un immeuble tout entier qui semblait attendre les démolisseurs ; tous finissaient par être envahis par la foule omniprésente des sans-abri et des vagabonds qui, au fil du temps, en prirent complètement possession. Les vitrines étaient recouvertes d'affiches annonçant des soldes et les murs de pancartes « À VENDRE » et « À LOUER », comme si toute la ville était en liquidation totale et n'attendait que le plus offrant. Les affiches des agences immobilières qui, avec le temps, pendaient de travers ou glissaient à terre n'étaient pas remplacées ; les papiers censés protéger les vitrines des magasins déserts se détachaient et finissaient par tomber, dévoilant un vide béant. Chaque nuit, de nouveaux slogans multicolores venaient égayer les murs, jusqu'à ce qu'une escouade d'ouvriers les recouvre de peinture ; quant aux affiches, elles apportaient un peu de vie dans la grisaille, en attendant le moment où quelqu'un allait les déchirer ou les recouvrir, si elles n'étaient pas entre-temps tombées en lambeaux.

Et pourtant, tandis que dans la vieille ville la vie dépérissait, une vie nouvelle commençait à remplir les rues abandonnées, en dépit de toutes les restrictions, de toutes les interdictions et de la menace permanente de la violence, aussi soudaine qu'imprévisible. Partout, dans les entrées des immeubles abandonnés, le long des rues que plus personne ne balayait, surgissaient de petits éventaires de fortune où l'on vendait fruits, fleurs, journaux, bijoux fantaisie, écharpes et autres babioles, quand elles n'étaient pas envahies par des mendiants, des chanteurs des rues et des musiciens qui se faisaient une concurrence bruyante. Depuis longtemps les piliers habituels de l'autorité – policiers, gardiens de la paix – avaient abandonné le centre-ville à son sort et l'avaient livré du jour au lendemain aux marchands ambulants, aux colporteurs, aux mendiants et aux arnaqueurs de tout poil qui s'y étaient installés, aux flots de voyageurs qui entraient dans la gare de chemin de fer ou dans la gare routière et en sortaient, et aux hordes anonymes et mouvantes dont la présence inexpliquée était l'un des symboles de la nouvelle époque. Avec en toile de fond les murs dégradés qui s'écaillaient, les vitrines couvertes d'affiches, les slogans et les mots d'ordre, les carreaux de mosaïque en ruine ou les plâtres fissurés des façades, dans le reflet terne des miroirs poussiéreux, sous les colonnes et les frontons des bâtiments officiels et le regard indifférent des caryatides et des atlantes, bouillonnait une vie nouvelle, multicolore, bruyante, qui était régulièrement interrompue par une explosion de violence inattendue et se reformait à chaque fois. Des hommes en civil faisaient soudain irruption au milieu de la foule, encerclaient un individu, des hommes en uniforme se détachaient soudain parmi les piétons, des matraques se levaient, des policiers ajustaient leur tir, des étals étaient piétinés, des pommes ou des oranges roulaient dans le caniveau. On entendait crier des femmes, parfois aussi les aboiements d'un chien ou le hurlement d'une sirène, puis on voyait courir dans tous les sens des gens dont les mouvements, a priori désordonnés, avaient soudain une cohérence et un but : ils se regroupaient à un carrefour ou déferlaient tout à coup dans une rue. Une femme trébucha et tomba à genoux, bras tendus ; une autre, souriante, demeura clouée sur place, comme submergée par la rapidité des événements, de sorte que ses yeux furent noyés dans le sang avant qu'elle eût eu le temps de comprendre ce qui lui arrivait et que le sourire disparût de ses lèvres. Les gens virevoltaient en tous sens comme un envol de pigeons, tournoyaient dans les airs et obscurcissaient la lumière du jour dans un battement d'ailes ; dans la rue, soudain déserte, il ne restait bientôt plus qu'une tache de sang sur le pavé, parfois une chaussure ou une veste abandonnée, seul témoin de la violence et de la fuite. Là aussi, toutefois, la violence se calma de manière aussi soudaine qu'elle avait éclaté, les vagues se refermèrent et la surface de l'eau ne présenta plus qu'un plan uni qui ne trahissait rien de ce qui venait de disparaître dans ses profondeurs. On ramassa les fruits, on redressa les tréteaux branlants. Le sang, la chaussure, le vêtement, tout disparut sous les pas des promeneurs ; personne – à supposer que quelqu'un eût essayé – n'eût été en mesure de raconter ce qui s'était passé – d'ailleurs, qui l'eût cru ? Seule une plume solitaire flottait encore dans la lumière immobile et limpide de la journée d'hiver ; elle trembla légèrement, tournoya, puis tomba sans bruit des hauteurs où elle dérivait. Il n'y avait plus qu'une rue avec ses étals de marchands ambulants, ses hommes et ses femmes qui allaient et venaient ; quelques soldats en armes patrouillaient d'un côté, un véhicule blindé se posta stratégiquement au carrefour. Personne n'en savait davantage, personne n'avait rien vu de plus, personne n'était prêt à admettre qu'il se souvenait de quoi que ce fût d'autre ; l'on ne pouvait dès lors attribuer la tension latente, encore perceptible, à ce qui venait de se passer – d'ailleurs, il ne s'était rien passé – mais plutôt à ce qui *pouvait* se passer, si d'aventure… Un certain élément de danger faisait partie de la couleur locale, donnant au journaliste de passage qui traînassait dans les environs, ou aux touristes qui se mouvaient entre les étals avec leurs imperméables et leurs appareils photo, le sentiment qu'ils étaient véritablement en terre étrangère.

Il s'éloigna de l'hôtel, hésitant sur la direction à prendre. La manifestation était terminée, les policiers étaient partis et on avait enlevé les barrages de la matinée ; seuls rappelaient la cérémonie les drapeaux et les banderoles accrochés çà et là pour l'occasion. La dernière averse s'était dissipée, le vent était tombé, les banderoles mouillées étaient provisoirement immobiles. Dans le silence une plume flotta, tangua, se retourna et se posa lentement sur le sol.

Il erra dans les rues d'une ville qu'il avait certes connue autrefois mais qui lui était devenue étrangère, perplexe devant le caractère inexplicable de tout ce qu'il voyait, mais de plus en plus attiré par le sentiment d'aventure et de découverte de cette réalité magique ; dans ces rues naguère si familières, dans ces immeubles où, il n'y avait pas si longtemps, il entrait et sortait sans réfléchir, il se déplaçait désormais avec hésitation, tel un touriste cherchant à l'aveuglette un chemin ne figurant dans aucun guide de voyage. Mais qui donc lui aurait servi de guide à travers cette ville violente, dangereuse et excitante, par les chemins invisibles qui la traversaient et menaient, au-delà des portes condamnées, vers ces pièces où la lumière brûlait jour et nuit ? Il fallait se frayer soi-même un chemin à travers la foule, se perdre, et poser des questions qui restaient sans réponse.

Il s'arrêta devant un mur aveugle transformé en une mosaïque multicolore d'éléments incompréhensibles par les couches successives d'affiches, de slogans et de couches de peinture. Il songea à sa maison avec sa vue sur cour, son silence ; soudain, il prit conscience de son impuissance dans cette rue animée où il ne connaissait personne, dans cette ville hostile qui lui échappait, dans cette journée grise qui s'écoulait devant lui comme de l'eau. Alors qu'il se retournait, il vit Bernard qui sortait de la foule et s'avançait vers lui, visage connu parmi tous ces inconnus, repère autour duquel le flot journalier prenait soudain un sens, et qui lui souriait. Ils se dévisagèrent en silence, étonnés tous deux de cette rencontre.

— J'avais un rendez-vous avec Dewald, expliqua Adriaan. J'en sors à l'instant.

— Ah oui, Dewald, avec son fameux comité de rédaction. Il y avait qui ?

— Oh, toujours les mêmes – Amanda, Mara, Gerhard. Et Jakobus.

Manifestement, le sujet n'intéressait pas Bernard outre mesure. Ils reprirent leur promenade, ensemble, presque machinalement.

— Où allais-tu ? demanda Adriaan.

— Oh, je me balade, comme d'habitude ; j'ai fini ma journée, je rentre du bureau. Et toi ?

— Je n'en sais rien moi-même. Je me balade aussi.

— Qu'avez-vous décidé ? Est-ce que tu dois toujours aller voir Dekker ?

— On n'a rien décidé du tout ; en fait, il n'y a rien à discuter avec Dekker. Mais je veux bien y aller quand même.

— Quand ça ?

— Dès que tu pourras.

— Ça te dirait d'y aller maintenant ? Cet après-midi ?

Il regarda Bernard qui se tenait près de lui, l'air absent, les mains enfoncées dans les poches de son imperméable, marchant comme un automate et observant tout ce qui se passait dans la rue autour d'eux.

— Tu parles sérieusement ?

Bernard rit.

— Non, je suppose que non ; ce n'est vraisemblablement pas une bonne idée. C'est juste qu'aujourd'hui j'avais envie de faire un petit tour en voiture, de rouler, rouler, loin de tout. Mais on pourrait y aller demain, si tu veux. Ou bien après-demain. J'ai encore deux ou trois choses à régler au journal.

— D'accord, va pour après-demain. Dans sa lettre, il m'écrit de téléphoner à je ne sais plus qui au village et de laisser un message pour dire à quelle heure on arrive.

Bernard acquiesça, et c'est en silence qu'ils poursuivirent leur errance à travers le centre-ville, tour à tour séparés puis réunis par le flot des passants, de sorte que toute conversation suivie était impossible. Tout à coup, Bernard s'immobilisa au beau milieu de la rue.

— Allez, viens, on va aller à la plage de Blouberg, dit-il avec la même détermination qu'il avait mise quelques minutes plus tôt à lui proposer d'aller chez Dekker.

— D'accord.

— J'ai laissé la voiture au bureau, je l'ai sortie ce matin à cause de la pluie.

Il avait déjà fait demi-tour, fendant la foule, de sorte qu'Adriaan dut presser le pas pour le rattraper ; ce ne fut qu'une fois qu'ils eurent atteint le poste de garde et qu'ils furent autorisés à se rendre au parking souterrain qu'il ouvrit la bouche de nouveau.

— Ce matin, quand je me suis réveillé, tout était vide et calme, dit-il, comme s'il testait une nouvelle histoire pour voir l'effet qu'elle produisait avant de la mettre par écrit. Ce n'était pas le fait de me retrouver seul dans l'appartement, ni même dans mon lit, c'était autre chose. Il était déjà tard, le jour perçait à travers les rideaux, et j'entendais la pluie à l'extérieur, comme si j'étais enfermé derrière les rideaux par le bruit de la pluie et par cette lumière blanche.

Arrivés à hauteur de la voiture, ils s'immobilisèrent, prêts à monter dans le véhicule, mais Bernard, au lieu d'ouvrir la portière, sourit en lui-même à l'évocation de ce souvenir.

— Tu trouves ça bizarre ?

— Non, répondit Adriaan.

— Je suppose que ça arrive à tout le monde, des moments comme ça, où l'on prend conscience des choses, des moments de repli sur soi, de réceptivité, enfin appelle ça comme tu voudras. Je suppose que c'est normal, il y a sans doute des gens qui vivent ça tout le temps, tu dois savoir ça, toi. Pourtant, la plupart des gens n'y sont absolument pas préparés.

— En fait, je pense que personne n'est vraiment « préparé », comme tu dis, répondit Adriaan. À chaque fois, c'est une surprise.

Bernard se pencha pour ouvrir la portière et fit mine de ne pas avoir entendu.

— Je suis désolé, dit-il en s'excusant, comme ils s'installaient dans la voiture. Ça n'arrête pas, depuis ce matin, j'ai ce sentiment depuis que je me suis réveillé, comme si j'avais passé toute la journée à tourner en rond derrière les rideaux, dans cette lumière blanche avec toute cette pluie autour de moi, et sans personne à qui parler. Et par-dessus le marché, ajouta-t-il en riant, au bureau la journée n'a pas été terrible non plus.

— Tu préfères rester seul ?

— Non, j'ai envie de faire une promenade avec toi au bord de la mer ; quand je t'ai vu dans la rue, c'était comme si je t'avais cherché sans le savoir et que je t'aie trouvé tout à coup. Bon, on n'est pas plus avancés, pas vrai ? Je n'explique rien, je décris juste ce que je ressens.

— Peut-être que c'est pareil.

— Peut-être – tu dois savoir ça mieux que moi.

L'air toujours songeur, il tourna la clef de contact ; en silence, ils quittèrent la semi-obscurité du parking, remontèrent vers la rue et la lumière du jour, s'insérèrent dans le flot de la circulation de la fin d'après-midi, laissant derrière eux le port, les barbelés, les murs aux slogans recouverts de peinture, les barrages, les carcasses de bus calcinées.

— Non, ne tourne pas, continue tout droit, s'il te plaît, dit Adriaan.

Bernard le regarda sans comprendre.

— Et ensuite ? demanda-t-il.

— Ensuite on peut aller chez Dekker, si tu veux. Je peux appeler le musée demain et dire que je n'irai pas travailler, ça n'a aucune importance. On n'a qu'à faire la route d'une traite, sans laissez-passer. On peut toujours essayer.

Le panneau qui annonçait la bifurcation pour Blouberg passa comme un éclair, barbouillé de peinture jaune. Bernard ralentit, mais une fois sur la bretelle de sortie de l'autoroute, il tourna à gauche.

— Je ne pense pas qu'on puisse s'évader aussi facilement, dit-il. D'ailleurs, s'évade-t-on vraiment ?

— Il ne faut pas voir ça en termes d'évasion. Tu prends une décision, et tu choisis une possibilité parmi d'autres, toutes aussi valables.

Bernard ne répondit pas tout de suite.

— C'était une idée idiote de ma part, dit-il. Peut-être que tu ne devrais pas me prendre trop au sérieux aujourd'hui, juste faire une petite balade avec moi en essayant de me supporter.

Ils roulèrent en silence, traversèrent la zone industrielle et arrivèrent en vue des faubourgs. Les signes d'abandon et de délabrement étaient moins visibles, il y avait moins de slogans sur les murs et on avait moins l'impression d'être surveillé, même si on apercevait de temps à autre un camion militaire avec quelques soldats sur un terrain vague ou une aire de jeux. Les maisons étaient dissimulées derrière des murs en béton et l'on ne voyait pas un piéton à la ronde. Le jour baissait, comme s'ils émergeaient soudain d'une forteresse entourée de murailles ; les bâtiments firent place aux marécages, puis à la plage. La lumière, laiteuse et translucide, éclairait la surface brillante des eaux – les marais, la lagune et la mer ; soudain, la lueur trouble de l'après-midi s'emplit d'une lumière blafarde.

Ils s'arrêtèrent sur le parc de stationnement qui surplombait l'océan et descendirent en silence vers la plage. En cet après-midi de semaine pluvieux la plage était déserte et ils ne croisèrent que de rares promeneurs, parmi lesquels un couple de jeunes gens exubérants, enlacés, marchant contre le vent qui plaquait la grande écharpe de la fille sur le visage de son compagnon à la manière d'un masque, le tissu doux et souple épousant le dessin des arcades sourcilières, des orbites et des pommettes. En riant, le garçon essayait de se libérer de cette étoffe collante, ondoyante, et près de lui, la fille, qui riait aussi, leva les yeux vers lui, les cheveux en bataille, sans s'apercevoir de la présence des deux hommes tandis que le vent emportait leurs cris.

J'ai perdu Bernard, pensa Adriaan tandis qu'ils longeaient l'océan, s'éloignant de plus en plus du parc de stationnement et des rires des deux jeunes amoureux blottis dans les bras l'un de l'autre pour s'abriter du vent ; depuis qu'ils s'étaient rencontrés par hasard dans la rue, Bernard tentait de le fuir, malgré son apparente familiarité, et, même s'il ne vivait pas ce retrait inhabituel comme un rejet, il était pourtant bien réel. Bernard et lui se connaissaient suffisamment pour rester silencieux, et, pendant toutes ces années, il leur était arrivé de partager de longs moments de silence, lors de randonnées pédestres, de sorties à moto, de voyages… La seule différence, cet après-midi-là, était que tous deux savaient que le silence de Bernard prenait sa source dans quelque chose d'inexpliqué et peut-être d'inexplicable, comme une détresse secrète dont il était incapable de déceler la cause. Plus tard, ils parleraient de nouveau, lorsqu'ils retrouveraient enfin les mots et que la parole serait redevenue possible ; quant à l'indicible, ils l'assimileraient et tâcheraient peut-être de l'exprimer autrement que par des mots. Il savait toutefois, avec une certitude inébranlable, dans ce silence, qu'il avait perdu Bernard, et que, lorsque ce dernier émergerait de ce silence et reviendrait vers lui, tout serait différent et ils devraient tout reprendre à partir de zéro. Ils se taisaient, et attendaient.

Au cours de leur promenade au bord de l'eau, ils virent la ville disparaître à l'horizon, et seuls les contours des montagnes de la péninsule qui perçaient au loin la brume hivernale en rappelaient l'existence ; l'horizon était noyé dans le brouillard, et la lumière grise se fondait dans le gris de la mer, interrompue seulement par la large bande de sable blanc qui scintillait devant eux sous la marée.

Après avoir marché longtemps en silence, ils s'arrêtèrent sans que ni l'un ni l'autre eût prononcé le moindre mot, comme s'ils avaient atteint le but de leur excursion. Ils n'avaient plus croisé personne, et le couple qu'ils avaient rencontré était si loin à présent qu'ils ne distinguaient plus guère, flottant au gré du vent, que la grande écharpe rouge de la jeune fille. Soudain soulagé, Adriaan s'aperçut qu'il pouvait parler, qu'il pouvait y aller, mais qu'il n'arrivait pas à trouver les mots capables de rivaliser avec le vent et les cris des mouettes. Il doit bien y avoir des mots quelque part, se dit-il, sans savoir cependant où chercher ; finalement, ce fut Bernard qui prit la parole le premier.

— Tu te souviens de la dernière fois que nous sommes venus ensemble au bord de la mer ? demanda-t-il.

— Ça fait longtemps, non ? C'était l'été dernier…

— Tu étais venu chez nous un dimanche avec Stephan ; au bout d'un moment, après déjeuner, tu t'es éloigné, tu as marché très loin sur la plage, et tu es allé t'asseoir tout seul sur les rochers.

— Oui, dit-il, je me souviens. Qu'est-ce qui te fait penser à ça ?

— Je ne sais pas, comme ça, pour rien. Soudain je me suis souvenu que tu étais allé t'asseoir là-bas seul, loin de tout, comme si tu n'étais plus avec nous, comme si tu ne voulais plus entendre parler de nous.

Il ne put s'empêcher de sourire.

— Malheureusement, j'ai bien peur d'être coutumier du fait. Tu devrais être habitué, depuis le temps.

Ils contemplèrent la baie en silence.

— Et puis, au bout d'un moment, tu es venu me rejoindre.

Au souvenir de la scène, Bernard sourit lui aussi.

— Moi aussi, j'ai bien peur d'être « coutumier du fait », dit-il. J'ai de la bonne volonté et des bonnes intentions à revendre, mais en revanche, pour ce qui est de la sensibilité, du tact… Toi aussi, tu devrais être habitué. Tu aurais préféré que je te laisse tranquille ?

Il se souvint du grondement des vagues contre la falaise derrière lui, de la longue plage de sable blanc, des gens qu'il apercevait au loin, de l'éclat de la robe de Marisa et de Bernard, qui s'avançait vers lui sur le sable resplendissant.

— Tu n'as rien dit, poursuivit Bernard, l'air pensif ; tout à coup, j'ai eu le sentiment que ma gentillesse était peut-être déplacée, que je n'aurais peut-être pas dû venir te rejoindre. Je me suis assis près de toi et nous sommes restés comme ça un bon moment, sans parler.

Il se souvint de ce grondement sourd dans la chaleur de l'après-midi, du soleil qui se reflétait avec violence sur le sable et sur l'eau et qui aveuglait le regard. Il songea qu'on ne pouvait pas ramasser les mots comme on ramasse les coquillages, qu'il fallait prendre le temps de les chercher, seul, qu'on ne les trouvait qu'au prix de beaucoup d'efforts, beaucoup de silence et de concentration, qu'il fallait se pencher, tâtonner, fixer du regard, en rejeter un ici, un là. Il pensa avec amertume que, maintenant qu'il lui était possible de parler, il n'était plus possible de dire quoi que ce fût. Il se souvint du silence de la maison tournée vers sa cour intérieure, du papier blanc sous ses doigts à la lumière de la lampe. Il lui fallait essayer, retourner s'asseoir, attendre, attendre encore. Alors peut-être… Puis il se rendit compte que Bernard, près de lui, espérait toujours une réponse, une réaction ; pris d'une impulsion soudaine, il se retourna, tendit le bras dans sa direction comme pour l'attirer vers lui, et Bernard s'approcha, riant de le voir si distrait.

— Tu es coutumier du fait, comme tu dis si bien, le taquina-t-il. Aujourd'hui aussi, tes pensées sont ailleurs.

Il força son esprit à revenir de ses vagabondages. Bernard lui parlait de ce dimanche après-midi d'été, de la mer qui étincelait, de la lumière aveuglante du soleil sur le sable et des enfants qui filaient comme des flèches enflammées sur le sable blanc, d'une autre vie dans un autre pays, ce jour où il était allé s'asseoir tout seul sur les rochers, en plein soleil.

— C'est là que j'ai compris que tout était fini entre Stephan et moi, dit-il lentement. Ou plutôt non, pas vraiment fini, mais que ça n'avait jamais commencé, qu'il n'y avait jamais rien eu de viable, que pendant des mois j'avais vécu sur des vœux pieux, des illusions. Quelque part, je devais le savoir depuis toujours, même si je me refusais à l'admettre, mais cet après-midi-là, chez vous, après ce déjeuner en votre compagnie, tout est devenu clair, je ne pouvais plus tenter d'y échapper. Alors je me suis éloigné, simplement, parce que vous étiez là tous ensemble et que je ne pouvais pas partager cette intimité, j'avais besoin d'être seul pour accepter ce qui venait d'arriver, pour en assumer toutes les conséquences.

Il regarda le sable gris et mouillé devant ses pieds, l'eau grise clapotant au milieu des rochers et, dans les étangs, les plantes aquatiques qui se balançaient.

— J'espérais que Stephan me suivrait, dit-il en baissant la voix, j'espérais un signe qui me dirait que je m'étais trompé, qu'on pourrait sauver les apparences. Il n'est pas venu.

— Je suis désolé, dit Bernard après un moment. J'aimais bien Stephan, tu sais ? J'espérais – hmmm, comment dire ? – j'espérais que vous arriveriez à vous mettre d'accord, que vous trouveriez une solution, quelque chose à partager ensemble, j'espérais que tu serais heureux. J'ai cru que vous y étiez parvenus.

— Je comprends. Même moi, pendant quelque temps, j'ai réussi à me persuader que c'était possible.

— Je suis désolé, comme je t'ai dit.

— Ce n'est pas la peine. Cela ne fait rien ; c'est du passé, c'est fini. La preuve, j'arrive même à en parler.

Il leva les yeux et vit que Bernard n'était pas convaincu. Dans quelle mesure, se demanda-t-il, dans quelle mesure Bernard, dans son ignorance, son innocence, avec sa franchise, son honnêteté et ses bonnes intentions, comprenait-il quelque chose à tout cela ? Et pourtant, il l'avait étonné plus d'une fois par sa capacité de compréhension.

— Je pensais… commença Bernard presque pour lui-même, souriant toujours à l'évocation de cet après-midi d'été. Lorsque tu étais là-bas, assis tout seul sur les rochers, lorsque je suis venu te rejoindre pour te tenir compagnie et bavarder un peu – comment t'expliquer ? Ce que je pouvais être jeune et naïf à l'époque, quand j'y pense, même si cela ne fait que six mois ! Je pensais qu'en parlant à quelqu'un on pouvait lui remonter le moral, qu'on pouvait aider l'autre. De nous deux, tu as toujours été le plus intelligent. Tu es parti parce que tu voulais être seul, et en fin de compte il n'y a rien d'autre à faire, pas vrai ? Se retirer, rester dans son coin et attendre que ça passe.

Le vent dispersait les nuages, les chassait de la baie, par-dessus les sommets des montagnes ; le ciel, bas et lourd, écrasait la ville. La lumière terne et plombée allait et venait au gré du vent, redevint blafarde, puis terne, puis brillante de nouveau, et soudain le soleil perçait, invisible entre deux nuages ; la lumière, aussi tranchante qu'un coup de couteau, déchira l'horizon au-dessus de la baie et de la ville, s'intensifia et disparut une fois encore. Bernard fit demi-tour et se dirigea vers le parking sans rien voir de cette brève illumination ; cet instant fut si éphémère qu'Adriaan, les yeux encore aveuglés par l'éclat de la lumière, doutait déjà de la réalité de cette perception quasi subliminale. Sans voir où il allait, il suivit Bernard sur le sable au-dessus de la ligne de la marée, revit la mer grise et, dans le lointain, la péninsule voilée par le brouillard.

Il pressa le pas pour rattraper Bernard et pendant un moment ils marchèrent à quelque distance l'un de l'autre.

— J'ai attendu que Stephan vienne me rejoindre, dit-il soudain, ses pensées de nouveau absorbées par le souvenir de cet après-midi d'été ; j'ai vraiment espéré qu'il viendrait. Je suis content que ce soit toi qui sois venu. C'est mieux ainsi, c'est bien.

Ils avaient le vent de face, et Bernard, tête rentrée dans les épaules, mains dans les poches, fit mine de n'avoir rien entendu.

— Tu n'aurais pas envie d'aller dîner dehors, ce soir ?

Bernard avait posé la question d'un ton hésitant, comme s'il s'attendait à un refus, comme s'il l'espérait même ; aussi, lorsque Adriaan déclina l'offre, il n'essaya pas de le dissuader.

Contournant les banlieues, ils pénétrèrent en ville en laissant derrière eux des maisons aux fenêtres sans vitres barricadées de planches, des immeubles abandonnés, des bâtiments incendiés, une ville fantôme peuplée de réfugiés et de sans-abri parqués derrière des barbelés, une ville irréelle dans laquelle les gens erraient sous la surveillance de véhicules de l'armée et de miradors. Il avait envie d'être seul. Ses yeux étaient encore anesthésiés par la soudaine lumière qui lui avait frappé la rétine ; il savait que quelque chose était en train de naître, et cela le réconforta. Plus rien d'autre n'avait d'importance.

Pendant des journées entières l'armée avait planifié l'évacuation de la ville, mais les habitants n'étaient au courant de rien. Certes, l'arrivée de tous ces réfugiés les avait bien un peu perturbés : les premiers étaient arrivés en train, dans des convois de plus en plus bondés, puis, au fur et à mesure de la désorganisation du trafic ferroviaire, en voiture, puis en camion ; ensuite, l'essence venant à manquer, ils s'entassèrent sur des charrettes et des voitures à bras avec leurs maigres possessions et, pour finir, ils arrivèrent à pied, avec leurs valises, leurs sacs à dos et leurs baluchons. Leur nombre ne cessait de croître, et ils déferlaient sur la ville en apportant leur inquiétude, leurs peurs et leurs récits d'atrocités lointaines ; les atrocités qu'ils racontaient restaient toutefois lointaines et n'avaient aucune réalité pour ceux qui les entendaient. Comme des pigeons que l'on chasse, ils tournaient en rond, se calmaient un instant, puis virevoltaient de nouveau sans but. Leur pas lourd et le cliquetis de leurs charrettes sur les pavés résonnaient dans les rues entre les maisons.

Puis les véhicules militaires, d'un marron triste, se frayèrent tant bien que mal un chemin parmi la foule : certains étaient recouverts de bâches qui en dissimulaient la cargaison ; dans d'autres, sous ces bâches, on voyait les visages blêmes des soldats dans la lumière du crépuscule. Au passage du véhicule qui roulait en tête du convoi les gens se rangeaient doucement sur les bas-côtés, et le long cortège suivait, pare-chocs contre pare-chocs, plaquait les réfugiés avec leurs bagages contre les murs des maisons de chaque côté de la rue. Eux, sans lever les yeux, continuaient leur chemin à la même allure que le convoi qui, à un train d'escargot, tentait de traverser la foule ; lentement, cette masse humaine composée de soldats et de civils réussit ainsi à sortir de la ville. Ce ne fut qu'une fois arrivé dans les faubourgs que le convoi réussit à prendre un peu de vitesse, mais le mauvais état des routes, qui avaient souffert de l'hiver et ralentissaient leur progression, les secouait et les brinquebalait dans les ornières et dans la boue, et ce ne fut que petit à petit que la longue file de véhicules lourdement chargés réussit à se libérer des piétons qui se refermaient sur eux comme une rivière, avec leurs baluchons, leurs valises, leurs poussettes et leurs voitures à bras, un flot trouble qui, d'un mur à l'autre, entre les haies dénudées, prenait toute la largeur de la route. En ville, on avait ouvert en grand les grilles des casernes pour bien montrer les cours désertes, et l'entrée du quartier général de l'armée n'était pas gardée, bien que le drapeau flottât encore à son mât. Ce n'est qu'alors, en voyant l'ouverture béante de la porte et les fenêtres sombres, dans le silence qui avait succédé au vacarme des véhicules et aux pas traînants des piétons, que les habitants comprirent qu'on les avait livrés à l'ennemi.

À cette époque, les trains, comme les autobus, avaient cessé de circuler. Les magasins étaient fermés depuis longtemps déjà car il n'y avait plus rien à vendre, et les paysans ne venaient plus au marché. Seuls l'activité des militaires et le flot lent mais continu des réfugiés avaient donné à la ville un semblant de vie au cours des dernières semaines ; lorsqu'ils disparurent, ils laissèrent derrière eux une ville aux rues abandonnées, la place de l'église, la place du marché, la vaste place de la caserne, les quais de gare, et les rails étincelants, jamais utilisés, ne servaient plus à rien, comme les vestiges d'une civilisation disparue.

C'est alors que soudain, dans le silence, une cloche retentit avec un tintement pressé, métallique, comme si quelqu'un tentait de donner l'alarme, et l'une après l'autre toutes les cloches de la ville se déclenchèrent et sonnèrent à l'unisson en un vacarme assourdissant au-dessus des toits de la ville : effrayés, les pigeons s'égaillèrent en hâte et fuirent la ville à tire-d'aile, symbolisant et grossissant l'inquiétude de cette journée. Au fur et à mesure que le carillon anarchique des cloches des églises prenait le dessus dans le vacarme ambiant et recouvrait le tintement des cloches moins importantes, le ton pressant de l'alarme finit par se calmer. Ce n'était plus en signe d'avertissement et de mobilisation que toutes les cloches et tous les carillons de la ville résonnaient, mais pour protester contre la chute de la ville et contre sa proche reddition, comme si la ville, soudain dotée d'une langue, voulait faire retentir son cri dans le vaste paysage d'hiver. Pour ceux que l'on avait ainsi abandonnés à leur sort, il ne restait plus rien d'autre à faire que de carillonner dans tout le pays aussi longtemps qu'ils en seraient capables.

Le convoi militaire s'éloignait à l'horizon, déjà trop loin pour entendre les cloches qui sonnaient à la volée. Les réfugiés, dont le flot s'écoulait lentement le long des routes, l'entendirent, mais n'y prêtèrent pas attention ; pas un ne s'était retourné tandis qu'ils avançaient péniblement avec leurs valises et leurs paquets, trop préoccupés par leur propre survie pour se soucier encore du sort des autres, et c'est à peine s'ils remarquèrent le bruit qui mourait au loin sous l'effet du vent qui tournait, ou simplement parce que les cloches s'étaient tues.

Une véritable marée humaine se déplaçait entre les haies dénudées, personne ne regardait son voisin, personne ne disait mot, et au fur et à mesure que le jour d'hiver touchait à sa fin, ils avançaient dans la pénombre en trébuchant presque mécaniquement, suivant ceux qui marchaient devant eux. Ils s'étaient sauvés, et la ville qu'ils avaient laissée derrière eux n'était plus qu'une lueur terne qui se reflétait dans le ciel couvert. Rares étaient ceux, dans ce cortège interminable, qui avaient regardé en arrière et compris que cette lueur rougeoyante contre les nuages n'était pas due aux lumières de la ville mais au reflet des incendies qui brûlaient à l'horizon.

Viens avec moi dans la maison déserte abandonnée par ses habitants. Personne pour nous en interdire l'accès ; l'allée bordée de tilleuls nous attend et nous conduit jusqu'à la porte restée entrouverte comme si, dans leur fuite, ils n'avaient pas eu le temps de la tirer derrière eux, encore moins de la fermer à clef. À moins qu'ils n'aient compris que les clefs, les serrures et les verrous avaient perdu toute signification ; ils étaient partis, tout simplement, abandonnant la maison à son sort.

Plus personne pour nous entendre, personne pour nous épier. Nous pourrons faire craquer les planchers sans devoir assourdir nos pas, effleurer les touches des pianos, laisser tomber un livre à terre ou renverser une lampe sans crainte d'être trahis. Profitons de ces jours de liberté, courons à travers les pièces vides baignées par la lumière de l'hiver, étreignons-nous devant les fenêtres : personne ne peut nous voir, et on a même décroché les portraits de famille ; sur les murs, des traces rectangulaires montrent encore leur place. Gravissons l'escalier, main dans la main, allons voir les pièces dans les étages, examinons les chambres à coucher dont les rideaux tirés laissent entrer la lumière du jour et inondent les pièces d'une pâle clarté. On a roulé les matelas et plus personne ne reviendra dormir ici ; la maison nous appartient, et nous pouvons choisir le lieu où nous passerons la nuit blottis dans les bras l'un de l'autre. À la lueur vacillante d'une chandelle nous nous regarderons dans les yeux, sans chercher nos mots, sans même avoir besoin de mots ; lorsque la bougie sera sur le point de s'éteindre, nous nous endormirons à l'endroit où nous nous serons allongés, et lorsque en pleine nuit nous nous réveillerons, ce sera dans cette étreinte ; forts de cette certitude inébranlable, nous écouterons le grondement du vent qui se lèvera dans les branches des arbres dénudés qui entourent la maison.

Les habitants de la maison n'étaient pas les seuls à être partis en entassant dans des voitures tout ce qu'ils pouvaient sauver ; les employés de maison, les ouvriers, les locataires, les paysans avaient fait de même, et personne ne vient déranger ce silence. Parfois, lorsque le vent change de direction, on entend au loin le grondement sourd des voitures ; au-delà des troncs marqués de blanc des arbres alentour, là où la route passe entre les haies, on voit briller soudain la couleur d'une casquette ou d'une écharpe parmi les flots des réfugiés. Peut-être y a-t-il quelqu'un dans la foule qui quitte un instant la route en direction de la forêt, peut-être y a-t-il quelqu'un parmi eux qui n'arrive pas à suivre et qui se faufile entre les arbres où la neige n'a pas encore fondu et rampe pour mourir, ou quelqu'un de trop faible pour continuer et que l'on doit abandonner – la forêt est assez grande pour les accueillir et les cacher tous. Personne ne vient visiter la maison, et ce flot lointain s'écoule sans un bruit au-delà des arbres, sans nous atteindre.

Le ciel se dégage et parfois le soleil blafard perce et inonde la maison de lumière ; tels des nageurs nous nous mouvons à travers les pièces étincelantes. Dans les endroits abrités la neige est encore là, mais dans les bois les primevères sont déjà en fleur. Les nuits sont calmes, et le matin, lorsque les premiers reflets d'argent éclairent la vitre, les branches bruissent du chant des oiseaux. Blotti dans tes bras, allongé, j'écoute ton souffle régulier dans mon oreille, ton haleine contre ma joue.

Nos journées radieuses, cependant, sont menacées, aussi instables que la lumière du soleil flottante et incertaine qui tout à coup peut s'obscurcir. La pluie tambourine contre les vitres et le ciel d'hiver écrase les arbres agités. Le vrombissement des moteurs se rapproche, et les avions volent en rase-mottes comme s'ils cherchaient une proie le long des routes. Quelque part, au loin, au-delà des arbres et des champs, l'on entend le crépitement d'une mitrailleuse ; puis le calme revient.

Notre bonheur est menacé et commence déjà à nous filer entre les doigts. Nous sommes allongés l'un à côté de l'autre, éveillés, sans parler ; nos hanches et nos épaules se touchent à peine. Ta main est mollement posée sur mon corps, comme si tu avais déjà entrepris de t'éloigner de moi et que je fusse incapable de te retenir. Une chouette crie dans la forêt, dans les fourrés un renard glapit dans un piège, et nous, allongés dans la maison vide, nous écoutons, soudain conscients du craquement d'un gond, d'une lame du plancher, de la pluie qui tombe goutte à goutte à travers un trou laissé par une tuile emportée par le vent. Tout est fini, et nous nous détournons l'un de l'autre comme pour nous dire adieu. Un volet que l'on a oublié de fermer bat au gré du vent et claque tantôt contre le mur, tantôt contre la fenêtre ; au grenier, la violence des tempêtes de l'hiver a brisé les vitres, de sorte que le verre fin des vieux carreaux s'est brisé en mille morceaux. Il n'y a personne pour fermer le volet, personne pour monter au grenier réparer la fenêtre cassée. La pluie s'engouffre à l'intérieur de la maison, et les pigeons s'introduisent pour y chercher refuge et faire leurs premiers nids entre les poutres. Dans le calme de la maison abandonnée on entend des bruits d'ailes et des roucoulements qui augmentent ; personne ne les chassant, ils prennent possession de la maison sans s'occuper de nous.

Puis un jour quelque chose bouge le long des troncs argentés immobiles dans le bois ; ce sont des soldats dans leurs manteaux d'hiver, un ici, un autre là, prudemment, l'arme à la main, qui progressent entre les arbres en direction de la maison pour l'encercler. Dans la maison vide, dans les grandes pièces baignées de lumière, nous les regardons par les grandes fenêtres s'approcher en s'abritant derrière les arbres et s'immobiliser un instant à la lisière du jardin.

Il s'était réveillé sans raison, mais pas suffisamment pour envisager d'allumer la lumière, et encore moins de se lever ; il resta immobile, les yeux clos, espérant se rendormir sans tarder. Il savait toutefois par expérience que ce ne serait pas le cas, et qu'il était condamné à rester là, dans cet état trompeur entre la veille et le sommeil, lorsque la conscience flotte entre le souvenir et le rêve sans que la volonté puisse contrôler ni se protéger contre les images, les expressions et les pensées qui le traversent, le parcourent, dans le désordre et malgré lui.

Il se souvint de sa promenade avec Bernard, de la plage luisante et de l'illumination soudaine de la ville au loin, et ce fut comme si la lumière crevait l'obscurité devant ses yeux, lui brûlant la rétine. Certes, la vie est faite d'éclairs, de lueurs, de visions fugitives, mais quelle était la signification de cet instant d'éblouissement, et pourquoi était-il resté gravé dans sa mémoire au point de le priver de sommeil et de le mettre mal à l'aise à cette heure matinale ? Il vit le rocher inondé de soleil et le sable blanc qui étincelait dans la chaleur, et tenta de se rappeler qui était venu vers lui sur la plage. Désormais il faisait sombre, et s'il ouvrait les yeux il ne verrait même pas la lueur des reflets. Il était seul dans ce lit, dans cette pièce, dans cette maison. S'il ouvrait les yeux, il ne verrait que l'obscurité, et, s'il criait, personne ne l'entendrait. Couche après couche, la ville endormie se déployait devant lui avec ses rues désertes, ses bâtiments désaffectés et son silence absolu. Que s'était-il donc passé pour que le silence se transformât en menace et que l'on en fût réduit à se demander ce qu'il taisait, ce qu'il cachait ?

Il tendit le bras, sentit que le lit était vide ; gardant les yeux fermés, il revit les rochers dans la lumière du soleil et le scintillement des vagues, et cet instant magique lorsque le soleil avait éclairé la ville à travers les nuages. Ce souvenir lui apporta une consolation étrange, et il s'efforça de le conserver dans ses pensées afin de garder à distance d'autres pensées, d'autres images. Il sut que quelque chose était en train de se passer, de manière si profonde, si intuitive qu'il n'arrivait pas à l'exprimer par des mots. C'était comme des palpitations, monotones, irrégulières, si lointaines qu'elles en étaient inaudibles et presque impossibles à sentir, comme un battement de cœur hésitant entre la vie et la mort. Plus tard, elles s'amplifieraient et battraient de manière plus régulière, à son rythme – d'abord viendrait le rythme, ensuite seulement les mots ; mais pour le moment, il ne pouvait que rester là immobile, à attendre de se rendormir, sans pouvoir contrôler le processus qui s'était remis en route en lui. Il sut qu'il recommencerait à écrire ; d'abord le rythme, puis les mots, d'abord l'expérience, puis le rythme, puis les mots, et finalement il pourrait les coucher sur le papier, alors ce serait comme une sorte d'exorcisme, une libération. La seule chose qu'il fût capable de faire était d'attendre, immobile dans l'obscurité, et de garder les yeux fermés, rassuré par le battement faible de son pouls redevenu de nouveau perceptible.

Il songea qu'il devrait finir le tri du legs au musée, terminer l'inventaire, compléter les cartes et les étiquettes du catalogue, de sorte que tout puisse être rangé en lieu sûr. Il lui fallait aussi remplir une demande de congé pour son voyage avec Bernard, et téléphoner à Dekker pour le prévenir de leur arrivée. Il fallait qu'il se libère. La consolation venait toujours, pensa-t-il, bon gré mal gré ; à chaque fois, l'on découvrait que quelque chose avait survécu au milieu des ruines et des épaves, même si c'était rarement ce à quoi on s'attendait, et jamais ce que l'on espérait. Il écrirait de nouveau, et la maigre consolation que lui procurait cette certitude lui permettrait d'aller de l'avant.

Allongé dans l'obscurité, il regardait droit devant lui, désespérant de retrouver le sommeil ; la nuit pesait sur lui d'un poids de plus en plus lourd, et seul ce pouls monotone qui courait comme une fine veine à travers le silence et l'obscurité ambiante lui redonnait espoir. Il attendit, tout en sachant qu'il ne se rendormirait pas de sitôt, et comprit que ce n'était plus ce battement irrégulier et rassurant qu'il écoutait, mais qu'il était en train d'essayer de toutes ses forces de capter un son dans le grand silence environnant. Le hurlement des sirènes dans les rues, le cri soudain, le malheur ou la violence, étaient au moins manifestes. Lorsque tout est calme, tout, absolument tout est possible dans ce silence, n'importe quelle horreur peut prendre forme.

Il força ses pensées à revenir vers la lumière du soleil qui glissait sur la baie, vers le large mouvement de la vague sur la plage étincelante, força ses pensées à s'immobiliser là. L'eau tourbillonna et vira devant ses yeux, la vague reflua et fut troublée par le sable ; incapable de fixer son attention, il vit le rocher dans la lumière du soleil et la plage déserte, étendit la main dans le lit vide, et sentit une fois de plus, seul dans la nuit, la terreur qui momentanément avait cédé la place. Impossible de fuir, pensa-t-il tristement, impossible d'oublier comme on tire les rideaux pour exclure la nuit. La réalité est toujours là, comme le rocher au bord de l'eau où la marée refluait dans l'obscurité, comme les rues désertes dans la ville, comme les fenêtres obscurcies. L'ampoule électrique nue brûlait encore impitoyablement au fond des longs couloirs, derrière les portes d'acier, dans les profondeurs du bâtiment où la lumière était invisible à tous et où tous les bruits étaient étouffés. L'ampoule impitoyable brûlait encore, roussissant l'image de sa lumière dans la rétine.

Ça ne m'arrivera pas, pas à moi, pensaient-ils. L'homme en costume sombre avec sa mallette, arrêté dans une rafle en pleine rue, la femme à la valise violée dans le train, cette autre femme courant dans la rue parmi les ruines de la ville en flammes ; ces choses-là n'arrivent qu'aux autres, on lit ça dans les journaux. Pas à moi ! cria l'homme en s'abattant sur le sol comme un oiseau, visage ensanglanté, bras et jambes écartés. Pas à moi ! croyaient-ils tous dur comme fer ; et pourtant ça leur est arrivé à eux aussi, comme aux autres. Ce n'est que dans la douleur, avec difficulté, que nous apprîmes cette sagesse.

VI

Comme c'était à prévoir, l'obtention des laissez-passer et des autorisations nécessaires au voyage posa des problèmes de dernière minute. Bernard, toutefois, fit preuve d'un zèle inattendu ; grâce aux contacts personnels qu'il avait établis depuis des années pour son journal – secrétaires de ministères, responsables militaires – et peut-être aussi à une certaine imprécision quant au but véritable de leur expédition, il réussit à se procurer tous les documents dont ils avaient besoin.

La perspective de cette excursion l'avait tiré de l'apathie qui le rongeait depuis une semaine ou deux et il semblait s'en faire une telle joie qu'Adriaan, se sentant coupable de manquer d'enthousiasme, en était presque mal à l'aise. Plus ils approchaient du but, plus Adriaan prenait conscience qu'il s'invitait, pour ainsi dire, chez quelqu'un qu'il connaissait à peine et qui, même en mettant les choses au mieux, n'avait pas la réputation d'être particulièrement accueillant envers les visiteurs ; le tout sous un prétexte spécieux – la feuille de chou de Dewald, un projet mort-né qui ne l'intéressait pas lui-même. Il se demanda ce qui le poussait à y aller malgré tout. Était-ce pour pouvoir se dire un jour qu'il avait rencontré le vieil homme ? Quelle satisfaction cette visite à Dekker lui procurerait-elle qu'il n'eût pas déjà éprouvée à la lecture de ses poèmes, qu'il connaissait d'ailleurs fort bien ? Ou bien était-ce par pure curiosité, comme un touriste qui n'imagine pas de passer à côté d'un monument historique sans en faire une étape obligée ? À moins que ce ne fût l'attrait d'une brève escapade loin de la ville ? Dans la voiture, assis à côté de Bernard, il contemplait les passages à niveau, les épaves de voitures et les feux de signalisation barbouillés de peinture qui défilaient à toute allure. Peut-être était-ce, tout simplement, le désir de partager une dernière fois quelque chose avec Bernard, de passer un jour ou deux avec lui, dans une intimité qui conserverait les apparences de la réalité au moins jusqu'à ce que chacun reprenne sa vie.

— Tu l'as déjà rencontré ? demanda-t-il tout à coup, sans expliciter le cours de ses pensées.

Bernard avait depuis longtemps déjà l'habitude de ces conversations elliptiques.

— Dekker, tu veux dire ? Oui, il y a des années, lors d'une réception. À l'époque, je n'étais qu'un petit jeunot présomptueux qui débutait dans le journalisme. Dekker habitait encore en ville et allait parfois à des soirées. Je suis curieux de voir de quoi il a l'air, depuis tout ce temps.

— Prépare-toi au pire, dit Adriaan prudemment, pressentant des problèmes auxquels il n'avait jusqu'ici accordé aucune attention.

Bernard eut un petit rire.

— Ne t'en fais pas. Je connais sa réputation !

— Je ne suis même pas sûr qu'il ait compris que je venais accompagné, poursuivit Adriaan.

Bernard rit de nouveau.

— Ne t'inquiète pas, me voilà prévenu ; si j'étais du genre susceptible, je n'aurais pas choisi ce métier. Bien sûr, cela me ferait plaisir de le revoir, et si possible d'échanger quelques mots avec lui, mais je ne me fais aucune illusion – rien ne l'oblige à me recevoir, après tout. C'est toi qui lui rends visite, pas moi, ajouta-t-il d'un ton détaché. Moi, dans l'histoire, je me contente de servir de chauffeur.

— Tu veux dire que parfois tu arrives à oublier que tu es journaliste ?

— Comme toi tu arrives parfois à oublier que tu es poète, je suppose… Est-ce que ça répond à ta question ?

— Oui, mais ça ne me rassure pas, bien au contraire.

— Vois-tu, il arrive que d'autres priorités prennent le dessus – temporairement, partiellement, en tout cas. En ce qui concerne cette visite, ne t'en fais pas pour moi.

Il fixa la route. En face, il n'y avait pas une voiture.

— Au fond, tu restes quand même journaliste, malgré tout.

— Pourquoi, ça te pose un problème ? demanda Bernard – puis, sans attendre la réponse : – Bon, sans doute pas plus que moi je ne vois d'inconvénient à ce que tu sois poète, je suppose, ajouta-t-il. C'est comme ça, c'est une donnée qui fait partie de nous, de notre relation. On ne peut rien y changer, tu ne crois pas ?

— À supposer qu'on le veuille…

Sa remarque n'appelant pas de réponse, la conversation tourna court.

La circulation, sur les grands axes, avait diminué au cours des derniers mois. Par suite des dangers – réels ou supposés – les gens avaient cessé de voyager pour leur plaisir ; le transport de marchandises, du fait notamment des difficultés d'approvisionnement, marquait lui aussi le pas. De plus, les autorités faisaient tout pour décourager les voyages inutiles et pour les limiter au strict minimum. Personne ne savait exactement quels étaient ces risques, et l'on ne donnait aucune explication aux restrictions ou aux obstacles. Pendant quelque temps, en ville, des rumeurs avaient couru sur des flots de réfugiés, des personnes déplacées ou des transferts de populations qui encombraient les routes, des convois de véhicules lourdement chargés, on parlait même de piétons escortés – ou chassés ? – par des soldats en armes, mais nul ne savait en fait de quoi il retournait. Ni les journaux télévisés ni la presse écrite ne mentionnaient le phénomène, et aucune information ne permettait d'expliquer ces mouvements de masse ; dès lors, tout était resté à l'état de rumeurs, de récits grossis et amplifiés par le bouche-à-oreille, qui, comme les autres rumeurs de cette période troublée, perdirent peu à peu toute crédibilité. La route déserte, dans le demi-jour, ne trahissait rien ; de temps à autre, il apercevait par hasard, dans un buisson sur le bas-côté, un indice – un chariot de supermarché renversé, une valise bon marché, vide, dont le couvercle était partiellement arraché, un vêtement déchiré. Quant à savoir comment ces objets étaient arrivés jusque-là, et pourquoi, mystère ; ce n'étaient que des signes qu'il apercevait en un éclair au moment où la voiture les dépassait, et qui ne fournissaient aucune information sur la violence de la dépossession que leur présence en ces lieux suggérait. Ils passaient si vite, le temps dont il disposait pour les identifier était si court que pour un peu il aurait presque pu s'imaginer qu'il n'avait rien vu du tout.

Le début des rumeurs coïncida avec les premières mesures visant à limiter les déplacements ; ça, c'était du concret, aucun doute n'était permis : les laissez-passer, les autorisations, les postes de contrôle, les routes barrées par l'armée et survolées par les hélicoptères… Les rares véhicules qu'ils avaient croisés ce jour-là étaient pour l'essentiel des camions militaires ; cependant, même lorsqu'ils rattrapaient et dépassaient une voiture particulière, ils étaient sûrs de la retrouver à un barrage quelconque. On leur faisait signe de s'arrêter et on les interrogeait, parfois pendant une heure d'affilée ou davantage, tandis que des hommes en uniforme faisaient des allers et retours sans but précis et que le craquement des émetteurs-récepteurs, quelque part, conférait vaguement un air d'urgence à ce contretemps. Des soldats à l'air maussade faisaient passer leurs lourdes armes d'une main à l'autre, quelques officiers sortaient d'un hangar protégé par des clôtures de barbelés garnis de lames de rasoir et faisaient descendre les passagers afin de fouiller les véhicules et les bagages. On autorisait ensuite les automobilistes à remonter dans leur voiture, mais comme on ne leur rendait pas tout de suite les documents de voyage qu'on leur avait confisqués, ils étaient obligés de rester assis là, à attendre en silence. Sans une plainte, sans protester, ils se laissaient arrêter, regardaient les soldats indifférents à leur sort et écoutaient les messages d'urgence incompréhensibles que la radio, au loin, transmettait sans interruption. Ils n'avaient plus ni pouvoir, ni autorité, ni droits ; ils n'étaient plus que des documents portant des numéros et des tampons, que l'on se repassait de main en main et que l'on abandonnait quelque part sur un bureau.

Bernard ne disait rien ; Adriaan, face à ce silence ambivalent, choisit de se taire lui aussi, mais regarda les barbelés, les véhicules militaires et l'homme en civil qui, bras croisés, était appuyé au poteau d'une clôture, l'image des files de voitures se reflétant dans les verres de ses lunettes de soleil. Il se demanda soudain ce que pouvaient bien cacher ces lunettes. Que se passait-il dans ce pays ? On l'avait retourné comme un gant, et en un an, il était devenu méconnaissable. À qui étaient destinés ces barrages – à ceux qui cherchaient à partir, ou à ceux qui cherchaient à entrer ? Contre qui étaient pointés ces fusils ? Le visage, derrière le reflet aveugle des verres, demeurait impassible et n'apporta aucune réponse aux questions qu'il se posait.

Lentement, de mauvaise grâce, on les renvoya d'un guichet à l'autre. La carte de presse de Bernard suscitait davantage de suspicion que de compréhension. De toute évidence, seules les autorisations et les attestations qu'il avait réussi à se procurer faisaient la différence et leur permettaient de poursuivre leur route. Mettant une sourdine à sa bonne humeur initiale, il replongea dans son mutisme.

— Ça fait longtemps que je n'ai pas quitté la ville, dit-il d'un ton neutre. Ce n'est que maintenant que je m'en rends compte – et, après avoir roulé quelque temps en silence : – Beaucoup de choses ont changé, dit-il soudain, comme s'il poursuivait le cours de ses pensées.

Puis il se tut.

Ils se lancèrent à l'assaut des cols, laissèrent derrière eux les vallées humides et fertiles, les nuages bas, les menaces de pluie. Le soleil avait du mal à percer et se reflétait dans un ciel de plomb ; le paysage se faisait de plus en plus aride, de plus en plus terne, les postes de garde et les voitures de plus en plus rares. Bernard accéléra, comme si le dernier obstacle était désormais derrière eux et que la route fût grande ouverte devant eux.

— Tout est différent, dit-il après un long silence. Ce n'est qu'en arrivant à la campagne, comme maintenant, que je me rends compte à quel point je me suis encroûté en ville. Ici, on est dans un étrange pays, un pays parfaitement étranger.

Adriaan regarda le paysage changeant, les grandes montagnes brunes qui s'ouvraient sur des espaces infinis : il vit des collines rocailleuses, le lit empierré d'une rivière, le squelette blanchi d'un animal. Devant eux, toute circulation avait disparu ; il n'y avait plus que la route déserte qui filait tout droit et disparaissait à l'horizon, et le territoire inhabité de part et d'autre de la route. Des pierres noircies couvraient le versant des collines ; entre les rochers et les arbustes, des cailloux scintillaient comme du cristal sous la lumière indirecte du soleil. Ce vide, songea-t-il, était certes prometteur, mais il ne révélait rien ; le soleil perça à travers les nuages, inonda le veld, puis la route, et emplit l'espace désert qu'ils traversaient. Au-dessus de la route, derrière eux, volant à basse altitude, un hélicoptère de l'armée était suspendu sans bruit à l'horizon, seul signe de vie dans cette étendue immense, tel un oiseau de proie planant à l'horizon sur ce pays de pierre et de sable ; il disparut soudain comme il était venu, inaudible à cette distance.

— C'est bien ce qui préoccupe Dekker de plus en plus depuis qu'il s'est installé à la campagne, n'est-ce pas ? dit-il, pensant toujours à la dernière remarque de Bernard. Cette terre qui est à la fois familière tout en restant étrangère, qui prend possession de l'homme sans jamais être possédée par lui.

— Si je comprends bien, ce n'est pas ici qu'il a grandi ; la maison où il habite n'est pas vraiment une ferme familiale, même si elle a appartenu à sa famille à une certaine époque. J'ai toujours considéré que c'était un peu du cinéma, cette manière de proclamer partout son ras-le-bol de la ville après son énième mariage et de se retirer à la campagne, tel Ovide.

Adriaan rit.

— On ne peut pas vraiment dire d'Ovide qu'il s'est « retiré à la campagne », il a été banni par Auguste. En plus, à ma connaissance, Ovide n'avait pas de compagnon, à Tomes.

Bernard rit à son tour.

— Bon, d'accord ; enfin, tu vois ce que je veux dire. Mais quand même, après toutes ces années, j'ai gardé le souvenir d'un garçon plutôt extraverti, toujours très conscient de l'image qu'il donne de lui-même et de l'effet de ses gestes sur son entourage.

— Ça peut avoir son utilité pour tenir les gens à distance et préserver son intimité. Et puis, si ce n'était qu'une pose, crois-tu vraiment qu'il serait resté isolé ici pendant vingt ans, tout seul qui plus est, depuis la mort d'Ileana ?

— Je suppose qu'il arrive un moment où l'on est tellement prisonnier des circonstances que l'on n'a plus la liberté de prendre soi-même ses décisions, même si on le souhaite ; un moment où l'on comprend que la décision a déjà été prise il y a longtemps et qu'elle est irréversible, même si on ne s'en est pas rendu compte à l'époque. Peut-être croit-il qu'il est là depuis trop longtemps pour partir. À moins, tout simplement, qu'il n'en ait plus le courage, ni la volonté.

— En tout cas, si c'est à la suite d'une erreur qu'il a atterri là et qu'il y est resté, c'est une erreur fructueuse. C'est quand même ici, à la campagne, qu'il a écrit les poèmes de ses quatre derniers recueils, autrement dit le meilleur de son œuvre. Quelle importance de savoir pour quelle raison il est arrivé là, et pourquoi il y est resté ? C'est le résultat qui compte.

— Tu vois la vie avec des yeux de poète, dit Bernard, et moi avec des yeux de journaliste – nous en sommes au même point que ce matin. Moi, je m'intéresse davantage aux faits, ou en tout cas à ce que je crois être les faits, qu'à ce qu'ils signifient ; pour toi, en revanche, les faits sont le fruit du hasard et ce qui t'intéresse, c'est plutôt leur signification. Autant dire qu'après toutes ces années nous sommes toujours irréconciliables.

— Pourtant, je t'aime bien, dit Adriaan.

Il avait dit cela sans réfléchir, et il était trop tard pour rattraper les mots. Pendant un instant tous deux gardèrent le silence. Il y a des choses qu'on ne dit pas, pensa-t-il, même lorsqu'on trouve les mots pour les dire, il y a des choses que l'on n'exprime pas par des paroles, des mots que l'on ne prononce pas, même quand on se connaît très bien.

— Moi aussi, je t'aime bien, dit Bernard doucement.

Après ces mots, ils firent silence.

Ils bifurquèrent et quittèrent la nationale. Bernard avait apporté une carte routière car, depuis qu'ils étaient sortis des faubourgs, ils n'avaient plus vu le moindre panneau indicateur. Même les pancartes indiquant les noms des rares fermes devant lesquelles ils passaient avaient disparu. Les petites routes étaient encore plus mal entretenues que les vieilles autoroutes qu'ils avaient empruntées jusque-là : crevasses, fissures, nids-de-poule jamais réparés y abondaient, et dans les craquelures du bitume les mauvaises herbes s'enracinaient, comme si le veld environnant avait déjà repris ses droits, éradiquant les rares signes de civilisation qui s'étaient aventurés jusqu'en ces lieux. La route grimpait à l'assaut de la montagne et, une fois arrivée au sommet, rectiligne et vide, elle traversait le plateau. Ils roulaient depuis plusieurs heures déjà lorsqu'ils aperçurent au loin le village : le soleil s'était levé et brillait dans un ciel sans nuage, de sorte que les toits, au loin, scintillaient entre les arbres tout autour du clocher de l'église.

Ils virent des maisons tout au fond des jardins, des arbres fruitiers, des éoliennes, quelques magasins, une voiture isolée dans la poussière blanche d'une rue.

— Et maintenant, où allons-nous ? demanda Bernard.

— À l'hôtel. J'ai prévenu Dekker que nous arriverions en fin d'après-midi. Dans sa lettre, il me propose de dîner chez lui, mais pas de m'héberger.

Le hall de l'hôtel était désert et il suffisait de jeter un coup d'œil au registre ouvert sur le comptoir de la réception pour s'apercevoir que personne n'avait séjourné là depuis des mois. Le salon plongé dans l'obscurité et le bar, de l'autre côté, étaient eux aussi déserts ; personne ne répondit à leur coup de sonnette.

Tout au bout d'un couloir, une porte s'ouvrit et une femme métisse passa la tête par l'entrebâillement ; elle les observa sans manifester ni curiosité ni marque d'intérêt, comme si leur arrivée était un phénomène qui ne la touchait en rien. C'est vraiment un pays étrange, songea Adriaan, un autre monde ; il observa la scène de loin, avec un mélange de répulsion et de fascination. Dehors, dans la lumière aveuglante du soleil, il vit passer un groupe d'hommes à pied – tous des métis – puis une voiture ; un Blanc d'un certain âge, vêtu de kaki, longea la façade de l'hôtel ; en passant devant la fenêtre ouverte, il jeta un coup d'œil dans le vestibule où ils se trouvaient. Puis la fenêtre se vida de nouveau et il ne vit plus que le terrain vague de l'autre côté de la rue, là où les immeubles avaient été démolis. Finalement, un Blanc apparut du fond de l'hôtel ; sans un salut, sans un regard, il leur demanda ce qu'ils voulaient et leur expliqua qu'avant toute chose ils devaient aller se faire enregistrer au commissariat de police.

Le commissariat était un bâtiment moderne, qui dominait d'un côté le quartier résidentiel blanc, et de l'autre le quartier métis, retranché derrière des barbelés garnis de lames de rasoir, des miradors et des projecteurs. Bernard fut autorisé à entrer avec leurs documents ; comme il ne revenait pas, Adriaan retourna à la voiture et contempla le village avec son clocher blanc entre les cyprès, son école, la route blanche où déambulaient quelques métis et le commissariat fortifié appuyé à la colline, avec ses tranchées et ses remparts.

On leur accorda enfin une autorisation de séjour pour la nuit ; ils retournèrent à l'hôtel où le propriétaire, toujours sans un regard et imperméable aux efforts de Bernard pour engager la conversation, inscrivit leurs noms dans le registre. Les chambres étaient des pièces nues, fonctionnelles, auxquelles on avait rajouté par la suite de petites salles de bains conçues en dépit du bon sens ; dans la salle à manger déserte, une jeune métisse leur servit sans les regarder et sans leur adresser la parole un repas qu'ils trouvèrent immangeable. Ce silence les isolait ; le soupçon – à moins que ce ne fût une réaction de rejet – les cernait comme des remparts de barbelés. Dans ce village hostile, tout le monde était armé.

Il était encore beaucoup trop tôt pour rendre visite à Dekker, et le peu qu'il savait du vieil homme n'incitait pas Adriaan à arriver plus tôt que prévu. Bernard et lui errèrent dans les rues poussiéreuses. Bien que tout le monde, dans le village, eût remarqué leur présence, personne n'en laissa rien paraître. Les rares Blancs qu'ils croisaient leur jetaient un rapide coup d'œil inquisiteur au passage et détournaient le regard sans même les saluer ; quant aux métis – les femmes avec leurs cabas, les hommes par petits groupes au coin des rues –, ils ne les regardaient même pas.

Ils finirent par tomber sur le vieux cimetière aux abords du village, avec ses tas de cailloux, ses pierres tombales et ses anges de marbre ; Bernard reconnut les noms des ancêtres de Dekker ainsi que des croix de métal datant d'une guerre précédente. Ils errèrent parmi les tombes – les morts ne portent pas de jugement – sous le soleil qui, en cet après-midi d'hiver, caressait doucement le grès et le marbre. De l'autre côté du cimetière c'était le veld, vaste étendue de pierres et de buissons aux couleurs ternes qui s'étirait jusqu'aux crêtes des montagnes.

— Je me demande si cet endroit a toujours été comme ça, ou bien si c'est la situation actuelle qui rend les gens si méfiants, si tendus, dit Bernard.

Peut-être étaient-ce les soupçons et la peur qui étaient à l'origine de la violence actuelle, songea Adriaan en lui-même ; spéculer sur ce sujet avec Bernard n'aurait toutefois eu aucun sens.

— Les gens vivent très isolés, ici, dit-il. Ils doivent se sentir très vulnérables.

— Il y a eu une explosion dans le village, voilà quelque temps ; on a dû faire venir la police d'ailleurs, et je crois même qu'on a dû faire appel à l'armée.

— C'est officiel, ou c'est juste quelque chose dont tu as entendu parler ?

— Oh, tu sais, ce n'est pas le genre d'informations qu'on trouve dans les journaux, ni dans les agences de presse.

— Alors comment se fait-il que tu sois au courant ?

Bernard, penché sur une pierre, enleva le sable avec ses mains jusqu'à ce qu'il pût en déchiffrer l'inscription.

— Oh, la rumeur, comme un peu tout de nos jours. Des on-dit, une affiche sur un mur, un tract.

— Et c'est toi, un journaliste, qui dis ça ?

Bernard demeura silencieux un instant.

— Oui, dit-il en baissant la voix, c'est moi qui dis ça.

Adriaan s'approcha. Le soleil, déjà assez bas, tombait en oblique sur la pierre tombale et dessinait nettement les lettres dans l'ombre : des noms, des dates et des versets de la Bible en néerlandais. Les gens qui avaient érigé cette tombe ne connaissaient ni l'ambivalence, ni l'incertitude. L'ange levait les bras en signe d'avertissement ou de bénédiction, les ailes déployées dans la lumière du soleil couchant.

Près de l'hôtel, ils virent quelques rares voitures garées devant le bar ; dans le coin du salon, la télévision était allumée. Encore une demi-heure, se dit Adriaan, et ils pourraient se mettre en route. Ils traînèrent un peu au salon, commandèrent quelque chose à boire. Une femme, accompagnée de deux petits enfants en pyjama, avait pris place devant le poste de télévision ; ils regardaient l'écran en famille, sans dire un mot, sans même s'apercevoir de la présence les uns des autres.

Le calme s'était installé. Même les rares bruits de voiture en provenance de la route s'étaient tus. Sur le mur, le soleil couchant diffusait des taches à la lumière incertaine, vacillante, qui éclairaient la semi-obscurité de la pièce. Seules les couleurs criardes des images qui sautillaient sur l'écran attiraient l'œil : des chœurs de femmes qui levaient les jambes en l'air, des voitures de pompiers qui filaient à toute allure, un dessin animé dans lequel il était question de chiens. Le son était si bas que seuls la femme et les enfants assis devant l'appareil pouvaient l'entendre, et rien ne venait expliquer, ou donner du sens, à cette succession arbitraire d'images. Son œil, cependant, était comme malgré lui attiré par l'écran, seul signe de vie dans la grande salle. Il se demanda distraitement s'il s'agissait d'une émission de variétés ou de messages publicitaires. Une femme souriante versait de la lessive dans une machine à laver. Quelque part, dans une de ces fermes situées à deux ou trois kilomètres du village – on pouvait y aller à pied, comme il le mentionnait dans sa lettre –, Dekker avait écrit ses derniers poèmes. Il y vivait seul désormais. Encore une demi-heure, et ils seraient face à face ; il leur faudrait alors trouver des excuses, des explications, engager la conversation. Il se rendit soudain compte qu'il n'était pas de taille à faire face à cette rencontre et se maudit de s'être laissé entraîner par l'enthousiasme de Dewald. Ce que Dekker avait à dire, il l'avait dit depuis longtemps, et il était peu probable qu'il eût rien à y ajouter ; dès lors, quel était l'intérêt, pour deux inconnus qui ne se reverraient sans doute jamais, de passer des heures à échanger des lieux communs et des potins mondains, au cours d'une visite dont ni l'un ni l'autre ne ressentait vraiment la nécessité ? Il eut envie d'annuler, de quitter ce village hostile et de refaire de nuit le trajet qui les ramènerait en ville, mais ce n'était plus possible : Dekker l'attendait, sans compter qu'on ne les autoriserait jamais à rouler de nuit. On aurait tôt fait de les rattraper et on les arrêterait avant même qu'ils eussent atteint le premier barrage.

— J'ai entendu dire qu'il était devenu presque impossible de se procurer de la lessive, remarqua Bernard.

Adriaan se rendit compte que lui aussi était en train de méditer devant les messages publicitaires.

— Pourquoi, ça t'intéresse ?

— Pas vraiment. Dans les circonstances actuelles, ce genre d'information ne me servirait à rien du tout, même si elle m'était confirmée de source officielle. C'est juste un besoin irrépressible de journaliste, de faire de l'information avec tout ce qui lui tombe sous la main, même si ça ne sert à rien.

— Comme les émeutes qui ont eu lieu dans ce village, tu veux dire ?

— Les émeutes *présumées*, le corrigea Bernard automatiquement. Ou, pour être exact, les *rumeurs* selon lesquelles *il y aurait eu* des émeutes.

Les mots ne veulent plus rien dire, songea Adriaan avec lassitude. Ses pensées fluctuaient entre sa visite à Dekker, qui approchait, et les silhouettes tremblotantes qu'il venait de voir à l'écran ; des images, des expressions, des formules s'effondraient par pans entiers, réduites en poussière comme ces falaises friables à l'extrémité des continents. La terre ferme sur laquelle on pouvait, naguère encore, se tenir debout, s'ouvrait désormais en pleine mer ; les villages, sur la côte, étaient submergés par la marée, et plus rien, pas même le clocher d'une église, ne rappelait cet endroit. Il était devenu impossible, dans ce pays, de parler ; le souvenir de la vieille langue s'était pétrifié en hiéroglyphes incompréhensibles sur le papier dont les camelots enveloppaient leur marchandise. Plus aucune cloche ne résonnait sous les vagues.

La télévision diffusait maintenant un discours ou un entretien quelconque ; un porte-parole officiel remplissait tout l'écran. C'était un homme à l'allure soignée, portant cravate et costume sombre, qui se penchait vers la caméra et parlait comme s'il voulait convaincre à tout prix son auditoire de sa fiabilité et de son engagement. Dans le salon, l'attention des téléspectateurs faiblissait : la femme assise devant le téléviseur fourrageait dans son sac, les enfants réclamaient à boire avec insistance. Bernard lui-même, manifestement plongé dans ses pensées, avait perdu le fil des événements.

— Il faut que tu comprennes que pour un journaliste, il n'est pas facile de se retrouver tout à coup dans un pays privé d'information, dit-il. On est obligés de remplir des colonnes entières avec des non-événements, de tisser notre journal jour après jour, comme une toile d'araignée ; au bout d'un moment, toute cette tension te donne le tournis. Enfin, heureusement qu'il y a le sport !

— L'idée que tu doives passer la soirée à l'hôtel, si jamais Dekker ne t'invite pas à rester, ne me plaît pas du tout, dit Adriaan.

— Oh, j'ai eu le temps de m'y faire. D'ailleurs, j'ai apporté quelques livres – et aussi mes notes. C'est l'occasion idéale pour mettre un peu d'ordre dans mes idées pour mon roman.

Il se leva d'un bond, animé tout à coup d'une détermination nouvelle.

— On y va ?

Ils quittèrent le salon, abandonnant la femme et les enfants devant le petit écran. L'homme en costume sombre, avec son air soucieux, honnête, poursuivait son discours dans l'indifférence générale. Le son, inaudible, était au minimum.

Les indications que Dekker avait données dans sa lettre étaient simples et claires : juste après la zone résidentielle blanche, avant d'arriver à la banlieue métisse, vaste et désolée, il fallait quitter la route principale et, au bout de quelques kilomètres, ils verraient une clôture fermée par une chaîne fixée à un crochet ; la route de terre qui serpentait entre les arbres les mènerait jusqu'à une maison blanche dissimulée derrière un talus, qu'on ne voyait que lorsqu'on était tout près.

Ils s'arrêtèrent devant la maison et demeurèrent un instant assis dans la voiture ; il n'y avait pas le moindre signe de vie, pas même un aboiement. C'était une ferme sans prétention, un peu à l'abandon, datant des années vingt ou trente ; elle était protégée par une véranda et flanquée de chaque côté par un arbre fruitier ; on apercevait au loin des dépendances et une éolienne. À l'ouest, les collines noires se détachaient sur le soleil couchant ; la fraîcheur du soir se faisait déjà sentir.

Soudain, dans la maison plongée dans l'obscurité, derrière la véranda, ils virent une lumière ; l'une après l'autre, les fenêtres s'éclairèrent faiblement, puis une silhouette s'immobilisa dans la lumière des phares que Bernard avait allumés à la tombée de la nuit et les regarda d'un air interrogateur, la main en visière devant les yeux comme si la lumière l'aveuglait. Bernard éteignit les phares ; Adriaan descendit de voiture et se dirigea vers l'homme.

— Ah, dit celui-ci en le jaugeant du regard, vous devez être Adriaan ?

Il lui tendit la main. Bernard, à son tour, sortit de la voiture, mais demeura près du véhicule, dans l'expectative. Adriaan fit les présentations, mais Dekker se contenta de hocher la tête.

— C'est votre chauffeur ? demanda-t-il. Vous auriez pu venir à pied, ce n'est pas très loin. Il y a quelques jours, c'était la pleine lune. Vous pouvez rentrer à pied par le veld, si vous n'avez pas peur. Pas besoin de voiture.

Manifestement, Dekker partait du principe qu'ils avaient trouvé à se loger au village, que Bernard était juste venu déposer Adriaan et qu'il allait repartir immédiatement. Pendant quelques secondes, tous trois restèrent silencieux, entre la maison et la voiture ; il était clair que Dekker attendait le moment où Bernard prendrait congé. Il n'y avait dans son attitude ni impolitesse, ni dédain : après tout, il ne leur avait pas proposé de les héberger, il n'avait pas invité Bernard, et de toute évidence, il n'avait pas l'intention d'ajouter quoi que ce fût à ce qui était convenu.

— Bien, dit Bernard. Appelle-moi à l'hôtel si tu préfères que je vienne te chercher.

— Je n'ai pas le téléphone, dit Dekker. Décidez maintenant, sinon vous allez devoir rentrer à pied.

— Eh bien, soit, je rentrerai à pied, dit Adriaan très vite.

Bernard remonta en voiture. Dekker s'était déjà retourné en direction de la maison.

— Vous veniez d'arriver ? demanda-t-il.

— Non, nous sommes arrivés en début d'après-midi. Nous avons fait un tour dans le village.

— Ce n'est pas mal, comme endroit. L'intérieur de l'église est assez joli – vous ne l'avez pas vue, évidemment. Quant à l'hôtel, d'après ce que j'ai entendu dire, il n'est pas terrible, mais enfin, pour une nuit, ce n'est pas bien grave.

De la véranda, Adriaan s'attarda un instant pour regarder les couleurs du soleil couchant et les phares de la voiture de Bernard qui s'éloignaient lentement dans la pénombre, sur la route en mauvais état.

— Entrons, voulez-vous ?

Il sentit de l'impatience dans la voix de Dekker, qui l'avait précédé à l'intérieur.

La maison était sans doute plus ancienne que ce qu'il avait pensé tout d'abord ; elle devait avoir quatre-vingts ans, cent peut-être, mais on l'avait modernisée et l'agencement des pièces avait été modifié. Au lieu d'entrer par un vestibule ou un couloir, on arrivait directement dans un grand salon qui occupait la moitié de la superficie au sol ; c'était une pièce agréable, un peu en désordre, regorgeant de fauteuils, de livres et de tableaux, avec çà et là des lampes de bureau et des lampadaires allumés. Une jeune femme vêtue de blanc semblait s'avancer à leur rencontre en souriant dans la pénombre.

— Carla, dit-il malgré lui.

— Oui, dit Dekker, c'est Ileana, elle venait d'arriver au Cap ; Carla a fait son portrait à l'époque, c'était son premier tableau grand format.

Il rejoignit Adriaan près du tableau.

— Bravo ! Il y a peu de gens qui, rien qu'en voyant ce tableau, soient capables de faire le rapport avec Carla. Plus tard, elle a évolué peu à peu vers la peinture abstraite.

Sur la toile, la jeune femme, presque grandeur nature, regardant droit devant elle, semblait aller au-devant du visiteur ; sa chevelure brune flottait légèrement derrière elle et son ample robe blanche voletait autour de ses jambes. Il y avait dans ce mouvement une jeunesse, une assurance, en même temps qu'un abandon et une confiance sans réserve ; elle apportait tout ce qu'elle était, tout ce qu'elle possédait, et l'offrait à la personne vers laquelle elle s'avançait, ouverte, désarmée, les bras pendant le long du corps.

— Pourtant, personne d'autre que Carla n'aurait pu peindre cela, dit Adriaan en indiquant la ligne verticale qui courait tout le long du tableau, bien qu'il fût incapable de situer plus précisément l'alignement.

— C'est le même œil, la même main, le même regard, dit Dekker derrière lui. Pourtant, ce tableau a été peint il y a près de quarante ans.

Il y avait toutefois autre chose que cette ligne si forte, si évidente. L'expression d'apparente ouverture du visage levé vers le ciel, le front large, le regard tranquille cachaient quelque chose de brillant, quelque chose qui se déplaçait aussi vite qu'un lézard sur une pierre. Carla, à l'époque déjà, fût-ce de manière vague et instinctive, était consciente de cette étincelle, du bruissement dans les feuilles, du mouvement qui soudain agite les bandes d'ombre et de lumière entre les troncs d'arbres étroits.

— Techniquement, ce n'est sans doute pas un très bon tableau, dit Dekker en se retournant ; mais depuis le temps que je l'ai, il a pour moi une valeur sentimentale. Un verre de vin ?

Adriaan le suivit à pas lents, tentant de mettre un peu d'ordre dans sa tête : le tableau, les associations, les souvenirs…

— Je ne savais pas que Carla vous connaissait, dit-il. Je n'ai pas le souvenir de l'avoir jamais entendue mentionner ne fût-ce que votre nom, sauf peut-être en passant, au cours d'une conversation.

— Oh, cela fait des années que je ne l'ai pas revue, nous avons pour ainsi dire perdu tout contact, je n'ai aucune idée de ce qu'elle peint aujourd'hui. À une époque, en revanche, nous nous sommes beaucoup vus, elle était très amie avec Ileana, mais c'est quelque chose dont elle n'a probablement jamais parlé. Carla est quelqu'un qui sait garder un secret.

Sans attendre la réponse d'Adriaan, Dekker remplit leurs verres et lui fit signe de s'asseoir. Lui-même prit place dans un fauteuil usé, qui était de toute évidence sa place habituelle, et Adriaan s'assit en face de lui, sur le vieux canapé, qui était de toute évidence, lui, destiné aux visiteurs. La douce lumière de la lampe tomba sur lui, alors que Dekker était éclairé par-derrière, son visage dans l'ombre. Ainsi c'était donc lui, le fameux poète, songea Adriaan en lui-même, son verre de vin à la main : ce vieil homme portant un pantalon de velours côtelé et un chandail trop grand pour lui, ce vieil homme au visage anguleux qui le regardait avec intensité en fronçant les sourcils tout en parlant d'une manière légèrement absente, comme s'il avait perdu l'habitude d'avoir de la compagnie, un vieil homme seul dans une maison délabrée pleine de livres et de tableaux, et qui buvait du vin tout seul, le soir, à la lumière de la lampe. Les mondanités étaient terminées, l'entretien pouvait débuter ; Adriaan, assis sur son canapé en face de l'homme dont il ne pouvait voir clairement le visage, avait plutôt l'impression d'être là à la suite d'une convocation, et qu'on allait le soumettre à Dieu sait quel examen ou interrogatoire totalement imprévu.

— Vous avez demandé à me voir, vous vouliez me dire quelque chose ? commença Dekker. À propos de ce type au Cap, qui voulait publier je ne sais plus quoi.

— Oui, répondit Adriaan, étonné par la franchise avec laquelle Dekker abordait le sujet.

— Eh bien, allez-y, parlez, je vous écoute.

Dans ce genre de situation, le mieux est d'y aller carrément et de ne pas perdre de temps à tourner autour du pot.

— Dewald veut créer une nouvelle revue littéraire, dit-il sans détour, une revue de poésie, d'après ce que j'ai cru comprendre.

— Et pourquoi donc ?

La question le fit rire.

— Je ne sais pas, moi, c'est le genre de chose dont il s'occupe. Il semblerait qu'il ait obtenu des fonds pour démarrer.

— Il n'arrête pas de me harceler depuis des années, il m'envoie des listes de questions auxquelles il faut que je réponde, il m'envoie les articles qu'il écrit sur moi, il m'a même menacé de venir me voir. Mais qu'est-ce qu'il a ?

— Il n'a pas grand-chose pour s'occuper, à part la littérature afrikaans.

— C'est possible, mais ce n'est pas une raison pour m'empoisonner l'existence comme il le fait. Qu'est-ce qu'il vaut, dans son domaine ?

— Il est très actif, très prolifique, dit Adriaan en réfléchissant. Et il faut reconnaître qu'il déborde d'enthousiasme et d'énergie.

— En tout cas, il ne se laisse pas démonter facilement.

— Cela vaut mieux, vu les circonstances.

— C'est possible. Ne vous méprenez pas, je ne méprise ni l'énergie, ni l'enthousiasme, mais j'estime davantage la perspicacité, la sensibilité et l'intelligence ; d'après le peu que j'en sais, ce ne sont pas des qualités dont il ait beaucoup fait preuve jusqu'ici – et, comme Adriaan ne répondait pas : – Le problème, en fin de compte, ajouta-t-il, c'est qu'il semble obsédé par l'idée d'écrire ma biographie, c'est sans doute pour cela qu'il me suit à la trace et qu'il ne me lâche pas d'une semelle. Vous êtes au courant ?

— Non, dit Adriaan.

— Oh, à moi, bien sûr, il ne m'a encore rien dit, il est bien trop malin pour ça, mais ça fait déjà pas mal de temps qu'il va fourrer son nez chez des gens qui me connaissent et dans des bibliothèques qui pourraient avoir des éléments me concernant, ce qui fait que j'ai ma petite idée quant à la raison de l'intérêt qu'il me porte.

Adriaan digéra l'information en silence ; pour la première fois, il comprit pourquoi Dewald était si désireux d'obtenir la collaboration de Dekker à son projet de revue, et pourquoi il avait tellement insisté pour qu'il entreprenne cette mission, employant tous les moyens à sa disposition pour tenter d'établir un contact, si ténu soit-il, avec Dekker. Parfois, la sournoiserie de Dewald n'avait d'égal que son zèle et sa persévérance.

— Toujours est-il, reprit-il au bout d'un instant, que Dewald s'est mis en tête de fonder cette revue, et qu'il essaie manifestement de recruter autant de poètes que possible, soit pour le comité de rédaction, soit comme parrains. Je ne sais pas s'il a une idée très claire de ce qu'il compte leur faire faire, mais en tout cas il aimerait bien associer leurs noms à son projet, à la fois pour le prestige que cela lui donnerait et pour obtenir des subventions ; il semble tenir tout particulièrement à votre collaboration – ou tout au moins à votre bénédiction officielle.

— Et c'est vous qu'il a dépêché en éclaireur ?

— Disons plutôt qu'il m'a *demandé* de venir vous voir.

Dekker ne releva pas.

— Vous-même, vous avez l'intention de collaborer à ce projet ?

— Non.

— Et qu'est-ce qui vous fait croire que je vais y participer ?

— Je ne crois rien du tout, je ne fais que transmettre un message.

— Et pourquoi le faites-vous ?

Adriaan hésita, ne sachant trop jusqu'à quel point il pouvait jouer le jeu de la franchise.

— Je cherchais une excuse pour vous rencontrer, dit-il.

Dekker garda le silence un instant, son verre à la main.

— Eh bien, sachez que moi non plus, je n'ai pas l'intention de collaborer à cette revue, vous pouvez le lui dire de ma part. Et maintenant, si on changeait de sujet ?

— Le prétexte de ma visite s'est envolé, et je n'ai même pas fini mon verre !

Dekker rit de bon cœur.

— Vous pouvez rester terminer votre verre ! Restez donc, nous bavarderons un moment. Ce n'est pas tous les jours que j'ai de la visite, surtout de la ville.

— Je croyais que c'était un choix de votre part.

— Ça dépend des visiteurs : est-ce que c'est moi qui les ai invités ou non, est-ce que ce sont des gens avec lesquels je peux parler, ou du moins avec lesquels je pense pouvoir parler ?…

— Je crains de ne pas être de très bonne compagnie, mais je ferai de mon mieux.

— Hum, dit Dekker d'un air pensif, si l'on pouvait parler, croyez-vous qu'on s'embêterait à écrire, et de la poésie, par-dessus le marché ? Je vous demande juste un peu de patience : je suis un vieil homme solitaire, et mon avenir littéraire est derrière moi. Parfois j'ai besoin de parler, d'entendre ce qui se passe ailleurs dans le monde.

— Ce qui se passe dans le monde ? Ma foi, je n'en sais trop rien. Si vous vouliez des nouvelles fraîches, il eût mieux valu inviter Dewald.

— Oh, les nouvelles, vous savez… des potins, rien de plus ; qui couche avec qui, qui écrit ses poèmes en recopiant Pound, ou Eliot – quels sont les poètes que l'on copie aujourd'hui ? J'en ai assez entendu, des nouvelles de ce genre, au cours de ma vie. Dites-moi plutôt, que faites-vous comme métier ?

— Je travaille dans un musée.

— Vous êtes scientifique ?

Adriaan ne put s'empêcher de rire.

— Non, non, pas du tout – je suppose qu'on pourrait appeler cela un musée d'histoire culturelle, c'est une institution privée qui appartient à des dilettantes et qui n'en a sans doute plus pour très longtemps. D'ici une semaine ou deux, un fonctionnaire de Pretoria viendra faire une enquête et prendra une décision concernant notre avenir.

— Ah, ces gens de Pretoria ! Dans leur genre, ils ne valent pas mieux que ceux de Johannesburg, dit Dekker, dont l'attention glissait apparemment dans une autre direction. Il en vient de temps en temps ici aussi, de ces gens de Johannesburg, ils arrivent sans s'annoncer, très sûrs d'eux-mêmes.

— Vous pensez que ceux du Cap sont mieux ?

— Au moins, ils ont le bon goût de ne pas débarquer sans prévenir – peut-être me connaissent-ils suffisamment pour ne pas oser essayer. Il y a même des étrangers. Tenez, en ce moment, il paraît qu'il y a un Allemand qui veut me voir pour parler de ma poésie. Que voulez-vous que je lui dise ? Le peu d'allemand que je connaissais, il y a longtemps que je l'ai oublié.

— Il parle sûrement afrikaans.

— Ah, vous le connaissez ? Vous aussi, vous en avez entendu parler ?

— Je crois qu'il doit passer au Cap. Dewald m'a parlé de lui, il m'a même menacé de me l'envoyer, mais j'espère que j'arriverai à m'en débarrasser.

— Moi aussi, j'ai répondu que je n'avais pas le temps. Qu'ils trouvent donc autre chose pour l'occuper. Je n'ai rien à lui dire, il n'a qu'à lire mes livres.

Il fronça les sourcils, puis, brusquement, changea de sujet.

— Parlez-moi un peu de vous. Vous êtes marié ? Dites-moi, cela vous gêne-t-il si je vous pose ce genre de questions ?

— Non, pas du tout. Je vis seul.

— Et vous vous êtes habitué à la solitude ?

Adriaan ne répondit pas tout de suite.

— Je commence à m'y habituer, dit-il. Du moins, je crois que je commence à m'y habituer.

Dekker médita en silence, regardant son verre de vin.

— C'est étrange, non, comme l'on finit par s'habituer à quelque chose alors que l'on pensait, au début du moins, que ce serait impossible ? Telle une pierre, on s'habitue à son propre poids, on apprend à accepter son poids et on descend lentement dans l'eau, jusqu'à ce qu'on trouve sa place…

Adriaan attendit, mais Dekker avait terminé.

— Et vous ? demanda-t-il enfin. Vous habitez seul, ici ?

Dekker leva les yeux, légèrement étonné, comme s'il avait oublié qu'il avait de la visite.

— Oh, il y a un couple âgé qui habite une maison sur le terrain de la ferme ; la femme me prépare mes repas et s'occupe du ménage, l'homme fait un peu de jardinage et me fait mes courses. Je ne cultive rien, le terrain est entièrement loué.

— Vous allez parfois au village ?

— Non, plus maintenant. Cela fait longtemps que je n'y suis plus allé.

— Et vous avez des visites ?

Il réfléchit, comme s'il avait besoin de temps avant de répondre.

— Le directeur de l'école et sa femme ont bien essayé quelque temps, mais nous n'avions rien à nous dire. Parfois j'ai la visite du pasteur, il m'apporte les messages si quelqu'un téléphone au presbytère. C'est un brave garçon. Il ne parle jamais de religion.

— Et en ville ?

— En ville ?

Il leva les yeux, l'air distrait.

— Vous connaissez encore beaucoup de monde en ville ?

Il se replongea de nouveau dans ses réflexions.

— Il y a si longtemps que j'ai quitté la ville… dit-il. De toute façon, au fur et à mesure que l'on vieillit, les gens vous oublient ; dans le meilleur des cas, on perd le contact, on perd l'intérêt. Et puis les gens meurent, vous êtes encore un peu jeune pour avoir fait cette expérience, mais c'est cela le plus surprenant ; c'est une sorte de trahison dont vous ne croyiez pas vos amis capables. Il y a quelque temps, il m'a sauté aux yeux que j'étais l'un des rares, parmi ceux qui écrivaient dans la période de l'immédiat après-guerre, à être encore en vie. Qui reste-t-il, sinon ? Liesbet est à l'étranger, Van Wyk est mort, il y a pas mal d'années déjà ; Dirk aussi est mort – il ne reste plus qu'Uys, et moi. La mort de Van Wyk a sonné le glas de notre génération, même si nous ne nous en sommes pas rendu compte sur le moment ; parmi tous ceux qui lui ont survécu, à qui pourrait-on le comparer ? Lorsqu'il est mort, j'ai eu le sentiment d'une perte dont nous ne nous remettrions jamais vraiment tout à fait. Nous vivons toujours dans son ombre, tous, sans exception.

Il était soudain calme, comme tourné en lui-même ; sa brusquerie, son agressivité du début avaient disparu, tel un spectacle destiné à impressionner le visiteur et dont il se serait lassé : assis là, il n'était plus qu'un vieil homme un peu négligé qui avait besoin d'aller chez le coiffeur et qui rêvassait en sirotant son verre de vin. Adriaan comprit que, lorsqu'il avait reconnu le tableau, c'était comme s'il avait jeté entre eux un pont qui avait eu raison de l'étrangeté et de l'hésitation du début ; maintenant qu'ils avaient éliminé le motif officiel de sa visite, ils pouvaient chercher des mots et des chemins, en silence, à la lumière de la lampe, devant une bonne bouteille. Dans sa robe blanche, avec sa chevelure flottant au vent, la jeune femme s'avançait vers la pièce où ils étaient assis, regardant droit devant elle de ses yeux noirs, cette femme morte depuis des années sur une toile peinte quarante ans auparavant. Le tableau, sur le mur, derrière lui, était en dehors de son champ visuel, mais Dekker, depuis son fauteuil, n'avait qu'à lever les yeux pour l'apercevoir.

Voilà donc le poète, songea-t-il dans cet instant de tranquillité et de silence qui s'était installé entre eux de manière si inattendue ; il en éprouva un sentiment étrange, comme s'il s'était abstrait de la pièce un bref moment afin d'embrasser de loin toute la scène du regard – tous deux assis l'un en face de l'autre, en silence.

Il était assis là, tel un débutant ou un étudiant de deuxième année, tel un lycéen avec son carnet d'autographes ou une dame membre d'un cercle de lecture ; même lui, qui aurait pourtant dû être préparé, garder la tête froide et, fort de son expérience, faire provision d'une bonne dose de cynisme, sentit un instant d'excitation et d'émotion en s'apercevant que cet homme mal rasé et mal coiffé avec lequel il bavardait à bâtons rompus à la lumière de la lampe était *le* poète par excellence ; il avait devant lui ce regard, cette main, cette imagination.

— Est-ce que vous gardez le contact avec ce qui se passe ? demanda-t-il enfin, doucement.

— Avec ce qui se passe ? Ce qui se passe où ? demanda Dekker.

Il avait sursauté, comme si ses pensées s'étaient totalement égarées. À moins qu'il ne se fût endormi, tout simplement.

— Lisez-vous parfois ce qu'écrivent les jeunes poètes ?

— Oh, vous savez, les poètes…

Le ton était dédaigneux, le manque d'intérêt évident ; il se força toutefois à revenir à la conversation.

— Parfois, des gens m'envoient leur dernier livre, ou bien des coupures de journaux, des articles. Carla aussi, de temps à autre, m'envoie des choses, pensant sans doute que cela pourrait m'intéresser, bien que nous ne nous écrivions que rarement.

— Et vous lisez ce qu'on vous envoie ?

— Cela m'arrive.

Il avait déjà la tête ailleurs, dans un monde peuplé de pensées, de souvenirs et d'imagination.

— Je lis vos livres, par exemple ; et aussi ce qu'écrit cette femme, à Pretoria, comment s'appelle-t-elle déjà ?

— Mais ni elle ni moi ne sommes plus de la première jeunesse…

— Les autres, je ne les comprends plus. Je reçois leurs poèmes par la poste, j'y jette un coup d'œil, je les feuillette, j'essaie de les lire, même si ces derniers temps j'ai un peu laissé tomber. Vous pensez que je passe à côté de quelque chose ?

— Pas vraiment, concéda Adriaan.

Dekker sourit, l'air compatissant.

— Parfois, lorsque je suis assis ici tout seul, je me dis qu'il y a quarante ans la vieille génération devait éprouver exactement la même chose lorsque j'ai commencé à publier. Tous ces spécialistes de littérature, ces professeurs d'université, ces linguistes et autres fossiles qui détenaient le pouvoir à l'époque ne comprenaient absolument rien à ce que j'écrivais, et moi, je me croyais beaucoup plus intelligent qu'eux. – Il secoua la tête. – Maintenant – le croiriez-vous ? – j'ai pitié d'eux. Voyez-vous, lorsque je suis assis ici, tout seul, je me dis qu'il a dû y avoir un moment, une fois passés le désarroi et l'indignation, où ils se sont rendu compte qu'ils ne comprenaient plus parce qu'ils avaient vieilli et qu'ils étaient en retard d'une époque. Ça n'a pas dû être facile pour eux non plus. Maintenant c'est mon tour, je deviens vieux, comme eux à l'époque, et je ne comprends plus rien.

— La différence, c'est peut-être que ce que vous avez publié il y a quarante ans, on le lit toujours. Vos poèmes ont toujours une importance pour les gens. Je ne sais pas s'il y a beaucoup de recueils de poèmes, aujourd'hui, dont on pourrait en dire autant.

— Vous voulez dire qu'on lit encore les poèmes que j'écrivais à l'époque ? demanda Dekker, manifestement interloqué.

— Que je sache, tous vos livres sont encore dans le commerce ; ils sont même au programme des universités. Ces jeunes poètes dont vous parlez les ont lus.

— C'est possible, mais ils n'ont pas véritablement écouté.

Il tendit la main vers la bouteille, sans regarder ce qu'il faisait.

— Vous avez encore du vin ? demanda-t-il sans attendre la réponse, oubliant la question aussitôt qu'il l'eut prononcée. Certes, ils sont au programme, ils sont disséqués en cours devant des centaines d'étudiants qui s'ennuient à mourir, par des gens comme ce type qui vous a envoyé ici…

Il eut un geste d'impatience censé s'adresser à Dewald, comme s'il avait oublié son nom ou qu'il n'eût pas envie de le prononcer.

— … des gens qui n'entendent rien d'autre que le son de leur propre voix. De temps à autre, c'est vrai, je reçois un chèque – oh, pas grand-chose – de mon éditeur, mais ce n'est pas de cela que je veux parler. C'est une bien maigre consolation.

— Mais enfin, parmi ces milliers d'exemplaires, il doit bien y en avoir un, de temps en temps, qui est lu par quelqu'un qui comprend, dit Adriaan.

— Oui, peut-être, peut-être bien.

Il se leva, pensant déjà à autre chose.

— On peut toujours espérer, je suppose, même si l'on n'a aucune certitude, ajouta-t-il comme pour lui-même en se dirigeant vers la porte.

Il se retourna soudain.

— Il y a quelque temps, un journaliste de la télévision est venu me voir de Johannesburg – évidemment, ils ont débarqué ici sans me demander mon avis ni même me prévenir de leur arrivée. Ils m'ont rebattu les oreilles avec leur blabla, soi-disant que j'étais un grand poète, quelqu'un de célèbre, et qu'ils voulaient tourner un film sur moi ; ils étaient sur le point d'apporter tout leur matériel pour un entretien, ils voulaient me trimbaler avec eux d'un bout à l'autre du pays, dans tous les endroits où j'étais allé ou que j'avais simplement mentionnés au hasard d'un vers ; ils voulaient que j'aille m'asseoir sur un rocher, ou m'accouder à une clôture, que je leur raconte ma vie et que je leur récite mes poèmes.

Il s'animait au fur et à mesure qu'il parlait, indigné et amusé en même temps par la proposition.

— Un type avec des chaussures grises, à la voix doucereuse, est entré ici comme s'il était chez lui, avec son assistant ; ils se sont mis à mesurer la distance de ma chaise à la fenêtre, et ils ont décidé de déplacer la chaise pour avoir le maximum de lumière. Vous croyez que c'est pour aboutir à ça que j'écris avec mes tripes depuis près de cinquante ans ? Pour ça, et pour un malheureux chèque de temps à autre ? Des chaussures *grises*, non mais vous vous rendez compte ! s'écria-t-il d'un air dégoûté en sortant de la pièce.

Il se retourna :

— On m'a dit par la suite que ce type était une personnalité de la télévision, quelqu'un d'extrêmement connu, bien plus connu que n'importe quel poète. Dans le temps, voyez-vous, on *avait* de la personnalité, on n'*était* pas une personnalité ; or je n'ai pas l'impression que cette créature ait quoi que ce soit en propre, si ce n'est sa voix mielleuse.

Il disparut dans le fond de la maison.

— On va bientôt passer à table ! cria-t-il.

— Je peux faire quelque chose ? proposa Adriaan en s'apercevant qu'il n'y avait personne d'autre dans la maison.

Le vieil homme ne l'entendit pas. Adriaan, livré à lui-même, se mit à explorer la grande pièce, son désordre confortable, ses chaises usées, ses étagères rangées n'importe comment et ses tableaux aux cadres poussiéreux. Dehors, la nuit était tombée ; il songea brièvement à Bernard, qui devait être soit dans le salon lugubre de l'hôtel, soit au bar. Il fut sur le point de se diriger vers la bibliothèque mais s'arrêta près de la fenêtre, l'air pensif, et colla le front contre la vitre glacée. La soirée était fraîche, mais il ne faisait pas froid, bien que la pièce ne fût pas chauffée ; la lune promise par Dekker ne s'était pas encore levée. Il songea avec lassitude que, quelque part au-delà de l'obscurité, la vie continuait et que les portes à tambour de l'hôtel continuaient de tourner tandis que retentissait au loin un cri ou le hurlement d'une sirène ; quelque part une voiture achevait de se consumer, quelque part une ampoule impitoyable brillait dans un espace confiné. L'obscurité et le silence étaient absolus.

Il sursauta en entendant derrière lui la voix de Dekker ; ce dernier revenait de la cuisine, un torchon à la main, comme s'il avait oublié ce qu'il voulait faire.

— C'est comme avec tous ces gens dont j'essaie de lire les poèmes, comprenez-vous ? dit-il d'un air songeur, reprenant le cours de sa pensée. Ce *sont* des personnalités – enfin, ils essaient –, mais *de la* personnalité, ils n'en ont pas, ils n'ont pas vraiment quelque chose à dire, en dépit de leurs agréables babillages. Nous autres, nous nous servions de la langue, nous travaillions avec des mots…

Il s'interrompit et haussa les épaules en signe de dédain.

— Enfin, quand je dis « nous »… Nous n'avions rien de plus que les autres. Les poètes se servent de la langue pour chercher, pour se chercher, du moins c'est ce que j'ai toujours cru : la langue est comme un instrument que l'on tient dans la main, comme une serpe, un scalpel, une sonde. Un peu comme un ciseau, un burin. Vous ne croyez pas ? Tandis que pour eux…

Il s'interrompit et se mit à parler tout seul à haute voix, essayant de donner corps à ses pensées.

— Je ne voudrais pas être injuste, ils ont tout autant le droit de faire entendre leur voix que moi à l'époque, ils ont droit à un procès équitable. Pourtant, dans la plupart des recueils de poésie qui me sont tombés entre les mains ces derniers temps, les mots ne servent plus à désigner, à nommer quoi que ce soit, mais à travestir, à dénaturer, à esquiver, à fuir. Est-ce cela, le monde dans lequel nous vivons aujourd'hui ? Est-ce cela, la langue que les gens parlent ?

Il secoua la tête et se retira dans la cuisine aussi subitement qu'il était entré.

Au fond du salon, une ouverture en arc de cercle donnait sur la salle à manger, où la table était déjà mise ; de l'autre côté, quelque part, Dekker s'affairait dans la cuisine. Adriaan le suivit et resta debout à écouter le cliquetis des ustensiles. La moitié de la table était encombrée de livres, de papiers et d'autres objets, et seule une petite partie avait été sommairement dégagée pour qu'ils puissent s'y installer : c'était la maison d'un homme âgé qui habitait là depuis longtemps et vivait seul depuis de nombreuses années, avec une femme de ménage qui venait une heure ou deux de temps en temps ; les tableaux qui couvraient les murs étaient tous des originaux, pour la plupart des œuvres de jeunesse d'artistes aujourd'hui connus, sinon célèbres, mais il y avait des toiles d'araignée dans les coins. Que devient un homme qui vit seul ? se demanda Adriaan, tout en observant une araignée à longues pattes qui cherchait son chemin à tâtons sur le mur et en écoutant Dekker dans la cuisine qui trébuchait de-ci de-là en parlant tout seul. Il revint enfin, tenant avec un torchon un plat très chaud qui sortait du four, et alla chercher la bouteille de vin avant de l'inviter à s'asseoir.

La domestique leur avait préparé un plat cuit au four et du pain complet fait maison. Le vin était bon. Dekker, légèrement nerveux, tendu, se faisait du souci pour les assiettes et les cuillers de service. Il avait perdu l'habitude de recevoir. Il mangeait vite, plutôt salement, comme quelqu'un qui s'assoit seul à table la plupart du temps. Repoussant son assiette, il fit tournoyer son vin dans son verre tout en observant Adriaan du coin de l'œil. Il l'interrogea sur des gens, des événements, sur la ville. Parmi les noms qu'il mentionnait, beaucoup étaient tombés dans l'oubli depuis longtemps, ou bien avaient quitté le devant de la scène d'une manière ou d'une autre. Peu à peu, Adriaan en vint à se dire que Dekker ne s'intéressait pas vraiment à eux, mais qu'il fouillait simplement dans ses souvenirs pour tenter de trouver des points communs avec son visiteur. Peu à peu, toutefois, le centre de gravité de la conversation se déplaça et Adriaan n'eut plus besoin d'abreuver son interlocuteur d'informations ou d'anecdotes ; de plus en plus, c'était Dekker qui prenait la parole et qui racontait le monde des artistes qu'il avait connu trente ou quarante ans plus tôt et dont il était, dans une certaine mesure, l'épicentre. Alors qu'au début de la conversation c'était Adriaan qui donnait à Dekker des nouvelles sur des retraités, des personnes âgées ou sur le déclin qui n'étaient plus guère que des noms ou des gloires fanées, leurs propos roulaient désormais sur l'époque où tous ces gens étaient jeunes, dans la fleur de l'âge, porteurs de promesses jamais tenues ; Dekker reprenait des couleurs, bavardait avec animation et spontanéité, les yeux brillants. Adriaan, fatigué par le long voyage en voiture et par les haltes forcées, somnolait sous l'effet du vin – son hôte lui remplissait son verre au fur et à mesure. Il se renversa sur son siège, n'essayant même plus de prendre une part active à la conversation. Il était clair que tout ce que l'on attendait de lui, c'était l'écoute. Voilà ce qui arrive quand on vit seul, se dit-il, assis près de la lumière tamisée de la lampe, tout en observant son interlocuteur à travers la grande table qui les séparait : on se néglige, on mange salement et, pendant les longues journées passées à réfléchir, on accumule pensées et souvenirs. On a trop de temps pour observer, pour penser et pour se souvenir ; une fois le contact établi, le premier interlocuteur venu, du moins parmi les rares visiteurs admis à briser ce splendide isolement, devient le témoin, pour peu qu'il ne soit pas trop antipathique, de ce désir de communiquer, plus fort que toute considération d'hospitalité ou de politesse. Cependant, cela ne le dérangeait pas de rester là, à écouter. Dekker, bien que ses anecdotes fussent parfois confuses et qu'il perdît à l'occasion le fil de son récit, était un observateur subtil ; son style vivant et amusant, son intelligence naturelle, son expérience et son érudition se manifestaient autant dans sa conversation que dans ses poèmes, en dépit de l'image de vieillard simple et bourru qu'il s'était efforcé de donner au début. Voilà ce qui arrive quand on vit seul, songea Adriaan : la neutralité, le repli sur soi, le soupçon, la réaction naturelle d'autodéfense face à toute tentative d'approche, la tendance, naturelle elle aussi, à se refermer comme une huître et à verrouiller toutes les portes derrière soi ; la solitude, le silence, et pour finir, l'aliénation. Les possibilités d'évasion se faisaient de plus en plus rares.

Ils n'étaient probablement pas très nombreux, ceux qui avaient encore la chance d'être admis dans l'intimité, fût-elle relative, d'une conversation comme celle-là, ceux avec qui Dekker était disposé à partager ses pensées et ses souvenirs ; dans le même temps, Adriaan était conscient du fait que seul le ton de leur conversation avait changé, non la nature de leur relation ; en dépit de l'apparente franchise de leur entretien, ils n'avaient pas encore réussi à véritablement établir le contact l'un avec l'autre. Voici la main, voici l'œil, voici la maison où ont été écrits les poèmes figurant dans ses derniers, dans ses plus beaux recueils ; il acceptait ce fait indiscutable comme une pure abstraction. Les récits imagés de ce vieil homme de plus en plus isolé le faisaient pénétrer dans les expériences d'un poète, mais le poète lui-même, il ne l'avait pas encore vu. La réserve, la distance, la fuite n'étaient qu'un masque destiné à éloigner les importuns et à préserver la distance indispensable, mais le masque avait fini par ne plus faire qu'un avec le visage et il était devenu impossible à enlever. Seules les fentes pour les yeux lui permettaient encore de voir le monde extérieur.

Soudain Dekker s'interrompit : il était enfin soulagé, il avait dit tout ce qu'il avait à dire. Légèrement étonné, il se retrouvait dans son silence habituel. Lissant la nappe devant lui d'un air distrait, il n'était plus qu'un vieillard aux cheveux coupés n'importe comment, vêtu d'un chandail effiloché. Adriaan, frappé par une lucidité soudaine, se demanda ce qu'il deviendrait lui-même, seul la nuit dans le silence de la maison déserte où il vivait, à lire ou à chercher en vain le sommeil dans son lit. Il se rendit compte tout à la fois qu'il était très fatigué, que la visite avait assez duré et qu'il souhaitait laisser ce vieil homme à sa solitude et à ses anecdotes ; il voulait être auprès de Bernard, fût-ce dans le salon lugubre de l'hôtel, et partager avec lui le silence et quelques paroles sporadiques. Avait-il bien fait de laisser Dekker refermer la porte au nez de Bernard ? Ce voyage même était-il vraiment indispensable ?

— Vous devez être fatigué, dit-il à Dekker, voyant que ce dernier restait silencieux. Vous vous couchez certainement plus tôt, d'habitude.

Il vit l'araignée à longues pattes qui s'enfuyait en courant, son ombre déformée par la lumière de la lampe.

Dekker émergea petit à petit, comme s'il s'était retiré dans quelque espace lointain.

— Mais non, dit-il. Depuis… Je me couche toujours très tard depuis que j'habite seul ici ; je ne dérange personne, je peux faire tout ce que je veux. Je lis, je m'occupe de la maison.

Il regarda ses mains étalées devant lui sur la table.

— Simplement, je dois admettre que je me fatigue plus vite qu'avant.

Adriaan regarda lui aussi ces mains de vieillard, avec leurs taches brunes.

— Je crois que je vais y aller, dit-il sans bouger : il ne voulait pas pas donner à son départ un caractère trop brusque.

Dekker regardait toujours la table.

— C'est rare que j'aie de la visite, et quand j'en ai, ce sont rarement des gens que j'ai choisis moi-même. Je suppose que plus on vieillit, moins on a le choix... On apprend à apprécier ce que l'on a au moment même. Quand on l'a... Votre visite m'a fait plaisir. Je suis content que vous ayez pu venir. Je n'ai pas eu beaucoup de contacts avec le monde extérieur, ces derniers temps.

— Vous en souffrez ? demanda Adriaan.

Dekker le regarda un instant du coin de l'œil, comme s'il soupçonnait quelque piège dans sa question.

— Non, dit-il enfin d'un ton calme et décidé. Pas le moins du monde.

Voici la main, songea Adriaan comme dans un rêve ; voici l'homme qui a écrit sur les cosmos et les abîmes. Il devait bien exister, quelque part, un chemin permettant de franchir l'espace infini de cette table qui les séparait, une réponse aux questions qu'il n'arrivait pas à formuler, un gri-gri vers lequel il pourrait se tourner pour obtenir encouragements et réconfort. Il n'était pas possible que ce voyage, cette visite n'eussent pour seul but que de rester assis à bavarder un moment, puis de prendre congé avant de feuilleter pour la énième fois, le soir, à la lumière de la lampe, quelque ouvrage familier en sachant qu'on en a rencontré l'auteur. Dans la chambre, dans la maison, dans la nuit au-dehors, tout était calme, on n'entendait pas un bruit, pas même un animal nocturne, et la fraîcheur de la soirée hivernale commençait à se faire sentir à l'intérieur. Désormais, dans le silence, après tous ces mots, il devait être possible, au moment de se dire adieu, de dire quelque chose – c'était maintenant ou jamais. Il attendit, assis en face de Dekker ; ce dernier ne paraissait pas pressé de le voir partir.

— Vous n'avez pas l'impression que quelque chose vous manque ? risqua-t-il avec précaution.

— Non. Pourquoi, je devrais ?

Par-dessus la table, le vieil homme le regardait d'un air candide. Il songea à tous ces gens qui grouillaient chez Sonia, à la tapisserie dorée qui flottait au-dessus du brouhaha des voix ; aux poètes qui se pressaient autour de Dewald dans le salon bruyant de l'hôtel, aux papiers plaqués contre les barbelés, à ce cri soudain entendu dans la nuit. Oui, en effet, pourquoi ?

— Vous n'avez plus envie de sortir, de voyager ?

Dekker réfléchit, immobile, mains étalées sur la table.

— Au début… commença-t-il. Oh et puis non, la ville, c'est du passé, c'est quelque chose que j'ai laissé derrière moi, délibérément ; quelle raison aurais-je de m'y rendre de nouveau, après toutes ces années ?

— Et le village ?

— Le village… C'est là qu'Ileana est morte, à l'hôpital, là qu'elle est enterrée ; pendant tout un temps, je ne voulais même pas revoir cet endroit, à cause de cela. Puis, la première réaction passée, j'ai compris qu'en fait je n'avais plus aucune raison d'y retourner, qu'il n'y avait personne là-bas à qui j'aie quelque chose à dire.

La vieille maison était vivante, comprit soudain Adriaan dans le silence, elle vivait comme un être qui respire et emplit le silence de ses rumeurs, de ses craquements, de ses murmures et de ses grattements, de ces petits bruits que l'on n'entend généralement pas à moins de les écouter tout exprès, mais qui sont néanmoins toujours présents, à l'arrière-plan.

— Est-ce que le village a toujours été comme ça, demanda-t-il, ou bien a-t-il changé depuis les récents événements ?

Dekker réfléchit à la question.

— Au début, lorsque mes grands-parents habitaient encore ici, nous vivions dans un autre monde ; quand j'étais petit, puis lorsque j'ai commencé à aller à l'école, la plupart des adultes se souvenaient encore de la guerre des Boers, de la garnison anglaise stationnée au village et des commandos boers qui battaient la campagne. Cette guerre était notre guerre. Plus tard… plus tard, lorsque j'ai racheté la ferme et que nous sommes venus nous installer ici, nous vivions ici ensemble, sans nous préoccuper des autres. Au début, des amis du Cap venaient nous rendre visite, puis les visites se sont espacées, et je ne crois pas, en définitive, que cela nous ait beaucoup manqué. Même à l'époque, nous allions assez rarement au village.

Il parlait d'un air absent, en regardant ses mains, la tête ailleurs, à cent lieues de ce qu'il voyait, de ce qu'il disait.

— Nous avions le sentiment d'appartenir à une communauté, dit-il d'un air songeur ; il se passait toujours quelque chose, c'était vivant – tout cela a disparu. Ce village était un endroit charmant, avec ses petites maisons blanches, ses éoliennes et ses arbres. Il y a quelques années, on a coupé tous les arbres qu'il y avait dans les rues.

Il sourit en lui-même ; lentement il revint vers la pièce, la conversation, le visiteur assis en face de lui.

— Les gens d'ici, les Blancs, je veux dire, n'aiment pas les arbres – vous avez remarqué ? D'une certaine manière, ils se sentent menacés par eux, sans doute parce qu'un arbre est une chose vivante, sûre d'elle-même, qui enfonce ses racines dans la terre et en prend possession ; ils voient en lui un rival, un ennemi à éliminer. Quand j'étais jeune, un jour, j'ai écrit un poème à propos d'un arbre.

Tous les étudiants de première année connaissaient cette anecdote, mais il la racontait de manière tout à fait spontanée, comme s'il était pour de bon convaincu que personne n'avait jamais entendu parler de cette œuvre de jeunesse. Il était visiblement fatigué, mais n'avait pas l'air de vouloir mettre un terme à la conversation ; maintenant qu'il était débarrassé de toute tension, de toute obligation de parler, de toute conscience de soi, il parlait en méditant, comme s'il était seul dans la nuit. Peut-être, se dit Adriaan, serait-il encore possible, avant que la visite ne s'achève, de formuler la bonne question ou du moins de susciter, d'une manière ou d'une autre, la bonne réponse, dans le silence que seul venait troubler de temps à autre le grincement de la toiture dans le froid ou le craquement d'une lame du parquet.

— Vous écrivez toujours ? demanda-t-il.

Le silence dura si longtemps qu'il finit par se dire que sa question, bien qu'il l'eût retournée dans tous les sens et formulée avec la plus grande prudence, n'en était pas moins déplacée et resterait sans réponse. Il était temps de partir. En effet, qui mieux que lui pouvait comprendre l'inanité des questions, l'impossibilité d'y répondre ? Comme il s'apprêtait à se lever, Dekker prit la parole.

— Après avoir terminé mon dernier recueil de poèmes, j'ai eu le sentiment que quelque chose était fini, achevé, mais j'ai pensé que ce n'était qu'une phase de mon évolution, liée à cette série de poèmes en particulier. C'est plus tard seulement que j'ai compris que ce n'était pas cela, mais que c'était la fin, la fin de tout.

Je me suis encore forcé à écrire quelquefois, mais c'était peine perdue – ça doit venir naturellement, vous êtes bien d'accord ? Alors j'ai tout déchiré, et depuis lors je n'ai plus jamais réessayé.

— Est-ce que cela vous gêne beaucoup ? demanda Adriaan.

— Au début, j'ai eu du mal. On s'habitue à l'écriture, elle fait partie de la vie, elle est toujours là, le stylo est toujours à portée de main, prêt à servir. Puis je m'y suis habitué – on s'habitue à tout, n'est-ce pas ? J'ai compris que c'était quelque chose qui avait fait partie de ma vie à une époque donnée, mais que cette époque était passée, comme tout passe dans la vie. Non, cela ne me gêne pas.

Il avait répondu avec naturel, sans contrainte, et ne semblait trouver la question ni trop personnelle, ni indiscrète. Adriaan avait l'impression d'avoir posé la question que Dekker attendait et que tout le déroulement de la soirée, de la conversation, n'avait fait que préparer, afin de l'attirer toujours plus loin, au-delà du jaillissement d'anecdotes et de récits, et de donner forme à des pensées enfouies beaucoup plus profondément et à des perceptions que seule une recherche consciente permettait de révéler.

— J'ai toujours pensé que la créativité était éternelle, dit Adriaan doucement. C'est du moins ce que j'espérais, ce que je désirais. Je croyais que c'était ce que l'on perd en tout dernier lieu, lorsque tout s'écroule et qu'il ne reste plus rien. C'était la seule chose qui me donnait la force d'aller de l'avant, la seule capable de me consoler, cette certitude que quoi qu'il arrive, je pourrais toujours écrire.

Dekker sourit.

— C'est une sacrée consolation, pas vrai ? Je n'ai jamais vraiment bien compris pourquoi, mais la création a le pouvoir de consoler, bien que rien, dans le processus même de la création, ne soit à proprement parler agréable.

Il secouait la tête tout en parlant.

— Quand je pense à tout ce qu'il a fallu sortir de ces tripes, aux heures passées à réviser, à corriger les épreuves, sans parler de toutes les absurdités qu'on entend après coup. Tout cela pour se rendre compte, un beau jour, que personne, presque personne, n'a compris un traître mot de ce que vous vous êtes donné tant de mal à essayer d'exprimer, et que les absurdités que les gens débitent et se répètent les uns aux autres se transmettent à toute allure, comme par une espèce de téléphone arabe dans lequel les mots, en fin de compte, sont complètement déformés. Pour finir, plus personne n'écoute ce que vous avez essayé de dire ; la seule chose qu'ils entendent encore, ce sont les inepties de tel ou tel sur le sujet, et personne ne veut rien écouter. Encore un peu de vin ? demanda-t-il tout à coup.

Il s'aperçut que la bouteille était vide. Adriaan secoua la tête.

— Autre chose ? Venez, allons nous asseoir au salon.

Il parlait comme s'il se rendait compte tout à coup qu'il en avait peut-être trop dit, qu'il avait peut-être trop dévoilé le fond de ses pensées, comme s'il voulait changer de sujet. Adriaan secoua la tête de nouveau.

— Je veux juste écouter, dit-il.

Dans la maison, tout était calme. Quelle heure pouvait-il être ? Dans la fraîcheur de la nuit hivernale, les rumeurs, les craquements et les murmures de la vieille maison s'étaient apaisés, même l'araignée sur le mur avait disparu. Ils conversaient à voix basse, penchés au-dessus de la table encombrée sur laquelle ils venaient de dîner, hésitant tous deux à s'aventurer plus avant sur la route qu'ils avaient commencé à explorer.

— On pense qu'il n'y a que l'amour, dit Dekker lentement, une maison pour l'abriter, quatre murs pour le protéger de l'obscurité et du froid. Mais la maison n'est pas éternelle, l'argile s'effrite, le vent s'engouffre par les trous des pierres descellées. On s'imagine pouvoir se réfugier dans les bras de quelqu'un. À la rigueur, on s'endort dans les bras de l'autre, mais lorsqu'on se réveille, on est seul dans le noir. Alors on reste là, sans pouvoir se rendormir, et on se dit qu'on n'est pas complètement impuissant, qu'on peut toujours écrire, et le simple fait de savoir ça, en soi, est déjà une consolation. Alors on écrit, ou du moins on essaie, on couche les mots sur le papier et voilà, de nouveau c'est comme une libération, ou un exorcisme, bien que l'on ne comprenne jamais exactement comment cela s'est produit, bien que ce ne soit jamais exactement comme ça qu'on avait rêvé la chose. Pourtant on accepte, avec reconnaissance, et on continue. Mais ça non plus, ça ne dure pas ; pas plus que l'amour, que le travail, pas plus que les mots. Tout s'écroule, le vent finit par tout emporter.

— Et après ? demanda Adriaan, voyant que Dekker s'était interrompu.

Il haussa légèrement les épaules et sourit en lui-même.

— Après, on est libre, dit-il simplement.

— Dans le vide ?

Le vieil homme garda le silence, comme s'il prenait le temps de réfléchir avant de parler.

— Je n'ai plus grand-chose pour m'occuper, dit-il. Je lis, mais mes yeux se fatiguent vite, j'écris quelques lettres, je mets de l'ordre dans mes papiers, je bricole un peu dans la maison ou dans le jardin. Je ne me sens pas seul, bien que je vive seul ici, je ne m'ennuie pas. Souvent je m'aperçois que j'ai passé la journée assis à ne rien faire, mais ce n'est pas plus mal. Parfois on veut à tout prix essayer, on se donne un mal de chien, et on n'arrive à rien quand même. Je marche beaucoup, comme ça, pour le plaisir, dans le veld, dans les collines. Chacun me dit que c'est dangereux, qu'il pourrait m'arriver quelque chose à force de me promener comme ça, seul, que les routes ne sont plus très sûres – l'un dit que c'est trop près du village, l'autre que c'est trop loin, je ne sais plus, chacun a sa petite idée là-dessus, mais tous sont d'accord pour dire que je devrais faire attention. Alors je hoche la tête en les écoutant et je pars me promener dans le veld, je regarde les pierres, la végétation, je me console comme ça, seul, lorsque les autres formes de consolation ont disparu. Tout à l'heure je vous parlais des arbres, de ce poème que j'ai écrit sur les arbres, mais les arbres meurent, eux aussi. Ce qu'il faut, c'est apprendre à devenir comme une pierre – non pas passif ou insensible, ce n'est pas ce que je veux dire ; une pierre a une place qui lui est propre, et cette place, c'est son poids qui la détermine. Est-ce que vous comprenez ce que j'essaie de dire ? Suis-je clair ? Ou bien pensez-vous que je raconte n'importe quoi ?

— Je crois comprendre ce que vous voulez dire lorsque vous parlez de poids. Une sorte d'autosuffisance…

— Non, pas d'autosuffisance. D'indépendance, peut-être. Être qui l'on est, apprendre à être qui l'on est, comme une pierre qui s'abandonne à sa *pesanteur* naturelle et s'enfonce lentement dans l'eau pour y trouver sa place…

Il eut un geste d'impatience.

— Autrefois, j'aurais écrit un poème, j'aurais taillé, raboté, transpiré jusqu'à ce que j'aie mis une centaine de mots ensemble qui disent ce que je voulais dire, pour autant que les mots en soient capables. Mais maintenant je suis là, je radote, vous devez vous dire qu'il se fait tard et que le vieux a un coup dans le nez.

— Dès que je quitte la ville et que j'arrive dans l'intérieur du pays…

Adriaan parlait lentement, sans savoir en fait comment exprimer sa pensée. Il était tard ; il était fatigué et commençait à avoir sommeil. Il n'était plus en état de chercher des explications, et parvenait tout juste à décrire les images qui lui venaient à l'esprit.

— Lorsque je regarde par la fenêtre de la voiture, je vois les galets et les grosses pierres dans les lits des rivières, je vois les rochers au pied des collines ; je ne comprends ni ne connais ce genre de paysage, et pourtant je sens que je dois regarder, regarder, que je ne peux pas détourner les yeux, comme s'il y avait là une leçon à apprendre. Comme si un jour j'allais découvrir que ce n'est pas seulement un endroit où je viens en visite, mais l'endroit vers lequel j'ai cheminé toute ma vie.

— Il y a quelque chose qui est au-delà de l'amour, au-delà des mots, au-delà même de la création ; il m'a fallu attendre de vieillir pour apprendre cela. Quand on a parcouru un long chemin, qu'on est arrivé le plus loin possible, après avoir tout quitté, au moment où on pense qu'on n'ira pas plus loin – c'est là qu'on découvre que le voyage ne fait que débuter, et que la route ne va pas « plus loin » au sens où elle s'éloignerait de soi, mais qu'elle est en soi, à l'intérieur de soi. Alors on se laisse envelopper par le silence, on ne cherche plus rien, on existe simplement en soi-même et on éprouve une sorte de paix. Mais comme je disais, tout cela est au-delà des mots.

— Je crois que je commence à comprendre, dit Adriaan. Je crois que je saisis ce que vous voulez dire.

— Vous apprendrez. Enfin, peut-être pas, peut-être vous en retournerez-vous tout simplement en ville, et raconterez-vous que le vieux débloque complètement, dans sa solitude ; et peut-être aurez-vous raison. Je devrais savoir qu'à mon âge, on a mieux à faire que de chercher des mots pour s'exprimer alors qu'on sait que ces mots n'existent pas, même approximativement. Ce que j'en disais, c'était pour vous aider.

— Ça m'a aidé, vraiment.

— La lune s'est levée. Allez-y ; vous devriez trouver votre chemin maintenant.

Ils hésitèrent un instant, puis se levèrent tous les deux en même temps, en silence, comme s'ils ne savaient plus quoi dire. Dekker s'appuya des deux mains sur la table, ankylosé d'être resté si longtemps assis.

— Venez, dit-il soudain.

Il fit quelques pas, s'éloigna avec peine de la table. « Venez avec moi », cria-t-il par-dessus son épaule en se retournant. Adriaan le suivit dans un couloir obscur qui s'enfonçait dans la maison et attendit ; quelque part devant lui, il entendait la démarche trébuchante de Dekker. Une lumière s'alluma ; il vit qu'il était sur le seuil d'une chambre à coucher et que Dekker avait allumé une petite lampe de chevet à côté d'un grand lit aux draps froissés.

— Voilà, dit-il.

Il lui désigna un tableau, une grande toile accrochée au mur en face du lit, qui était tout aussi indéniablement l'œuvre de Carla que le portrait du salon, mais qui était plus proche, par la technique et le thème traité, de ses tableaux plus récents. Des oiseaux, saisis en plein vol dans un instant d'immobilité, les ailes déployées, s'élevaient dans la lumière – il n'aurait pas su dire pourquoi il avait cette certitude, mais il ne faisait pour lui aucun doute que ces structures rigides, hiératiques, représentaient des oiseaux. Il contempla la toile et regarda ensuite l'éclairage tamisé de la lampe de chevet placée derrière lui, qui atténuait les couleurs et faisait ressortir les zones d'ombre et de lumière ; il vit une structure cohérente, dense et cependant totalement dépourvue de lourdeur, qui s'élevait avec légèreté vers la lumière et y disparaissait.

— Son œuvre est devenue de plus en plus tendue, ces dernières années, dit-il. Certains critiques ont même utilisé le terme *énigmatique*.

— C'est inévitable, quand on vieillit, vous ne croyez pas ? On maîtrise mieux son moyen d'expression, on devient moins agressif, moins impatient, on découvre le secret : moins on en dit, plus on exprime.

Il se détourna du tableau.

— Elle l'a apporté la dernière fois qu'elle est venue nous rendre visite, elle avait emprunté une camionnette pour le transporter. Ileana était déjà malade à l'époque, à vrai dire nous savions déjà que c'était le début de la fin et qu'il n'y avait plus d'espoir ; Carla était venue lui dire adieu, et son cadeau d'adieu, c'était ce tableau.

Il parlait sans regarder le tableau, auquel il tournait le dos.

— Nous l'avons accroché ici, en face du lit, et pendant tous ces mois où elle était malade, elle l'a regardé. Nous l'avons gardée à la maison pratiquement jusqu'à la fin de sa vie. Ce n'est que la dernière semaine qu'elle a dû aller à l'hôpital. Juste avant sa mort.

Lentement, il s'éloigna, d'un pas raide et hésitant, s'appuyant au pied du lit.

— C'était la chambre de mes grands-parents, dit-il d'un ton neutre, comme s'il faisait visiter la maison. Lorsque nous avons entrepris les travaux, nous avons fait percer cette grande fenêtre, à laquelle nous n'avons jamais mis de rideaux ; le matin, au réveil, nous regardions les arbres autour de l'étang, les oiseaux, le veld. La nuit, quand je me réveille, je vois le ciel rempli d'étoiles.

Adriaan regarda par la fenêtre et ne vit qu'un rectangle noir.

Dekker se pencha pour éteindre la lampe et Adriaan l'entendit se diriger vers la porte. Il attendit quelques instants que ses yeux se fussent habitués à l'obscurité ; peu à peu, les contours de la porte se dessinèrent sur la faible lueur au bout du couloir, et il rejoignit Dekker.

Ils se retrouvèrent au salon, face à face.

— Avez-vous un message à transmettre à quelqu'un en ville, ou autre chose que je puisse faire pour vous ? demanda Adriaan.

— Non, rien. Si vous voyez Carla, dites-lui que vous êtes venu me voir, et que son tableau est toujours là. C'est tout.

— Alors il ne me reste plus qu'à prendre congé, dit Adriaan, et à vous remercier.

— Je me tiens à l'écart, ajouta Dekker tout à coup, j'ai repris mes billes, comme on dit, mais ne croyez pas que je sois devenu indifférent, que je me sente au-dessus de la mêlée. Je vis ici sans radio, sans journaux, c'est vrai, il est même rare que je reçoive ou que j'écrive des lettres, mais cela ne signifie pas que je ne me tienne pas au courant, ou que je ne me sente pas concerné par ce qui se passe dans ce pays.

— Mais je ne vous fais aucun reproche ! dit Adriaan sans comprendre.

— Je suppose que vous, qui rentrez – qui *devez* rentrer –, vous pourriez vous méprendre sur le fait que je reste ici, bien à l'abri, et croire que je ne suis pas conscient de ce qui se passe, que je refuse de m'engager – mais tel n'est pas le cas. Ce que je veux dire, c'est qu'il ne faut pas mal interpréter mon retrait. Mais ne le prenez surtout pas comme une condamnation de votre propre engagement.

— Moi, engagé ? dit Adriaan, étonné.

— Vos livres le sont.

— Vous êtes bien l'un des rares à vous en être aperçu !

— Vous prenez position. Le choix même de vos mots est déjà une prise de position, un jugement, indépendamment de ce que vous tentez de dire dans tel ou tel poème en particulier.

— Pourtant, la plupart des gens ne lisent que ce qui est le plus apparent, malheureusement.

— J'ai vu les lumières des torches, dans la nuit, de l'autre côté de la colline, au-dessus du village. J'ai entendu les mitrailleuses, les avions qui volaient en rase-mottes dans l'obscurité. Pourtant personne n'en parle, personne n'a rien entendu, personne n'a rien vu ; que faire de ce que l'on sait ? Dans mon lit, la nuit, quand je ne dors pas, je me lève et je vais marcher dans le veld, je ramasse des cailloux, des silex… À une époque, il était question d'entourer de barbelés le village, mais on n'en est pas encore là, ils se sont contentés d'en mettre autour du commissariat. Maintenant ils veulent que j'aille habiter au village, ils disent qu'on pourrait me protéger, que je serais plus en sécurité. À quoi sert tout ce qu'on apprend, tout ce qu'on voit, tout ce qu'on entend, tout ce qu'on retient ? Quand je marche dans le veld, je ploie sous le fardeau de toutes ces connaissances que j'ai emmagasinées. J'y pense en m'endormant, le soir, ça ne me quitte pas.

Il parlait avec intensité mais à voix basse, calmement, comme s'il était nécessaire que ces dernières choses fussent dites avant qu'ils ne prissent congé l'un de l'autre.

— J'essaie toujours de trouver les mots pour dire les choses, dit Adriaan. J'espère toujours que les mots existent, quelque part.

— Je pense de plus en plus souvent à Van Wyk Louw, ces derniers temps. Il y a tant de choses qui me font penser à lui.

La balafre sombre court sur ma terre
Et la fend jusqu'à la racine[1].

» Je ne l'ai pas vraiment bien connu, j'étais beaucoup plus jeune que lui ; à son retour d'Europe, il s'est installé à Johannesburg et nous n'avons que rarement eu l'occasion de nous voir. Mais je le pleure encore, et je trouve toujours une consolation à lire ses poèmes.

Je dois partir, se dit Adriaan. Il ne bougea toutefois pas d'un pouce et ils restèrent ainsi, face à face au milieu du salon, à bavarder à voix basse.

— À quoi bon, dit Dekker d'un air songeur, à quoi bon crier lorsqu'on vous torture et qu'on est seul dans une pièce où personne ne peut vous entendre, sauf ceux qui vous interrogent ? Mais c'est sans importance ; vous, vous avez eu le courage de protester, vous avez identifié l'injustice et vous l'avez nommée, vous l'avez dénoncée comme étant, fondamentalement, *injuste*. Continuez, continuez, cherchez les mots, dites les mots que vous trouverez. Criez, criez dans le silence.

Furtivement, timidement presque, il posa ses deux mains sur les épaules d'Adriaan, pour lui dire adieu.

— Partez, maintenant, ajouta-t-il très vite, comme s'il s'était soudain rendu compte de l'heure tardive. Avec le clair de lune, vous trouverez sans peine votre chemin. En passant par le veld, vous en avez pour un quart d'heure, vingt minutes.

Les mains toujours posées sur les épaules d'Adriaan, il le poussa vers la porte, presque avec impatience.

— Tenez, vous contournez l'étang par la gauche, puis vous allez tout droit en direction de la colline,

1. N. P. Van Wyk Louw, *Die Beiteltjie* (« Le petit ciseau »), Tafelberg/Human & Rousseau, Le Cap, 1981.

le village est juste de l'autre côté. Il y a une clôture autour de la propriété, mais vous trouverez bien la barrière, c'est par là que passent les ouvriers agricoles pour aller au village.

Dans l'obscurité, sur la véranda, il voulut de nouveau remercier son hôte, prendre congé de manière un peu plus officielle, mais Dekker était redevenu distant ; des adieux trop formels n'étaient pas nécessaires. Les mots, ces pièges et ces filets dans lesquels on se prenait les pieds, pouvaient se transformer en un instant en une corde fragile permettant de se déplacer pas à pas au-dessus de l'abîme. Parfois, on pouvait aussi arracher le masque, et avec lui la peau à laquelle il était collé, afin de montrer non le visage, mais l'étrange réseau de muscles, de nerfs et de veines qui habillait le crâne.

La lune déclinait, mais on y voyait encore assez pour trouver son chemin sans difficulté. Il s'aperçut, tout en cheminant à travers le veld où la moindre pierre, le moindre buisson se détachait contre son ombre, qu'il avait oublié l'extraordinaire luminosité de la lune. Il faisait froid, plus froid que ce à quoi il s'était attendu, mais la rigueur de l'hiver était passée et il ne voyait pas trace de gel. Il marchait lentement, tâtonnant à travers les arbustes et les pierres dans la direction que Dekker lui avait indiquée, les yeux remplis de lumière, et il était déjà loin de la maison lorsqu'il se retourna pour regarder derrière lui. Il vit dans le clair de lune le miroitement livide de la toiture de l'autre côté des arbres qui bordaient l'étang, mais à cette distance, il était impossible de savoir si une lampe était encore allumée dans la maison ; devant lui, le village était encore flou dans la pénombre. Il songea en lui-même qu'il n'avait pas été aussi seul depuis bien longtemps, loin de toute présence humaine, comme ici, dans le veld éclairé par la lune où il se trouvait de manière aussi inattendue. Pendant un court instant, un peu désorienté, il s'arrêta, ne sachant plus où il était, où il allait ; il se souvint alors que Bernard l'attendait à l'hôtel et il pressa le pas pour pouvoir bavarder encore un moment avec lui. Tout en réfléchissant, il se dit qu'il était déjà trop tard et que Bernard dormait sûrement depuis longtemps : il n'avait plus dès lors aucune raison de se dépêcher, il pouvait rester encore un moment à flâner, seul dans le veld et dans la nuit.

La lumière uniforme du clair de lune inondait les pierres et faisait briller les feuilles des arbustes comme si elles étaient humides de rosée ; sur le sol aride, les cailloux et le gravier scintillaient dans l'obscurité, au loin les collines luisaient et la voûte céleste vibrait dans le rayonnement des étoiles. Aveuglé par la lumière, recru de fatigue, il avançait tel un nageur à travers la lumière d'argent et la fraîcheur de la nuit hivernale, aussi trempé que s'il avait dû se frayer un chemin dans l'eau, trébuchant sur les pierres et la végétation avec un effroyable silence dans les oreilles.

Il vit devant lui l'éclat des barbelés qui brillaient au clair de lune, escalada la clôture et poursuivit sa route dans ce qu'il supposait être la bonne direction. Ses membres se raidissaient sous l'effet du froid. Il se dit qu'il était grand temps qu'il arrive à l'hôtel et qu'il aille se coucher, et se demanda dans quelle mesure son alibi serait crédible si quelqu'un l'arrêtait et lui demandait ce qu'il faisait là. Croirait-on ses explications ? Se pouvait-il qu'il se fût perdu, qu'il eût raté le village ? Comme il se posait ces questions, il atteignit la crête du talus, buta contre les pierres et vit les lumières des maisons qui se reflétaient dans le ciel. Il avait du mal à croire qu'un endroit aussi minuscule, si loin de tout, pût éclairer la nuit de façon aussi nette, mais lorsqu'il franchit le sommet du talus, il s'aperçut que c'étaient les projecteurs entourant le commissariat de police qui étaient à l'origine de toute cette lumière, et que le village lui-même était noyé dans l'obscurité en contrebas. La forteresse, quoique violemment illuminée, ne montrait aucun signe de vie. Personne ne le vit descendre la colline, cheminer le long de la rue déserte et rectiligne jusqu'à l'hôtel, longer les maisons aux fenêtres obscures. C'était comme si le village avait été évacué et qu'on ne vît brûler encore que les lumières des fortifications, en souvenir de l'occupation précédente.

Ils avaient payé la chambre d'avance, en arrivant à l'hôtel, et étaient convenus de partir le plus tôt possible le lendemain matin, sans attendre l'heure du petit déjeuner ; Bernard vint le réveiller dès le lever du jour. Traversant l'hôtel endormi, ils portèrent leurs bagages jusqu'à la voiture garée dans l'arrière-cour et se rendirent au commissariat pour signaler leur départ. L'endroit ne montrait encore aucun signe de vie, et ils attendirent un bon moment avant que quelqu'un bouge au fond du bâtiment. On les examina à travers des judas, derrière des vitres miroirs à l'épreuve des balles, on leur prit et on leur rendit leurs papiers par des fentes, mais ils ne virent pas âme qui vive. Autour du bâtiment, la violence des projecteurs s'atténuait au contact de la lumière du jour.

Ils quittèrent le village et laissèrent derrière eux les maisons et les jardins ; le veld s'étendait à perte de vue. Bernard, par politesse, lui avait posé quelques questions sur sa visite et sur la conversation de la veille, en le laissant libre de donner ou non des détails. Adriaan, pour sa part, avait demandé à Bernard comment s'était passée la soirée à l'hôtel, si le dîner était bon, s'il y avait quelque chose d'intéressant à la télévision, s'il y avait du monde au bar, puis ils gardèrent le silence.

Le froid matinal était vif, le ciel clair et sans nuage. Le soleil venait à peine de se lever et brillait à l'horizon, mais la chaleur n'était pas encore perceptible, et le ciel était si pâle qu'il en paraissait presque incolore. La route rectiligne, la voiture, le veld autour d'eux, tout allait à la rencontre du jour : le moindre arbuste, la moindre pierre projetait une ombre comme une longue traîne. Pas tout à fait réveillé – il n'avait pas beaucoup dormi et la conversation de la veille au soir était encore un peu confuse dans sa mémoire –, Adriaan eut l'impression, en voyant la légère ondulation du veld, de voguer sur un plan d'eau qui les ramenait vers la ville inaccessible, lointaine, derrière les cols et les chaînes de montagnes.

— Et si on s'arrêtait pour marcher un peu ? proposa soudain Bernard après un long silence. À moins que tu ne sois pressé de rentrer ?

— Non, répondit Adriaan. Je ne suis pas pressé. Pas du tout, même.

Bernard se rangca sur le bas-côté et ils descendirent de voiture. La route était déserte, et ils n'avaient croisé aucun véhicule depuis qu'ils avaient quitté le village. Le veld s'étendait à l'infini, sans la moindre clôture : ce n'est que par endroits que l'on apercevait un léger dénivellement, un talus, qui n'arrivait cependant pas à dissiper l'uniformité du relief, ou une petite inégalité de terrain, visible uniquement grâce au jeu du soleil et de l'ombre, et à la partie supérieure des arbustes les plus grands qui témoignaient de la présence d'un cours d'eau. Tout autour d'eux, l'horizon était illimité, sans colline ni montagne.

Sans dire un mot, ils s'éloignèrent de la voiture, chacun marchant du côté où il était descendu, et cheminèrent à travers le veld de part et d'autre de la route, s'écartant de plus en plus l'un de l'autre, comme si ce retour dans le silence avait été planifié à l'avance. Le voyage de la veille, avec ses interruptions et ses obstacles, et le séjour dans le village désert leur avaient laissé un sentiment d'oppression dont il ne se libérerait que lentement ; quant à la conversation, elle avait pris un tour tellement imprévisible avec tous ses secrets, ses non-dits et ses révélations aussi soudaines qu'inattendues, qu'il lui faudrait encore quelque temps pour l'assimiler. En attendant, il devrait la ramener telle quelle, brute, non digérée, dans cette ville avec ses soldats, ses immeubles abandonnés et ses murs barbouillés de slogans, jusque dans la maison tournée vers le silence de sa cour intérieure, dans les longues nuits de solitude. Il n'avait pas encore le courage de regarder en face la réalité à laquelle ils retournaient.

Que cherchait-il donc, se demanda-t-il, non sans impatience. Il errait, tête baissée, les yeux rivés au sol comme s'il s'attendait à trouver quelque chose au milieu des arbustes rabougris aux troncs noueux, des pierres et du gravier. Que pourrait-il trouver ici ?

Levant les yeux, il vit la voiture blanche qu'ils venaient de quitter, et un peu plus loin Bernard qui, de l'autre côté de la route, tout aussi lentement que lui, marchait tête baissée, avec l'air de chercher quelque chose. Un mot de lui, et Bernard lèverait la tête ; un geste, et il pourrait le toucher. Jamais encore il n'avait été aussi proche de quelqu'un qu'ici, en plein veld, alors même que chacun avait choisi sa direction et s'était retiré dans l'immensité du silence.

Le soleil s'était levé, et la fraîcheur matinale commençait déjà à se radoucir. D'un côté, à l'endroit où une bande d'ombre indiquait la présence d'une rivière, des oiseaux gazouillaient dans les broussailles. C'était presque la fin de l'hiver, et même en ville les signes avant-coureurs du printemps seraient visibles.

Il s'immobilisa et sentit le vent sur sa peau, légèrement atténué, sentit cette fraîcheur qui n'était déjà plus celle de l'hiver, huma le parfum âcre des arbustes. Parfois, en ville, entre piétons et voitures, au coin d'une rue, à un feu rouge, dans le bruit de la circulation, le vent apportait la chaleur et l'odeur de la poussière, soufflait un peu de poussière sur l'asphalte de la chaussée et lui rappelait ce pays immense au-delà des faubourgs et des montagnes. Ce continent avec ses distances, et son silence, intact.

Il savait que l'oppression, tout comme les silences et les révélations, finirait par être absorbée par le temps qui passe. L'expérience lui avait appris qu'il existait toujours une consolation, même si elle arrivait au moment où on s'y attendait le moins et par les voies les plus détournées. Il suffisait du souvenir lointain d'une voix, d'une bouche, longtemps après que le visage se fut évanoui dans la mémoire ; du souvenir de moments d'intimité, de brefs instants partagés, instants de silence ou de conversation, d'évitement ou de mise à nu ; des rythmes pour lesquels les mots n'avaient pas encore été trouvés, mais qui donnaient parfois plus de courage que des mots. La chute de la lumière du soleil qui tombait en oblique sur le sol, l'odeur des herbes aromatiques et la chaleur incertaine du vent, ces clefs qui permettaient de dévoiler les souvenirs et qui devenaient elles-mêmes des souvenirs pour plus tard, pour continuer à vivre. Il était temps de rentrer.

VII

Depuis le temps qu'on en parlait, le fonctionnaire de Pretoria finit par faire son apparition au musée, et sa simple présence dans le bureau du directeur suffit à paralyser complètement le train-train quotidien avant même que quiconque l'eût vu. La sécurité à laquelle les employés du musée s'étaient cramponnés jour après jour dans leur petit coin tranquille était menacée depuis longtemps déjà, mais ce fut seulement lorsque la menace commença à se préciser qu'ils en prirent pleine conscience ; affolés, ils se mirent à courir en tous sens d'un bureau à l'autre, à se réunir dans les couloirs et à spéculer à voix basse sur ce qui allait se passer. Une porte qui s'ouvrait dans le couloir, un téléphone qui sonnait dans la pièce d'à côté suffisaient pour les disperser et les renvoyer à l'éphémère sécurité de leur bureau.

On attribua au visiteur une pièce vide équipée d'un bureau et d'un téléphone, et l'un après l'autre, par ordre d'ancienneté, tous les membres du personnel furent convoqués pour un entretien. Le directeur demeura dans son bureau et se contenta d'envoyer une circulaire faisant état de l'arrivée du visiteur ; pour le reste, il fut encore plus discret que d'habitude. Chacun attendant d'être convoqué, une paralysie générale s'empara des services administratifs.

Adriaan se dit qu'il était temps d'en finir ; il demanda à une femme de ménage de lui apporter des cartons vides à l'entrepôt où il travaillait. Il était peu probable qu'une partie importante du legs dont il s'occupait fût un jour intégrée aux collections du musée. Depuis longtemps, il était conscient du fait que c'était uniquement son intérêt et sa curiosité personnelle qui l'avaient poussé à consacrer autant de temps à trier et à classer tous ces objets. Toutefois, les nouvelles perspectives ayant tout à fait dépouillé ce passe-temps épicurien du semblant de raison d'être qu'il possédait encore, Adriaan entreprit machinalement de terminer sa tâche, rassemblant, pliant, attachant et emballant les objets dans des cartons. Ce faisant, il se demanda si quelqu'un, un jour, irait encore les déballer et tenterait de leur redonner quelque utilité pratique ou bien si ces fourrures qui sentaient la naphtaline, ces dentelles décolorées et ces livres jaunis étaient voués à la destruction. Il comprit cependant, tout en remplissant sans enthousiasme les étiquettes, en vérifiant l'inventaire et en examinant les listes avant de les donner à taper et de les envoyer au classement, qu'il s'en était déjà détaché ; sans s'en rendre compte, il avait commencé peu à peu à éprouver une véritable aversion pour tous ces détritus. Ces objets, autrefois témoins de la réalité de la vie quotidienne, n'étaient plus désormais que des débris et des épaves rejetés sur le rivage d'une terre étrangère ; comme personne ne connaissait, et encore moins ne comprenait, les valeurs qu'ils véhiculaient, ils furent réduits à des séries d'inscriptions numérotées dans des inventaires, tels les hiéroglyphes d'une civilisation ancienne disparue depuis longtemps. Dans un dernier geste de piété, il détruisit les photos et les lettres, comme si le fait que ces objets personnels risquaient de tomber entre des mains étrangères avait encore la moindre importance. Les photos, faciles à déchirer dans leurs fragiles montures en carton, ne furent bientôt plus que des fragments épars sur lesquels brillaient encore, en lettres dorées ou argentées, les noms de Berlin, de Varsovie et de Saint-Pétersbourg, mais le papier épais des lettres offrait davantage de résistance ; il n'avait pas encore terminé d'accomplir cette tâche pénible qu'il entendit dans le couloir le pas traînant du concierge qui venait le prévenir que c'était son tour, qu'il était convoqué pour son entretien.

Le visiteur de Pretoria était un homme d'une trentaine d'années vêtu d'un costume trois pièces en mohair, d'une chemise blanche immaculée et d'une cravate en soie : en entrant dans le bureau, lorsque l'homme se leva, main tendue, Adriaan fut frappé par les vêtements chers et bien coupés, les verres de lunettes étincelants et l'affabilité étudiée. Manifestement, après la série d'anglophones et d'étrangers évasifs ou incompétents qui formaient le gros des effectifs du musée, il était soulagé d'avoir affaire à un Afrikaner, dont le nom, qui plus est, était connu dans tous les milieux, même s'il eût été totalement incapable de dire avec précision pour quelle raison et dans quel contexte, et s'il n'avait vraisemblablement jamais lu le moindre poème depuis qu'il avait quitté l'école. Avec bienveillance, souriant aimablement derrière ses lunettes étincelantes, il désigna la chaise de l'autre côté du bureau et se livra à quelques considérations générales sur la littérature, laissant entendre au passage que son épouse aimait beaucoup lire et qu'il ne manquerait pas de lui faire le compte rendu de leur entretien en rentrant chez lui. Adriaan, un instant perplexe, eut l'impression d'être en présence de Dewald, et ses souvenirs et ses réactions s'entremêlèrent. Il se rendit soudain compte très nettement qu'il lui fallait partir, même s'il ne savait pas encore pour où ; il prit conscience de l'odeur morte de vieux papiers, de fourrure et de naphtaline qui collait à ses mains et à ses vêtements. Cela faisait trop longtemps qu'il se consacrait à ce passe-temps improductif ; il s'était laissé enfermer dans un cul-de-sac, et il avait fallu l'irruption de cet étranger pour le réveiller.

Il s'aperçut brutalement qu'il n'avait pas accordé la moindre attention à ce que disait l'homme assis en face de lui, mais dans le même temps il était conscient du fait qu'il n'avait pas manqué grand-chose. Le flot de paroles de l'individu, qui avait débuté par une série de lieux communs rassurants sur la littérature, était passé à d'autres clichés tout aussi rassurants sur l'importance de la culture, la place centrale des musées dans l'éducation nationale et l'importance de la conservation et de la préservation du patrimoine. Ce splendide bâtiment, poursuivit l'homme d'une voix égale, cette petite oasis en plein centre-ville, ce vieux jardin avec son chêne – il tendit le bras en direction de la fenêtre. Manifestement pourtant, l'arbre, avec ses lourdes branches, lui faisait trop d'ombre ; il alluma les néons et une lumière sinistre s'abattit sur le bureau, le téléphone, les dossiers bien rangés, les feuilles de papier à écrire et le stylo à plume en or.

La voix poursuivait son monologue, ne s'interrompant que brièvement pour reprendre sa respiration : considérations financières… rationalisation… utilisation efficace des ressources humaines disponibles… le ministère… le ministre… Adriaan, tout en fixant d'un œil morne l'homme assis en face de lui, se dit qu'il avait dû étudier son dossier dans son bureau de Pretoria la semaine précédente, apprendre par cœur les statistiques correspondantes et, la veille au soir, dans sa chambre d'hôtel, se rafraîchir la mémoire à la hâte ; une fois le sort du musée réglé, il reprendrait l'avion vers quelque mission nouvelle – le sort du lycée technique, celui du théâtre et du festival seraient ainsi traités tour à tour de manière systématique, comme l'avait été le musée avant eux. De mission en mission, d'aéroport en aéroport, il gravirait barreau après barreau l'échelle étroite de l'avancement et de l'ambition jusqu'à ce qu'il arrive à ces hauteurs vertigineuses dont il avait fait le but de toute sa vie. La lumière blême des néons ricochait sur ses mains et renvoyait un éclat terne dans ses lunettes tandis qu'il parlait. Inutile d'écouter, se dit Adriaan : le destin de l'institution et de la poignée de ratés qui y travaillaient avait été scellé il y avait longtemps déjà dans un autre bâtiment, derrière un autre bureau.

Mais il fut tiré de sa rêverie lorsqu'il se rendit compte que l'homme attendait de lui sinon une réponse, du moins une réaction appropriée, bien que rien n'eût été formulé de manière officielle. Il s'aperçut juste à temps que l'homme était précisément en train de parler du musée ; il s'exprimait d'un ton hésitant, comme s'il voulait donner l'impression qu'il pesait avec soin chacune de ses paroles. Il laissa tomber des termes comme « infrastructure », « objectifs », « fonctionnel » et « rationalisation », appuyant légèrement sur chaque mot comme pour en souligner l'importance ou les faire ressortir du contexte. Puis, se penchant sur le bureau, il poursuivit sur le ton de la confidence et l'inflexion de sa voix se modifia imperceptiblement.

Adriaan, un peu étonné, se dit que son interlocuteur lui témoignait là une marque de confiance exceptionnelle, ou à tout le moins qu'il ne ménageait pas sa peine pour lui donner l'impression que tel était le cas. La seule explication qui lui vint à l'esprit était qu'il était de langue afrikaans, qu'il écrivait en afrikaans et que son nom était relativement connu dans la communauté afrikaner ; c'étaient là les cartes de visite qui faisaient la différence entre lui et les anglophones, les étrangers, les inadaptés et autres cas sociaux de l'institution où il travaillait et qui lui avaient valu cette marque de confiance. Sur le seul critère de la langue, il se trouvait soudain pris, à son corps défendant, dans une sorte d'intimité avec cet homme, comme enfermé avec lui à l'intérieur d'une clôture de barbelés dans cette pièce isolée et silencieuse, avec son éclairage blafard, comme s'ils étaient retranchés tous deux derrière des barricades dans un monde à la fois étrange, hostile et menaçant. Il comprit qu'on attendait de lui un geste de soutien et de solidarité, un témoignage qui servirait à entériner et à justifier une décision prise depuis longtemps ailleurs, et cette idée le mit légèrement mal à l'aise.

L'homme tâta le terrain, lui demandant s'il pensait que l'institution avait encore une raison d'être dans la société actuelle. Une fois encore, il sembla choisir ses mots avec prudence, en accentuant certains. Ne pourrait-on pas, le cas échéant, utiliser *autrement* les ressources humaines et les crédits disponibles ? Comme s'il devait déplier quelque ancienne étoffe moisie, séparer les pages collées les unes aux autres de quelque manuscrit ou encore, courbé au-dessus d'une table éclairée par une lampe puissante, examiner, scalpel et pince à la main, quelque objet inconnu et fragile, il abordait le sujet prudemment mais en allant droit au but. Adriaan, tout en se disant qu'il n'avait pas recherché cette intimité, ressentit un instant une panique identique à celle qu'avaient éprouvée ses collègues qui chuchotaient dans les couloirs, même s'il se savait moins vulnérable qu'eux. Ce fonctionnaire anonyme qui débitait des informations apprises par cœur, avec son costume chic flambant neuf et cette manière de lui imposer une intimité qu'il n'avait pas demandée, lui déplaisait souverainement. Le musée lui avait offert pendant des années un refuge paisible sans rien exiger d'impossible en retour : pourquoi lui demandait-on aujourd'hui de participer à cette trahison ?

On attendait néanmoins de lui une réponse : la voix, de l'autre côté du bureau, s'était tue.

Le musée, répondit-il prudemment lorsqu'il fut clair qu'il ne pouvait garder le silence plus longtemps, reflétait les idéaux de l'époque à laquelle il avait été créé. Tout en se demandant ce qu'il pourrait bien ajouter, il vit que l'homme en face de lui ne comprenait pas de quoi il parlait ; il décida alors de retourner la situation en sa faveur et se mit à vanter l'intérêt de montrer un microcosme de la culture mondiale afin de mieux faire connaître les expressions locales des coutumes d'Europe occidentale dans un contexte plus large… une collection précieuse constituée depuis des années et qui ne cessait de s'enrichir… Pour le moment, expliqua-t-il, il s'occupait de l'inventaire du legs d'une famille de propriétaires terriens de Prusse-Orientale… Ce nom, bien qu'inconnu de son interlocuteur, ne suscita aucune réaction. Comme il évoquait les fourrures, les livres à reliure de cuir et les tableaux, l'homme en face de lui reconnut tout à coup quelque chose à quoi il pouvait se raccrocher.

— Mais alors, tout cela vient vraiment de l'étranger ? demanda-t-il.

Adriaan l'assura que tel était bien le cas : ces objets avaient été sauvés par des paysans et transportés sur des charrettes devant l'avance des troupes russes victorieuses.

Il se rendit compte progressivement que cette conversation se transformait au fur et à mesure en un jeu de société dans lequel il avait constamment un ou deux points d'avance sur son adversaire, qu'il réussissait toujours à éviter. Tenace, cependant, ce dernier le poursuivait et chaque fois, au dernier moment, il le distançait de justesse sans oser y croire. Étonné de sa propre adresse, il constata qu'il prenait un certain plaisir à ce petit jeu par lequel il tentait de retarder de quelques minutes la fermeture inévitable du musée. Qui aurait pu penser que cet espace clos enserré de barbelés, au sein duquel il était enfermé avec cet homme, ouvrait sur un horizon sans limites agrémenté d'avenues, de pelouses et de forêts à travers lesquelles la course-poursuite pouvait se répéter à l'infini et où les possibilités de fuite étaient légion ? Il s'aperçut d'un coup que le long d'une de ces avenues interminables, quelque part entre les arbres, il avait réussi à semer son poursuivant. Il était seul.

Dans le bureau, tout était si calme que l'on entendait le bourdonnement des néons. Ils échangèrent un regard mais l'expression des yeux de son interlocuteur était invisible derrière les verres de ses lunettes. Ils s'étaient tout dit et avaient abandonné la moindre tentative de poursuivre la conversation : il avait échoué, il avait déçu, se dit-il en regardant le reflet terne des lunettes en face de lui. L'homme, après avoir légèrement reculé sa chaise, se redressa, raide comme la justice, et prit la parole d'une voix mesurée. Certes, convint-il, tout cela était exact ; toutefois, compte tenu de la nouvelle politique culturelle… de la situation financière… des obligations multiples du gouvernement… du secteur privé… Les expressions toutes faites glissaient sans bruit entre ses lèvres. Compte tenu des circonstances, une réorganisation à grande échelle est inévitable, dit-il en se levant, signalant ainsi que l'entretien était terminé. Il lui assura cependant, une fois de plus, que le ministère avait la plus haute estime pour ses services, et que même si des changements profonds devaient intervenir, il espérait pouvoir continuer à compter sur sa collaboration et sur son soutien.

Il avait échoué, mais il était pardonné : au fond, n'était-il pas un artiste, donc par définition quelqu'un qui n'était pas tout à fait comme tout le monde, un inadapté, un raté, comme beaucoup de ses collègues ? Certes, mais il parlait afrikaans, et sa langue maternelle était sa seule planche de salut. L'homme, pensant déjà au prochain entretien, lui demanda aimablement au moment de prendre congé s'il travaillait à un nouveau livre et lui souhaita bonne chance. Il ne lui restait plus qu'à se retirer. Une fois de plus il avait obtenu un sursis, une fois de plus le jugement était différé. Une fois de plus il avait réussi à se glisser entre les barbelés, et seules les égratignures sur ses mains et les déchirures de ses vêtements permettaient de savoir où il était allé.

Au lieu de retourner vérifier les inventaires, ce travail que le ministère tenait en si haute estime, il se rendit dans son bureau où il se mit machinalement à vider ses tiroirs. Il se demandait à quoi ressemblerait le nouveau système, et quelle serait la place qui lui serait assignée. Il n'avait pas pensé à poser la question, et maintenant il y avait peu de chances qu'il le sût un jour.

Un léger bruit le fit sursauter, et il vit Mlle Carter, l'air timide et emprunté, entrer dans la pièce ; bien qu'elle donnât l'impression de ne pas se sentir à sa place et de craindre d'être surprise et chassée, elle était incapable de dissimuler sa curiosité. Elle se mit à tourner autour de son bureau, tripotant un objet, le reposant sans même l'avoir regardé ; il était tellement évident qu'elle voulait savoir comment s'était passé l'entretien qu'il n'attendit pas qu'elle eût rassemblé assez de courage pour poser elle-même la question. Une réorganisation était inévitable, lui dit-il, étonné de retrouver dans sa propre bouche les mêmes expressions doucereuses sur les finances et la rationalisation que celles qu'il venait d'entendre. Néanmoins, au regard de son ancienneté – vingt ans, trente ans ? –, il n'osa pas lui dire l'implacable vérité qu'il venait de découvrir, à savoir que le musée allait fermer, que les collections seraient dispersées et peut-être même en grande partie détruites, et que le personnel – en majorité des gens dans la cinquantaine, peu qualifiés ou incompétents – ferait l'objet d'un « dégraissage » impitoyable. Avec beaucoup de prudence, il formula l'information dont il lui faisait part de manière à ne pas la perturber, mais même la perspective voilée d'un changement constituait déjà manifestement pour elle une menace. Il comprit que ce n'était pas la curiosité qui l'avait conduite jusque-là, mais une peur panique : pour cette femme plus très jeune, avec ses cheveux rebelles et ses chaussures à lacets, comme pour tant de ses collègues au nom desquels elle était vraisemblablement venue tâter le terrain, le musée était un petit monde en soi au sein duquel se déroulait le fil de leur existence et qui donnait un sens à leur vie. Que lui resterait-il ? se demanda-t-il, soudain pris de pitié. Son petit appartement bon marché dans un vieil immeuble délabré, ses plantes vertes, peut-être une mise à la retraite anticipée, et sa solitude. Qui lui proposerait un autre emploi ? Où trouverait-elle refuge ? Il n'y avait rien cependant qu'il pût faire, si ce n'est prononcer la sentence de la voix la plus douce possible, parfaitement conscient qu'il était lui-même, une fois de plus, un privilégié. Elle le remercia et battit en retraite, désespérée.

Au début les bombardements avaient lieu la nuit, aussi la population avait-elle appris à redouter plus particulièrement les nuits de pleine lune. Mais, au fur et à mesure que la guerre progressait, les bombardiers alliés se relayaient, et les bombes tombaient de manière ininterrompue. Les citadins qui ne s'étaient pas mis à l'abri à temps découvrirent que toute fuite était désormais impossible, et très vite il s'était avéré qu'il n'y avait plus aucun refuge dans un pays où toutes les villes étaient la proie des flammes et où toute la population était réduite à l'état de personnes déplacées et de réfugiés. Les habitants s'attachèrent dès lors en premier lieu à rendre leur existence dans la ville ravagée aussi vivable que possible et se résignèrent à vivre dans la pénombre, enfermés dans des abris antiaériens et des asiles de fortune tandis que le ciel et la terre grondaient en permanence, qu'une fine pluie de poussière s'abattait sur eux et que la lumière électrique s'allumait et s'éteignait à une vitesse folle en une série de signaux de détresse dont ils ne comprenaient pas le sens, pour finir par s'éteindre définitivement et les plonger dans l'obscurité. De temps à autre, quelqu'un profitait d'une brève accalmie pour sortir chercher de l'eau ou aller aux nouvelles, et rapportait des informations concernant les quartiers en flammes et les barricades qui étaient tombées avant que le grondement annonçant le retour des avions ne rendît de nouveau impossible toute conversation.

Parfois, de manière inexplicable, les accalmies entre deux raids aériens se prolongeaient et les civils pouvaient alors sortir des abris avec leurs manteaux, leurs couvertures et leurs valises, aveuglés par la lumière du jour en cette fin d'hiver et ce début du printemps, lumière à laquelle leurs yeux n'étaient plus habitués. Ils sortaient, reprenaient autant que faire se pouvait le cours interrompu de leur vie dans des maisons où il n'y avait plus ni gaz, ni électricité, ni carreaux aux fenêtres, fouillaient les ruines de leur ancienne demeure en espérant récupérer quelque objet, et gribouillaient des messages sur les murs en ruine ou le chambranle des portes pour le cas où quelqu'un les chercherait. Aussi souvent que le permettaient ces interruptions, ils engageaient des tentatives en vue de rétablir un semblant de normalité : les uns faisaient un peu de ménage ou organisaient des soupes populaires, d'autres improvisaient un système de transports en commun au milieu des gravats, d'autres encore allaient commander des fleurs ou acheter un chapeau dans les rares magasins restés intacts. Au fur et à mesure que le temps passait, l'espérance était de plus en plus ténue et de moins en moins convaincante.

Le long des routes encore ouvertes à la circulation, dégagées aussi vite que possible après chaque bombardement, on voyait un flot ininterrompu de camions kaki et d'autres véhicules militaires passer en vrombissant ; mais les gens ne levaient plus les yeux et continuaient à fouiller les décombres à la recherche d'un objet quelconque ou d'un être cher. Il y avait des choses plus importantes. Quelque part au cœur de la ville ravagée, penchés au-dessus de plans et de cartes où figuraient des rues et des ponts qui n'existaient plus depuis longtemps, les dirigeants résistaient dans des abris souterrains équipés de l'air conditionné et dont l'entrée était gardée. Personne toutefois ne pensait plus à eux, car ils avaient perdu toute signification pour cette ville où la survie était l'unique question à l'ordre du jour.

Dans cette confusion généralisée, il y avait aussi des gens auxquels l'ampleur des destructions avait soudain donné une liberté totale. Pour ceux qui avaient tout perdu – maison, possessions et êtres chers – commençait une période de vertige au cours de laquelle, anesthésiés par le choc et étourdis par leur liberté soudaine, ils erraient dans une ville où ils n'avaient plus aucune attache, la parcourant et la redécouvrant. Ils faisaient connaissance, dans un silence étonné, avec une ville totalement transformée, une ville où les décombres, les gravats et les terrains vagues avaient remplacé les immeubles et les rues et où le bruit familier de la circulation se limitait au crissement des pas sur les éclats de verre ou aux voix, étouffées par la distance, des sauveteurs qui s'interpellaient d'une rue à l'autre à la recherche de survivants. Une odeur de brûlé régnait en permanence et se mêlait à celle, incommodante, du gaz qui s'échappait des tuyaux percés et des corps en décomposition entre les ruines, tandis qu'un fin brouillard de fumée et de poussière enveloppait tout. La ville avait été éventrée de force afin de recevoir la lumière diffuse gris argent du printemps, des horizons infinis s'étendaient de toutes parts comme dans les dessins des architectes de la Renaissance ou des Lumières, de larges avenues et des places immenses où la vie pourrait recommencer. Sans un mot, les vagabonds se déplaçaient à travers les gravats et les ruines dans ces grands espaces vides, dans la lumière gris argent, dans la fumée et la poussière, l'un ici, l'autre là, absorbés par leur quête, se penchaient, tâtonnaient, tentant de récupérer quelque chose, de s'habituer à cette sagesse qu'ils venaient d'acquérir à l'instant.

À la troisième sonnerie, Adriaan alla répondre : il ne pourrait pas éviter Dewald éternellement et la résistance ne faisait d'ailleurs qu'encourager et renforcer son inépuisable obstination.

— Tu es allé le voir ? demanda une voix sans autre forme de cérémonie à l'autre bout du fil.

— Qui est à l'appareil ?

— Dewald. Ça fait des jours que j'essaie de te joindre.

— Je m'étais absenté.

— J'essaie depuis avant-hier soir. Je pensais que tu allais m'appeler.

— J'ai eu beaucoup de travail. On nous a envoyé quelqu'un de Pretoria pour une enquête.

Même lui trouvait l'excuse peu convaincante, mais il avait constaté depuis longtemps que Dewald, sorti de la littérature et des milieux universitaires, ne connaissait rien à rien et qu'on pouvait lui raconter absolument n'importe quoi. Et comme dans le même temps il ne s'intéressait à rien, en dehors de ce domaine quelque peu limité, il balaya l'objection d'Adriaan sans même prendre la peine de l'écouter.

— Tu l'as rencontré ?

— Qui ça, le type de Pretoria ?

— Non, Dekker !

Il était tendu et nerveux, ce qui expliquait son impatience et son ton sec.

— Oui, je l'ai vu.

— Et qu'a-t-il dit ?

— Oh, tu sais, il a surtout parlé du bon vieux temps, de l'époque où il habitait Le Cap, des gens qu'il connaissait ici…

— Et pour la revue, il est d'accord ?

— Non.

Dewald accusa le coup en silence.

— Comment ça, non ? demanda-t-il non sans une certaine indignation dans la voix.

— Il a juste dit que ça ne l'intéressait pas, c'est tout.

— Mais tu lui as expliqué à quel point ce projet était important pour la littérature afrikaans, et spécialement pour la poésie ?

— Je ne crois pas qu'il s'intéresse beaucoup à la littérature afrikaans en général, ni même à la poésie. Je lui ai transmis ton message, ajouta-t-il rapidement pour couper court à tout reproche.

À l'université, dans les amphithéâtres, son auditoire était tellement passif et le petit monde de la littérature dans lequel il se mouvait était si confiné qu'il n'avait pas beaucoup de concurrents, ce qui faisait qu'il était peu habitué à rencontrer de l'opposition et ne savait jamais comment réagir.

— Je n'allais quand même pas le forcer ! dit Adriaan.

Il y eut un long silence à l'autre bout du fil, et Adriaan se demanda comment mettre fin à la conversation.

— Peut-être faudrait-il que j'y aille moi-même, voir si je peux en tirer quelque chose, dit Dewald d'un ton pensif.

— Ce ne serait peut-être pas une mauvaise idée, acquiesça Adriaan, faisant confiance à Dekker pour faire face à ce genre de visiteur ; il s'apprêtait à reposer le combiné mais la voix insistante de Dekker l'en empêcha.

— Qu'est-ce qu'il a dit sur moi ?

Adriaan hésita un instant entre une honnêteté perfide et un tact malhonnête.

— Je n'ai pas l'impression qu'il ait beaucoup de contacts avec les milieux littéraires depuis la mort de Van Wyk Louw, répondit-il d'un air évasif, tout en se demandant quelle impressionnante structure littéraire Dewald allait pouvoir élaborer à partir de cette remarque anodine.

Il voulut de nouveau raccrocher mais encore une fois, au dernier moment, la voix de Dewald au bout du fil l'en empêcha.

— L'Allemand arrive demain, dit-il comme s'il allait de soi qu'Adriaan sût de quoi il parlait. Je vais le chercher à l'aéroport, et je l'emmène déjeuner. Ça te dirait de venir ?

Réprimant provisoirement sa déception quant à la tournure que prenaient les événements pour la revue, Dewald se disait, dans la comptabilité compliquée qui était la sienne, que la présence d'Adriaan au déjeuner avec le visiteur compenserait l'échec de sa mission chez Dekker. Un court instant, Adriaan essaya de s'imaginer au restaurant en face de l'Allemand, à boire le mauvais vin que Dewald commandait en général pour faire des économies, avec Dewald entre eux, tel un arbitre lors d'un match de tennis, suivant avec avidité la conversation et mémorisant la moindre remarque, la moindre référence, afin de la ressortir et de s'en servir le moment venu. Il en avait assez de faire des additions et des soustractions, il était fatigué de ces petits jeux, littéraires ou autres, fatigué des vains efforts nécessaires pour préserver l'illusion de la participation.

— Non, dit-il, d'un ton plus aimable qu'il n'en avait l'intention. Merci, mais non.

Manifestement, Dewald avait décidé de passer l'échec de sa visite à Dekker par pertes et profits, dans l'espoir de gagner sur un autre tableau.

— Il n'a pas eu beaucoup de succès dans le nord du pays, insista-t-il avec une amabilité inhabituelle qui faisait généralement craindre le pire. Je crois qu'il est très déçu de ne pas avoir pu rencontrer Wilma, et il m'a fait clairement comprendre qu'il aimerait faire ta connaissance. Est-ce que je peux passer un de ces jours pour te le présenter ?

— Non, merci, répéta Adriaan, d'un ton cette fois plus décidé. Merci, fit-il avant de raccrocher.

Cela ne faisait que quelques semaines qu'il s'était laissé persuader par Sonia de faire une apparition à la soirée qu'elle avait organisée pour fêter « en secret » la publication de son nouveau recueil ; pour lui, le livre était déjà de l'histoire ancienne, et, lorsque le hasard lui en rappelait l'existence, il considérait que c'était quelque chose de totalement extérieur à lui. Il s'était détaché du livre et ce dernier s'était mis à vivre sa vie en toute indépendance ; seul son nom sur la couverture et sur la page de titre témoignait encore d'un lien ténu avec la marchandise que le livre était devenu. L'abattement et la nostalgie dont il avait fait preuve ce soir-là chez Sonia devant tous ces gens appartenaient eux aussi au passé, ou du moins s'étaient transformés en quelque chose de tout à fait méconnaissable ; le silence, qu'il avait tout d'abord ressenti comme un poids, était redevenu familier et protecteur.

Que s'était-il passé dans l'intervalle ? Il y avait eu la fin de semaine avec Carla au bord de la mer, la visite à Dekker, le départ de Marisa, la rencontre des poètes à l'hôtel et l'inspection du fonctionnaire de Pretoria venu faire son enquête au bureau – en fait rien qui fût vraiment digne de servir d'explication au changement de ces dernières semaines. Pour l'essentiel, il avait continué à mener son petit train-train quotidien, apparemment peu concerné par les émeutes et la violence de l'époque. Mais qui eût pu démêler l'écheveau complexe d'images, de sons, de pensées et de souvenirs, minute par minute, seconde par seconde, et rendre fidèlement toute la richesse du phénomène ? Devant la fenêtre fermée, le store se balançait doucement dans la violence du vent qui faisait rage au-dehors. Quelqu'un se pencha pour ramasser une feuille de papier, une femme cria, la bouche grande ouverte, un homme courant à perdre haleine disparut au coin d'une rue ; on leva les yeux, on regarda autour de soi, on continua à marcher sans faire attention mais pourtant, dans cette fraction de seconde, tout avait changé de nouveau, la réalité avait dévié d'un cheveu de sa trajectoire habituelle et pris un cours totalement imprévisible un instant plus tôt. Plus il réfléchissait, le soir dans le silence de son salon, dans ce silence qu'il portait en lui à travers les rues de cette ville placée sous surveillance et qui dépérissait de jour en jour, cheminant au milieu de la foule, plus il se disait que point n'était besoin de catastrophe ni de guerre, ni même de ce cri soudain, du mugissement des sirènes dans la nuit qui témoignait de la présence permanente de la violence invisible. Les abîmes, les distances, les espaces incommensurables où tous les sons se répétaient à l'infini, il était possible de ressentir tout cela dans le silence, à la lumière de la lampe, et d'entreprendre les interminables voyages d'exploration sans se lever de sa chaise ni même poser le livre que l'on tenait à la main.

Le téléphone sonna, de manière si inattendue qu'il ne comprit pas immédiatement le sens de cette sonnerie ni le rapport qu'elle avait avec lui. Il hésita un instant, craignant que ce ne fût Dewald qui revenait à la charge, mais décrocha quand même parce qu'il était toujours possible que ce fût Bernard ; à sa grande surprise, il reconnut à travers le combiné la voix de Sonia, avec son intonation chantante et son accent français, qui venait s'enquérir de ses nouvelles. Depuis cette fameuse soirée, à l'exception de leur rencontre fortuite dans la rue, il n'avait plus eu le moindre contact avec elle et il s'aperçut soudain qu'il ne l'avait jamais remerciée pour la réception qu'elle avait en fin de compte organisée en son honneur ; il était toutefois trop tard, et elle avait trop de savoir-vivre pour y faire allusion ou lui en vouloir. À moins, se dit-il, que, prise par toutes ses activités mondaines, elle ne s'en fût même pas aperçue.

Au téléphone la voix, intarissable, ne semblait nullement se préoccuper de ses remarques ni de ses objections. Sonia organisait un petit dîner intime en l'honneur d'un visiteur allemand, un universitaire spécialiste de littérature – en toute simplicité, il n'y aurait là qu'une poignée de gens parlant allemand. Il se demanda tout en l'écoutant comment elle avait réussi à mettre la main sur le visiteur alors que ce dernier venait à peine d'arriver, et dans quelle mesure il serait enclin à passer une soirée avec un petit groupe d'exilés alors que ce qui l'amenait en Afrique du Sud était précisément son intérêt pour la littérature afrikaner. Il avait bien compris le but de ce coup de téléphone inattendu et dans quelle direction la conversation était en train d'évoluer, mais la perspective d'un repas au champagne et d'une conversation intellectuelle dans le salon de Sonia et de George, au milieu des œuvres d'art, ne lui disait pas grand-chose ; de plus, avec Marisa, un repas dans l'intimité pouvait facilement compter une bonne douzaine de personnes, voire davantage. Est-ce qu'il ne pourrait pas… ? Est-ce qu'il ne voudrait pas… demanda-t-elle, hésitant avec tact ; lorsqu'il déclina l'invitation avec une excuse des plus vagues, sa bonne éducation l'empêcha d'insister. Il devait *absolument* passer les voir un autre soir, dit-elle alors. Ils se voyaient beaucoup trop rarement. Il lui fallait passer dîner un de ces soirs avec Bernard, pendant l'absence de Marisa, expliqua-t-elle, très nettement en train d'improviser tout en mettant fin à la conversation. Avait-il des nouvelles de Marisa ? À ce qu'on disait, l'été en Europe était magnifique cette année. Elle raccrocha. Il n'était pas totalement invraisemblable que Bernard et lui fussent invités à dîner à la dernière minute, si jamais George et elle s'apercevaient qu'ils avaient une soirée de libre, sans réception ni autre obligation. Certes, il ne manquait pas, dans le cercle cosmopolite des amis et connaissances de Sonia, de gens qui parlent allemand, mais elle n'avait jamais laissé entendre qu'elle-même parlât cette langue, ni même fait mine de s'intéresser à la culture allemande. Et George, qui parlait à peine l'afrikaans ? Que ce fût en allemand ou en afrikaans, il se sentait de plus en plus incapable de soutenir une conversation au milieu des fleurs et des chandelles, des verres de vin et des serviettes froissées. S'il y avait vraiment quelque chose à dire, il existait à coup sûr d'autres manières de l'exprimer.

En revenant de chez Dekker, Bernard avait proposé d'aller dîner un soir en ville, et parce que c'était lui, Adriaan, au lieu de se dérober, avait accepté, même lorsque Bernard avait aussitôt fixé une date et une heure. De toute évidence, Bernard ne s'était pas encore habitué à la solitude ; Adriaan se souvint que, lorsqu'on est dans cet état, on cherche son chemin à tâtons comme si, la terre ayant temporairement perdu sa force d'attraction, tout ce qui était fixe se mettait soudain à flotter.

Comme ils en étaient convenus, Bernard vint le chercher au musée après le travail. Il devait tout d'abord aller rendre visite à son père qui habitait dans une maison de retraite en dehors du Cap, et de là ils iraient au restaurant : ils s'insérèrent dans la lente file de taxis, de minibus et de véhicules militaires qui constituaient le gros de la circulation et quittèrent la ville en direction des quartiers nord. Il avait accepté de se prêter à cette expédition uniquement pour Bernard, mais voyait venir sans enthousiasme aucun cette soirée mondaine, lui qui n'aspirait à rien d'autre qu'au silence ; plus il réfléchissait, plus il avait le sentiment de devenir comme ses collègues un peu déphasés, qui ne se sentaient en sécurité que dans le cocon rassurant du musée et de leurs petits appartements : tels ces petits animaux qui craignent la lumière du jour, on les voyait parfois dans les rues, courant au milieu de la foule vers les autobus et les trains qui les ramèneraient en lieu sûr. Il se demanda ce qui lui arrivait, tout en regardant les essuie-glaces effacer la forme familière des gouttes de pluie sur le pare-brise : qu'allait-il devenir ? Quelque part, tandis qu'ils roulaient, il avait perdu tout contrôle sur sa vie, un contrôle qu'il avait autrefois ou du moins qu'il pensait encore avoir. Sa vie lui avait échappé, s'était envolée sous un coup de vent, tel un morceau de papier, un peu de sable ou de cendre, avant de s'évanouir en ruisselant comme la pluie sur un pare-brise. La vie allait à vau-l'eau : la ville, avec ses bâtiments déserts, ses murs dont la peinture s'écaillait et ses carcasses de véhicules calcinés, était devenue un campement de tsiganes ; le pays était entouré de fils de fer barbelés, cerné de chars et de mitrailleuses. Rien n'avait été épargné.

— À propos, ce matin, j'ai eu un entretien avec un de tes admirateurs, dit Bernard. Quelqu'un qui venait de l'étranger.

Il fit de son mieux pour se concentrer sur ce que disait Bernard, mais le sujet ne l'intéressait pas particulièrement.

— Tu sais, cet Allemand dont je t'avais parlé, expliqua-t-il devant l'incompréhension manifeste d'Adriaan.

— Ah, et c'était bien ?

— Très intéressant !

— Et vous avez parlé afrikaans ?

— En excellent afrikaans, du moins en ce qui le concerne. La seule chose qui fait qu'on reconnaît qu'il s'agit d'un étranger est qu'il le parle *trop* bien. Plus personne ici ne manie la langue comme ça.

Quittant la ville, ils arrivèrent dans des banlieues qui avaient miraculeusement échappé à la guerre, passèrent devant des jardins impeccables et des maisons banales qui disparaissaient sous leurs yeux dans un rideau de pluie.

— Et qu'en as-tu retiré ?

— De quoi faire un bon papier et une conversation agréable, bien que je ne l'aie pas trouvé aussi enthousiaste que Dewald veut bien le faire croire. Il m'a plutôt l'air de quelqu'un qui cherche un domaine un peu exotique dans lequel se spécialiser pour son plaisir ; or, vue d'Allemagne, la littérature afrikaans est quelque chose de relativement exotique.

— Et c'est ainsi qu'il a atterri au Cap sous un véritable déluge et qu'il s'est retrouvé entre les griffes de Dewald. Le destin aurait-il pu lui donner une meilleure preuve de l'inanité de son choix ?

— Il aimerait beaucoup te rencontrer, dit Bernard.

— Je sais. Dewald m'en a déjà parlé, et Sonia aussi, à ma grande surprise.

— Et c'est toujours non ?

— Tu ne vas pas me dire que tu t'y mets toi aussi ?

— Je ne me mets à rien du tout. Je pense seulement que vous pourriez avoir des choses à échanger, toi et lui.

Adriaan attendit un instant avant de répondre.

— J'apprécie de plus en plus le point de vue de Dekker, fit-il enfin. Quand on n'a rien à dire, il vaut mieux se taire au lieu de bavarder pendant des heures pour rien, même si c'est avec un admirateur qui est venu tout spécialement d'Europe pour l'occasion.

— Et moi, alors, je bavarde pour ne rien dire ? demanda Bernard.

La question était sans malice et dépourvue de tout sarcasme.

— Tu ne vas quand même pas te comparer à un touriste de passage. Ça n'a rien à voir.

— C'est bizarre, dit Bernard en regardant la rue devant eux, mais depuis notre visite à Dekker je n'arrête pas de penser à lui. Je ne l'ai vu que quelques minutes, pourtant, mais son souvenir me hante.

— Moi aussi, répondit Adriaan lentement. Tout ce voyage me hante, bien plus que ne le devraient une simple balade en voiture, un repas et une conversation. C'est comme si j'avais atteint un point de non-retour, comme si quelque chose divisait ma vie entre un avant et un après ; quant à savoir pourquoi, là, je déclare forfait.

— Pour moi c'est pareil, dit Bernard, j'ai senti que ma vie arrivait à un point décisif. Ça faisait longtemps que je m'en étais rendu compte, en fait, mais il a fallu un événement extérieur tel que cette visite pour tout déclencher.

Il parlait à voix basse puis se tut de nouveau, mais comme quelqu'un qui réfléchit à ce qu'il vient de dire, et non comme quelqu'un qui veut mettre fin à une conversation.

— Que veux-tu dire en fait par « point de non-retour » ? demanda Adriaan prudemment, encouragé par l'intimité de ce silence. Sur le plan personnel, professionnel ?

— Sur tous les plans, je crois, répondit Bernard. Ce voyage que nous avons fait ensemble a été pour moi une rupture avec la routine de ces derniers mois, comprends-tu ? J'ai enfin quitté la ville, j'ai vu un peu de ce qui se passait dans ce pays au lieu de lire des dépêches assis à mon bureau ; pendant cette soirée que j'ai passée tout seul à l'hôtel, j'ai repensé à la ville, j'ai pris le temps de réfléchir sur moi-même. On se laisse tellement déborder par toutes sortes de choses qu'à force on devient incapable de formuler le moindre jugement personnel, la moindre opinion. C'est quelque chose qui m'a frappé tout à coup ce matin, pendant que je bavardais avec cet Allemand qui me faisait part de ses impressions sur le pays, sur la violence, sur les soldats et la pauvreté, bref sur toutes ces choses auxquelles nous nous sommes habitués depuis longtemps et que nous avons appris à accepter. C'est alors que j'ai compris le sens qu'avait ce voyage pour moi. Soudain je voyais tout avec du recul, avec le regard d'un visiteur étranger : ce pays, ce qui s'y passe, cette ville, ma propre vie aussi.

Il se tut. La voiture glissa lentement le long des rues désertes, tourna à l'angle d'une rue et passa devant des maisons de plus en plus anonymes. La pluie s'était arrêtée.

— Et maintenant ? demanda Adriaan au bout d'un long moment.

— Maintenant, je ne sais plus. Ce pays n'est plus le mien, ma vie elle-même ne m'appartient plus. Je n'ai plus qu'à attendre et voir ce qui va se passer.

Ils étaient arrivés mais restèrent dans la voiture, sans parler. Enfin, Bernard se décida.

— Tu m'accompagnes ?

— Tu veux vraiment ?

Il réfléchit.

— Si ça ne te dérange pas.

Ils descendirent de voiture.

— C'est malheureusement une expérience plutôt déprimante. En général, c'est ma sœur qui s'occupe des visites, elle habite plus près, mais j'essaie quand même de venir au moins une fois par semaine…

Sa voix s'éteignit tandis qu'ils s'avançaient vers la porte d'entrée par la petite allée du jardin.

Le bâtiment n'était pas très haut, fonctionnel et moderne, sans le moindre style, entouré de massifs stériles ; seuls les pans inclinés et les rampes le distinguaient des autres bâtiments administratifs. À l'intérieur, par petits groupes, des fauteuils roulants et des plantes vertes étaient alignés en rang d'oignons, et l'on devinait de longs couloirs bordés de rampes murales. Quelque part au loin ils entendirent des bruits de couverts et de vaisselle, comme si c'était l'heure du repas.

Bernard emprunta l'un des couloirs en faisant de longues enjambées, son imperméable flottant derrière lui.

— Il vient de passer quelque temps à l'infirmerie, il a encore eu une attaque, mais il est de retour dans sa chambre…

Il parlait vite, d'une voix saccadée, en regardant par-dessus son épaule, manifestement mal à l'aise. Adriaan le suivit en silence le long du couloir qu'égayaient çà et là des plantes vertes sur les appuis de fenêtres ; on devinait, par les portes ouvertes, des latrines et des salles de bains entourées d'un véritable échafaudage de grilles, de buanderies, et de petites chambres étroites bourrées de débris d'une existence. Tout était neuf et propre, et cependant tout – revêtements de sol, murs, carrelage – sentait le renfermé, le vieux et le pipi.

Bernard hésita un instant, indécis, puis il frappa à une porte entrouverte.

— Papa ! appela-t-il en entrant dans la pièce.

La chambre était petite, comme toutes les autres, avec des fleurs sur l'appui de fenêtre ; tout l'espace était rempli par le lit, la table de nuit et la chaise devant la fenêtre où le vieil homme était assis en pyjama, une couverture sur les genoux.

— Papa ! répéta Bernard.

Il attendit un signe de reconnaissance qui ne vint pas ; le vieil homme tourna son visage vers lui et remarqua sa présence, mais ce fut tout.

— Regarde, papa, je t'ai amené un visiteur. Je te présente Adriaan.

Cette fois, le visage se tourna vers Adriaan, mais sans manifester d'intérêt particulier ; le vieil homme hocha la tête dans sa direction, avec politesse mais d'un air absent.

— Bernard est on ne peut plus gentil, dit-il. Il vient me voir très régulièrement.

— Est-ce que Hedwig est passée ? demanda Bernard. C'est elle qui t'a apporté ces fleurs ?

Il parlait fort, d'une voix trop nerveuse, et le vieil homme, dans son fauteuil, ne suivait manifestement pas ce qu'il disait.

— Tu as déjà mangé, ou bien sommes-nous en avance ?

— Le repas va arriver, dit le vieil homme au bout d'un moment.

Ses paroles, comme son attention, semblaient revenir de très loin, et l'on eût dit que seuls les réflexes de la politesse l'incitaient à répondre. Ses cheveux étaient en désordre et sa veste de pyjama, mal boutonnée, découvrait un cou décharné. Il s'agrippa des deux mains aux bras du fauteuil comme pour se rassurer, comme si ce fauteuil représentait pour lui la seule réalité à laquelle il pût encore se raccrocher.

Bernard était trop tendu pour remarquer quoi que ce fût.

— J'ai pensé que j'allais venir te dire un petit bonjour, poursuivit-il. J'ai eu un boulot fou au bureau, et depuis que Marisa est partie… Tu permets qu'on s'asseye un instant ? Assieds-toi, Adriaan, dit-il en regardant autour de lui.

Il n'y avait pas de place pour s'asseoir, sauf sur le lit, mais le couvre-lit était déjà défait.

— Ce n'est pas grave, dit Adriaan, je vais attendre dehors. Il y a des chaises dans le couloir. Continuez sans moi.

De toute façon, il n'y avait pas suffisamment de place pour trois dans la petite chambre étroite. Il dit au revoir au vieil homme, qui ne réagit pas, et sortit.

— Je suis allé chercher Adriaan au bureau, entendit-il Bernard expliquer dans un effort désespéré pour maintenir un semblant de conversation. On avait pensé aller dîner quelque part en ville, lui et moi…

Arraché brutalement au monde qui était le sien – la ville, sa carrière, son journal –, il était soudain aussi fragile, aussi peu sûr de lui qu'un enfant, à cette différence près que les certitudes qu'il était venu chercher n'étaient plus là. Son père se taisait, indifférent, incapable de comprendre ce qu'il lui disait ou même de s'y intéresser.

Adriaan fit les cent pas dans le couloir et vit, de l'autre côté des plantes vertes, le jardin sans vie, la rue déserte. Les résidants étaient tous dans la salle à manger et le personnel était occupé ailleurs. Il regardait par la fenêtre depuis un bon moment déjà lorsqu'il aperçut tout au bout du couloir un vieillard qui s'avançait lentement, se déplaçant maladroitement à l'aide d'un déambulateur et traînant les pieds jusqu'à ce qu'il eût atteint l'endroit où se tenait Adriaan. Prenant soudain conscience d'une présence étrangère, il détacha pour un instant sa concentration de l'effort que lui demandait le simple fait de se mouvoir, leva les yeux et salua l'inconnu. Puis son attention se reporta sur son appareil orthopédique, ses pieds, son pas traînant, et il poursuivit sa route.

En passant devant les chambres, Adriaan jeta un coup d'œil par les portes ouvertes et vit les fauteuils, les photos encadrées – mariages, petits-enfants – sur les tables de nuit. Où était le guide qui permettait d'avoir accès à ce monde, se demanda-t-il tristement, où étaient les manuels de conversation qui expliquaient cette langue ? Il songea à quel point tout était devenu étranger, peu familier : un laissez-passer et une autorisation étaient exigés pour le plus simple déplacement et il fallait consulter des manuels avant de formuler la moindre phrase.

Un léger mouvement attira son attention, aussi léger qu'un vêtement qui glisse d'une chaise ou une serviette du miroir qu'elle recouvrait. Dans un coin du couloir qu'il n'avait pas remarqué, il aperçut une vieille dame assise dans un fauteuil roulant, apparemment paralysée, du moins en partie ; son bras inerte avait glissé et pendait le long du fauteuil, et de sa main valide elle tentait en vain de le redresser, gémissant sous l'effort.

— Je peux vous aider ? demanda-t-il.

Comme elle ne répondait pas, il s'agenouilla devant elle, plia son bras et replaça la main inerte sur ses genoux. Toujours agenouillé, il contempla cette main maigre et étroite dans la sienne, ces taches et ces bleus, cette peau presque translucide tendue sur les veines et les os. Elle émit un son qu'il interpréta comme un remerciement ; levant les yeux, il vit la bouche grande ouverte d'où coulait un filet de bave, et ce regard qui semblait venir d'un autre monde. Regardez-moi, lui disaient ces yeux, je suis encore un être humain, disait l'esprit, disait l'âme, sans que rien d'autre vînt étayer cette affirmation. Il demeura à genoux, près d'elle, tenant la petite main frêle dans la sienne.

— Et alors, grand-mère, on s'est trouvé un petit ami ? cria une jeune infirmière qui passait dans le couloir. On a de la visite ?

— Sa main a glissé le long du fauteuil, dit-il.

Ses explications n'intéressaient pas la jeune femme.

— Pauvre chérie, tu as dû penser que je t'avais oubliée, hein, lâcha-t-elle avec indifférence tout en desserrant le frein du fauteuil. Allez, viens, on va te mettre au lit, et tu vas faire un gros dodo ! Dis au revoir au monsieur !

Sans l'avoir regardée une seule fois, elle dévala le couloir avec le fauteuil roulant et le petit être rabougri qui l'avait regardé un instant dans les yeux. L'infirmière pouvait avoir dans les dix-huit ou vingt ans. Le temps qu'elle apprenne, il serait trop tard.

Derrière lui, il entendit la voix de Bernard :

— Ah, te voilà ! Tu es prêt ? On y va ?

D'un pas décidé, il se retourna et remonta rapidement le couloir, les mains enfoncées dans les poches de son imperméable qui flottait derrière lui. Adriaan comprit qu'il valait mieux ne pas poser de question sur la façon dont l'après-midi s'était déroulé, et laisser la conversation, le dîner, le moment et le vin qu'ils allaient partager en recouvrir jusqu'au souvenir ; toutefois, lorsqu'ils arrivèrent à la porte de l'établissement et qu'ils sentirent la pluie leur chatouiller le visage, ce fut Bernard lui-même qui revint sur le sujet.

— J'essaie toujours de reporter ces visites, mais finalement je me sens coupable de ma négligence. Pourtant, dès que j'arrive ici, quoi que je dise, quoi que je fasse, il est dans son monde, loin de moi, et je m'en veux de nouveau de l'avoir laissé seul. Je ne sais pas trop quoi faire, à part bien sûr porter le fardeau de ma culpabilité.

Adriaan revit la petite main frêle et inerte dans la sienne, revit les os qui se dessinaient sous la peau comme les ossements d'une tombe ancienne lorsque le vent a chassé le sable qui la recouvrait, revit le crâne sous le visage.

— C'est sans doute plus facile pour Hedwig, poursuivit Bernard en réfléchissant. Les femmes ont un don spécial pour ces choses-là. À moins qu'à force de venir régulièrement elle ne se soit habituée à cette déchéance. Pour moi, chaque visite est un nouveau choc, à chaque fois je dois me réhabituer à l'idée de ce qu'il est devenu.

Il ne répondit pas ; Bernard n'attendait pas de réponse, ni même qu'il poursuivît la conversation sur ce sujet. Tout ce qu'il pouvait faire, c'était être présent et attendre que Bernard tentât d'exprimer ce qu'il ressentait. Même lorsqu'ils furent remontés en voiture, Bernard demeura absorbé dans ses pensées, les mains posées sur le volant.

— En réalité, ce n'est pas son état de santé qui me bouleverse le plus, soyons honnête. Même si je le plains, en fait, c'est sur moi-même que je pleure quand je le vois comme ça.

Les fines gouttelettes de pluie recouvraient le pare-brise de la voiture et formaient des figures de plus en plus complexes ; machinalement, il tendit la main pour mettre le contact et les essuie-glaces.

— Quand je vois mon père décliner et avancer peu à peu vers la mort, je prends conscience que ma propre vie arrive à mi-chemin et que je n'ai rien fait, rien du tout. C'est sur moi que je pleure.

Ils demeurèrent longtemps ainsi, assis à côté l'un de l'autre ; ils ne voyaient et n'entendaient rien d'autre que le mouvement des essuie-glaces qui balayaient le pare-brise. Adriaan vit les mains de Bernard crispées sur le volant, le blanc de ses jointures qui ressortait et ses épaules secouées par un sanglot silencieux. Il posa sa main sur celle de Bernard, crispée sur le volant, et la serra ; sans dire un mot, immobile, il regardait droit devant lui la pluie qui tombait sur le pare-brise et que le mouvement cadencé des essuie-glaces effaçait. Il eut envie de dire à Bernard qu'il l'aimait et de le prendre dans ses bras, tout en sentant que c'était impossible. Quand on est un homme, on ne dit pas ce genre de chose à un autre homme, en tout cas pas en afrikaans, car les structures immuables de la langue n'autorisent pas cette sorte d'échange. Un homme ne prend pas un autre homme dans ses bras, il n'appuie pas sa tête contre l'épaule d'un autre homme, il ne presse pas contre ses lèvres les cheveux, la joue d'un autre homme : pas dans une voiture garée dans une rue d'une banlieue résidentielle, et de préférence pas ailleurs non plus. Les êtres humains étaient séparés comme par des barbelés ; il resta donc là, sa main posée sur la main de Bernard, jusqu'à ce que la première violence de sa réaction se fût calmée.

Qui donc nous a appris l'hésitation, la méfiance et la peur ? Qui donc nous a enseigné jusqu'à ce que nous les maîtrisions ces sentiments qui nous étaient jusqu'alors totalement étrangers, nous a rendus capables de réciter ces leçons mot par mot et d'effectuer les gestes prescrits les yeux fermés ?

Personne – comme souvent, les questions mal posées entraînent une réponse erronée. Personne ne nous l'avait appris, car il n'y avait rien à apprendre ; il y avait la peur, il y avait la méfiance, et aussi sûrement que la pluie tombait, aussi sûrement que le soleil se couchait, la peur et la méfiance avaient peu à peu recouvert tout le pays et en faisaient partie au même titre que les strates et les couches de minerai. La véritable question était autre : qui donc, eût-il fallu demander, nous avait donné le droit de croire que nous seuls serions épargnés et que nous pourrions continuer à vivre en toute sécurité ? Nous aussi, enracinés dans cette terre de misère, nourris de la même pluie rare, façonnés par les mêmes extrêmes de sécheresse et d'abondance, nous aussi nous faisons partie de ce pays : comment pourrions-nous dès lors espérer échapper à la peur et aux menaces, comment pourrions-nous échapper indéfiniment aux ténèbres ? Ancrés par toutes nos racines, par toutes nos fibres dans cette terre ingrate, nous étions bloqués ici, prisonniers de notre destin.

Ce que d'autres ont dû endurer – toujours les autres, jamais nous –, c'est maintenant à notre tour de le vivre ; à l'insouciance et à la sécurité ont fait place tout d'abord l'hésitation, puis l'incertitude et le doute : après cela, plus personne, jamais, ne pourra être sûr que son ordre sera obéi, ou que son appel au secours sera entendu. Nous avons même appris l'obéissance, et Dieu sait que cette leçon-là fut difficile pour nous au début, puis la résignation, et enfin la soumission, que nous pensions impossible ; nous avons fait connaissance avec l'humiliation, bégayant comme lorsqu'on bute sur les syllabes d'une langue étrangère, et enfin l'humilité. Que de fois ne nous avait-on pas assuré que ces leçons nous seraient épargnées ! Cette conviction, comme elle était ancrée en nous !

Nous avons appris à faire la queue, à attendre – comme cette attente nous paraissait interminable ! – et à être patients, car l'apprentissage se faisait souvent à travers les mille et une petites choses de la vie quotidienne ; nous avons appris à mendier un tampon sur un document et à être reconnaissants du geste d'un fonctionnaire. Nous avons appris d'autres choses aussi : à verrouiller nos portes à double tour et à obscurcir nos fenêtres, à vivre au milieu des barbelés dans la lumière des projecteurs. Nous nous sommes habitués aux contrôles et aux fouilles, à la douleur et à la mort ; nous aussi, même nous. Personne n'était épargné.

Nous avons appris à ne plus faire confiance aux promesses et à douter de toutes les affirmations ; nous doutions instinctivement même de la nouvelle la plus insignifiante, nous demandant ce qu'elle dissimulait, et le silence, au lieu de nous apporter du répit, nous incitait à deviner ce qui se cachait par-derrière. Tous les gestes qui faisaient autrefois naturellement, spontanément, partie de notre vie quotidienne s'étaient mués en menaces. Effrayés, nous reculions en voyant l'éclair d'un appareil photo ou devant l'observateur immobile dans un coin de la pièce, devant la voiture dont le moteur tournait, en entendant le claquement d'une portière dans la rue ou un coup frappé à la porte le matin de bonne heure. L'homme qui disparaissait en courant à l'angle d'une rue, la lumière qui s'éteignait tout à coup à une fenêtre étaient autant de signes ambivalents qui portaient malheur. Même nos paroles et nos gestes n'étaient plus sûrs, et nous les examinions, remplis de crainte à l'idée que quelque chose puisse nous trahir. Quant à savoir ce qu'ils auraient pu trahir, et au bénéfice de qui, était impossible.

La terre immense gorgée de soleil s'obscurcit peu à peu mais inexorablement, comme la nuit, venue d'Orient, prend possession de la terre aride. Les chaînes de montagnes et les falaises se profilaient à l'horizon, l'ombre jaillissait des ravins et des crevasses, les lits des rivières débordaient et laissaient la trace de leur cours dans le sable, emportaient les rares arbres, arrachaient les arbustes et les buissons, éteignaient le dernier éclair argenté des acacias. L'obscurité emportait la terre, les éclats de roche et les pierres, le gravier et les gravats, et s'infiltrait dans la terre aride, la transperçait, l'imbibait, puis descendait pour se transformer en flaques d'eau souterraines immobiles entre les strates de pierre. La terre était livrée aux ténèbres.

Ceux qui avaient frappé autrui furent frappés à leur tour, ceux qui avaient fait tomber autrui trébuchaient et tombaient à leur tour ; soudain nous comprîmes que ce sang sur nos mains était le nôtre et plus celui des autres. Les gens gisaient à terre dans la position qu'ils avaient en tombant, et nous, qui errions parmi les cadavres en hésitant afin de ramasser les vêtements épars, nous rendions compte avec surprise que cette veste était la nôtre, que ces chaussures étaient à notre pointure : pour la première fois, ces visages que nous voyions, tombés face contre terre, le nez dans la poussière, nous étaient familiers ; désormais, ces visages étaient les nôtres. De quel droit pensions-nous que nous serions les seuls à être épargnés ?

Nous apprîmes l'humiliation, et nous apprîmes aussi à être humbles, à courber l'échine, à chercher parmi les cadavres, à nous traîner au-delà des barbelés des postes de contrôle, à attendre dans des files interminables dans les halls de gare et sur les quais ; enfin, du moins le croyons-nous. Laissez-nous espérer que nous avons appris à réfléchir, à comprendre, que nous avons appris la pitié et la compréhension, sans quoi nous n'aurions rien appris, et tout aurait été vain.

Viens, fuis avec moi cette ville menacée dont les maîtres attendent leur chute, cette ville que ses habitants ont désertée depuis longtemps. Nous nous fraierons un chemin entre les gravats et les décombres, là où plus aucun repère ne guidera nos pas, là où les rues n'existent plus, là où les places ne sont plus que des amas de ruines, où les ponts sont brisés. Les armées se sont retirées, les derniers tireurs postés sur les toits ont quitté leurs positions et le grondement du ciel s'est apaisé. Regarde, entre les fissures du béton poussent des feuilles d'herbe, la couleur verte du printemps recouvre déjà les ruines, et sur les terrains vagues où se dressaient il y a peu encore des immeubles, les fleurs des champs sont bercées par le vent. L'accalmie n'est que provisoire, l'illusion de la paix n'est que le prélude à une violence encore plus effroyable, le calme est gros de menaces ; mais maintenant, profitons de ce bref instant de répit pour nous avancer de nouveau dans la lumière du jour, en plein soleil, et pour regarder le ciel.

Viens, fuis avec moi cette ville menacée qui attend sa chute ; viens avec moi, viens. Main dans la main, nous laissant guider par l'intuition et la mémoire, nous retrouverons les rues et les chemins et découvrirons une issue. Personne pour nous entendre, personne pour nous espionner ; personne pour nous barrer la route ou nous interpeller. Sur les ruines et les débris calcinés de la ville, sur le béton éventré, parmi les fleurs ondulant sous le vent qui souffle en direction de la côte, là où s'étend le sable blanc, brillant et doux sous nos pieds ; nous courrons sur le sable blanc, main dans la main, et nous saurons alors que nous sommes sauvés.

Viens avec moi. Fuis avec moi cette ville menacée ; vois, au-delà de ces murs calcinés qui sont encore debout, par les ouvertures béantes de ces fenêtres vides, la mer qui brille sous le soleil. La liberté n'est pas morte ; viens.

Viens, fuis avec moi – ou plutôt non, cela, je l'ai déjà dit. Mais comment trouver d'autres mots ? Le soleil s'obscurcit comme s'il était couvert d'un voile, le vent fraîchit. Regarde comme la mer brille. Et, quand nous atteindrons la plage…

Quelque part entre les immeubles crépitent les mitrailleuses, mais nous y sommes habitués, cela n'a pas d'importance. Viens parmi les ruines, cours sur ces espaces vides, plié en deux, abrite-toi derrière les murs. Viens.

Une pierre se détache, tombe et roule, un morceau de mur qui s'écroule ou une pierre sous les pieds. Viens ici, vite, les yeux pleins de soleil et de sueur, avec ta respiration qui te brûle la poitrine. Ne demande pas pourquoi ; viens. Et quand nous atteindrons la côte, que ferons-nous ? Ne pose pas de question, ne perds pas de temps à poser des questions, viens. Comment promettrais-je quoi que ce soit, moi qui ne sais même pas à quoi m'attendre ? N'est-ce pas assez déjà de fuir, avec la mer qui resplendit sous nos yeux ?

Les bruits changent de nature ; le bruit des armes résonne parmi les ruines de la ville assiégée. Seules les rues donnant sur la mer sont encore ouvertes, il n'y a que par là que l'on puisse s'échapper.

Ensuite ? Ne t'arrête pas, cesse de poser des questions. Ne pose pas de questions. Ne pense plus. La ville est condamnée et ne survivra pas à cet assaut final ; prends ma main et viens. Le béton se fend déjà en direction des dunes, le sable s'élève en tourbillons sous l'effet du vent et la mer s'étend à nos pieds. Regarde, nous avons réussi, nous avons atteint cette étroite bande de terre qui sépare de la mer la ville condamnée aux flammes.

Je n'ai rien promis : aussi, n'attends rien. Le sable est moelleux sous nos pieds et descend en pente douce vers la mer en suivant les contours de la baie. Ne nous faisons pas de promesse, ne parlons pas pour le moment, car déjà le crépitement d'une artillerie invisible couvre le bruit de nos voix et l'horizon recommence à gronder. Le vent emporte nos paroles, soulève le sable blanc sur la plage, le projette contre nos visages, chasse la suie et les cendres hors de la ville au-dessus de l'eau brillante. L'odeur âcre des flammes arrive jusqu'à nous. La lueur des premiers incendies clignote entre les débris et les ruines, un ici, l'autre là ; comme autant de signes pour les armées victorieuses en marche, des colonnes de fumée se dressent dans le ciel. Les vois-tu, m'entends-tu ? D'un côté la ville en flammes obscurcit le jour et éclaire la nuit ; de l'autre la mer étincelle. Nous sommes pris au piège.

Où es-tu ?

C'était une ville que je ne connaissais pas mais qui pourtant m'était familière, une ville détruite par la guerre comme on en voit dans les journaux et dans les films, une ville qui pourrait être n'importe où dans le monde. Je me suis promené dans les rues étroites, je suis passé devant les immeubles détruits, je cherchais quelque chose, sans peur, sans hâte, sans aucun sentiment d'urgence, et soudain devant moi, par terre, j'ai trouvé ta tête, avec tes yeux grands ouverts qui me fixaient et tes cheveux qui flottaient légèrement au vent. Ce n'est pas possible, ai-je pensé tout d'abord : c'est juste un épisode d'une histoire bizarre, abracadabrante, qui fait douter du bon goût du narrateur. Cela n'arrive pas dans la réalité, ai-je pensé, ou du moins pas à moi ; mais je l'ai ramassée, j'en ai senti le poids, j'ai vu mes mains poisseuses de sang. Ce n'est pas possible, ai-je répété automatiquement comme si j'observais la scène à distance, souriant, avec ce truc bizarre entre les mains ; poussant toujours plus loin l'analyse, j'ai fouillé dans mes souvenirs à la recherche de ces articles de journaux, ces journaux télévisés et ces sources littéraires à partir desquels ma mémoire et mon imagination auraient pu reconstruire cette étrange expérience, sans trouver toutefois une réponse satisfaisante. Alors j'ai continué à marcher en pressant ta tête contre ma poitrine, sans éveiller la moindre curiosité ni même attirer l'attention de quiconque, dans cette ville qui avait déjà appris à accepter la violence sous toutes ses formes et dans toutes ses déviations, et à m'en accommoder ; alors, entre les ruines, j'ai cherché un peu de terre meuble où l'ensevelir, un arbre épargné par la destruction, entre les racines duquel je pourrais creuser un trou avec mes mains – rien de plus. Je n'en ai pas trouvé un seul.

Tout était calme : revenait cette heure sinistre de la nuit où aucun bruit ne pénètre de l'extérieur ; en effet, les deux semaines précédentes, c'était presque devenu une habitude pour lui de se réveiller en sursaut au milieu d'un rêve, sans pouvoir se rendormir. Quelque part dans l'obscurité une ampoule électrique brûlait, incandescente ; quelque part dans le silence on entendait le tintement délicat et régulier d'une cloche, et le battement tout aussi délicat et régulier d'un pouls. Oui, il écrirait encore, et cette certitude libératrice l'inonda avec une violence comparable à celle des vagues : sans bruit, invisibles, elles surgissaient de l'obscurité où il gisait endormi et venaient se briser sur lui tandis que, cherchant désespérément à reprendre sa respiration, il se sentait soulevé par le flot, s'accrochant à cette consolation.

Lorsque la sonnette de la porte d'entrée retentit, il ne réagit pas immédiatement ; même après avoir identifié le son, il hésita à répondre. Cette fois encore, ce fut la pensée que c'était peut-être Bernard qui le poussa presque malgré lui vers la porte, juste au deuxième coup de sonnette, mais c'était Nico qui se tenait dans l'encadrement de la porte.

Ah, tu es là ? demanda le visiteur, légèrement étonné.

— Oui, pourquoi, tu es déçu ? répondit Adriaan plus sèchement qu'il n'aurait voulu, tout en essayant de s'adapter à la réalité à laquelle il était soudain confronté.

Ou en tout cas, à une sorte de réalité, pensa-t-il sans enthousiasme tandis qu'il ouvrait la porte à Nico.

— Je suis allé au musée, mais on m'a dit que tu n'étais pas venu travailler aujourd'hui, alors j'ai décidé de passer avant de rentrer chez moi. Tu es malade ?

Il se faufila à l'intérieur sans se soucier de la froideur de l'accueil ni même attendre une réponse.

— Mais que se passe-t-il dans cette rue ?

— Ils ont abattu tous les arbres.

— On dirait la guerre.

Il s'arrêta sur le seuil du salon et, comme à son habitude, parcourut rapidement la pièce du regard en clignant les yeux comme s'il devait tout d'abord déterminer où il se trouvait et établir un itinéraire. Il portait un pardessus gris clair d'une élégance voyante, aux épaules rembourrées, avec une profusion de boucles et de boutons métalliques qui accentuaient sa maigreur, et qu'il commença à défaire un par un.

— Je n'avais pas envie d'aller travailler, dit Adriaan. Je crois que je n'ai plus beaucoup d'avenir dans ce musée. D'ailleurs, le musée lui-même n'a pas d'avenir non plus.

Les problèmes des autres n'intéressaient pas Nico. Il laissa tomber son pardessus sur une chaise, se mouvant avec précaution dans la pièce, le corps tendu comme celui d'un danseur ; il prit un livre, feuilleta une revue, rapidement, sans se concentrer sur ce qu'il voyait. Soudain il jeta de côté la revue qu'il tenait à la main et se laissa tomber sur le canapé.

— Je suis fatigué, dit-il. Dieu, que je suis fatigué !

— Tu veux un café ? demanda Adriaan en faisant un peu de place sur son bureau, sans prêter trop d'attention aux gesticulations incessantes de Nico.

— Donne-moi plutôt un cognac. Un double.

— Tu sais bien que je n'ai jamais eu de cognac à la maison !

— Un whisky, alors.

Il était habitué à Nico depuis des années déjà, trop habitué pour s'étonner de son comportement ou pour s'en offusquer, et alla lui chercher un verre de whisky. Nico prit le verre sans même dire merci.

— Je suis fatigué, répéta-t-il en insistant, comme si cela expliquait et excusait tout.

— Qu'est-ce que tu fais donc ?

— Oh, Dieu seul le sait – des trucs pour la radio, essentiellement. Que faire d'autre dans cette ville maudite ? Le théâtre est mort ; plus personne ne va au théâtre.

— Personne n'est jamais allé au théâtre en Afrique du Sud, ce n'est pas nouveau.

— Plus personne ne sort le soir, tout le monde reste calfeutré chez soi à regarder la télévision. Je crois que je vais devoir retourner à Johannesburg et faire du doublage.

— Il y a pire, comme sacrifice.

— Je ne sais pas. Johannesburg évoque en moi trop de souvenirs, désagréables pour la plupart, et trop de gens que je préfère ne plus voir pour le moment. Qui plus est, je me plais bien au Cap, tu le sais, même dans l'état où est la ville aujourd'hui.

L'air sombre, il regardait fixement devant lui, son verre à la main.

— Dewald m'a convaincu de participer à une soirée de poésie.

— Dewald est vraiment très fort, dès qu'il s'agit d'embrigader les gens.

— Il a réuni un tas de gens pour une lecture de poèmes en l'honneur de je ne sais quel Allemand de passage, poursuivit Nico sans relever. Amanda a lu quelques-uns de ses poèmes, et il y avait encore d'autres gens. J'ai lu des poèmes de toi, ajouta-t-il. Ils passent bien à la lecture. Je suis content.

C'était la première fois, depuis toutes ces années qu'ils se connaissaient, que Nico formulait un jugement sur l'œuvre d'Adriaan ou même qu'il en parlait sans se contenter d'y faire vaguement allusion en passant ; venant de la part de quelqu'un d'aussi peu littéraire et dont l'expérience de la vie se limitait au jeu d'acteur et à la sexualité, ces paroles étaient un vrai compliment. Manifestement, toutefois, il ne jugea pas le sujet assez intéressant pour s'y attarder davantage.

— Et puis Amanda a chanté et joué de la guitare, continua-t-il avec un rien de moquerie dans la voix. À la fin, elle avait du mal à se contrôler. Dewald avait demandé à chacun d'apporter une bouteille de vin, ce qui fait qu'il y avait de quoi boire – c'était déjà ça. J'ai eu la gueule de bois toute la journée – puis, contemplant le whisky dans son verre : – Tu crois qu'il y a quelque chose entre Gerhard et Amanda ? demanda-t-il

— Qu'est-ce que j'en sais, moi ?

— Enfin, vous êtes tous poètes, non ?

— Je ne connais Gerhard que de réputation, mais a priori ça n'a rien d'impossible.

— Gerhard n'est pas vraiment mon genre, mais apparemment Amanda semble le trouver à son goût… Il faut dire qu'il y a mis le paquet, hier soir. Le problème, c'est que malgré tous ses efforts, je ne le trouve toujours pas très convaincant.

— Et l'Allemand ? demanda Adriaan.

Nico secoua la tête.

— La trentaine, pas vraiment beau, mais pas mal, dans le genre européen, si on aime. Pas vraiment mon genre non plus.

Adriaan ne put s'empêcher de rire.

— Et mis à part sa bonne mine ?

— Comment ça, mis à part sa bonne mine ? Je lui ai lu plusieurs poèmes de toi, que Dewald avait choisis tout exprès, et je dois dire qu'il les a écoutés avec beaucoup d'attention, ce qui n'était pas le cas de tout le monde. Il avait une jolie veste, ajouta-t-il avec un regain d'intérêt.

— Eh bien, au moins tu n'as pas perdu ta soirée, dit Adriaan.

Nico était hermétique à tout sarcasme.

— Sans compter la gueule de bois, dit-il. J'ai aussi repéré quelques étudiants plutôt mignons, mais ils étaient tous avec des filles. Tu devrais peut-être commencer à prêter un peu plus d'attention à tes admirateurs à la fac.

— D'après mon expérience, en Afrique du Sud, la plupart du temps, ce sont surtout les filles qui s'intéressent à la poésie, les garçons ne viennent que pour les accompagner.

— Bon, j'aurais mauvaise grâce à me plaindre, après tout. Je me suis rincé l'œil, ce n'est déjà pas si mal.

De nouveau il contempla son verre, mais résista provisoirement à la tentation.

— Il y avait un mec plutôt pas mal dans la dernière pièce que j'ai faite pour la radio, dit-il, soudain réveillé, donnant à entendre que l'heure des confidences avait sonné et que la conversation allait enfin démarrer.

Il n'alla cependant pas plus loin et, dans le lourd silence qui suivit, Adriaan, qui le connaissait bien, savait déjà la suite.

— Et alors ? demanda-t-il du ton léger que l'on attendait de lui.

La question eut sur Nico un effet apaisant.

— Alors j'ai aperçu ce type basané, avec ses yeux de braise et sa veste de cuir, dit-il, devenant tout à coup plus expansif. Il venait de Durban – marié, soi-disant, mais bon, on sait tous ce que ça veut dire.

Ça y est, il est venu se confesser, se dit Adriaan ; ou plutôt, il était venu se soulager, d'où cette visite inattendue. Nico ne venait voir Adriaan que lorsqu'il avait besoin d'un public ou que la solitude le poussait à sortir de chez lui. Il avait déjà eu l'occasion de le voir à l'œuvre : à mesure que Nico racontait avec force détails sa brève et intense rencontre avec ce type basané aux yeux de braise, Adriaan se rendit compte qu'il avait déjà entendu la même histoire cent fois au cours des dernières années, avec approximativement les mêmes détails, les mêmes mots et les mêmes gestes. Combien de fois déjà Nico n'était-il pas venu pleurer en lui racontant qu'il avait rencontré l'amour de sa vie, lequel invariablement trouvait au bout de quelques jours ou de quelques semaines son aboutissement dans une explosion de colère et de violence et s'achevait sur une amère déception ? Comme malgré lui, Nico était toujours attiré par des personnalités instables, peu équilibrées, violentes, et tôt ou tard il débarquait chez Adriaan, lourdement maquillé afin de dissimuler ses bleus – quand ce n'était pas une mauvaise cicatrice ; alors, il perdait toute retenue et s'apitoyait sur lui-même tout en sanglotant et en buvant un énième whisky. Imperturbable, il n'en continuait pas moins de refuser à tirer la moindre leçon de ses expériences, recherchant inlassablement la fidélité absolue auprès de jeunes gens vénaux et le grand amour entre deux orgasmes de rencontre, poursuivant sa quête éperdue de sécurité et de stabilité parmi les personnalités instables au milieu desquelles il évoluait, et s'étonnant à chaque fois de s'être laissé prendre au piège. Adriaan se dit qu'il était inutile de tenter de suivre les péripéties du dernier psychodrame en date ; il regarda Nico d'un air distrait, sans écouter ce qu'il était en train de raconter, contemplant de loin la pièce où ils étaient assis. Le salut n'existe pas, se dit-il tout à coup dans un éclair de lucidité tel que le cours de ses pensées en fut interrompu ; le salut n'existait pas, et il en était tellement sûr qu'il accueillit cette constatation comme une sorte de consolation.

La sonnette attira de nouveau son attention, mais il ne réagit pas tout de suite ; Nico s'interrompit au beau milieu d'une phrase, tendu, sa main arrêtée au milieu d'un geste.

— Tu attends quelqu'un ? demanda-t-il d'un ton sec.

Adriaan fit non de la tête.

— Je vais ouvrir ?

Nico réfléchit un instant, et Adriaan vit la tempête sous son crâne : d'un côté il mettait leur moment d'intimité, son déballage et une certaine dramatisation, de l'autre la possibilité d'élargir son auditoire, et – qui sait ? – peut-être une aubaine. Ce furent la curiosité, l'espoir infatigable et l'attente qui l'emportèrent.

— Va ouvrir, dit-il, légèrement contrarié, en se laissant retomber sur les coussins du divan.

Adriaan, à demi réveillé, se dirigea vers la porte, indifférent à l'identité du visiteur ; à bien y réfléchir, son après-midi était déjà irrémédiablement gâché par la visite inattendue de Nico. Il pensait tellement peu à ce qu'il faisait qu'il lui fallut quelque temps avant de comprendre que c'était Bernard qui sonnait.

— Ah, tu travaillais, dit Bernard en riant, comme s'il était habitué à être accueilli de manière aussi distraite.

— Pourquoi, j'ai l'air mal embouché à ce point ?

— Non, mais tu as de l'encre sur les doigts ; c'est un signe qui ne trompe pas.

Il regarda ses mains, étonné de la perspicacité de Bernard, et vit qu'il avait raison.

— Je ne voulais pas te déranger, dit Bernard, se détournant.

— Non, ne pars pas, dit-il en tendant le bras. Nico vient d'arriver ; question dérangement, laisse-moi te dire que c'est déjà fait. Entre, veux-tu, ajouta-t-il à voix basse, conscient du fait que Nico, dans le salon, était probablement à l'écoute.

Bernard se contenta de rire et entra. Nico, entretemps, avait réussi à retrouver son calme, non sans ingurgiter une quantité honorable de whisky. Avec une nonchalance affectée, il s'était donné une contenance sur le canapé, les jambes soigneusement croisées, un bras sur le dossier. Il répondit au salut de Bernard d'un mouvement de tête à peine perceptible et d'un clignement de paupières ; Adriaan comprit aussitôt, en voyant son attitude, qu'il était agréablement surpris par l'irruption inopinée de Bernard. Pourquoi voit-on tant de choses ? soupira-t-il avec dégoût devant toute cette réalité qui lui était jetée à la tête sans qu'il eût rien demandé. Il était fatigué ; il aurait préféré ne pas voir Nico débarquer à l'improviste, ni même Bernard venir le voir cet après-midi-là.

— Je rentrais chez moi et la pluie m'a surpris en chemin, expliqua Bernard ; je me suis dit que c'était une bonne excuse pour passer dire bonjour.

— Il pleut ? demanda Nico sans véritable intérêt, en jetant un regard dans la cour par la fenêtre.

— Tu veux boire quelque chose ? demanda Adriaan.

— Moi, je bois du whisky, dit Nico.

Bernard réfléchit un instant.

— Oui, merci, c'est une bonne idée. Mais un petit, alors. Ne te dérange pas, je vais me servir.

Bernard, contrairement à Nico, était chez lui dans cette maison et avait l'habitude de se servir lui-même au bar ou de se faire un café ; assis sur son divan, Nico, en silence, se contenta d'enregistrer le fait d'un air désapprobateur.

— Je te ressers quelque chose ? demanda Bernard.

Sans dire un mot ni même faire mine de se lever, Nico lui tendit son verre vide avec ce geste souple et élégant qu'il avait quand il jouait au théâtre, obligeant Bernard à se pencher pour le servir.

— Tu ne veux pas t'asseoir un instant ? proposa Adriaan.

— Non, merci, mon imper est trempé, je préfère rester debout.

— Enlève-le, dit Nico à voix basse d'un ton confidentiel, en insistant à dessein, comme si la remarque devait être prise dans un sens ambigu.

Adriaan se renversa sur sa chaise, renonçant à garder le contact avec les événements de l'après-midi. Nico, qui était à jeun, avait forcé sur le whisky et passerait sans doute la nuit allongé sur le canapé à boire jusqu'au matin ; il deviendrait de plus en plus sentimental, mais pour l'instant il était encore suffisamment maître de ses réactions pour flirter avec Bernard. Pour Nico, tout homme était un objet sexuel en puissance, tout homme sans exception, y compris ceux qui n'étaient pas son genre ou qui manifestement ne s'intéressaient pas à lui ; on eût dit que, dans sa longue quête infructueuse, il était si désespéré qu'il n'imaginait pas de laisser inexplorée la moindre possibilité de succès, mais qu'il devait immédiatement tenter sa chance dès qu'il entrevoyait la plus vague promesse, dans un petit jeu pathétique où se mêlaient la provocation et la tentation. Pourtant, se souvint-il tout en regardant les deux hommes assis en face de lui dans son salon, pourtant Nico, pendant toutes ces années, n'avait cessé de s'intéresser à Bernard d'une manière perverse qui avait résisté à tous les échecs. Pourquoi précisément Bernard ? se demanda-t-il en le regardant, debout devant la fenêtre dans son imperméable mouillé. À cause de son innocence, de son honnêteté et de son ouverture d'esprit, à cause de sa vulnérabilité ? Ce n'étaient en aucun cas des traits de caractère que Nico pouvait comprendre, ni apprécier, mais des choses qu'il sentait, et qui bizarrement, peut-être du fait même de leur rareté, l'intriguaient avec une force qui dépassait le simple attrait de la sexualité.

Adriaan se demanda si Bernard se doutait de quelque chose. Debout près de Nico, il discutait d'un ton léger de la soirée de poésie de la veille, à laquelle il avait assisté. Il comprit une fois de plus que, malgré toutes ces années d'amitié, il ne connaissait pas vraiment Bernard et que ce dernier, malgré son apparente franchise et sa simplicité, recelait en lui des profondeurs dont il n'avait pas idée. Nico commençait à sortir de sa réserve et s'animait, cancanant avec entrain sur tous les invités présents à la soirée et révélant qui était avec qui, reconnaissant à Bernard de l'attention et de l'estime qu'il lui portait ; Bernard, debout devant la fenêtre, tournant le dos à la lumière argentée de la fin d'après-midi, riait aux éclats en écoutant son récit. Et pourtant, se dit Adriaan tout en les observant, pourtant, Bernard n'était pas totalement présent, son attention n'était qu'en apparence captée par toutes ces perfidies qui le faisaient rire. On voit trop de choses, on sait trop de choses, pensa-t-il encore une fois, sans pouvoir prouver – et encore moins résoudre – quoi que ce soit ; les angoisses et les solitudes des autres ne font que s'ajouter aux problèmes insolubles que l'on doit déjà porter de toute façon. Il hésita à se servir un whisky lui aussi, se demandant s'il y avait le moindre espoir que ces visites intempestives se terminent rapidement et qu'il puisse se remettre au travail.

Un blanc était intervenu dans la conversation. Bernard et Nico attendaient un mot de sa part, mais il n'avait pas entendu la question, si tant est qu'il y en eût une. Bernard rit doucement.

— Adriaan n'est pas des nôtres, dit-il.

Il tournait toujours le dos à la lumière, de sorte qu'Adriaan ne pouvait voir l'expression de son visage.

— Je suis désolé, dit-il, je suis resté toute la journée à la maison au lieu d'aller travailler, et maintenant il faut que je me remette dans le bain.

— Il passe beaucoup trop de temps à la maison, dit Nico d'un ton désapprobateur ; il devrait sortir un peu plus, tu ne crois pas ?

Bernard ne répondit pas mais observa Adriaan, le dos à la fenêtre.

— Je dois partir, dit-il en posant son verre sur la table.

— Tu es toujours seul ? demanda Nico.

— Oui, toujours, répondit-il d'un ton léger.

— Et ta femme, qu'est-ce qu'elle devient ?

Il y eut un instant de silence. Adriaan se dit que c'était par pure méchanceté que Nico avait posé la question, mais pour quelle raison ? Quel profit espérait-il en retirer ?

— Marisa est toujours aux Pays-Bas, dit Bernard. Elle a toutes sortes d'obligations là-bas.

Adriaan se leva. Jamais, depuis le départ de Marisa, ni Bernard ni lui n'avait prononcé son nom une seule fois, n'y avait seulement fait allusion, bien qu'ils fussent amis depuis de nombreuses années et qu'il aimât bien Marisa. Comme s'ils observaient une règle non écrite, tous deux avaient gardé le silence.

— Tu ne veux pas rester ? demanda-t-il à Bernard, pris d'une impulsion soudaine, sans trop savoir ce qu'il sous-entendait par ces mots ; Nico, d'un geste étudié, s'était déjà levé du divan.

— Je te ramène, proposa-t-il. Ma voiture est garée tout près.

— C'est gentil à toi, dit Bernard, mais je n'habite vraiment pas loin.

— Il pleut, tu vas être trempé.

Adriaan se demanda s'il devait tenter de sauver Bernard, tenter de contrer Nico ; comme visiblement on ne lui demandait rien, il décida de s'abstenir. Bernard était assez grand pour se protéger, et sinon, ça lui ferait les pieds ; quant à Nico, il n'avait qu'à se débrouiller et à supporter les conséquences de ses actes. Il ne pouvait rien pour eux.

Nico avait pris la direction des opérations avec une détermination inhabituelle ; tout en bavardant, il se dirigeait vers la porte, comme s'il craignait de voir la chance lui filer sous le nez s'il faisait preuve de la moindre hésitation. L'abattement qui le terrassait encore une demi-heure auparavant avait disparu, le souvenir de sa dernière crise émotionnelle était balayé. Il en oublia même de dire au revoir à Adriaan, et ce fut Bernard qui, alors qu'ils étaient déjà sur le trottoir devant la maison, se retourna en souriant.

— Qu'est-ce que tu voulais dire par « Adriaan n'est pas des nôtres ? » cria-t-il.

Sa question resta sans réponse.

— Retourne donc à ton bureau, répondit Bernard d'un ton léger, toujours souriant. Retourne travailler.

Ils restèrent immobiles un instant, comme s'ils n'arrivaient pas à se dire adieu, comme s'ils avaient encore des choses à se communiquer.

— Regarde, il fait encore jour, dit Bernard comme en lui-même. Les jours rallongent, bientôt ce sera le printemps.

Nico, qui attendait près de sa voiture, s'impatientait ; d'un ton impérieux, il appela Bernard.

— Il ne pleut plus, observa Adriaan.

Bernard se contenta de faire un geste de la main en signe d'adieu et se dirigea vers la voiture ; Adriaan referma la porte derrière lui. Il avait senti la peur dans la voix de Nico tandis qu'il appelait Bernard, la peur d'être quitté ou trahi, d'être quitté ou trahi une fois de plus ; il retourna au salon, redressa les coussins du divan, débarrassa les verres et effaça le souvenir de l'interruption. Sur le bureau, où un vers était resté inachevé, interrompu par l'arrivée de Nico, le stylo et le papier attendaient, mais il n'essaya pas tout de suite de se remettre au travail. La pièce, soudain grande et vide, était baignée d'une lumière diffuse en cette fin d'après-midi mouvementée ; il se posta à la fenêtre et regarda la cour détrempée par la pluie. S'il avait pu choisir, bien sûr, il aurait préféré que Bernard reste, mais on a rarement la possibilité de choisir, et quand on l'a, on fait généralement le mauvais choix. En tout état de cause, Nico ne serait jamais parti tant que Bernard était là. C'était Bernard qui lui manquait désormais, sa voix, sa présence et sa compagnie dans le salon devenu soudain silencieux. Il se demanda si Bernard inviterait Nico chez lui ou bien si ce dernier réussirait à l'entraîner boire un verre ou manger quelque part, Nico qui conduisait comme un fou au volant de sa voiture de sport au milieu de la circulation et qui s'animait de plus en plus au fur et à mesure qu'il parlait, fuyant son angoisse avec Bernard à ses côtés, souriant sans révéler quoi que ce fût, de sorte que personne ne pouvait savoir ce qui se passait en lui.

Bernard s'était laissé entraîner afin d'éloigner Nico, peut-être même l'avait-il fait exprès, laissant Nico croire que c'était lui, comme d'habitude, qui menait la danse. Adriaan sourit à cette pensée et sentit la fraîcheur du verre pressé contre son front ; il regarda sa main et vit sur son articulation la tache d'encre qui avait immédiatement attiré l'attention de Bernard. C'est sans espoir, se dit-il ; quand on a la possibilité de choisir, on fait inévitablement le mauvais choix. N'arrivant pas à reprendre le travail interrompu, il resta un moment à contempler le mur du jardin et la lumière aveuglante de la fin d'après-midi.

VIII

Ce long hiver s'achèverait lui aussi, cette saison grise qui donnait l'impression de n'avoir ni commencement ni fin, revêtue de son manteau de pluie, plongée dans le murmure de la pluie et dans une nuit totale. Marisa n'était partie que depuis quelques semaines, et pourtant on eût dit que des mondes entiers s'étaient écroulés, que des étoiles s'étaient éteintes dans l'obscurité qui les entourait. Un jour viendrait pourtant où ils se libéreraient de cet hiver, où ils se dégageraient de ces ténèbres qui les enveloppaient et s'évaderaient vers la lumière. Ils avaient survécu.

Le ciel se dégageait, la lumière devenait plus vive, les rues et les fenêtres étincelaient dans la fadeur du jour ; la lumière argentée du soleil brilla un instant sur les toits de la ville et découvrit, en hésitant, la couleur sur le versant de la montagne. Dans cette ville menacée, dans ce pays brûlé, entre les mensonges et l'imposture, les illusions et les désenchantements, les mots étaient devenus inutiles et toute certitude s'était effritée depuis longtemps déjà ; entre les postes de garde et les barrages, avec ces barrières de barbelés sur les routes et le sang qui tachait l'asphalte, dans ce pays abandonné, dans cette ville morte, ils avaient trouvé un chemin parmi les ruines, les barrages et les champs de mines, prudemment, retenant leur respiration, se déplaçant tels des funambules sur une corde, tels des somnambules, et ils avaient réussi à revoir la lumière qui aveuglait leurs yeux habitués à l'obscurité, ils avaient découvert l'herbe nouvelle sur le flanc des montagnes. Ils avaient survécu à l'hiver ; peut-être survivraient-ils aussi à la guerre.

La journée, au musée, lui parut vide, flottante : l'enquête était officiellement terminée et bien que le résultat n'eût pas encore été rendu public, le personnel avait accepté en silence sa condamnation à mort. Le semblant d'activité qu'ils avaient pris soin de préserver jusque-là n'était plus de mise, et l'abattement s'était emparé d'eux. Ils buvaient du thé, bavardaient de choses et d'autres, effectuaient sporadiquement des tentatives pour débarrasser leurs bureaux de tout le fouillis qu'ils avaient amassé. Certains, parmi les plus jeunes, avaient déjà donné leur démission.

Adriaan, assis à son bureau, regardait ces dossiers et ces documents qui avaient perdu toute raison d'être. Certes, on lui avait assuré qu'il n'avait rien à craindre de la révolution qui s'annonçait, mais cette assurance n'avait pour lui aucune valeur. Rien de ce que l'homme fait ne dure éternellement ; ce qui s'était mis en place à la hâte au cours de ces derniers jours n'était rien d'autre qu'une improvisation dont le seul but était de sauver ce qui pouvait encore l'être, de préserver ce qui pouvait encore être préservé et de s'y accrocher, en attendant le prochain sacrifice. Le fonctionnaire tiré à quatre épingles qui l'avait tranquillisé était sans doute dans un avion, en route vers un autre aéroport, surveillé par l'armée, et s'occupait déjà de rassembler les éléments d'un nouveau dossier, pour le plus grand bien de tous, et de sauver ce qui pouvait l'être, dans les limites de ce que permettait la situation ; il avait déjà oublié son nom, et jusqu'à son existence.

Il essaya de joindre Bernard, mais, au journal, on lui dit qu'il était déjà parti, et à l'appartement personne ne répondit. Il écouta le bruit des fenêtres qui claquaient dans les bureaux voisins, des portes que l'on fermait et des pas qui s'éloignaient dans le couloir. En voilà assez, se dit-il ; à quoi bon tenter encore de s'adapter ou de s'intégrer, d'essayer une nouvelle fois de faire partie d'une société qui n'avait plus ni centre ni circonférence ? La maison avait été déclarée insalubre, il était temps de partir. Fermez les tiroirs, les placards, laissez jaunir les papiers, tomber en lambeaux les vêtements que plus personne ne porterait jamais, comme ces toiles d'araignée qui se décomposent à l'endroit même où elles ont été tissées. Fermez portes et volets, abandonnez les pièces à l'obscurité. Il est temps de faire ses adieux et de partir sans se retourner, avec pour seul bagage ce que l'on peut emporter avec soi.

Le soleil de midi l'aveugla un instant lorsqu'il émergea de l'obscurité du musée, et le bruit de la circulation de l'heure de pointe l'assourdit ; les rues étaient pleines de gens qui se dépêchaient de quitter la ville pour rejoindre la sécurité de leur maison avant la tombée du jour, de sorte que leur hâte conférait à la ville un léger air de panique. Il songea avec un peu d'amertume qu'aucune sécurité ne l'attendait, à moins de considérer comme une sécurité relative le calme de la maison retirée dans l'impasse où il habitait. Ce qui l'attendait, en revanche, inévitablement, inexorablement, c'étaient le stylo et la feuille blanche sur le bureau où il les avait laissés. Fuir était impossible.

Quittant l'animation et le désordre des rues, avec leurs embouteillages de charrettes et de véhicules militaires au milieu desquels se faufilaient des minibus, des taxis clandestins et des flots de piétons déterminés, il pénétra dans le calme relatif du parc, remonta à contre-courant la foule des ouvriers qui regagnaient le centre-ville, et se fraya un chemin sans se presser parmi la foule en mouvement. C'est étrange, se dit-il ; quelle que soit l'impatience avec laquelle on attend la fin de la morte-saison, quelque pénibles que puissent être les silences forcés et quels que soient les espoirs que l'on place dans cette libération qu'est censée apporter l'activité retrouvée, ce jour, lorsqu'il arrive enfin, est rarement perçu comme une libération : certes, il est difficile de ne pas pouvoir écrire, mais il est pire encore d'y être *obligé*. La feuille blanche attend, tel un abîme infranchissable ; l'autre bord est lointain, inaccessible, aucun pont ne permet de franchir le ravin, et pourtant il faut trouver un moyen d'arriver de l'autre côté ; on se déplace alors seul dans le vide qui devient comme un pont sous les pieds, on descend seul, à l'aveuglette, dans des profondeurs insondables, sans avoir la moindre idée de ce qui nous attend. Arrivé chez lui, il retrouverait la feuille blanche telle qu'il l'avait laissée, mais les mots qu'il avait eu tant de mal à coucher sur le papier n'étaient plus que des traces sans vie ayant perdu depuis longtemps toute signification. Il erra à travers le parc dans la lumière incertaine de la fin d'après-midi, lentement, en faisant des tours et des détours de manière à différer l'heure de l'inévitable retour, n'ayant d'autre objectif que d'éviter la feuille blanche et le moment où il lui faudrait, inéluctablement, reprendre sa progression dans cet espace vide.

Les avenues et les jardins étaient encore bien entretenus, sans doute parce qu'ils étaient à proximité immédiate du Parlement, et la présence permanente de patrouilles de police tenait à l'écart les vagabonds et les déshérités, devenus omniprésents dans la ville. La peinture des murs de la Bibliothèque nationale s'écaillait, des mauvaises herbes avaient fait leur apparition dans les fentes des murs, l'humidité décolorait la pierre et les gouttières fuyaient, mais dans l'avenue on continuait de vider les corbeilles à papier de manière sporadique et un certain effort était fait pour entretenir le jardin botanique. Personne ne flânait plus dans le parc, car les gens avaient appris à se méfier les uns des autres, et seuls ceux qui prenaient un raccourci pour aller au travail ou pour en revenir se pressaient encore à travers les allées ; il était le seul à déambuler sans but précis. Il se demanda combien de temps il restait avant la fermeture, avant qu'il fît nuit et que les rues fussent désertes. Alors il serait temps pour lui de rentrer à la maison.

On avait manifestement fait des travaux d'entretien récemment, car les rosiers étaient taillés et les massifs avaient été fumés en prévision du printemps. Le seul signe de vie était un groupe isolé de poinsettias qui n'avaient pas encore fini d'éclore ; il s'arrêta pour les contempler. C'étaient des fleurs pures portées par le cadre de leurs branches nues, des fleurs qui avaient résisté à l'hiver et qui étaient en pleine période de floraison, leurs tiges tournées vers la lumière et leurs pétales semblables à des langues de feu. La prochaine pluie dépouillerait sans doute les tiges et éteindrait le feu, mais elles flamboyaient encore pour quelques jours entre les arbustes d'hiver et les frondaisons ; dans le parc, parmi tous ces passants pressés, il était le seul à prendre le temps de contempler ces arbustes en feu, ces forêts de flammes.

Adriaan se rendit compte qu'il gênait les passants et s'écarta de la lumière, tentant d'échapper à la foule impatiente en marchant le long de l'un des sentiers qui coupait à travers les buissons : à une époque, on avait entrepris de paver ces sentiers, mais les travaux avaient été interrompus et jamais terminés, de sorte que rares étaient ceux qui osaient fréquenter ces parages. Il n'était probablement pas très prudent de s'aventurer au bord du parc à la nuit tombée ; on n'était plus en sécurité nulle part en ville, encore moins dans les endroits éloignés ou mal éclairés. Il aperçut pourtant, au loin, un autre promeneur occasionnel dans la lumière incertaine du crépuscule et se sentit rassuré. Il hésita à appeler Bernard pour voir s'il était chez lui, se demandant où était la cabine téléphonique la plus proche encore en état de marche.

Devant lui, sur le sentier, l'homme marchait encore plus lentement que lui et disparut dans un tournant ; toutefois, comme Adriaan poursuivait sa route, perdu dans ses pensées, il vit qu'il s'était arrêté sous un arbre, comme pour lire l'étiquette apposée sur le tronc. Ce n'était pas le cas ; lorsque Adriaan le dépassa, il l'observa un instant avant de tourner la tête. La nonchalance du geste, le manque d'intérêt de son regard étaient néanmoins peu crédibles de la part de quelqu'un qui venait de s'arrêter de manière aussi ostentatoire sur un sentier isolé, et il était difficile de se méprendre sur ses intentions. Adriaan se retourna et vit que l'homme le suivait du regard.

Il ralentit le pas. Cela faisait trop longtemps qu'il n'avait plus joué à ce petit jeu ; la tension, l'excitation de ces petites aventures ne l'intéressaient plus, il n'avait plus la patience nécessaire pour ce long rituel d'évitement et de poursuite, d'approche et de rejet qui faisait généralement partie du jeu et qui pouvait devenir un but en soi. Il se souvint de ce mélange de stimulation, de frustration et de déception qu'il avait ressenti à l'époque, mais tout cela était du passé, trop de choses avaient changé. Il ne voulait pas revenir en arrière.

Le sentier bifurquait de nouveau, serpentant sous des arbres centenaires en direction de la roseraie et des larges allées le long desquelles des ouvriers regagnaient le centre-ville, flot invisible d'êtres humains que dissimulait la végétation ; il s'arrêta et regarda une fois encore en direction de l'arbre où l'homme attendait toujours, les yeux tournés vers lui. Il se dit qu'il n'aurait pas dû se retourner, mais se mettre aussitôt à courir en direction de la roseraie et des larges allées pleines de monde ; il était trop tard désormais, et, tandis qu'il réfléchissait, l'homme s'approcha lentement entre les buissons, baissant la tête en passant sous les branches, vers l'endroit où il s'était arrêté. Trop tard, pensa Adriaan ; à sa grande surprise, il éprouva le même picotement qu'autrefois, ce sentiment familier de promesse et de danger. Quelle importance après tout ? Stephan était parti, et Bernard n'était pas chez lui. À la maison ne l'attendait que la feuille blanche posée sur le bureau. Qu'avait-il à perdre ?

L'inconnu pouvait avoir une trentaine d'années ; il était mince, avec des cheveux foncés coupés court, et portait des vêtements de sport amples de couleur gris argent, d'une simplicité qui ne trahissait rien. Seules la coupe et la qualité des vêtements pouvaient laisser supposer qu'il s'agissait d'un étranger, ainsi que l'air détendu avec lequel il s'approchait, souriant, prudemment, sans cette gêne ni cette hésitation typiques des gens du pays.

— Apparemment, il ne vient pas grand monde dans cette partie du parc, dit-il.

— C'est l'heure où les gens rentrent chez eux. On va bientôt fermer les grilles.

— Alors, mieux vaut peut-être ne pas traîner par ici.

Ils pressèrent le pas, comme s'ils s'étaient consultés. L'homme parlait anglais avec un très léger accent, mais c'était à son intonation plutôt qu'à sa prononciation qu'on reconnaissait qu'il était étranger. Il portait par-dessus d'amples vêtements de coton une très belle ceinture en cuir ; lorsqu'il regarda l'heure, Adriaan aperçut une fine montre en or. Ils marchèrent en silence, chacun observant l'autre, réfléchissant et essayant de prendre une décision.

— Moi aussi, je rentre chez moi, dit Adriaan, conscient que c'était maintenant à son tour de relancer la conversation pour aider à faire connaissance. Mais ce soir, je ne suis pas pressé, alors je me promène.

— Quant à moi, je suis à l'hôtel, mais je ne voulais pas rester enfermé dans ma chambre tout l'après-midi.

La conversation ne débouchait sur rien, elle n'avait pas d'autre but que de rassurer l'autre ; ces remarques de circonstance et les déductions auxquelles elles donnaient lieu étaient plus importantes que le contenu qu'elles véhiculaient. Adriaan était fatigué ; il pensa à la maison, à son bureau, se dit qu'il était las de ces petites aventures, qu'il était trop vieux pour ces petits jeux. Ne ferait-il pas mieux de mettre fin à la conversation par quelques paroles aimables et de prendre congé ? Toutefois, lorsqu'ils eurent atteint l'allée principale et se furent arrêtés quelques instants, il ne dit rien, et le silence qui s'installa entre eux se transforma en consentement tacite.

— Puisque nous ne sommes pressés ni l'un ni l'autre, peut-être pourrions-nous aller boire un verre ? proposa l'homme d'un ton léger.

Il n'hésita qu'un instant et sut que ce qui se passerait ensuite lui échapperait totalement.

— Dans ce cas, il va falloir retourner dans le centre, dit-il. Ailleurs, les possibilités sont plutôt limitées.

— On pourrait aller à mon hôtel, si tu n'as rien contre ?

— Mais je croyais que tu voulais justement sortir.

— Oh, c'est parce que j'étais seul. Si j'avais eu de la compagnie, j'aurais sans doute trouvé l'endroit plus acceptable.

Le ton était léger, l'invitation sans engagement, ouverte. Il hésita un court instant, puis acquiesça ; ils firent demi-tour et marchèrent ensemble en direction de la ville, entraînés par le flot des piétons et des voitures. L'animation de fin d'après-midi, avec ses feux tricolores en panne et ses embouteillages, rendait difficile toute conversation, ce qui les dispensa heureusement de tenter de maintenir ce ton désinvolte et ce détachement quelque peu forcés. Dans quoi s'était-il encore fourré sans réfléchir ? Adriaan, mi-étonné, mi-amusé, regardait de temps en temps son compagnon à la dérobée tandis qu'ils se frayaient un chemin parmi les passants, les voitures et les étals sur le trottoir, se sachant observé de son côté. À en juger par son apparence, l'homme était légèrement plus jeune que lui, réservé sans être d'une timidité maladive, détendu mais non indifférent ; ce devait être un touriste ou un homme d'affaires étranger qui faisait un safari en Afrique, plein de bonnes intentions mais pris au dépourvu dans cette ville où les immeubles abandonnés tombaient en ruine et où les véhicules blindés étaient postés à tous les carrefours.

L'hôtel où il était descendu était celui où avait eu lieu la réunion organisée par Dewald ; derrière la porte tournante il retrouva le marbre, les plantes vertes et le brouhaha. Toutes les tables basses du foyer étaient occupées et les serveuses avaient disparu ; il y avait la queue au restaurant, et dans le bar le système d'air conditionné avait apparemment rendu l'âme, de sorte que l'on ne distinguait qu'une poignée de clients dans la pénombre.

Souriant, l'homme se tourna vers Adriaan.

— Tout ce que je peux te proposer, c'est le bar de ma chambre, dit-il.

— Tu es bien sûr que tu n'as plus l'intention de sortir aujourd'hui ?

Il secoua les épaules, toujours souriant.

— J'aurai au moins essayé.

Avant de pouvoir accéder aux ascenseurs, ils durent se présenter à un garde armé et montrer leurs papiers d'identité, puis un ascenseur les amena du tumulte du hall aux étages supérieurs. Des plateaux sales étaient posés devant les portes des chambres et il manquait des ampoules aux appliques du couloir, mais ils se retrouvèrent tout à coup dans le silence, leurs pas étouffés par l'épaisse moquette du couloir.

La chambre était grande, impersonnelle, et l'on voyait qu'un effort avait été fait en vue de lui donner une apparence vaguement traditionnelle : meubles en bois clair, petits objets en laiton et gravures encadrées. Des vêtements, des livres et des journaux étaient éparpillés un peu partout, et une valise ouverte à moitié déballée était posée sur un tabouret.

— J'ai essayé cet après-midi de rattraper le retard de ces dernières semaines, expliqua l'homme en ôtant quelques livres qui gênaient le passage.

Ils se regardèrent en silence, deux inconnus dans une chambre inconnue. Il n'y avait aucune raison de poursuivre cette conversation aussi superficielle qu'inévitable ; ils se regardèrent en silence, embarrassés.

— Je ne sais pas ce qu'il y a dans le minibar, dit l'homme, mais on m'a offert quelques bouteilles de vin du Cap. Qu'est-ce qu'elles valent ?

Adriaan examina les bouteilles.

— Celui-ci n'est pas mal, dit-il.

— On l'ouvre ?

— Tu ne préfères pas le garder ?

— Soit on le boit, soit je le laisse pour le personnel de l'hôtel. Je n'ai pas l'intention de m'encombrer de ça.

Tandis qu'il allait chercher un tire-bouchon et des verres, Adriaan s'approcha de la fenêtre et regarda la ville. La circulation commençait à se calmer, mais le bruit était atténué par les doubles fenêtres et les vitres teintées absorbaient le peu de couleur du ciel en cette fin d'après-midi. Quelque part, à un carrefour, il vit la lumière bleue d'un gyrophare qui clignotait, seul témoin de l'accident qui venait de se produire.

— Voici, dit l'homme en s'approchant et en lui tendant un verre de vin.

Ils burent, les yeux dans les yeux. C'était exactement ce qu'il voulait éviter, pensa Adriaan, et pourtant c'était lui qui avait fait ce choix : ils étaient là tous deux, dans cette chambre d'hôtel minable, passe-partout, avec la lampe de chevet qui projetait un halo de lumière sur le lit encombré de livres et de journaux et sur les oreillers froissés. Il respira le parfum de l'homme, détecta une odeur d'après-rasage, de savon ou de talc, et sentit monter en lui une lassitude infinie à l'idée qu'il allait falloir poursuivre cette conversation, terminer cette bouteille, accomplir tout un rituel avant de pouvoir décemment prendre congé et s'enfuir. Il se demanda ce qui avait bien pu le pousser à se fourrer dans une situation pareille, qui lui était devenue aussi étrangère, et dans laquelle il avait souhaité ne jamais se trouver de nouveau. La curiosité, peut-être ? Le désœuvrement, un dernier sursaut de goût pour l'aventure ? À moins que ce ne fût la solitude, médita-t-il en sirotant son verre de vin, ou encore un espoir aussi ténu qu'inépuisable, un optimisme aussi désespéré, aussi incorrigible que celui qui poussait Nico à s'embarquer chaque fois dans des relations catastrophiques ? Non, se dit-il avec lassitude, c'était fini ce temps-là, ce n'était plus de son âge. Il devait rentrer, travailler.

Dans la lumière floue de la ville qui s'étendait au-dessous d'eux, il distingua le gyrophare rouge d'une ambulance.

— Il s'est passé quelque chose, dit-il.

Mais ils n'entendaient pas le hurlement des sirènes et ne voyaient que ces deux lumières qui clignotaient en alternance.

— Il se passe toujours quelque chose dans ce pays, on dirait, dit l'homme en se détournant de la fenêtre. On sent en permanence une nervosité, une tension ; on a sans cesse le sentiment d'être en danger.

— On vit sur le fil du rasoir – tu ne savais pas ?

— Oh, tu sais, à l'étranger, que ce soit à la télévision ou dans les journaux, on n'entend pas beaucoup parler de ce qui se passe ici, bien que je sois peut-être un peu mieux informé que la moyenne. Mais je ne pensais pas *ressentir* à ce point le danger et la violence, je ne pensais pas que ce fût à ce point omniprésent.

— Tu es là depuis longtemps ?

— Suffisamment longtemps, si tu veux mon avis – puis, riant : – Désolé, fit-il, je ne voulais pas éluder ta question. Ça fait trois semaines. Mais mon séjour touche à sa fin. Je repars demain.

Il ne donna pas d'autre information, et à vrai dire tout autre détail eût été superflu en l'occurrence. Son accent était si léger qu'Adriaan ne parvint pas à l'identifier ; il vit sur le lit un journal en anglais, ainsi qu'une revue ouverte dont il n'arrivait pas à distinguer les titres.

— Il n'est pas mauvais, ce vin, dit l'homme tout à coup, comme s'il souhaitait en revenir à des sujets moins personnels. Ces dernières semaines, j'ai bu des vins tellement bizarres, même le café avait un goût bizarre, je ne savais pas à quoi m'attendre.

— Il devient de plus en plus difficile de trouver un tas de choses, même un thé ou un café convenables. Il faut avoir de la patience avec nous, peut-être même de la pitié.

— Ça va sans doute te paraître impoli de ma part, en tant qu'étranger, de m'exprimer de la sorte, mais en fait je m'occupe surtout de gérer ma propre surprise. Je pensais connaître quelque chose à ce pays, dans l'absolu, si du moins la chose est pensable lorsqu'on vit à l'étranger, mais plus ça va, plus je m'aperçois que mes idées, mes attentes, étaient complètement à côté de la plaque, et que la réalité est entièrement différente.

— Ne t'en fais pas, dit Adriaan, je suis né ici, j'y ai grandi, et ça ne m'empêche pas d'être de plus en plus étonné par cette nouvelle réalité et d'avoir du mal à y faire face.

L'homme le regarda derrière son verre, fronçant les sourcils, l'air légèrement inquisiteur. Tout en bavardant, ils avaient pris place sur les deux sièges dans un coin de la chambre ; ils formaient, coincés comme ils l'étaient tous les deux dans leur fauteuil, à bonne distance l'un de l'autre, un tableau qui donna à Adriaan le sentiment que l'après-midi était en train de tourner au fiasco et qu'ils risquaient d'aborder des sujets plus personnels et plus sensibles, dévoilant plus qu'il n'était nécessaire, voire convenable en l'occurrence, de leurs sentiments et de leurs pensées intimes. Ils avaient laissé échapper les occasions classiques – doigts qui se touchent en posant un verre, épaules qui se frôlent près de la fenêtre. Qu'allait-il se passer maintenant, comment et quand arriverait-il à se tirer de ce guêpier ?

— Excuse-moi si je ne suis pas de très bonne compagnie cet après-midi, dit l'homme lentement, comme s'il devinait les pensées d'Adriaan, mais ces dernières semaines ont été très fatigantes pour moi ; j'ai bien essayé de dormir un peu cet après-midi, mais je n'ai pas pu, je crois que j'étais trop tendu, alors je suis sorti faire un tour.

— Je finis juste mon verre et je m'en vais.

— Non, ce n'est pas ce que je veux dire – enfin, à moins que tu n'aies envie de partir. Je voulais juste m'excuser pour le cas où tu te serais attendu à autre chose.

— À autre chose ? dit Adriaan en montrant du doigt le vin, la chambre en désordre, impersonnelle, la lampe près du lit.

— Ce n'est pas dans mes habitudes d'aborder des inconnus en public, excuse-moi si je suis un peu maladroit. Surtout dans un pays comme celui-ci, avec les blindés, les militaires, la peur et la violence.

— La peur est partout, dit Adriaan d'un air pensif. C'est vrai, en général, on ne parle pas à un inconnu dans la rue, ni dans un parc. La violence est partout, et la trahison est toujours possible, la trahison sous toutes ses formes.

L'homme le regardait avec une expression grave et sérieuse, fronçant toujours les sourcils, profondément enfoncé dans son fauteuil comme s'il était effectivement très fatigué, mais toujours aussi détendu.

— Moi aussi, dit Adriaan, moi aussi je… je crains d'être très fatigué, pour moi aussi ces dernières semaines ont été plutôt éprouvantes et je n'ai pas encore eu le temps de tout digérer. Moi non plus je ne suis pas de très bonne compagnie.

L'homme ne répondit pas, et pendant quelques secondes ils burent leur vin en silence. Adriaan garda les yeux baissés. Il se dit que le silence avait trop duré, qu'il était trop lourd pour être brisé par quelque remarque anodine ; une fois de plus quelque chose était devenu irrévocable, et il était temps que quelqu'un prît l'initiative, sans quoi il n'aurait plus qu'à se lever et s'en aller. Il posa son verre sur la table basse.

Comme si ce geste était le signe qu'attendait son compagnon pour sortir de sa rêverie, il se leva, alla chercher la bouteille et entreprit de remplir leurs verres ; tenant la bouteille à la main, il vint se poster auprès d'Adriaan, immobile. Ce dernier, sans le regarder, sans bouger, se dit qu'il aurait mieux fait de trouver une excuse quelconque, de se lever et de partir. Il se rendit compte tout à coup que plus rien n'avait d'importance. Ils restèrent encore ainsi quelques secondes, puis il sentit la main de l'homme sur sa nuque.

On oublie tellement vite, pensa-t-il, si vite ; rien n'est jamais acquis. Qu'un autre être vous touche, et tout est à réapprendre – la main qui tâtonne et qui cherche, tous ces gestes qu'il faut retrouver avant de pouvoir les faire ou les recevoir à son tour, les lèvres ou les membres d'un autre être, territoire inconnu sur lequel on ne s'aventure qu'avec hésitation, la chaleur et la texture d'un autre corps auxquelles il faut se réhabituer. Combien de temps cela faisait-il qu'il n'avait pas participé à ce rituel intime, qu'il ne s'était pas blotti dans les bras de quelqu'un, qu'il n'avait pas serré quelqu'un dans ses bras ? Combien de temps depuis qu'on l'avait embrassé pour la dernière fois, depuis qu'il avait lui-même embrassé quelqu'un ? Et pourtant, comme les gestes de ce rituel revenaient vite, comme si on ne les oubliait jamais totalement ; avec quelle facilité les corps se serraient l'un contre l'autre, bouche contre bouche, comme la paume de la main retrouvait naturellement, pour s'y refermer, la courbe d'une épaule ou d'une hanche, comme les bras se coulaient dans la forme des épaules…

L'obscurité avait pris possession de la chambre : sur le lit, les oreillers froissés se détachaient à la lueur de la lampe de chevet ; dans la pénombre, leurs vêtements étaient presque invisibles sur le sol, où ils les avaient laissés. Tout cela a un petit air de déjà-vu, se dit-il ; bien que la plupart de ces noms et de ces visages eussent depuis longtemps sombré dans l'oubli, les souvenirs s'additionnaient par bribes. Quelques incidents surnageaient, comme autant de fragments qui, avec le recul, avaient fini par perdre toute signification ; des voix, des corps, le désir quelquefois satisfait, quelquefois non, les adieux, la solitude. Et parfois, rarement il est vrai, survivait quelque chose de plus dont on ne prenait conscience que plus tard, au milieu des débris et des miettes, quelque chose qui ressemblait à de la tendresse, peut-être même à de l'amour.

Leurs gestes étaient lents, débarrassés de l'urgence ou de la passion ; lui et cet homme dont il ne savait même pas le nom se taisaient, chacun perdu dans ses pensées, dans sa reconnaissance solitaire, ses souvenirs. Il se demanda comment il avait atterri là, lui qui avait renoncé depuis si longtemps déjà à ce jeu. De loin, comme il observait toutes choses, de loin il contempla leur intimité, sa solitude, qui ne prendrait pas fin avec cette rencontre de hasard. C'est tout ce qui reste en définitive, pensa-t-il, après que les noms, les visages et les corps se sont effacés, basculant dans le vide au bord du précipice dans l'obscurité : un peu de tendresse, un peu d'amour – pas beaucoup, mais c'était déjà ça. Il revit la marée, la plage luisante, l'eau qui tourbillonnait autour des rochers ; il revit la légère buée de la pluie balayée de la vitre. Prends-moi dans tes bras, répéta-t-il tout bas, serre-moi fort. Je t'aime, se souvint-il encore. Au moment où il prononçait ces mots, pourtant, il eut conscience d'une trahison : la fidélité dure ce que durent la passion ou l'étreinte, l'amour ne dure même pas le temps nécessaire pour prononcer les mots « je t'aime ». Ne restent ensuite que les corps rassasiés qui roulent sur le flanc, les draps froissés et tachés, le dégoût. C'était fini.

L'on n'entendait plus aucun bruit dans la chambre, à l'exception de la légère respiration de l'homme couché près de lui, dont le rythme se régularisait peu à peu. Adriaan s'aperçut qu'il était toujours dans la position qu'il avait au moment où il s'était endormi et tourna la tête sur l'oreiller pour regarder cet étranger allongé à son côté, qui dormait d'un air détendu : la bouche, le contour des pommettes et de la mâchoire, la texture de la peau, l'implantation des cheveux. Dans ce calme paisible, il se sentit lui-même un peu indolent, comme s'il allait fermer les yeux près de cet inconnu. Parfois un petit havre de silence se dessine, aussi étrange qu'inattendu, comme un refuge, un abri provisoire surgissant du silence, de la pénombre et de la respiration régulière d'un inconnu allongé tout près. Il vit que son compagnon avait ouvert les yeux ; ils se regardèrent droit dans les yeux, tête posée sur les oreillers, trop longtemps pour pouvoir détourner le regard et mettre fin à l'intimité par une remarque quelconque. L'homme était étranger, pensa Adriaan à part lui, un étranger qui ne connaissait pas les coutumes du pays, il ne savait pas que l'on ne doit montrer ni tendresse, ni émotion, que l'on ne doit pas se trahir par une caresse. Les yeux devaient demeurer aux aguets en permanence ; même au milieu de la passion, du désir, il fallait éviter à tout prix la moindre caresse compromettante.

La grande fenêtre était plongée dans l'obscurité ; seule la lueur d'une lampe éclairait encore leurs visages sur l'oreiller tandis qu'ils se regardaient, allongés l'un près de l'autre. C'est fini, pensa-t-il. Il chercha une parole aimable qui lui permettrait de se lever, de s'habiller et de prendre congé. L'homme se pencha vers lui et tendit le bras pour l'attirer à lui dans une étreinte, sans un mot. Adriaan, complètement pris au dépourvu, se laissa aller, s'approcha à son tour et répondit à son geste : comme si, à deux doigts de chavirer dans un précipice, il tombait dans un vide sans fond, porté par le poids de son corps sur lequel il n'avait plus la moindre prise ; il sentit une douleur soudaine le traverser de part en part, aussi tranchante que le soleil lorsqu'il transperce le gris des nuages pour éclairer tout ce qui était trouble et qui reposait dans une obscurité miséricordieuse. Ne plus jamais éprouver cette douleur, pensa-t-il, tout à coup en proie à la panique, puis se rapprochant de l'homme, oublier, oublier pour de bon jusqu'à l'existence même de cette douleur, tout en sachant que cela est impossible. À chaque fois être trahi, puis se donner encore, être incapable de faire quoi que ce soit sinon attendre que le moment passe.

Sans parler, ils s'agrippèrent l'un à l'autre et l'homme le serra dans son étreinte jusqu'à ce que la douleur, la peur et les souvenirs eussent disparu et qu'il pût se détendre, étonné de cette vulnérabilité qui s'était emparée de lui de façon si inattendue, étonné de découvrir que malgré tout il était encore vulnérable.

— Je voudrais rester comme cela, dit l'homme doucement, comme s'il lui en coûtait de rompre le silence, j'aimerais pouvoir te demander de rester, mais je suis invité ce soir, on vient me chercher à l'hôtel.

— Je dois partir, de toute façon, dit Adriaan.

Son compagnon ne bougea pas.

— Je n'ai pas leur numéro de téléphone, sinon je les aurais appelés, j'aurais inventé une excuse, poursuivit-il. La seule chose qui m'attire dans cette histoire, c'est qu'il y aura parmi les invités des gens qui parlent allemand. Ça commence à me manquer sérieusement.

— Mais on peut parler allemand, si tu veux, proposa Adriaan.

— Je n'ai pas parlé allemand une seule fois depuis mon arrivée ! La plupart du temps, j'ai dû parler afrikaans, une langue que je maîtrise mal, et cela m'est difficile ; je me rends compte que c'est une langue étrangère pour moi. Et toi, tu parles afrikaans ?

— Oui, répondit Adriaan.

— Je suis content que nous puissions parler allemand ensemble, dit l'homme. C'est bien.

Il tourna la tête et regarda encore une fois Adriaan droit dans les yeux, tout à fait détendu, somnolant à moitié, sans montrer le moindre signe de hâte ; ils restèrent ainsi en silence à se regarder dans les yeux, allongés l'un à côté de l'autre. C'est un étranger, pensa Adriaan, un inconnu, et il y a tant de choses qu'il ignore ; lentement, il leva la main et caressa le visage de son compagnon.

— À vrai dire, continua l'homme d'un ton rêveur, je n'avais pas besoin de beaucoup parler ; la plupart du temps je devais me contenter d'écouter, et c'était encore plus fatigant. Tout le monde voulait parler en même temps, tout le monde voulait m'accaparer et me poser des questions, se confesser à moi, me raconter je ne sais quoi, tout le monde me fourrait dans la main quelque chose qu'il ou elle avait écrit, ou voulait me lire quelque chose, tous ces gens cherchaient à attirer l'attention, d'une manière presque maladive.

La description le fit rire.

— Tu as bien dû les provoquer un peu, dit-il.

L'homme sourit.

— Sans doute, mais c'est en toute innocence et en toute ignorance que je me suis fourré dans ce guêpier. Tu comprends leur réaction ?

— Pas vraiment, non. Les gens d'ici sont très isolés, ils ont peur, ils ne se sentent pas en sécurité ; ils cherchent à être rassurés, je ne sais pas au juste. Nous vivons dans un pays menacé, et cette menace, tout le monde la ressent. Mais, tu sais, je n'arrive déjà pas à comprendre ma propre angoisse, alors celle des autres…

Ils étaient toujours allongés, leurs têtes se touchant sur l'oreiller, et parlaient à voix basse, dans les bras l'un de l'autre mais ayant desserré leur étreinte, dans le halo de la lampe. Aucun son ne leur parvenait de l'extérieur, que ce fût du couloir, de l'hôtel ou de la ville.

— Tu ne t'arrêtes jamais de penser, hein ?

La remarque était neutre, dépourvue de tout reproche ou de toute critique implicite.

Adriaan ne répondit pas aussitôt.

— Non, dit-il, en effet. Malheureusement. À quoi vois-tu cela ?

— À ton silence, je suppose, dit son compagnon, qui le regardait en souriant. Tu n'as rien à confesser ni à avouer, à la différence des autres, tu es trop occupé à observer.

— Pas tout le temps quand même. Parfois, heureusement, on arrive à se libérer de l'obligation de penser. Et ce soir, si je suis silencieux ici, avec toi, ce n'est pas que je sois en train de juger ou d'évaluer quoi que ce soit.

— C'est quoi, alors ?

— Je ne sais pas. De la méditation, peut-être ; méditer sur quelque chose, vivre quelque chose et essayer d'en tirer une leçon.

Il parlait très doucement, si doucement qu'il se demanda si ses paroles étaient audibles. On sait combien les mots sont difficiles à trouver, pensait-il, et combien il est infiniment plus difficile encore de les formuler. On oublie, on meurt. Il regarda le visage en face de lui sur l'oreiller, sentit les bras de l'homme qui l'enserraient et la chaleur de ce corps contre le sien, ce cœur qui battait contre sa poitrine, cette respiration contre sa joue. Il devait y aller, se dit-il, pensant soudain à la maison et à tout ce qu'il avait oublié, le bureau, la feuille blanche, le travail qui s'accumulait.

— Je dois partir, répéta l'homme d'un air songeur, je vais prendre une douche et m'habiller.

Il attendit un instant avant de bouger, se redressa dans le lit, resta encore un moment assis, comme s'il n'arrivait pas à passer à l'acte ; il se pencha, déposa un baiser sur les yeux d'Adriaan et un autre sur ses lèvres.

Ils se levèrent, s'écartèrent l'un de l'autre. Dans la lumière du crépuscule, à l'extérieur du halo de la lampe, Adriaan tâtonna sur le plancher à la recherche de ses vêtements, entendit couler la douche dans la salle de bains et s'habilla lentement. Et voilà, pensa-t-il, ça finit toujours comme ça, on se détourne, on s'habille en silence, on se dit au revoir et on rentre chez soi. Il alla jusqu'à la fenêtre et regarda les lumières de la ville qui commençaient à s'allumer dans l'obscurité. Les lumières bleues et rouges des gyrophares avaient disparu.

Il n'entendit pas l'homme revenir pieds nus de la salle de bains ; lorsqu'il se retourna et le regarda, vêtu de sa robe de chambre, il fut pris au dépourvu, ne sachant pas comment s'y prendre pour lui dire au revoir. L'homme hésita un instant lui aussi, comme s'il avait oublié ce qu'il voulait dire, ramassa les verres qu'ils avaient laissés sur la table basse et en tendit un à Adriaan. Après avoir trinqué, ils burent en silence.

— De tous les gens que j'ai rencontrés au cours de ces trois ou quatre semaines, tu es la première personne avec laquelle j'ai vraiment pu parler, dit l'homme, et pourtant je dois partir demain.

— Je suis désolé d'être arrivé si tard.

— Tard, peut-être, mais pas trop tard, en tout cas.

Son verre à la main, il rejoignit Adriaan près de la fenêtre.

— Il y a trois personnes que je voulais voir au cours de mon séjour, dit-il d'un air pensif, et je n'ai réussi à en rencontrer aucune.

— Comment ça se fait ?

— Sans doute toutes les trois ont-elles bien trop de bon sens pour se laisser envahir par le premier importun venu.

— Alors je te présente mes excuses pour eux.

— Ce n'est pas la peine. J'apprécie leur souci de sélectivité et je respecte leur intimité, même si je suis déçu.

— Peut-être que, si tu reviens…

— Ça m'étonnerait : pour moi, l'Afrique a toujours été un rêve que je chérissais tant que j'en étais loin, mais, maintenant que j'ai touché du doigt la réalité, c'est un désir dont je suis guéri. La saison des adieux est arrivée.

Ils regardèrent ensemble les lumières de la ville. Les rues étaient désertes et calmes.

— Pardonne-moi de porter un jugement aussi brutal sur ton pays, dit l'homme. Pardonne-moi aussi de t'avoir dit crûment ce que je pensais.

— Tu sais, mon jugement n'est pas très différent du tien.

— Oui, mais la différence, c'est que moi je peux partir, tandis que toi tu dois rester vivre ici. Pour moi, c'est facile de parler.

— Oh, moi aussi j'ai fait mes adieux, moi aussi je peux partir si je veux. Je l'ai fait il y a longtemps, d'ailleurs.

Il se retourna pour poser son verre vide.

— Oui, dit-il à voix basse, parler c'est toujours facile, n'est-ce pas ? C'est vivre qui est difficile.

Quand on est seul trop longtemps, songea-t-il amèrement, on se met à parler tout seul. Il se demanda si son compagnon avait entendu ses paroles. Ce n'était toutefois pas le moment de s'engager dans une longue conversation, il n'y avait plus assez de temps pour ajouter quoi que ce fût, ni pour tenter d'expliquer. Ils hésitèrent un instant, s'étreignirent brièvement, sans un mot ; puis il s'en alla sans se retourner, tira la porte derrière lui et se retrouva dans le couloir désert avec son épaisse moquette usée et ses appliques qui clignotaient.

Dans le hall la vie de l'hôtel se poursuivait, avec ses mouvements et ses bruits ; dans cette ville assiégée, la vie nocturne était réduite à sa plus simple expression, et il était devenu dangereux de s'aventurer dans les rues après la tombée du jour, de sorte que les visiteurs étaient bloqués dans les grands hôtels.

Au bout du couloir, près de l'ascenseur, le garde téléphona tout d'abord à la réception pour confirmer son départ, puis il fut libre de s'en aller. Personne, dans le hall bruyant, ne fit attention à lui ; les gardes qui surveillaient l'entrée se contentèrent de lui jeter un regard fugitif dénué d'intérêt et le laissèrent s'échapper par la porte à tambour. Devant l'hôtel s'était agglutiné un petit groupe composé de vigiles, de prostituées et de chauffeurs de taxi, mais la ville, tout autour, était déserte. Personne d'autre que lui – et les patrouilles de police – ne se risquait plus à sortir en ville le soir. Les vitrines des magasins étaient plongées dans l'obscurité, car il n'y avait plus personne pour les regarder, et seule une enseigne au néon clignotait encore par intermittence. De l'animation de la journée il ne restait plus que les détritus jonchant le sol, épluchures, canettes et papiers gras, des rues que plus personne ne balayait, des sacs poubelles entassés contre les murs et des rats qui couraient dans les coins.

Il marchait à pas lents, mal à l'aise dans cette réalité dans laquelle il se retrouvait soudain, la texture et l'odeur de ce corps étranger encore mêlées à ses réflexions tandis qu'il tentait de retrouver le chemin qui menait au monde de la vie quotidienne, un peu comme s'il venait de rentrer dans un autre pays ; il était recru de fatigue et de solitude. Il se souvint qu'il voulait téléphoner à Bernard et regretta de ne pas l'avoir fait de l'hôtel ; jamais, dans cette ville déserte, il ne trouverait une cabine téléphonique en état de fonctionner. Il pensa marcher jusque chez Bernard, mais il lui restait tout juste assez de forces pour rentrer chez lui ; de plus, à part devant l'hôtel, il ne trouverait pas de taxi.

Machinalement, il poursuivit sa route et ne rencontra aucun signe de vie, si ce n'est les postes de garde çà et là au coin d'une rue où des soldats désœuvrés faisaient les cent pas autour d'un blindé. Lorsqu'ils le virent approcher, ils se raidirent, firent silence et le suivirent du regard, le dévisageant d'un air soupçonneux tandis qu'il passait devant eux. Ce n'est que lorsqu'il fut parvenu à hauteur de la cathédrale que soudain, dans l'ombre du mur, une voix le héla et que deux soldats, fusil à l'épaule, se dirigèrent droit sur lui.

Il s'immobilisa tandis qu'ils le tâtaient ; c'était la première fois qu'il était arrêté ou fouillé de la sorte. Cette fois-là était la bonne : fouille ennuyeuse, de routine, mains impersonnelles sur son corps. Sans dire un mot, les soldats se retirèrent dès qu'ils eurent terminé et le laissèrent poursuivre son chemin sans explication ni excuse. Que cherchaient-ils ? Ils n'avaient en tout cas rien trouvé ; il respira profondément et reprit sa route. Dans ce pays on apprend à vivre au jour le jour, pensa-t-il, on est reconnaissant de chaque jour de répit qui vous est accordé. Il était tout aussi dépendant que quiconque du hasard et de l'arbitraire, mais jamais il n'en avait été aussi conscient. Il se demanda combien de temps l'on pouvait éviter d'être fouillé sans être trahi, combien de temps on pouvait transporter des produits de contrebande sans être pris. Combien de temps pouvait-on danser sur la corde avant de vaciller, de tituber et de s'écraser sur le sol ?

L'avenue qui longeait le Parlement était encore éclairée par des réverbères en bon état, et des patrouilles l'arpentaient régulièrement, mais elle était tout aussi déserte que les autres rues de la ville. Pas plus là qu'ailleurs le but de cette surveillance n'était clair, car on ne voyait pas de menace apparente : il n'y avait guère que lui pour se promener ainsi sous les réverbères, entre les ombres des arbres et celles des buissons ; on n'entendait rien d'autre que le bruit de ses pas qui résonnaient et, s'il apercevait de loin d'autres piétons, il savait, rien qu'à voir briller dans la pénombre les insignes de leurs casquettes et leurs étuis de revolver, que c'étaient des policiers. Eux aussi le regardèrent avec suspicion, mais le laissèrent passer, cette fois encore. Plus personne ne se promenait dehors à cette heure, pas même pour sortir son chien, personne ne prenait plus de raccourci : les fenêtres du Parlement étaient plongées dans l'obscurité, les grilles du parc étaient fermées. Il aurait bien aimé emprunter encore une fois les allées sombres et sinueuses du parc, revoir les poinsettias en fleur, mais c'était impossible.

Pressant le pas, il gravit la pente qui menait vers les quartiers du haut de la ville, ne pensant plus qu'à sa fatigue et à la nuit, qui ne lui apporterait pas le repos ; il sentait, outre le rythme de ses pas, un autre rythme à l'intérieur de lui, plus difficile à observer, conscient qu'il devait digérer les récentes expériences et formuler ses pensées, conscient de la tâche qui l'attendait ; presque instinctivement, il traîna encore un peu dans le parc abandonné, au cœur de cette ville où les patrouilles de police elles-mêmes avaient disparu dans l'obscurité des arbres et de la lumière instable, et où l'odeur de la terre humide venait lui chatouiller les narines, annonçant le printemps. Au-delà de l'obscurité et des arbres il vit des immeubles dont les fenêtres étaient allumées ; des gens, malgré l'heure tardive, tentaient de continuer à vivre. Dans le hall de la gare, les sans-abri déambulaient ; à l'entrée de l'hôtel, la porte tournante pivotait sous le regard des vigiles ; quelque part un homme s'abattait lourdement sur le sol, le visage en sang, quelque part quelqu'un mourait sur le sol de béton, dans la lumière omniprésente d'une ampoule électrique nue. Quelque part, pensa-t-il en s'enfonçant dans l'obscurité ; il sentit l'odeur printanière de la terre humide, écouta le gargouillis d'une fontaine. Quelque part des gens étaient réunis autour d'une table, buvaient du vin et partageaient une langue commune ; quelque part deux êtres s'étreignaient, et ne cherchaient plus de mots.

Arrivé à mi-hauteur de l'avenue, là où les arbres commençaient à se faire plus rares, il s'arrêta près d'un étang. Là aussi régnait un certain ordre, les pelouses étaient bien tondues, les massifs bien entretenus, et les musées baignés de lumière se profilaient au loin dans la pénombre, quoique personne ne pût les visiter à cette heure tardive. Çà et là, dans des îlots de lumière épars, la vie continuait comme si de rien n'était, ayant apparemment échappé à la réalité quotidienne.

Il s'immobilisa au bord de l'étang, écouta le ruissellement des fontaines dans l'obscurité, vit les papiers et les détritus mouillés qui nageaient à la surface de l'eau parmi les nénuphars. Qu'il était bon de pouvoir continuer à vivre comme si on n'avait rien vu, rien entendu, songea-t-il, même si ce n'était pas toujours possible, qu'il était bon de serrer quelqu'un dans ses bras, allongé sur un lit, dans la lumière flottante, et d'oublier la pénombre environnante, bon de cacher son visage dans la charitable obscurité et d'oublier la lumière impitoyable où l'on ne pouvait rien dissimuler ! On tourne, on sautille, on s'enfuit, ou du moins on essaie. C'est bien compréhensible.

Il mesura à quel point il était seul et combien lui manquait la compagnie de Bernard. Il se retourna et, derrière les arbres, vit dans l'obscurité les fenêtres allumées des immeubles et crut un bref instant apercevoir Bernard qui descendait la rue dans son imperméable flottant au vent, les mains dans les poches, puis disparaître à l'horizon, et il prit conscience de sa solitude comme jamais auparavant. Il n'y avait plus personne, il était seul près de cette eau qui ruisselait et dans laquelle se reflétaient les façades lisses et éclairées des immeubles, comme des rideaux de théâtre sur une scène vide. C'est tout, se dit-il, il n'y a plus rien à attendre, plus rien à espérer. S'il criait, qui l'entendrait ? S'il se mettait à crier, qui le verrait ?

Dans l'obscurité, au bord de l'eau noire, il entendit le clapotis et respira le vent chargé des odeurs du printemps. Il devait rentrer chez lui ; finalement, quittant le parc et les étangs, il continua son chemin vers le haut de la ville. Il ne passerait pas chez Bernard, il n'essaierait pas de l'appeler, il était trop tard désormais. Les dés étaient jetés depuis trop longtemps déjà, le cours de son existence était tout tracé désormais. Il était temps de rentrer à la maison.

S'éloignant peu à peu du centre-ville, il passa devant des magasins, des bureaux et des immeubles vides, longea à l'angle d'une rue une épicerie ouverte dont les vitrines éclairées étaient protégées par des dispositifs antivol et des grilles, s'enfonça dans une obscurité qui s'épaississait à mesure qu'il arrivait dans des quartiers où les réverbères se raréfiaient, dépassa des immeubles et des maisons isolées ; dans l'ombre des arbres, des murs et des portails il entendait les murmures et les bruissements des gens qui s'étaient abrités là, dormant ou fouillant les poubelles. Il ne vit ni piéton ni voiture. La ville n'était plus qu'un écheveau de rues désertes, de bruissements et de murmures dans l'ombre, territoire de ténèbres dans un pays de soupçon et de peur, et le bruit de ses pas était le seul son audible dans le silence.

Il comprit que quelque chose était arrivé, que quelque chose avait pris fin, mais il n'avait pas encore le recul suffisant pour en apprécier la nature. Réfléchissant aux événements de ces dernières semaines, à tous ces incidents isolés d'importance variable, qui avaient pour unique point commun le fait qu'il en était le protagoniste et qu'ils étaient stockés ensemble dans sa mémoire.

Y avait-il, parmi tous ces événements, quelque chose de durable ? Si tel était le cas, quelqu'un s'en apercevrait-il ou bien les choses importantes disparaîtraient-elles, englouties à jamais dans le flot impétueux des bagatelles sans importance dont la valeur dispersée imprégnait toutes choses ? Cela n'avait sans doute aucune importance, songea-t-il avec indifférence ; la seule chose qui comptât était que ces événements fussent intégrés, assimilés, et il était ridicule d'exiger une garantie tangible ou une consolation quelconque. Toutefois, lorsque la vie dans le vide et la foi devient impossible à supporter, surgit un besoin de réconfort ; contre toute logique, on pose des questions, on exige d'être rassuré.

Que reste-t-il, se demanda-t-il tout en gravissant la pente escarpée du versant de la montagne ; que reste-t-il ? L'amour ? Le corps est trompeur, et toute rencontre porte en elle le germe de la séparation. L'amour reste, mais c'est l'amour que l'on emporte avec soi et qui n'offre d'autre consolation que celle d'exister, l'amour qui a appris à accepter le caractère inéluctable de la séparation, et à s'en accommoder.

Que restait-il ? Que restait-il ? Les placards étaient vides, les derniers souvenirs tangibles étaient bien rangés. La maison l'attendait, vide et sombre, et, chaque fois qu'il arrivait sur le seuil, il hésitait un instant, se demandant s'il pourrait faire face à ce vide, à cette obscurité ; il entrait, allumait la lumière et tirait les rideaux. Mais il y avait d'autres souvenirs dont il était plus difficile de se défaire, qui restaient présents et à la présence desquels on finissait par s'adapter. Ceux-là, au moins, on les gardait.

Plus il marchait, plus les rues devenaient étroites, escarpées ; il passa devant des immeubles anciens, des maisons avec des jardins, des voitures garées et des pièces dans lesquelles, derrière les fenêtres éclairées, des gens vivaient, invisibles au passant, leurs voix inaudibles derrière la vitre, leurs vies impossibles à deviner. Le centre-ville était loin derrière lui désormais et, plus il montait, plus il voyait la ville qui s'étalait au-dessous de lui en une succession de points lumineux. Il s'arrêta un instant pour contempler ces lumières incertaines, l'obscurité qui marquait la limite de l'arrière-pays et, au loin, le large. Il s'en était déjà détaché, cependant ; il se retourna et poursuivit sa route.

Restaient l'amour, donc, et aussi les souvenirs ; mais il n'était pas possible que ce fût tout, ça ne suffirait jamais. Restaient la nostalgie, et le désir de retrouver le sens des choses ; la nostalgie cherchait à tâtons son chemin, se faufilait à travers les méandres, effleurait les contours, impatiente, tâtonnant comme un aveugle, levant la tête comme un aveugle, tournant la tête d'un air interrogateur, cherchant à capter le moindre son, et pour finir ses attentes n'étaient jamais déçues. Sous les doigts, la pierre friable commençait à prendre forme, témoignant de l'existence d'un trottoir disparu le long duquel, autrefois, couraient des rues qui pourraient redevenir des chemins ; dans le silence où le vent charriait l'odeur de la terre humide, l'on distinguait enfin un battement fragile et régulier.

Restaient les mots, ces mots que l'on avait écoutés et assemblés avec difficulté, que l'on avait disposés les uns à côté des autres, lentement, après mûre réflexion : agenouillé sur le sol, courbé sur son travail, le visage tourné vers la terre, l'artiste, homme ou femme, se consacrait à une tâche unique, celle qui consistait à assembler ces éclats et ces fragments, à en mettre un de côté, à le déplacer, à le rejeter, jusqu'à ce que la mosaïque soit complète. Les mots s'envolaient dans les airs, traversaient le pays, des mots qui ressemblaient aux nuages, au vent et au brouillard voletaient et puis coulaient à flots, des mots qui possédaient un son et une forme mais pas de contenu, des mots qui se déguisaient et se dissimulaient, qui n'expliquaient rien et ne recelaient aucune promesse. Des mots survolaient ce pays comme des bannières en lambeaux et, dans leurs ombres qui ondulaient, l'artiste s'agenouillait sur le sol sans lever les yeux, palpait le caillou, le contemplait, se penchait pour le poser à côté d'un autre, courbé sur la mosaïque qui prenait forme peu à peu, en silence.

Restaient donc des mots, prudents, aussi affilés que les petites pierres brillantes avec lesquelles on compose les mosaïques. Que dire de plus ? Que dire d'autre ? Qui sait ? La ville, derrière lui, s'enfonçait dans l'obscurité. Peu importe, pensa-t-il, incapable de songer à autre chose que sa fatigue. La soirée est un peu fraîche, mais il ne fait plus froid ; dans les jardins cachés les arbres commençaient déjà à bourgeonner, les excroissances sur les branches étaient à peine visibles, tandis que sous les rues l'eau clapotait et ruisselait le long des canaux souterrains, vers la mer. Pour peu qu'on tendît l'oreille, on l'entendait murmurer dans les caniveaux.

Peu importe, en définitive, ce qui reste ; il n'aspirait à rien d'autre qu'à rentrer chez lui, à allumer les lumières, à se mettre à son bureau, à travailler et ensuite à aller se coucher. On ramasse le caillou, on prend conscience de son poids, on en sent la fraîcheur contre le bout de ses doigts, on le soupèse et on le repose à sa place. Peu importe la forme que prend la mosaïque sous vos mains après coup, peu importe qu'elle soit un jour terminée ou non, cela n'est pas de votre ressort : l'obscurité conserve ses secrets. L'essentiel est de faire sa part de travail.

Sous l'asphalte et le béton l'eau dévalait vers la mer ; les branches de l'arbre bourgeonnaient contre le mur, la branche en bourgeons heurtait la vitre de la fenêtre fermée, et le résultat final, bien que tenu secret, était connu d'avance. L'eau était plus forte que la pierre, et la vie qui montait dans la branche était plus forte que la vitre à laquelle elle frappait ; dans l'obscurité l'arbre fleurissait avec une splendeur inégalée.

Il était arrivé.

12 mai 1986 – 16 juin 1989

Impression réalisée sur Presse Offset par

CPI
Brodard & Taupin

La Flèche (Sarthe), 46381
N° d'édition : 4048
Dépôt légal : avril 2008

Imprimé en France